Fjodor Sologub

DER VERGIFTETE GARTEN

Phantastisch-
unheimliche Geschichten

Aus dem Russischen übertragen
von Eckhard Thiele, Christa Ebert
und Hans Loose
Herausgegeben und mit einem Nachwort
von Eckhard Thiele

Fischer Taschenbuch Verlag

Veröffentlicht im Fischer Taschenbuch Verlag GmbH,
Frankfurt am Main, Januar 1990

Lizenzausgabe mit freundlicher Genehmigung des Buchverlags
Der Morgen, Berlin (DDR)

Titel der russischen Originalausgabe,
der diese Erzählungen entnommen wurden:
СОБРАНИЕ СОЧИНЕНИЙ, Sankt Petersburg 1911–1913
Siehe auch Quellenhinweis auf Seite 335
Umschlaggestaltung: Buchholz/Hinsch/Hensinger
unter Verwendung eines Gemäldes von Pawel Kusnezow
›Schlafende in einer Koschara‹ 1911 (Tretjakow-Galerie, Moskau)
Druck und Bindung: Clausen & Bosse, Leck
Printed in Germany
ISBN 3-596-29517-3

SCHATTEN

1

Wolodja Lowlew, ein schmächtiger, blasser Junge von etwa zwölf Jahren, war soeben aus dem Gymnasium gekommen und wartete auf das Mittagessen. Er stand im Eßzimmer am Klavier und sah sich die neueste Nummer der »Niwa« an, die heute früh mit der Post gekommen war.

Aus der Zeitung, die daneben lag und eine Seite der »Niwa« verdeckte, fiel ein kleines, auf dünnem grauem Papier gedrucktes Heft heraus, der Prospekt einer illustrierten Zeitschrift. In diesem Heft zählte der Verleger die künftigen Mitarbeiter auf, ein halbes Hundert in der literarischen Welt bekannter Namen, pries wortreich die Zeitschrift im ganzen wie in ihren ungemein vielfältigen Rubriken und brachte zur Probe ein paar Illustrationen. Zerstreut blätterte Wolodja das graue Heft durch und betrachtete die winzigen Abbildungen. Seine großen Augen in dem blassen Gesicht blickten müde.

Eine Seite weckte plötzlich die Aufmerksamkeit des Jungen, und seine großen Augen weiteten sich noch mehr. Da waren untereinander sechs auf verschiedene Weise zusammengelegte Hände abgebildet, deren dunkle Silhouetten auf eine weiße Wand geworfen wurden: der Kopf eines Fräuleins in einem komischen gehörnten Hut, ein Eselskopf, der Kopf eines Stiers, ein sitzendes Eichhörnchen und noch etwas in dieser Art.

Wolodja vertiefte sich lächelnd in die Betrachtung der Abbildungen. Dieses Spiel war ihm vertraut: er konnte die Finger einer Hand so zusammenlegen, daß an der Wand ein Hasenkopf erschien. Hier war jedoch einiges, das Wolodja noch nie gesehen hatte, vor allem aber waren es recht komplizierte Figuren, für zwei Hände.

Wolodja bekam Lust, diese Schatten nachzubilden. Doch beim zerstreuten Licht des erlöschenden Herbsttages konnte das natürlich nicht recht gelingen.

Ich muß das Heft in mein Zimmer mitnehmen, dachte er, es braucht ja niemand.

Da hörte er im Nebenzimmer Schritte und die Stimme der Mutter. Er errötete, steckte das Heft rasch in die Tasche und ging vom Klavier weg, seiner Mutter entgegen. Sie kam auf ihn zu, liebevoll lächelnd, ihm ähnlich, mit ebensolchen großen Augen in dem blassen, schönen Gesicht.

Die Mutter fragte wie gewohnt:

»Was gab es bei euch heute Neues?«

»Neues gab es überhaupt nichts«, sagte Wolodja mürrisch.

Doch er wußte gleich, daß er grob mit der Mutter sprach, und schämte sich. Er lächelte liebevoll und versuchte sich zu erinnern, was es im Gymnasium gegeben hatte, spürte dabei aber noch deutlicher seinen Ärger.

»Pruschinin war wieder mal großartig«, begann er von einem Lehrer zu erzählen, der wegen seiner Grobheit bei den Gymnasiasten unbeliebt war. »Leontjew kam bei einer Aufgabe durcheinander, und da sagte Pruschinin zu ihm: ›Na, genug, setzen sie sich – Holz auf Holz!‹«

»Und so etwas merkt ihr euch gleich«, sagte die Mutter lächelnd.

»Er ist überhaupt schrecklich grob.«

Wolodja schwieg eine Weile. Er seufzte und versetzte mit klagender Stimme:

»Und sie haben es alle eilig.«

»Wer?« fragte die Mutter.

»Na, die Lehrer ... Jeder will so schnell wie möglich den Stoff schaffen und für die Prüfungen wiederholen. Fragt man was, so denken sie bestimmt, man will die Zeit bis zum Klingeln verreden, um nicht dranzukommen.«

»Dann fragt doch nach der Stunde.«

»Nach der Stunde haben sie es auch eilig, wollen nach Hause oder zum Unterricht ins Mädchengymnasium. Immer geht es schnell, eben noch Geometrie, dann sofort Griechisch ...«

»Du darfst eben nicht schlafen!«

»Von wegen schlafen! Man ist wie ein Eichhörnchen im Rad. Das regt mich richtig auf.«

Die Mutter lächelte leise.

2

Nach dem Mittagessen begab sich Wolodja in sein Zimmer, um die Schularbeiten zu erledigen. Die Mutter sorgte dafür, daß er es bequem hatte, und darum gab es hier alles, was in solch ein Zimmer gehörte. Hier störte ihn niemand, selbst die Mutter kam um diese Zeit nicht zu ihm. Sie kam später, um Wolodja, wenn nötig, zu helfen.

Wolodja war ein fleißiger und, wie es hieß, begabter Junge. Doch heute gingen ihm die Schularbeiten nicht von der Hand. Welche Aufgabe er auch anfing, immer fiel ihm etwas Unangenehmes ein. Ihm fiel der Lehrer des betreffenden Faches ein, ein höhnisches oder grobes Wort, das dieser mal beiläufig hingeworfen hatte und das sich tief in die Seele des empfindsamen Jungen eingegraben hatte.

Aus irgendwelchem Grund waren viele der letzten Stunden nicht gut abgelaufen: die Lehrer schienen unzufrieden, sie kamen nicht voran. Ihre Mißstimmung hatte sich auf Wolodja übertragen, und jetzt wehte ihn aus den Seiten der Bücher und Hefte düstere, dumpfe Unruhe an.

Eilig ging er von einer Aufgabe zur nächsten über und dann zu einer dritten, und dieses Vorüberhuschen der kleinen Dinge, die möglichst rasch erledigt werden mußten, damit man morgen nicht wie »Holz auf Holz« auf seiner Schulbank saß, dieses unsinnige und unnötige Vorübereilen verdroß ihn. Vor Langeweile und Ärger begann er sogar zu gähnen und, unruhig auf dem Stuhl hin und her rutschend, ungeduldig mit den Füßen zu schlenkern.

Aber Wolodja wußte, daß alle Aufgaben erledigt werden mußten, daß dies sehr wichtig war, daß davon sein Schicksal abhing, und er verrichtete gewissenhaft die für ihn so langweilige Arbeit.

Plötzlich machte Wolodja einen kleinen Klecks ins Heft. Er legte die Feder beiseite, besah sich den Klecks genauer und beschloß, ihn mit dem Taschenmesser zu entfernen. Diese Abwechslung freute ihn.

Auf dem Tisch war das Messer nicht. Wolodja faßte in die Tasche und wühlte. Unter all dem Klimbim, mit dem er sich nach Jungenart die Tasche vollgestopft hatte, ertastete er das Messer und zog es hervor – und mit ihm ein kleines Heft. Wolodja wußte erst gar nicht, was er da in der Hand hielt, doch beim Herausziehen fiel ihm plötzlich ein, daß es das Heft mit den Schatten war, und gleich war er lebhaft und froh.

In der Tat, es war das Heft, das er über den Schularbeiten ganz vergessen hatte. Er sprang flink vom Stuhl, stellte die Lampe näher zur Wand, warf einen argwöhnischen Blick auf die angelehnte Tür, ob auch niemand kam, und schlug die bekannte Stelle des Heftes auf, vertiefte sich in die Abbildung und legte die Hände zusammen, wie es abgebildet war. Der Schatten geriet zuerst unförmig, nicht so, wie er sein sollte. Wolodja rückte die Lampe hin und her, krümmte und streckte die Finger, bis endlich auf der weißen Tapete seines Zimmers ein Frauenkopf mit einem gehörnten Hut erschien.

Wolodja wurde ganz vergnügt. Er neigte die Hände und bewegte leise die Finger – der Kopf nickte, lächelte, schnitt komische Grimassen.

Wolodja ging zur zweiten Figur über, dann zu den übrigen. Anfangs wollten sie nicht gelingen, aber schließlich glückten sie doch.

Mit dieser Beschäftigung verbrachte er eine halbe Stunde und vergaß die Aufgaben, das Gymnasium, alles in der Welt.

Plötzlich vernahm er hinter der Tür wohlbekannte Schritte. Röte schoß ihm ins Gesicht, er steckte das Heft in die Tasche, stellte die Lampe schnell auf ihren Platz – wobei er sie beinahe umgeworfen hätte –, setzte sich hin und beugte sich über sein Schulheft. Die Mutter trat ein.

»Komm, wir trinken Tee, Wolodja«, sagte sie.

Wolodja tat, als betrachte er den Klecks und sei im Begriff, das Messer aufzuklappen. Die Mutter legte ihm zärtlich die Hände auf den Kopf, da ließ er das Messer sein und schmiegte sich errötend an sie. Offenbar hatte die Mutter nichts bemerkt, und darüber war er froh. Trotzdem schämte er sich, als hätte sie ihn bei einem dummen Streich ertappt.

3

Auf dem runden Tisch im Eßzimmer summte der Samowar sein Lied. Die Hängelampe breitete über die weiße Tischdecke und die dunklen Tapeten eine schläfrige Stimmung.

Die Mutter hatte ihr schönes blasses Gesicht gedankenverloren über den Tisch geneigt. Wolodja hatte die Arme auf den Tisch gelegt und rührte mit dem Löffel im Teeglas. Süße Ströme durchzogen den Tee, feine Bläschen stiegen zur Oberfläche auf. Der silberne Löffel klirrte leise.

Das siedende Wasser rann aus dem Samowar in die Tassen.

Vom Löffel fiel auf die Untertasse und die Tischdecke ein leichter, durch den Tee aufgelöster Schatten. Wolodja vertiefte sich in seinen Anblick: unter den Schatten, die die süßen Ströme und Luftbläschen warfen, erinnerte dieser ihn an etwas Bestimmtes – woran, wußte Wolodja nicht. Er neigte und drehte den Löffel, fuhr mit den Fingern darüber, aber es nützte nichts.

Und dennoch, dachte er trotzig, kann man nicht nur mit den Fingern Schatten bilden. Mit allem kann man es machen, nur muß man sich darauf verstehen.

Wolodja betrachtete die Schatten des Samowars, der Stühle, des Kopfes seiner Mutter, die Schatten, die das Geschirr auf den Tisch warf, und suchte in ihnen allen eine Ähnlichkeit. Die Mutter sagte etwas, doch Wolodja hörte nur mit halbem Ohr zu.

»Wie lernt denn Ljoscha Sitnikow jetzt?« fragte die Mutter.

Wolodja musterte gerade den Schatten der Milchkanne. Er schrak zusammen und erwiderte rasch:

»Wie ein Kater!«

»Wolodja, du schläfst ja!« sagte die Mutter verwundert. »Was für ein Kater?«

Wolodja errötete.

»Ich weiß nicht, was mir durch den Sinn ging«, sagte er. »Verzeih, Mutter, ich habe nicht richtig zugehört.«

4

Am nächsten Abend, vor dem Tee, erinnerte sich Wolodja an die Schatten und beschäftigte sich wieder mit ihnen. Eines der Schattenbilder gelang ihm nicht, sosehr er auch die Finger streckte und bog.

Wolodja war so vertieft, daß er gar nicht merkte, wie die Mutter hereinkam. Als er die Tür knarren hörte, steckte er das Heft in die Tasche und wandte sich verlegen von der Wand ab. Aber die Mutter blickte schon auf seine Hände, und leiser Argwohn schimmerte in ihren großen Augen.

»Was treibst du denn, Wolodja? Was hast du eben versteckt?«

»Gar nichts«, murmelte Wolodja errötend und verlegen von einem Bein aufs andre tretend.

Die Mutter argwöhnte, Wolodja habe rauchen wollen und die Zigaretten versteckt.

»Wolodja, zeig mir sofort, was du versteckt hast!« sagte sie erschrocken.

»Wirklich, Mutter ...«

Sie packte Wolodja am Ellbogen.

»Soll ich erst in deine Tasche fassen?«

Wolodja errötete noch mehr und zog das kleine Heft aus der Tasche.

»Da«, sagte er und reichte es ihr.

»Was ist das?«

»Hier«, erklärte Wolodja, »siehst du kleine Zeichnungen, Schatten sind hier abgebildet. Ich wollte sie nachmachen, aber es gelang mir nicht.«

»Aber da gibt's doch nichts zu verstecken«, sagte die Mutter beruhigt. »Was für Schatten sind das? Zeig sie mir!«

Wolodja schämte sich, führte die Schatten aber gehorsam vor.

»Siehst du, das ist der Kopf eines glatzköpfigen Herrn. Und das ein Hasenkopf.«

»Ach du!« sagte die Mutter. »So machst du deine Schularbeiten!«

»Das war doch nur ein Weilchen, Mutter.«

»So, so, ein Weilchen! Und warum wirst du rot, mein Lieber? Schon gut, ich weiß ja, daß du alles erledigst, was du aufhast.«

Die Mutter fuhr mit der Hand durch Wolodjas kurzgeschorenes Haar. Wolodja lachte und barg sein glühendes Gesicht unter den Armen der Mutter.

Sie ging hinaus, doch Wolodja war immer noch beschämt und verlegen. Die Mutter hatte ihn bei einer Beschäftigung ertappt, über die er selbst gelacht haben würde, wenn er einen Schulkameraden dabei ertappt hätte.

Wolodja wußte, daß er ein kluger Junge war, und er hielt sich selbst für ernsthaft, aber dies hier war doch ein Spiel, das höchstens für Mädchen taugte!

Er schob das Heft mit den Schatten tief in die Tischschublade und holte es länger als eine Woche nicht hervor, ja, er dachte in dieser Woche kaum noch an die Schatten. Nur wenn er abends von einem Schulfach zum andern überging, lächelte er bisweilen, weil ihm der gehörnte Kopf des Fräuleins einfiel, und manchmal wollte er schon das Heft hervorholen, doch sogleich dachte er daran, wie die Mutter ihn ertappt hatte. Er schämte sich und lernte rasch weiter.

5

Wolodja und Jewgenija Stepanowna, seine Mutter, wohnten in einem Haus am Rande der Gouvernementsstadt, es war ihr Eigentum. Jewgenija Stepanowna war schon seit zehn Jahren Witwe. Sie war jetzt fünfunddreißig, noch immer jung und schön, und Wolodja liebte sie zärtlich. Sie lebte ganz für den Sohn, lernte seinetwegen die alten Sprachen, teilte mit ihm alle Aufregungen, die es durch die Schule gab. Sie war still und liebevoll, und ihre großen Augen, die in dem blassen Gesicht sanft schimmerten, blickten ein wenig ängstlich in die Welt.

Sie hatten eine Dienstmagd: Praskowja, eine mürrische Witwe aus dem Kleinbürgerstand – eine kräftige, stämmige Frau, ungefähr fünfundvierzig Jahre alt, aber von strenger Schweigsamkeit wie eine hundertjährige Greisin.

Wenn Wolodja ihr finsteres, versteinertes Gesicht sah, fragte er sich oft, woran sie an den langen Winterabenden in ihrer Küche wohl dachte, während die kalten Stricknadeln in ihren knöchernen Händen gleichmäßig klirrend aneinanderschlugen und die trockenen Lippen lautlos die Maschen zählten. Dachte sie an ihren Mann, den Trunkenbold? Oder an ihre früh verstorbenen Kinder? Oder stellte sie sich ihr einsames, obdachloses Alter vor?

Hoffnungslos verzagt und streng war ihr versteinertes Gesicht.

6

Ein langer Herbstabend. Draußen Regen und Wind.

Wie verdrießlich, wie gleichgültig die Lampe brannte!

Wolodja lehnte, auf den Ellbogen gestützt, mit der linken Seite ganz auf dem Tisch und blickte auf die weiße Wand und den weißen Fernstervorhang.

Die blassen Blumen auf den Tapeten waren nicht zu erkennen ... Ein langweiliges Weiß ...

Der weiße Lampenschirm fing einen Teil der Lichtstrahlen auf. Die ganze obere Hälfte des Zimmers lag im Halbdunkel.

Wolodja hob die rechte Hand. Auf der vom Lampenschirm beschatteten Wand streckte sich ein langer, verschwommener, unbestimmter Schatten.

Der Schatten eines Engels, der von der lasterhaften und trübseligen Welt in den Himmel fliegt, ein durchsichtiger Schatten mit breiten Flügeln und traurig auf die Brust gesenktem Kopf.

Entschwebte auf den zarten Armen des Engels nicht etwas Bedeutendes und Mißachtetes aus der Welt?

Wolodja atmete schwer. Seine Hand sank träger herab. Er richtete die gelangweilten Augen auf seine Bücher.

Ein langer Herbstabend ... Langweiliges Weiß ... Draußen stammelte und weinte es ...

7

Die Mutter ertappte Wolodja zum zweitenmal bei den Schatten.

Dieses Mal war ihm der Stierkopf sehr gut gelungen, und er freute sich dieses Anblicks, ließ den Stier den Hals recken und brüllen.

Aber die Mutter war ärgerlich.

»So lernst du also!« sagte sie vorwurfsvoll.

»Ich tue es doch nur ein Weilchen, Mutter!« murmelte Wolodja verlegen.

»Du kannst dich ja in deiner freien Zeit damit befassen«, fuhr die Mutter fort. »Du bist doch kein kleines Kind mehr. Daß du dich nicht schämst, die Zeit mit solchem Unsinn zu vertrödeln.«

»Mutter, ich tue es nicht wieder.«

Doch es wurde Wolodja schwer, sein Versprechen zu halten, Schatten zu machen gefiel ihm sehr, und oft überkam ihn mitten in einer uninteressanten Schulstunde der Wunsch, sich damit zu beschäftigen.

Dieser Schabernack raubte ihm an manchen Abenden viel Zeit und hinderte ihn, seine Aufgaben ordentlich zu erledigen. Er mußte sie später nachholen und schlief nicht mehr aus. Doch wie konnte er dieses Spiel aufgeben?

Es gelang Wolodja, ein paar neue Figuren zu erfinden, die nicht nur mit den Fingern gemacht wurden. Die Figuren lebten auf der Wand, und manchmal kam es Wolodja so vor, als führten sie mit ihm interessante Gespräche.

Nebenbei bemerkt, er war auch früher ein großer Träumer gewesen.

8

Nacht. In Wolodjas Zimmer war es finster. Wolodja lag in seinem Bett, konnte aber nicht schlafen. Er lag auf dem Rücken und starrte zur Decke.

Auf der Straße ging jemand mit einer Laterne vorüber. Der Schatten huschte zwischen den roten Lichtflecken, die von der Laterne herrührten, über die Zimmerdecke. Anscheinend schwankte die Laterne in den Händen des Vorübergehenden, denn der Schatten bewegte sich ungleichmäßig und zuckend.

Wolodja war mit einemmal unheimlich und schrecklich zumute. Rasch zog er die Bettdecke über den Kopf, drehte sich, vor Hast bebend, auf die rechte Seite und begann zu träumen.

Ihm wurde wohlig und warm. In seinem Kopf erstanden angenehme, naive Träume, jene Träume, die stets vor dem Einschlafen zu ihm kamen.

Oft, wenn er sich schlafen legte, wurde ihm bange. Er kam sich kleiner und schwächer vor, vergrub den Kopf im Kissen, vergessen waren seine burschikosen Manieren, und er wurde zärtlich und liebevoll und hätte gern die Mutter umarmt und geküßt.

9

Die graue Dämmerung verdichtete sich. Die Schatten verschwammen. Wolodja war traurig.

Doch da war ja die Lampe. Ihr Licht fiel auf das grüne Tischtuch, über die Wand huschten die unbestimmten, liebgewordenen Schatten.

Wolodja fühlte eine große Freude und Beseligung, und er beeilte sich, das graue Heft hervorzuholen.

Der Stier brüllt ... Das Fräulein lacht hell ... Was für böse, runde Augen der glatzköpfige Herr macht!

Jetzt etwas Selbsterdachtes.

Steppe. Ein Wanderer mit Quersack. Es war, als hörte man das traurige, gedehnte Lied des Wanderers.

Wolodja war froh und traurig zumute.

10

»Wolodja, schon zum drittenmal sehe ich dieses Heft bei dir. Wie kannst du dich ganze Abende am Anblick deiner Finger ergötzen?«

Wolodja stand am Tisch, als hätte man ihn bei einem Streich ertappt, und drehte das Heft in seinen heißen, feuchten Fingern.

»Gib es her!« sagte die Mutter.

Linkisch reichte Wolodja ihr das Heft. Die Mutter nahm es

und ging schweigend hinaus, indes Wolodja sich an seine Aufgaben setzte.

Er schämte sich, die Mutter mit seinem Eigensinn betrübt zu haben, ärgerte sich obendrein, daß er es zu alledem hatte kommen lassen. Es war ihm sehr peinlich, und der Ärger auf die Mutter quälte ihn, doch er konnte nicht dagegen an. Und weil ihm der Ärger Gewissensbisse machte, ärgerte er sich noch mehr.

Tut nichts, daß sie es mir weggenommen hat, dachte er schließlich, ich komme auch ohne es aus.

In der Tat kannte Wolodja die Figuren schon auswendig und hatte das Heft nur zur Kontrolle benutzt.

11

Die Mutter nahm das Heft mit den Abbildungen der Schatten in ihr Zimmer, schlug es auf und dachte nach.

Was haben sie denn so Verlockendes an sich? überlegte sie. Wolodja ist doch ein kluger, guter Junge – und plötzlich gibt er sich mit solchem dummen Zeug ab!

Nein, also ist es kein dummes Zeug!

Aber was ist es dann? fragte sie sich beharrlich.

Eine eigentümliche Furcht beschlich sie – ein feindseliges, scheues Gefühl gegenüber diesen schwarzen Bildern.

Sie stand auf und zündete eine Kerze an. Mit dem grauen Heft in der Hand trat sie zur Wand und hielt beklommen inne.

Ich muß doch endlich herausbekommen, was dahintersteckt, sagte sie sich und ahmte die Schatten – vom ersten bis zum letzten – nach.

Beharrlich und aufmerksam legte sie die Finger zusammen und drehte die Hände, bis die gewünschte Figur zustande kam. Ein unbestimmtes Gefühl, wie Furcht, regte sich in ihr. Sie wollte seiner Herr werden. Doch die Furcht wuchs und zog sie in ihren Bann. Ihre Hände zitterten, ihre durch die Dämmerung des Lebens eingeschüchterten Gedanken aber eilten den drohenden Kümmernissen entgegen.

Plötzlich hörte sie die Schritte ihres Sohnes. Sie schrak zusammen, steckte das Heft weg und löschte die Kerze aus.

Wolodja kam und blieb an der Tür stehen, verwirrt, weil die Mutter ihn so streng ansah und so seltsam und betreten an der Wand stand.

»Was willst du?« fragte sie ihn mit strenger, unruhiger Stimme.

Eine leise Ahnung durchzuckte Wolodja, doch er wies sie schleunigst von sich und begann sich mit der Mutter zu unterhalten.

12

Wolodja verließ sie wieder.

Die Mutter ging einige Male im Zimmer auf und ab. Sie bemerkte, daß hinter ihr auf dem Fußboden sich ihr Schatten bewegte, und – wie merkwürdig! – zum erstenmal im Leben fühlte sie sich davon peinlich berührt. Der Gedanke, daß dieser Schatten da war, wich nicht aus ihrem Sinn, doch dieser Gedanke flößte ihr Angst ein, und sie bemühte sich, den Schatten nicht zu beachten.

Der Schatten aber kroch ihr nach und neckte sie. Jewgenija Stepanowna versuchte, an etwas anderes zu denken – vergebens.

Plötzlich blieb sie stehen, bleich und aufgeregt.

»Ach was, Schatten!« rief sie laut und stampfte in eigentümlicher Gereiztheit mit den Füßen auf. »Was ist schon dabei? Was denn?«

Auf einmal begriff sie, daß es dumm war, so zu schreien und mit den Füßen zu stampfen, und sie verstummte.

Sie trat vor den Spiegel. Ihr schönes Gesicht war blasser als sonst, und ihre Lippen zitterten vor Angst und Zorn.

Meine Nerven, dachte sie. Ich muß mich zusammennehmen.

13

Die Dämmerung senkte sich herab. Wolodja hing seinen Träumen nach.

»Komm, wir gehen spazieren, Wolodja«, sagte die Mutter.

Aber auch auf der Straße waren überall Schatten, abendliche, geheimnisvolle, ungreifbare Schatten, und sie flüsterten Wolodja etwas Vertrautes und unendlich Trauriges zu.

Vom trüben Himmel blickten zwei, drei Sterne, so fern und fremd für Wolodja und für die Schatten in seiner Umgebung. Doch um der Mutter eine Freude zu bereiten, dachte Wolodja an die Sterne: nur sie allein waren von Schatten frei.

»Mutter«, sagte er, ohne zu merken, daß er sie, die eben zu ihm gesprochen hatte, unterbrach, »wie schade, daß man nicht zu den Sternen gelangen kann!«

Die Mutter blickte zum Himmel auf und erwiderte:

»Es ist auch nicht nötig. Nur auf der Erde geht es uns gut – dort ist es etwas anderes.«

»Wie schwach sie leuchten! Na, um so besser.«

»Warum?«

»Wenn sie heller leuchteten, würden sie auch Schatten werfen.«

»Ach Wolodja, warum denkst du immerzu nur an die Schatten?«

»Das war nicht Absicht von mir, Mutter«, sagte Wolodja reumütig.

14

Wolodja gab sich noch immer Mühe, die Schularbeiten möglichst gut zu machen, er wollte die Mutter nicht durch Faulheit betrüben. Aber seine ganze Einbildungskraft verwendete er dafür, abends auf seinem Tisch eine Menge Dinge so aufzustellen, daß sie einen neuartigen, wunderlichen Schatten warfen. Er legte alles, was greifbar war, mal so und wieder anders hin und freute sich, wenn auf der weißen Wand Umrisse erschienen, in die er einen Sinn hineinlegen konnte. Diese Schattenbilder wurden ihm lieb und teuer. Sie waren nicht stumm, sie sprachen – und Wolodja verstand dieses Stammeln.

Er verstand, worüber der verzagte Wanderer klagt, der, einen Stab in den zitternden Händen und den Quersack auf dem gebeugten Rücken, im herbstlichen Unwetter weit, weit unterwegs ist.

Er verstand, worüber der schneeverwehte und sich nach Winterstille sehnende Wald klagt, wenn die Äste im Frost krachen und wovon der behäbige Rabe auf der grauen Eiche krächzt und aus welchem Grunde das geschäftige Eichhörnchen über der leeren Baumhöhlung trauert.

Er verstand, was die bettelarmen alten Frauen im trüben Herbstwind beweinen, die siechen, obdachlosen Greisinnen, die in ihren erbärmlichen Lumpen auf dem engen Friedhof zittern, zwischen den verfallenen Kreuzen und den hoffnungslos schwarzen Gräbern.

15

Die Mutter merkte bald, daß Wolodja den Unfug fortsetzte. Beim Mittagessen sagte sie:

»Wenn du dich doch für etwas anderes interessieren wolltest, Wolodja!«

»Wofür denn?«

»Lies doch etwas!«

»Fange ich an zu lesen, zieht es mich doch zu den Schatten.«

»Denk dir ein anderes Spiel aus – vielleicht mit Seifenblasen.«

Wolodja lächelte traurig.

»Die Blasen schweben und werfen Schatten auf die Wand.«

»Wolodja, aber so wirst du schließlich deine Nerven ruinieren. Ich sehe doch, du bist sogar abgemagert!«

»Mutter, du übertreibst!«

»Bitte! Ich weiß doch, du schläfst nachts schlecht, phantasierst zuweilen. Stell dir vor, wenn du krank würdest!«

»Wo denkst du hin!«

»Gott behüte, daß du den Verstand verlierst oder stirbst – welch ein Leid wäre das für mich!«

Wolodja lachte hellauf und fiel der Mutter um den Hals.

»Mutter, ich sterbe nicht. Ich tue es nicht mehr.«

Die Mutter sah, daß Wolodja weinte.

»Schon gut«, sagte sie. »Gott ist gnädig. Nun siehst du, wie nervös du geworden bist – du lachst und weinst zugleich!«

16

Aufmerksam und ängstlich beobachtete die Mutter Wolodja. Jede Kleinigkeit beunruhigte sie jetzt.

Sie bemerkte, daß Wolodjas Kopf ein wenig asymmetrisch war: das eine Ohr saß höher als das andere, das Kinn war ein bißchen schief. Die Mutter blickte in den Spiegel und stellte fest, daß Wolodja ihr auch hierin ähnelte.

Vielleicht, dachte sie, ist das eine erbliche Belastung, ein Anzeichen von Degeneration? Aber bei wem liegt die Wurzel des Übels? Bin ich so unausgeglichen? Oder war es der Vater?

Jewgenija Stepanowna dachte an ihren verstorbenen Mann. Er war ein überaus guter, lieber Mensch gewesen, willensschwach, voll unsinnigen Strebens, bald enthusiastisch, bald mystisch gestimmt, er hatte von einer besseren Gesellschaftsordnung geträumt, hatte zu denen gehört, die »ins Volk gingen«, und in seinen letzten Lebensjahren hatte er sich dem Trunk ergeben.

Er war jung gestorben – mit fünfunddreißig Jahren.

Die Mutter brachte Wolodja zum Arzt, schilderte seine Krankheit. Der Arzt, ein lebenslustiger junger Mann, hörte sie spöttisch lächelnd an, erteilte fröhlich scherzend ein paar Ratschläge zur Diät und zur Lebensweise, schrieb vergnügt »ein Rezept für eine kleine Mixtur« aus und fügte, während er Wolodja auf die Schulter klopfte, schalkhaft hinzu:

»Aber die beste Medizin wäre eine Tracht Prügel.«

Die Mutter war deswegen schwer beleidigt, hielt jedoch die Vorschriften ein.

17

Wolodja saß in der Schule. Er langweilte sich und hörte nicht recht zu.

Er hob den Blick. An der Decke bewegte sich ein Schatten zur vorderen Wand hin. Wolodja stellte fest, daß der Schatten vom vorderen Fenster kam. Er fiel in die Mitte der Klasse, huschte rasch an Wolodja vorbei nach vorn – offenbar ging draußen jemand am Fenster vorüber. Während der Schatten sich noch bewegte, fiel durch das nächste Fenster ein anderer Schatten, zuerst gegen die hintere Wand, dann glitt er schnell zur vorderen. Dasselbe wiederholte sich beim dritten und vierten Fenster, die Schatten fielen in die Klasse, auf die Decke, und während der Passant weiterging, wanderte sein Schatten immer weiter zurück.

Ja, dachte Wolodja, hier ist es nicht so wie im Freien, wo einem der Schatten folgt; hier gleiten die Schatten zurück, während man vorwärts geht und schon wieder anderen Schatten begegnet.

Wolodja richtete seinen Blick auf die hagere Gestalt des Lehrers. Das kalte, gelbe Gesicht des Lehrers reizte ihn. Er suchte seinen Schatten und fand ihn an der Wand hinter dem Lehrertisch. Der Schatten verbog sich häßlich und schwankte, hatte aber nicht jenes gelbe Gesicht und jenes höhnische Grinsen, und Wolodja betrachtete ihn gern. Seine Gedanken eilten weit weg, und er hörte überhaupt nicht mehr zu.

»Lowlew!« rief ihn der Lehrer.

Wolodja erhob sich gewohnheitsmäßig, stand da und starrte den Lehrer dumpf an. Er hatte ein so geistesabwesendes Gesicht, daß die Mitschüler lachten, der Lehrer aber setzte eine vorwurfsvolle Miene auf.

Dann hörte Wolodja, wie der Lehrer ihn höflich, aber böse verspottete – Wolodja bebte, so ohnmächtig und gekränkt fühlte er sich. Der Lehrer erklärte, er werde ihm wegen Unkenntnis und Unaufmerksamkeit ein »Ungenügend« geben, und befahl ihm, sich zu setzen.

Wolodja lächelte verstört und begann nachzudenken, was mit ihm geschehen war.

18

Ein Ungenügend, das erste in Wolodjas Leben!

Wie seltsam das für Wolodja war!

»Lowlew«, neckten ihn die Mitschüler, lachten und stießen ihn an, »hast dir eine schöne Zensur eingehandelt! Gratuliere!«

Wolodja war unbehaglich zumute. Er wußte noch nicht, wie man sich in solchen Fällen verhielt.

»Wennschon«, sagte er ärgerlich, »was geht es euch an?«

»Lowlew«, rief ihm der faule Snegirjow zu, »unser Regiment hat Verstärkung gekriegt!«

Das erste Ungenügend! Und er mußte es der Mutter vorzeigen.

Das war beschämend und erniedrigend. Wolodja fühlte in seiner Schultasche auf seinem Rücken etwas sonderbar Schweres und Peinliches – das Ungenügend steckte höchst unangenehm in seinem Bewußtsein, paßte einfach nicht in seine Gedanken hinein.

Ein Ungenügend!

Er konnte sich nicht daran gewöhnen und vermochte an nichts anderes zu denken. Als ihn in der Nähe des Gymnasiums ein Polizist ansah, streng wie üblich, dachte Wolodja:

Wenn du wüßtest, daß ich ein Ungenügend habe!

Es war ungemein peinlich und ungewohnt, Wolodja wußte nicht, wie er den Kopf halten und wo er die Hände lassen sollte, im ganzen Körper war die Peinlichkeit.

Zu alledem mußte er vor den Mitschülern ein sorgloses Gesicht aufsetzen und von anderen Dingen sprechen!

Die Mitschüler! Wolodja war überzeugt, daß alle sich über sein Ungenügend schrecklich freuten.

19

Die Mutter sah das Ungenügend, richtete ihre verständnislosen Augen auf Wolodja, blickte abermals auf die Zensur und rief leise aus:

»Wolodja!«

Wolodja stand zerknirscht vor ihr. Er starrte die Falten ihres Kleides und die bleichen Hände an und spürte ihre erschrockenen Blicke auf seinen zitternden Augenlidern.

»Was ist das?« fragte die Mutter.

»Aber Mutter«, sagte Wolodja schnell, »es ist doch das erste Mal!«

»Das erste Mal!«

»So etwas kann doch jedem passieren. Es kam wirklich ganz unerwartet.«

»Ach, Wolodja, Wolodja!«

Wolodja weinte und wischte wie ein Kind die Tränen mit der Hand über die Wangen.

»Mutter, sei nicht böse«, flüsterte er.

»Da hast du deine Schatten!« sagte die Mutter.

Wolodja hörte ihre tränenerstickte Stimme, und sein Herz krampfte sich zusammen. Er blickte die Mutter an. Sie weinte. Er stürzte auf sie zu.

»Mutter, Mutter«, wiederholte er, ihre Hände küssend, »ich lasse sie sein, wirklich, ich lasse alle Schatten sein.«

20

Wolodja nahm seine ganze Willenskraft zusammen und gab sich nicht mehr mit den Schatten ab, wie sehr sie ihn auch lockten. Er bemühte sich, das Versäumte nachzuholen.

Aber hartnäckig erschienen die Schatten immer wieder. Wenn er sie auch nicht mit seinen Fingern heraufbeschwor, wenn er auch nicht Gegenstände aufeinanderlegte, damit sie Schatten auf die Wand warfen – die Schatten umringten ihn von selbst, zudringlich, unabweisbar.

Wolodja interessierte sich nicht mehr für die Gegenstände, er beachtete sie kaum noch, seine ganze Aufmerksamkeit fiel ihren Schatten zu.

Wenn er nach Hause ging und die Sonne, sei es auch durch einen Dunstschleier, durch die Herbstwolken schaute, freute er sich, daß überall Schatten dahinglitten.

Abends zu Hause umgaben ihn die Schatten der Lampe.

Schatten waren überall ringsum, scharfe Schatten von den Lichtern, verschwommene vom zerstreuten Tageslicht, und sie alle drängten sich an Wolodja heran, kreuzten sich, verstrickten ihn in ein unzerreißbares Netz.

Einige waren unbegreiflich, rätselhaft, andere erinnerten an etwas, deuteten auf etwas hin, aber es waren auch liebe Schatten darunter, vertraute, bekannte, und diese suchte Wolodja, wenn auch unbewußt, und griff nach ihnen im wirren Dahinhuschen der fremden Schatten.

Aber die lieben und bekannten Schatten waren traurig.

Wenn Wolodja merkte, daß er die Schatten suchte, fühlte er Gewissensbisse und ging zur Mutter beichten.

Einmal geschah es, daß Wolodja der Versuchung nicht widerstehen konnte, an die Wand trat und den Stier machte. Die Mutter ertappte ihn dabei.

»Schon wieder!« rief sie zornig. »Nein, ich werde endlich den Direktor bitten, daß er dich in den Karzer sperrt.«

Wolodja errötete und antwortete finster:

»Dort ist auch eine Wand. Überall gibt es eine Wand.«

»Wolodja!« rief die Mutter kummervoll. »Was sagst du da!«

Doch Wolodja bereute seine Grobheit schon und weinte.

»Mutter, ich weiß selbst nicht, was mit mir los ist.«

21

Die Mutter vermochte ihre abergläubische Furcht vor den Schatten nicht zu bezwingen. Immer öfter kam ihr der Gedanke, sie könnte sich wie Wolodja in das Betrachten der Schatten versenken, doch sie versuchte sich zu trösten.

Was für dumme Gedanken! sagte sie sich. So Gott will, wird alles gut: eines Tages hat der Junge den Unfug satt.

Aber ihr Herz stockte vor geheimem Entsetzen, und ihre Gedanken, voller Ängstlichkeit vor dem Leben, eilten den zukünftigen Kümmernissen entgegen.

In trübsinnigen Minuten des Morgens forschte sie in ihrer Seele, dachte an ihr Leben zurück – und sah, daß es hohl, zu nichts nütze, sinnlos war. Nichts als ein unsinniges Huschen von Schatten, die in der dichter werdenden Dämmerung verschwammen.

Wozu habe ich gelebt? fragte sie sich. Für den Sohn? Doch wozu? Damit auch er die Beute der Schatten wird, ein Wahnbesessener mit engem Horizont – gekettet an Illusionen, an sinnlose Widerspiegelungen auf einer leblosen Wand?

Auch er wird ins Leben treten, auch er wird einigen Wesen das Leben schenken, die trügerisch und unnütz sind wie der Traum.

Sie setzte sich in den Sessel am Fenster, grübelte und grübelte.

Es waren bittere, bedrückende Gedanken.

Vor Schwermut rang sie die schönen, weißen Hände.

Ihre Gedanken zerrannen. Sie schaute auf ihre zurückgebogenen Hände und stellte sich mit einmal vor, was für Schatten sie wohl ergäben. Sie ertappte sich dabei und sprang erschrocken auf.

»Mein Gott!« rief sie. »Das ist ja Wahnsinn!«

22

Beim Mittagessen beobachtete sie Wolodja.

Er ist blaß und mager geworden, seit er das unselige Heft in die Hände bekommen hat. Und auch sonst hat er sich verändert – im Charakter, in allem.

Man sagt, der Charakter verändere sich vor dem Tod. Wenn er nun stirbt?

Ach nein, nein, Gott behüte!

Der Löffel zitterte in ihrer Hand. Sie richtete die furchtsamen Augen auf das Heiligenbild.

»Wolodja, warum hast du die Suppe nicht aufgegessen?« fragte sie erschrocken.

»Ich mag nicht, Mutter.«

»Wolodja, sei nicht trotzig, mein Liebling – es schadet dir, wenn du deine Suppe nicht ißt.«

Wolodja lächelte träge und löffelte langsam seine Suppe aus. Die Mutter hatte ihm zu viel aufgetan. Er lehnte sich zurück und wollte gerade sagen, daß die Suppe ihm nicht geschmeckt habe. Doch die Mutter machte ein so besorgtes Gesicht, daß Wolodja es nicht zu sagen wagte und nur schwach lächelte.

»Jetzt bin ich satt«, sagte er.

»Ach nein, Wolodja, heute gibt es nur deine Lieblingsspeisen.«

Wolodja seufzte traurig, er wußte schon, wenn die Mutter von seinen Lieblingsspeisen sprach, hieß es, daß sie ihn wieder mästen wollte. Er ahnte, daß die Mutter ihn, genau wie gestern, zwingen würde, auch zum Tee Fleisch zu essen.

23

Am Abend sagte die Mutter zu Wolodja:

»Wolodja, mein Lieber, du wirst dich wieder ablenken lassen – mach lieber die Tür nicht zu.«

Wolodja setzte sich an seine Schulaufgaben. Doch ihn ärgerte, daß die Tür hinter seinem Rücken offenstand und daß die Mutter ab und zu vorbeiging.

»Ich kann so nicht arbeiten!« schrie er und rückte polternd den Stuhl zurück. »Ich kann nicht lernen, wenn die Tür weit offensteht.«

»Wolodja, warum schreist du denn?« beschwichtigte die Mutter liebevoll.

Wolodja bereute schon und weinte. Die Mutter liebkoste ihn und redete ihm zu:

»Ich bin doch nur um dich besorgt, Wolodja, will dir helfen, deiner Leidenschaft Herr zu werden.«

»Mutter, setz dich ein Weilchen zu mir«, bat Wolodja.

Die Mutter nahm ein Buch und setzte sich an Wolodjas Tisch. Ein paar Minuten lang arbeitete Wolodja ruhig. Doch allmählich begann ihn die Gestalt seiner Mutter zu reizen.

Wie bei einem Kranken sitzt sie hier, dachte er böse.

Seine Gedanken verwirrten sich, ärgerlich rückte er hin und her und biß sich auf die Lippen. Endlich merkte es die Mutter und entfernte sich aus dem Zimmer.

Wolodja spürte jedoch keine Erleichterung. Nun reute es ihn, daß er seine Ungeduld gezeigt hatte. Er versuchte zu lernen – und konnte es nicht. Schließlich ging er zur Mutter.

»Mutter, warum bist du denn weggegangen?« fragte er schüchtern.

24

Die Nacht vor einem Feiertag. Vor den Heiligenbildern glommen die Öllämpchen.

Es war schon spät und vollkommen still. Die Mutter schlief nicht. Im geheimnisvollen Dunkel des Schlafzimmers lag sie auf den Knien, betete und weinte, kindlich aufschluchzend.

Ihre Zöpfe fielen auf das weiße Kleid; ihre Schultern zuckten.

Flehend hob sie die Arme, und mit verweinten Augen blickte sie zur Ikone auf. Von ihrem heißen Atem schaukelte ein Lämpchen an den Ketten kaum merklich hin und her. Die Schatten schwankten, drängten sich in den Ecken, huschten hinter den Heiligenschrein und stammelten etwas Geheimnisvolles. Eine hoffnungslose Sehnsucht lag in diesem Stammeln, eine unerklärliche Trauer in dem langsamen Hinundherschwanken.

Die Mutter erhob sich, bleich, mit weitgeöffneten, sonderbaren Augen, und wankte auf den zitternden Beinen.

Leise ging sie zu Wolodja. Die Schatten umdrängten sie, rauschten sanft hinter ihrem Rücken, krochen vor ihren Füßen, fielen, leicht wie Spinngewebe, auf ihre Schultern und stammelten, ihr in die großen Augen blickend, etwas Unverständliches.

Vorsichtig trat sie ans Bett ihres Sohnes. Beim Schein des Öllämpchens wirkte sein Gesicht blaß. Auf ihm lagen scharfe, seltsame Schatten. Man hörte ihn nicht atmen — er schlief so leise, daß die Mutter Angst bekam.

Sie stand da, umringt von verschwommenen Schatten, umweht von Ängsten.

25

Die hohen Kirchengewölbe waren finster und geheimnisvoll. Die Abendlieder stiegen empor und hallten feierlich traurig. Geheimnisvoll, streng blickten die dunklen Heiligenbilder, von den gelben Flammen der Wachskerzen beleuchtet. Ein warmer Hauch von Wachs und Weihrauch erfüllte die Luft mit majestätischer Trauer.

Jewgenija Stepanowna zündete vor dem Muttergottesbild eine Kerze an und kniete nieder. Doch sie war zerstreut bei ihrem Gebet. Sie blickte auf die Kerze. Die Flamme flackerte. Schatten, von den Kerzen geworfen, fielen auf Jewgenija Stepanownas schwarzes Kleid und auf den Fußboden und zuckten verneinend hin und her.

Schatten huschten über die Kirchenwände und verschwanden oben, in den dunklen Gewölben, wo die feierlichen, traurigen Lieder widerhallten.

26

Eine andere Nacht.

Wolodja erwachte. Die Finsternis umringte ihn und bewegte sich lautlos.

Wolodja befreite seine Hände aus der Bettdecke, hob und bewegte sie, die Augen auf sie gerichtet. Im Dunkeln sah er seine Hände nicht, doch ihm schien, als bewegten sie sich als etwas Schwarzes vor seinen Augen …

Etwas Schwarzes, Geheimnisvolles, den Schmerz und das Stammeln einsamer Sehnsucht in sich Tragendes …

Auch die Mutter fand keinen Schlaf – der Trübsinn quälte sie.

Sie zündete eine Kerze an und ging leise ins Zimmer des Sohnes, um zu sehen, wie er schlief.

Leise öffnete sie die Tür und schaute zaghaft auf Wolodjas Bett …

Ein Strahl des gelben Lichtes lief über Wolodjas rote Bettdecke und zitterte an der Wand. Der Junge streckte die Arme nach dem Licht und verfolgte mit klopfendem Herzen die Schatten. Woher das Licht kam, fragte er sich gar nicht.

Er war von den Schatten gebannt. Seine Augen, von der Wand gefesselt, waren erfüllt von jähem Wahnsinn.

Die Lichtstreifen wurden breiter, die Schatten liefen düster, gebückt, wie obdachlose Wanderinnen, die ihre Habseligkeiten irgendwohin schleppen.

Die Mutter trat ans Bett, vor Angst zitternd, und rief den Sohn leise:

»Wolodja!«

Wolodja besann sich. Einen Moment blickte er die Mutter mit großen Augen an; dann begann er am ganzen Leibe zu zittern, sprang aus dem Bett, fiel seiner Mutter zu Füßen, umschlang ihre Knie und schluchzte laut auf.

»Was hast du bloß für Träume, Wolodja!« rief die Mutter kummervoll.

27

»Wolodja«, sagte die Mutter beim Morgentee, »so geht es nicht weiter, mein Kind, du richtest dich ganz zugrunde, wenn du auch bei Nacht nach den Schatten greifst.«

Der blasse Junge senkte traurig den Kopf. Seine Lippen zuckten nervös.

»Weißt du, was wir machen?« fuhr die Mutter fort. »Wir werden lieber jeden Abend gemeinsam ein wenig mit den Schatten spielen, und dann setzen wir uns an die Aufgaben. Einverstanden?«

Wolodja belebte sich ein wenig.

»Mutter, du bist lieb!« sagte er verlegen.

28

Auf der Straße fühlte sich Wolodja schläfrig, und er ängstigte sich. Nebel hatte sich ausgebreitet, es war kalt und traurig. Die Umrisse der Häuser muteten seltsam an. Düstere Menschengestalten bewegten sich unter dem Nebelschleier wie unfreundliche, unheildrohende Schatten. Alles war ganz und gar außergewöhnlich. Das Pferd eines Droschkenkutschers, der an einer Straßenkreuzung döste, ragte wie ein riesenhaftes, unbekanntes Tier aus dem Nebel.

Der Polizist sah Wolodja feindselig an. Eine Krähe auf dem niedrigen Dach eines Hauses prophezeite Wolodja Kummer. Doch der Kummer saß schon in seinem Herzen – es bekümmerte ihn, zu sehen, wie feindselig alles ihm gegenüber war.

Ein kleiner Hund, dessen Fell an einigen Stellen kahl war, bellte ihn aus einem Torweg an – und Wolodja fühlte sich merkwürdig gekränkt.

Auch die Straßenjungen schienen Wolodja kränken und auslachen zu wollen. Früher hätte er ihnen das ordentlich heimgezahlt, doch jetzt beengte Furcht seine Brust und ließ seine Arme kraftlos herabsinken.

Als Wolodja nach Hause kam, öffnete Praskowja ihm die Tür und blickte ihn finster und feindselig an. Wolodja wurde unbehaglich zumute. Er trat rasch ein, wagte aber nicht, in Praskowjas trostloses Gesicht zu schauen.

29

Die Mutter saß allein in ihrem Zimmer. Es dämmerte, und es war langweilig.

Irgendwo schimmerte Licht.

Wolodja kam hereingelaufen, lebhaft, fröhlich, mit großen, ein wenig wilden Augen.

»Mutter, die Lampe brennt, komm, wir spielen ein bißchen!«

Die Mutter lächelte und folgte Wolodja.

»Mutter, ich habe mir eine neue Figur ausgedacht«, sagte Wolodja aufgeregt, während er die Lampe zurechtstellte.

»Guck mal ... Siehst du? Eine schneebedeckte Steppe. Es schneit. Ein Schneesturm.«

Wolodja hob die Hände und legte sie zusammen.

»Jetzt, siehst du, ein alter Mann, der dort geht. Bis zu den Knien im Schnee. Es geht sich schwer. Er ist allein auf weiter Flur, bis zum Dorf ist es noch weit. Er ist müde, friert, ängstigt sich. Er ist ganz gebeugt – so alt ist er.«

Die Mutter korrigierte Wolodjas Finger.

»Ach!« rief Wolodja begeistert. »Der Sturm reißt ihm die Mütze vom Kopf, zaust sein Haar, überschüttet ihn mit Schnee. Die Schneewehen werden immer höher. Mutter, Mutter, hörst du?«

»Der Schneesturm ...«

»Und er?«

»Der Alte?«

»Hörst du, er stöhnt!«

»Hilfe!«

Beide waren blaß, sie starrten auf die Wand. Wolodjas Hände schwankten – der Alte fiel hin.

Die Mutter besann sich als erste.

»Nun an die Arbeit«, sagte sie.

30

Es war Morgen. Die Mutter war allein zu Hause. In zusammenhanglose, trübsinnige Gedanken vertieft, ging sie von einem Zimmer ins andere.

Auf der weißen Tür zeichnete sich ihr Schatten ab, verschwommen im zerstreuten Licht der durch den Nebel scheinenden Sonne. Die Mutter blieb an der Tür stehen und hob mit einer breiten, seltsamen Bewegung die Hand empor. Der Schatten an der Tür zitterte und flüsterte etwas schon Bekanntes und Trauriges. Eine merkwürdige Freude erfüllte Jewgenija Stepanownas Seele, und sie bewegte, vor der Tür stehend, beide Arme und lächelte scheu, während sie den huschenden Schatten beobachtete.

Praskowjas Schritte waren zu hören – Jewgenija Stepanowna wurde sich bewußt, daß sie etwas Törichtes trieb.

Wieder war ihr so ängstlich und trübsinnig zumute.

Ich muß anderswohin ziehen, dachte sie, ich muß weit wegfahren, wo es etwas Neues gibt.

Von hier fliehen, fliehen!

Verzweifelt rang sie die blassen, schönen Hände.

31

Es war Abend.

Auf dem Fußboden in Wolodjas Zimmer stand eine brennende Lampe. Hinter ihr saßen die Mutter und Wolodja auf dem Fußboden. Sie blickten auf die Wand und machten mit den Händen eigenartige Bewegungen.

Auf der Wand liefen und schwankten Schatten hin und her.

Wolodja und die Mutter verstanden sie. Sie lächelten traurig, sagten einander Quälendes und Undenkbares. Ihre Gesichte waren friedlich, ihre Träume klar – ihre Freude war hoffnungslostraurig, wild-freudig ihre Trauer. In ihren Augen leuchtete der Wahnsinn, seliger Wahnsinn …

Über sie senkte sich Nacht.

1894

DER WURM

1

Wanda, ein etwa zwölfjähriges hochgewachsenes, brünettes Mädchen, kehrte fröhlich, mit rotgefrorenen Wangen aus dem Gymnasium zurück. Lärmend lief sie durch die Zimmer, stupste und schubste ihre Freundinnen. Die versuchten besorgt, Wanda zu beschwichtigen, wurden aber von ihrer Fröhlichkeit angesteckt und liefen hinter ihr her. Doch hielten sie scheu inne, wenn Anna Grigorjewna Rubonossowa vorüberkam, die Lehrerin, bei der sie wohnten. Anna Grigorjewna brummte zornig, während sie geschäftig zwischen Küche und Eßzimmer hin und her eilte. Sie war ungehalten, weil das Mittagessen noch nicht fertig war, obwohl Wladimir Iwanowitsch, ihr Mann, jeden Augenblick vom Dienst kommen mußte, und weil Wanda umhertollte.

»Nein«, versetzte Anna Grigorjewna ärgerlich, »ihr wohnt das letzte Jahr bei mir. Ich habe aus dem Gymnasium die Nase voll von euch, und jetzt soll ich mich hier mit euch abplagen. Nein, mir reicht es, ich habe mich genug abgerackert.«

Anna Grigorjewnas grünliches Gesicht bekam einen bösen Ausdruck, ihre gelben Eckzähne schauten unter der Oberlippe hervor, und im Vorübergehen zwickte sie Wanda schmerzhaft in den Arm. Wanda wurde für ein Weilchen still – die Mädchen fürchteten Anna Grigorjewna –, doch bald war die Wohnung der Rubonossows wieder von Gelächter und vom Lärm des Herumlaufens erfüllt.

Rubonossows besaßen ein einstöckiges Holzhaus, das sie kürzlich gebaut hatten und auf das sie sehr stolz waren. Wladimir Iwanowitsch arbeitete bei der Gouvernementsverwaltung, Anna Grigorjewna im Mädchengymnasium. Kinder hatten sie nicht, und vielleicht machte Anna Grigorjewna deshalb oft so eine böse, gereizte Miene. Sie liebte es, jemanden zu zwicken. Gelegenheit hatte sie reichlich: Rubonossows nahmen jedes Jahr einige auswärtige Gymnasiastinnen bei sich auf. Außerdem wohnte Anna Grigorjewnas Schwester Shenja bei ihnen, ein etwa dreizehnjähriges kleines, mageres Fräulein mit knochigen Schultern und breiten, kalten, blaßrosa Lippen. Sie glich ihrer älteren Schwester wie ein junger Frosch einem alten. Zur Zeit wohnten außer Shenja vier Mädchen bei Rubonossows: Wanda Tamulewitsch, eine Förstertochter aus einem fernen Landkreis des Gouvernements Lubjansk, ein fröhliches Mädchen mit großen Augen, das insgeheim unter Heimweh litt und offenbar deshalb zum Ende des Winters (sie war das dritte Jahr bei Rubonossows) immer kränkelte; Katja Ramnewa, das älteste und vernünftigste der Mädchen; die lachlustige schwarzäugige Sascha Jepifanowa und die faule blonde, hübsche Dunja Chwastunowskaja, beide etwa dreizehn Jahre alt.

Wanda war nicht ohne Grund so vergnügt: Sie hatte heute in dem Fach, das ihr am schwersten schien, ein »Sehr gut« bekommen. Das Auswendiglernen fiel ihr immer schwer, und sie fand es langweilig. Oftmals, wenn sie uninteressante Dinge paukte, schweiften ihre Gedanken ab, und ein Wunschtraum versetzte sie in die geheimnisvoll stillen, verschneiten Wälder, wo sie mit ihrem Vater in einem leichten Schlitten umhergefahren war, wo sich die dick verschneiten Äste düster schweigsamer Tannen über sie gebeugt hatten, wo frische Frostluft in fröhlichen, scharfen Strömen in die Brust drang. Wanda träumte, die Stunden verflogen, ihre Schulaufgaben blieben unerledigt. Morgens las Wanda sie flüchtig durch, und wenn sie aufgerufen wurde, reichten ihre Antworten nur zu einer Drei.

Doch gestern abend war alles gut gegangen. Wanda hatte kein einziges Mal an die fernen Wälder ihrer Heimat gedacht. In der heutigen Religionsstunde antwortete sie Wort für Wort, wie es im Buch stand – der Religionslehrer hielt sich an die alte Methode, nach der er selbst vor vierzig Jahren unterrichtet worden war. Er lobte Wanda, nannte sie ein braves Mädchen und gab ihr die beste Note.

Deshalb rannte Wanda übermütig durch die Wohnung, neckte den mürrischen Hund Nero, der ihre Ausgelassenheit mit nachsichtigem Ernst hinnahm, und sie lachte und setzte ihren Freundinnen zu. Wanda geriet außer Atem vom Umhertollen, doch die Freude beschwingte sie und trieb sie zu Mutwilligkeiten. In vollem Lauf prallte sie mit dem geschäftigen Dienstmädchen Malanja zusammen und stieß ihr einen Teller aus der Hand, fing ihn aber geschickt wieder auf.

»Hol dich der Teufel, du verflixtes Ding!« schrie Malanja sie wütend an.

»Wanda, hör auf herumzutoben!« schimpfte auch Anna Grigorjewna, »Sonst machst du noch etwas kaputt.«

»Ich mache nichts kaputt«, rief Wanda fröhlich. »Ich bin geschickt.«

Sie drehte sich auf dem Absatz, schwenkte die Arme, stieß gegen Wladimir Iwanowitschs Lieblingstasse, die auf dem Tischrand stand, und erstarrte vor Entsetzen: ein erbarmungslos deutliches, lustiges Geräusch – und über den Fußboden rollten die bunten Splitter der zerschlagenen Porzellantasse. Wanda stand da, die Hände an die Brust gepreßt; ihre munteren schwarzen Augen bekamen vom Schreck einen irren Ausdruck, und ihre vollen brünetten Wangen wurden plötzlich blaß. Die Mädchen verstummten und umringten Wanda, starrten erschrocken die Scherben an.

»Das hast du von deinem Mutwillen!« rief Shenja schulmeisterhaft.

»Von Wladimir Iwanowitsch kannst du was erleben!« meinte Katja.

Sascha Jepifanowa mußte mit einmal lachen, sie prustete los und hielt sich die Hand vor den Mund, wie sie es immer tat, um nicht allzu laut loszulachen. Anna Grigorjewna, die das Klirren gehört hatte, eilte aus der Küche herbei und rief: »Was ist hier los?«

Die Mädchen schwiegen. Wanda begann zu zittern. Anna Grigorjewna erblickte die Scherben.

»Das hat noch gefehlt!« rief sie, und ihre bösen Augen funkelten düster. »Wer hat das gemacht? Raus mit der Sprache! Bist du es gewesen, Wanda?«

Wanda schwieg. Shenja antwortete an ihrer Stelle: »Sie ist umhergetollt, hat sich gedreht und die Arme geschwenkt, dabei ist sie an die Tasse gestoßen, und die ist heruntergefallen. Wir haben ihr ja gesagt, sie soll nicht herumtoben.«

»Nein, so etwas! Danke ergebenst!« zischte Anna Grigorjewna, die sich grünlich verfärbte und Wanda mit ihren gelben Eckzähnen drohte.

Wanda stürzte auf Anna Grigorjewna zu, faßte sie mit zitternden Händen um die Schultern und flehte: »Liebste Anna Grigorjewna, bitte sagen Sie es nicht Wladimir Iwanowitsch!«

»Als ob Wladimir Iwanowitsch es nicht selbst sehen wird!« erwiderte Anna Grigorjewna haßerfüllt.

»Sagen Sie doch, Sie hätten die Tasse zerschlagen.«

»Ich würde doch nicht Wladimir Iwanowitschs Lieblingstasse zerschlagen! Bist du verrückt geworden, Wanda? Nein, meine Liebe, ich werde dich nicht in Schutz nehmen, das mußt du selber ausbaden. Du wirst Wladimir Iwanowitsch die Scherben zeigen.«

Wanda fing an zu weinen. Die Mädchen sammelten die Scherben auf.

»Jawohl, du zeigst sie ihm, und er wird sich bei dir bedanken, meine Beste«, versetzte Anna Grigorjewna giftig.

»Um Gottes willen, Anna Grigorjewna, sagen Sie ihm nichts!« flehte Wanda wieder. »Bestrafen Sie mich doch. Sagen Sie Wladimir Iwanowitsch, die Katze hätte die Tasse vom Tisch gerissen.«

Sascha, die eifrig die kleinen Scherben auflas und sie sich auf den Handteller legte, prustete wieder los.

»Der gestiefelte Kater!« rief sie, das Lachen mühsam unterdrükkend.

Katja wies sie im Flüsterton zurecht: »Was lachst du? Wenn du die Tasse zerschlagen hättest, würdest du bestimmt heulen.«

Anna Grigorjewna befreite ihre Arme von Wandas Händen und wiederholte: »Mich brauchst du nicht mehr zu bitten, ich sage es ihm auf jeden Fall. Immer diese Mutwilligkeiten! Nein, meine Liebe, du mußt ordentlich bestraft werden. Nun, habt ihr die Scherben aufgelesen?« fragte sie die Mädchen. »Gebt her.«

Anna Grigorjewna legte die Scherben auf einen Teller, trug sie in den Salon und stellte sie an auffälligster Stelle auf den Tisch; Wladimir Iwanowitsch mußte sie, wenn er kam, sofort bemerken. Zufrieden mit ihrem Einfallsreichtum, eilte Anna Grigorjewna wieder zwischen Tisch und Herd hin und her. Haßerfüllt fauchte sie Wanda an, die verzagt, mutlos hinter ihr herlief und sie anflehte, die Scherben vom Tisch zu nehmen.

»Wladimir Iwanowitsch soll sie wenigstens erst nach dem Essen sehen!« sagte Wanda, bitterlich weinend.

»Nein, meine Liebe, mag er sie ruhig gleich sehen«, erwiderte Anna Grigorjewna gehässig.

In Wanda stieg manchmal heftige Wut über Anna Grigorjewnas Grausamkeit auf, verzweifelt schlug sie die Hände überm Kopf zusammen und rief leise: »Verzeihen Sie mir! Schlagen Sie mich doch!«

Die anderen Mädchen saßen still und unterhielten sich im Flüsterton.

2

Wladimir Iwanowitsch Rubonossow befand sich auf dem Heimweg. Genießerisch stellte er sich vor, wie er sich ein Schnäpschen genehmigen, das größte Verlangen stillen und dann ausgiebig speisen würde. Es war ein klarer Frosttag. Die Sonne senkte sich zum Horizont. Mitunter wehte ein leichter Wind, ein häufiger Gast in Lubjansk, und fegte flauschige Wolken von den Schneewehen. Die Straßen waren öde und menschenleer. Hier und da ragten niedrige Holzhäuser aus dem Schnee, der in der Sonne rötlich schimmerte, und endlos zogen sich die halbverfallenen Zäune hin, hinter denen rauhe, silbrig bereifte Baumstämme zu sehen waren.

Krummbeinig schritt Wladimir Iwanowitsch auf dem schmalen bretternen Trottoir flott aus und hielt vergnügt Ausschau mit seinen kleinen Augen, die im roten, sommersprossigen Gesicht wie Zinn schimmerten. Plötzlich erblickte er seinen Feind, Anna Fominitschna Pikiljowa, Lehrerin am Gymnasium, ein vierzigjähriges Fräulein mit sehr böser Zunge. Wladimir Iwanowitsch wurde ärgerlich: Sollte er ihr etwa den Weg frei machen und riskieren, daß er in den Schnee fiel? Sie stolzierte geradeaus, die Schlangenaugen züchtig gesenkt, die haßerfüllten Lippen auf eine eigentümliche Weise verkniffen, über die sich Wladimir Iwanowitsch stets ärgerte. In seiner Rechten hielt er krampfhaft einen Eisenstab, der mit Ringen aus Birkenrinde bezogen war, und ging entschlossen auf den Feind zu, bis sie dicht voreinander standen und einander mit lodernden Blicken maßen. Als erster brach Wladimir Iwanowitsch das Schweigen.

»Giftnatter!« rief er triumphierend.

Da bemerkte er hinter Anna Fominitschna deren Dienstmädchen Maschka, das die Bücher des Fräuleins trug. Wladimir Iwanowitsch bedauerte, daß er nicht saftigere Flüche gebrauchen konnte – es gab eine Zeugin.

»Sie sind ein ganz ungebildeter Mensch!« zischte Anna Fominitschna.

Wladimir Iwanowitsch stellte sich breitbeinig hin und stützte sich auf den Stock. Grinsend, seine verfaulten Zähne bleckend, sagte er: »Na, geh schon vorbei, was stehst du hier!«

»Können Sie nicht ein wenig zur Seite treten?« bat Anna Fominitschna demütig.

»Soll ich Ihretwegen in den Schnee kriechen? Wo denken Sie hin! Mir ist meine Gesundheit teuer. Gehen Sie nur vorbei! Gehen Sie nur vorbei, versperren Sie mir nicht den Weg.«

Langsam schob er Anna Fominitschna an sich vorbei, allerdings so unsanft, daß sie in den Schnee fiel. Schlagartig verlor sie ihre scheinheilige Demut, kreischte: »Au, au, Sie haben mich in den Schnee geschubst! Au, au, Sie Bösewicht!«

Das Dienstmädchen eilte ihr zu Hilfe – Wladimir Iwanowitsch trieb sie mit dem Stock an, indem er ihr einen leichten Schlag auf die Waden versetzte. Sie strampelte sich im Schnee ab, um dem Fräulein auf die Beine zu helfen, und fluchte lästerlich.

Nachdem Wladimir Iwanowitsch sich den Weg frei gemacht hatte, ging er weiter. Sein Gesicht flammte in stolzer Siegesfreude. Maschka schrie hinter ihm her: »Du verdammter dreckiger Schuft! Dich bringen wir vor den Friedensrichter.«

An der Kreuzung drehte sich Wladimir Iwanowitsch um, drohte mit dem Stock und rief: »Schimpft nur, ihr Dummköpfe, dann kriegt ihr noch mehr von mir.«

Zur Antwort streckte ihm Maschka die Zunge heraus, zeigte ihm die Faust und rief mit heller Stimme: »Komm doch, komm doch! Und wie wir dich fürchten!«

Wladimir Iwanowitsch überlegte und fand, daß ein Händel sich nicht lohne. Er spuckte aus, fluchte nachdrücklich und ging nach Hause, mit dem freudigen Gefühl, daß sein Appetit erwacht war und sich gleich verdoppelt habe.

3

Die gespannt wartenden Mädchen zuckten zusammen. Es hatte heftig, gebieterisch geklingelt: Wladimir Iwanowitsch kam. Anna Grigorjewna warf Wanda einen schadenfrohen Blick zu und stürzte los, um ihm die Tür zu öffnen. Shenja tat es ihrer Schwester gleich, sah das Mädchen schadenfroh an und eilte geschäftig in den Vorsaal. Ersterbend vor Angst, lief Wanda hinter Anna Grigorjewna her, flehte sie leise an, nichts zu sagen. Wütend stieß Anna Grigorjewna sie von sich.

Wladimir Iwanowitsch befreite sich mit Hilfe seiner Frau und der diensteifrigen Shenja von seinem Pelzmantel und verkündete lauthals: »Der hab ich's gegeben! Diesem Satansbraten! Das wird sie sich merken, die dumme Gans, bis sie wieder ihr Fett kriegt!«

Entsetzen überfiel Wanda. Sie meinte, Wladimir Iwanowitsch habe durch irgendeinen Zufall erfahren, daß sie die Tasse zerschlagen hatte. Doch aus seinen zusammenhanglosen Ausrufen wurde ihr bald klar, daß von etwas anderem die Rede war. Eine leise Hoffnung regte sich in ihr: vielleicht gelang es, Zeit zu gewinnen bis nach dem Essen, wenn Wladimir Iwanowitsch von ein paar Gläschen Schnaps gutmütig und schläfrig war. Rasch kehrte sie in den Salon zurück und stellte sich so an den Tisch, daß Wladimir Iwanowitsch nicht gleich die Scherben erblickte. Katja half ihr, rückte die Tischlampe so, daß sie den Teller von der Seite verdeckte.

Wladimir Iwanowitsch betrat den Salon, schüttelte die Faust und wiederholte auf Anna Grigorjewnas Fragen: »Warte, ich werde alles der Reihe nach erzählen, ich will mir nur erst die Kehle anfeuchten.«

Er blieb vor dem Spiegel stehen und betrachtete sich selbstgefällig– er fand, er sei der schönste Mann der Stadt. Dann zog er den Gehrock aus, warf ihn Wanda zu und rief: »Wanda, bring ihn in unser Schlafzimmer!«

Angstvoll nahm Wanda den Gehrock und trug ihn verzagt ins Eheschlafzimmer. Behutsam hielt sie ihn am Aufhänger hoch, als wäre er aus Glas. Vorsichtshalber ging sie sogar auf Zehenspitzen. Die lachlustige Sascha hielt sich die Hand vor den Mund und rannte hinaus. Wandas Wangen wurden leuchtend rot vor Scham und vor Wut.

Wladimir Iwanowitsch, nur in Weste, besah sich wieder im Spiegel, kämmte sein glattes, hellblondes Haar mit Mittelscheitel. Als er sich vom Spiegel abwandte, erblickte er auf dem Tisch den Teller mit den Scherben. Sofort erkannte er, daß es die Scherben der großen Tasse waren, aus der er gewöhnlich Tee trank, und er fühlte sich furchtbar beleidigt.

»Wer hat meine Tasse zerschlagen?« schrie er grimmig. »So eine Gemeinheit – meine Lieblingstasse!«

Zornig schritt er im Zimmer auf und ab.

»Wer es getan hat? Wanda natürlich!« zischte Anna Grigorjewna gehässig.

Aufgeregt erzählte Shenja eilfertig, wie Wanda die Tasse zerschlagen hatte. Dann breitete sie die Arme aus und drehte sich, wie Wanda es getan hatte. Vor Eifer beugte sie ihr grünliches Gesicht mit der Stupsnase leicht vornüber, ihr böser Mund lächelte nicht, und sie machte einen häßlichen Buckel.

»Immer diese Mutwilligkeiten!« zischte Anna Grigorjewna.

»Mit dem Mädchen ist einfach nicht auszukommen. Bring du sie zur Räson, Wladimir Iwanowitsch, sonst zerschlägt sie uns unser ganzes Geschirr. Schätze bringen uns die Mädchen sowie nicht ein – nichts als Mühe und Ärger hat man mit ihnen.«

»Um ein Haar hätte sie auch die Teller zerschlagen«, warf Shenja ein. »Malanja brachte die Teller aus der Küche, und da stürzte Wanda auf sie zu. Malanja konnte die Teller gerade noch auffangen, sonst wäre alles zu Bruch gewesen.«

Wladimir Iwanowitsch geriet allmählich in Zorn. Er lief rot an und brüllte. Wanda stand weinend hinter der Tür, betete leise und bekreuzigte sich eilig. Durch einen Schlitz sah sie Wladimir Iwanowitschs hochrotes Gesicht – abscheuerregend und furchteinflößend. Wladimir Iwanowitsch schrie: »Wanda, komm mal her!«

Angstvoll betrat Wanda den Salon.

»Du Satansbrut! Was hast du angerichtet?« schnauzte er sie an.

Wanda sah in seiner Hand die Riemenpeitsche, mit der er Nero zu bändigen pflegte.

»Komm mal her! Komm mal hierher!« sagte er, wobei ihm Speichel von den Lippen spritzte. »Ich geb dir die Peitsche zu schmecken.«

Grimmig holte er aus und ließ die Peitsche pfeifen. Erschrokken wich Wanda zurück zur Tür, doch er packte sie an der Schulter und zerrte sie in die Zimmermitte. Laut weinend fiel Wanda auf die Knie. Wladimir Iwanowitsch schwang die Peitsche. Als Wanda das Niedersausen hörte, schrie sie verzweifelt auf, wich vor dem Hieb jäh zur Seite, sprang auf und rannte in den Vorsaal, wo sie sich hinter einem Schrank in einer engen, staubigen Ecke verkroch. Durch das ganze Haus gellten ihre hysterischen Schreie. Wladimir Iwanowitsch wollte hinterdrein und sie hervorzerren, doch Anna Grigorjewna, erschrocken von den wilden Augen des Mädchens und den irrsinnigen Schreien, hielt ihren Mann zurück. »Laß sie, Wladimir Iwanowitsch«, sagte sie, »sonst beißt sie dich. Sieh dir doch ihre Augen an. Ja, wer einen Wolf großzieht, wird zum Dank von ihm gefressen.«

Wladimir Iwanowitsch blieb vor dem Schrank stehen, hinter dem Wanda zitterte und weinte.

»Die dumme Gans versteckt sich vor mir!« sagte er langsam, mit grimmigem Nachdruck. Er war knallrot vor Wut. »Na gut. Warte nur, dir werde ich anders beikommen.«

Wanda verstummte und lauschte.

»Mir entgehst du nicht, du Satansbraten!« fuhr Wladimir Iwanowitsch fort. Offenbar suchte er eine möglichst schreckliche Drohung. »Ich weiß, was ich mit dir mache. Warte nur, sobald du nachts einschläfst, kriecht dir ein Wurm in den Rachen. Hörst du, Satansbraten, ein Wurm!«

Wladimir Iwanowitsch brüllte das Wort besonders drohend, dann schleuderte er die Peitsche wütend auf den Boden. Hinter dem Schrank hervor starrten Wandas schwarze, weit aufgerissene Augen, ihr regloses, bleiches Gesicht.

»Dir werde ich es zeigen!« versetzte Wladimir Iwanowitsch. »Direkt in den Rachen wird dir der Wurm kriechen, du Dummkopf! Er krabbelt dir über die Zunge und frißt in deinem Bauch alle Eingeweide auf. Er höhlt dich aus, meine Liebe!«

Wanda lauschte aufmerksam. Ihre erschrockenen Augen schimmerten reglos inmitten der Schatten, die sie in der staubigen dunklen Ecke umgaben. Wladimir Iwanowitsch wiederholte seine schrecklichen, haßerfüllten Drohungen, und Wanda, die in der Ecke kaum atmen konnte, erschien er wie ein Zauberer, der einen geheimnisvollen, unabwendbaren und furchtbaren Bann über sie sprach.

4

An der Drohung mit dem Wurm fand Wladimir Iwanowitsch Gefallen, beim Essen und auch am Abend wiederholte er sie mehrmals. Anna Grigorjewna und den Mädchen gefiel der Scherz ebenfalls – alle lachten über Wanda. Wanda schwieg und blickte Wladimir Iwanowitsch ängstlich an. Manchmal dachte sie, er scherze. Denn was sollte das für ein Wurm sein? Aber manchmal packte sie Angst.

Den ganzen Abend war ihr nicht wohl in ihrer Haut. Sie fühlte sich schuldig und zugleich gekränkt. Am liebsten wäre sie allein gewesen, hätte sich in eine Ecke verkrochen und sich ausgeweint, aber das ging nicht: Ringsum waren ihre Freundinnen, die miteinander flüsterten, und mit ihnen mußte sie über den verhaßten Lehrbüchern und den langweiligen Schulheften sitzen, während sich Rubonossows im Nachbarzimmer unterhielten. Ungeduldig wartete Wanda auf die Nacht. Dann würde sie sich unter der Bettdecke verbergen vor diesen lästigen Menschen, mit denen sie nichts zu tun haben wollte.

Wanda saß da und tat, als erledigte sie die Schulaufgaben. Die Hände hielt sie wie einen Schirm über die Augen und versuchte, sich ihr Vaterhaus und die tiefen Wälder vorzustellen. Sie schloß die Augen und sah die ferne Heimat.

Lustig prasselt das Feuer im Ofen. Wanda sitzt auf dem Fußboden und streckt ihre steifgefrorenen roten Hände nach der Wärme. Sie ist soeben nach Hause gekommen. Der helle, frostklare Winterhimmel schaut zum Fenster herein. Die tiefstehende Sonne läßt die Kristalle der Eisblumen rot funkeln. Es ist warm und behaglich, Wanda ist zu Hause, bei ihren Angehörigen, es wird gutmütig gelacht und gescherzt.

Aber da trat Wladimir Iwanowitsch ein und fragte: »Nun, Wanda, woran denkst du? Sehnst du dich nach dem Wurm, du Dummkopf? Bestimmt kriecht er dir heute nacht in den Bauch.«

Die Mädchen lachten. Wanda blickte sich mit weit aufgerissenen schwarzen Augen ratsuchend um.

»Ein Wurm!« wiederholte sie leise, formte das Wort nur mit den Lippen und sann darüber nach. Sie fand, das Wort klinge seltsam, irgendwie gemein. Wieso hieß es: Wurm? Sie lauschte dem Wort nach – es hörte sich unangenehm an, bedrohlich, ekelerregend. Angewidert hob Wanda die Schultern, und es lief ihr kalt über den Rücken. Der scheußliche Klang ging ihr nicht aus dem Sinn, doch so widerwärtig er war, sie konnte sich nicht von ihm trennen.

5

Es war spät. Die Mädchen kleideten sich aus und legten sich hin. In ihrem Schlafraum standen fünf Betten ungemütlich nebeneinander. Wandas Bett war das zweite von der Wand. Links von ihr schlief Dunja Chwastunowskaja, rechts Sascha, Katja und, an der Tür zu Rubonossows Schlafzimmer, Shenja.

Mit schwermütigen, haßerfüllten Augen musterte Wanda den Schlafraum. Die düsteren Schatten in den Ecken starrten sie unfreundlich an, schienen auf sie zu lauern.

An den Wänden waren häßliche dunkle, grob geblümte Tapeten, mit wahllos hingekleckstem Violett. Man hatte ohne Rücksicht auf das Muster tapeziert. Die mit einfachem Papier beklebte Zimmerdecke war niedrig und düster. Wanda kam es vor, als senkte sich die Zimmerdecke und preßte die Luft zusammen, so daß ihre Brust beengt wurde. Wanda schien es auch, als hätte das eiserne Bettgestell einen unangenehmen, bedrückenden Geruch, nach Gefängnis oder Krankenhaus.

Gegenüber den Betten, direkt vor Wandas Augen, standen Kleiderschränke für die Mädchen, aus rissigem, verfallendem Holz gezimmert. Die Türen waren schlecht eingefügt, sie knarrten, wenn man an den Schränken vorüberging. Wanda verdroß es, daß die Schränke so armselig und komisch aussahen, wie erschrockene hinfällige Greise.

Wladimir Iwanowitsch betrat den Schlafraum der Mädchen und rief: »Wanda, hörst du, heute nacht kriecht dir der Wurm in den Rachen.«

Die Mädchen kicherten, blickten Wanda und Wladimir Iwanowitsch an. Wanda schwieg. Sie lag unter der Bettdecke, ihre großen schwarzen Augen funkelten Wladimir Iwanowitsch an.

Wladimir Iwanowitsch ging hinaus. Die Mädchen neckten Wanda. Sie wußten, daß man Wanda leicht zum Weinen bringen konnte, deshalb nahmen sie ihre Freundin gern auf den Arm. Oft verulkt und mißtrauisch geworden, hatte Wanda nur für Träume von ihrer fernen Heimat ein offenes Herz.

Wanda schwieg schwermütig, musterte mit kummervollen Augen stumpfsinnig die düstere Zimmerdecke. Die Mädchen schwatzten und lachten. Das ärgerte Wladimir Iwanowitsch, der schlafen wollte. Er brüllte aus seinem Schlafzimmer: »Kusch, ihr dummen Hühner! Hört auf zu gackern, sonst gibt's die Peitsche!«

Die Mädchen verstummten.

Mit der Peitsche drohen, das ist das einzige, was er kann! dachte Wanda wütend. Ihr fielen die guten, freundlichen Menschen zu Hause ein. Dagegen war Wladimir Iwanowitsch ein grober, ungehobelter Kerl. Doch plötzlich bekam sie ein schlechtes Gewissen, weil sie ihn verurteilte – immerhin war sie ihm gegenüber schuldig.

Bald ertönte vom Nachbarbett leises Schnorcheln. Dunja schlief immer rasch ein. Heute war das Wanda widerwärtig. Der warme Mief lag ihr beklemmend schwer auf der Brust. Ihr war, als bekäme sie keine Luft. Schwermut und eine seltsame unbestimmte Wut umschnürten ihre Brust.

Sie zog sich die Bettdecke über den Kopf. Zornige Gedanken gingen ihr durch den Sinn – und erloschen, wurden von glücklichen, fernen Traumbildern abgelöst.

Wanda war am Einschlafen. Plötzlich fühlte sie auf ihren Lippen etwas Unangenehmes, es schien zu kriechen. Vor Angst fuhr sie zusammen. Der Schlaf war wie weggeblasen.

Verzagt riß sie die Augen weit auf. Ihr Herz stockte – und dann begann es schmerzhaft schnell und heftig zu klopfen. Sie faßte sich rasch an den Mund, zog den Zipfel des Lakens von den Lippen weg, der ein wenig mit Speichel befeuchtet war. Er war es gewesen, der sie so erschreckt hatte.

Wanda empfand Freude, wie nach überstandener Gefahr. Jetzt erst wurde ihr das Herzklopfen bewußt. Sie legte die Hand auf die Brust, fühlte mit heißen Fingern die raschen Schläge und lächelte über die verflogene Angst.

Doch im Dunkel der Nacht regte sich verschwommen und unbestimmt etwas Bedrohliches, Unbekanntes. Ihre Freude war unruhig, ihr Lächeln blaß, das Herz krampfte sich schon wieder leise zusammen wegen der dunklen, heimlichen Ahnung.

Wanda war verzagt und schwermütig. Ruhelos drehte sie sich hin und her. Ihr war heiß. Die Bettdecke wurde ihr lästig beim

Atmen. In den Beinen hatte sie ein unangenehmes Gefühl, die Müdigkeit lastete schmerzhaft auf den Füßen, die am Spann weh taten, weil sie tagsüber in enges Schuhwerk eingezwängt gewesen waren. Im ganzen Körper steckte diese Unbehaglichkeit. Sie wollte schlafen, doch fand sie keinen Schlaf, und ihre Augen kamen ihr schwer und trocken vor.

Kläglich heulte der Wind im Schornstein. Eines der Mädchen murmelte im Schlaf. Die drückende Schwermut der Schlaflosigkeit umfing Wanda und benahm ihr den Atem. Sie konnte nicht mehr liegen, so drückten die groben Falten im Laken und im Hemd, die sie selbst verursacht hatte, als sie sich hin und her drehte.

Wanda versuchte ein wenig zu träumen, wonnige, sanfte Stimmungen in Erinnerung zu rufen, doch es gelang ihr nicht. Die Mädchen schliefen fest, und manchmal erschienen sie ihr leblos und furchtbar.

So lag sie eine ganze lange Stunde, bis sie endlich einschlief.

6

Plötzlich erwachte Wanda, wie von einem Stoß. Es war noch tiefe Nacht, alle schliefen. Mit einem Ruck setzte sich Wanda im Bett hin, aufgeschreckt von einem verschwommenen Traum, einer unbestimmten Empfindung. Angestrengt starrte sie in das Dunkel. Ihre unklaren, zusammenhanglosen Gedanken drehten sich um etwas Unbegreifliches. Schwermut preßte ihr das Herz ab. Ihr Mund war unangenehm trocken, so daß sie ihn aufriß. Da hatte sie das Gefühl, etwas krieche über ihre Zunge, dicht an der Zungenwurzel, etwas Schweres, Ekelhaftes krieche tief in den Rachen hinein und kitzele ihren Schlund. Unbewußt schluckte Wanda mehrmals. Das Gefühl verschwand.

Plötzlich fiel ihr der Wurm ein. Sie dachte, bestimmt sei ihr der Wurm in den Mund gekrochen und sie habe ihn lebendig verschluckt. Entsetzen und Ekel erfaßten sie. In der düsteren Stille des Zimmers gellten Wandas verzweifelte Schreie.

Erschrocken sprangen die Mädchen aus den Betten. Ratlos stammelten und schluchzten sie, huschten im Dunkeln umher, prallten aufeinander. Wanda verstummte. Anna Grigorjewna hatte Wandas Stimme erkannt. Unbekleidet kam sie aus ihrem Schlafzimmer herbeigelaufen, zündete rasch eine Kerze an. Man hörte von nebenan, wie sich Wladimir Iwanowitsch schwerfällig im knarrenden Bett umdrehte, wie er zornig brüllte und dann seine Sachen zu suchen begann.

Anna Grigorjewna trat an Wandas Bett.

»Wanda, was hast du?« fragte sie. »Warum schreist du! Was hat dich denn so erschreckt, du verrücktes Ding?«

Beim Kerzenlicht erörterten auch die Mädchen, warum Wanda geschrien hatte, und sie drängten sich um ihr Bett, fröstelnd vor Müdigkeit und Kälte und sich die verschlafenen Augen reibend. Wanda saß vornübergebeugt im Bett, hatte die Beine angezogen. Sie zitterte am ganzen Leib und schaute Anna Grigorjewna furchtsam an, mit weit aufgerissenen brennenden Augen, in denen Entsetzen stand. Anna Grigorjewna faßte sie an die Schulter.

»Was hast du denn, Wanda? Sag!«

Wanda begann plötzlich laut zu weinen und kindlich zu schluchzen. Sie stammelte: »Der Wurm! Der Wurm!«

Ihre Zähne klapperten hörbar und seltsam. Anna Grigorjewna wußte nicht gleich, was für einen Wurm Wanda meinte.

»Was für ein Wurm?« fragte sie unwirsch, halb an Wanda, halb an die anderen Mädchen gewandt.

Wanda weinte noch heftiger und rief: »Helft mir, helft! Der Wurm ist mir in den Hals gekrochen!«

Hilfesuchend öffnete sie den Mund und faßte hinein. Ohne es selbst zu merken, biß sie sich auf die Finger, dann nahm sie die Hand aus dem Mund und schluchzte wieder.

»Bestimmt hat sie geträumt, daß ihr der Wurm in den Mund gekrochen ist, von dem Wladimir Iwanowitsch gesprochen hat«, erklärte Katja.

Auch Wladimir Iwanowitsch erschien. Schon von der Tür her schnauzte er: »Na, was ist hier los? Ihr Narren laßt einen nicht schlafen.«

»Das hast du davon!« erwiderte Anna Grigorjewna. »Du hast ihr etwas von einem Wurm eingeredet, und sie hat das geglaubt.«

»So eine dumme Gans«, versetzte Wladimir Iwanowitsch. »Das war doch bloß ein Scherz.«

Die Mädchen lachten, rückten noch enger um Wanda, streichelten und besänftigten sie: »Das hast du nur geträumt, Wanda. Woher soll denn der Wurm gekommen sein?«

»Du dummes Ding! Nicht mal einen Scherz kann man sich mit dir erlauben!« rief Wladimir Iwanowitsch und kehrte in sein Schlafzimmer zurück.

Dunja brachte einen Krug Wasser und redete Wanda zu, etwas zu trinken. Anna Grigorjewna setzte sich zu Wanda aufs Bett und beschwichtigte sie. Allmählich beruhigte sich Wanda, und bald schlief sie ein.

7

Wanda träumte von ihrem Elternhaus, von Vater, Mutter, den kleinen Brüdern, vom Wald, den sie liebte, und vom treuen Polkan.

Das einstöckige Haus am Rande der kleinen, halb vom Schnee verwehten Stadt. Lustig ringelt sich blauer Rauch über dem steilen Dach in die Höhe. Der weiße Wald mit seiner lockenden Traurigkeit ist nahe. Am stillen Himmel liegt der rosa Widerschein der früh untergehenden Sonne.

Dann träumte sie vom Sommer. Der Fluß schlängelt sich und strömt gemächlich. In der Nähe des Ufers schwimmen gelbe Seerosen. Die lehmigen Böschungen ragen steil auf. In der dünnen Luft huschen schnelle Vögel umher und tirilieren.

Die Mutter, sie ist zärtlich und fröhlich, hat hellblaue Augen, eine wohltönende Stimme, die leise ein friedliches Lied summt.

Der Vater, er sieht so streng aus, doch Wanda läßt sich weder von seinem langen, struppigen Schnurrbart, der zu ergrauen beginnt, noch von seinen dichten, gerunzelten Brauen schrecken. Sie hört ihn gern von seiner Heimat erzählen, die fern und unerreichbar ist. Wanda ist in diesem schneebedeckten Land geboren und aufgewachsen, in der Heimat ihrer Mutter, und die Erzählungen des Vaters versteht sie auf ihre Weise, wie ein herrliches Märchen.

Das Hin und Her im Schlafzimmer, die Stimmen und das Gelächter der Mädchen weckten Wanda. Sie schlug die Augen auf. Was sie sah, erschien ihr fremd und unbegreiflich. Der Wechsel von den lieben Traumbildern zu den staubigen Wänden und groben Tapeten mit den absurden Blumen war so jäh, daß sie ein Weilchen still lag, weil sie nicht begriff, wo sie war und was mit ihr geschah, und halb bewußt die entschwindenden Reste des unterbrochenen Traumes festzuhalten versuchte.

Aber dann sahen sie die Zimmerwände mit der bekannten Trostlosigkeit an, die sich auf ihr Herz legte. Bekümmert dachte sie daran, daß sie wieder einen ganzen Tag unter diesen fremden Menschen sein mußte, die sie mit dem Wurm necken würden, aber auch mit ihrem seltsamen Namen und noch etwas Kränkendem. Das Vorgefühl der Kränkung regte sich schmerzhaft in ihrem Herzen.

8

Rubonossows und die Mädchen tranken Tee. Wanda war noch blaß von dem Schreck in der Nacht. Sie hatte Kopfschmerzen, fühlte sich matt und bedrückt, aß und trank widerwillig. Im Mund spürte sie einen schlechten Geschmack, und der Tee schmeckte ihr bald muffig, bald säuerlich.

Wladimir Iwanowitsch schlürfte den Tee von der Untertasse und schmatzte laut. Das Schmatzen fand Wanda widerlich, aber Wladimir Iwanowitsch hatte es eilig, seinen Tee auszutrinken, weil er bald zum Dienst mußte.

Anna Grigorjewna bemerkte, daß Wanda betrübt war, und fragte: »Was hast du, Wanda? Tut dir der Kopf weh?«

»Nein, mir fehlt nichts, Anna Grigorjewna, ich bin gesund«, erwiderte Wanda aufgeschreckt und lächelte gezwungen.

»Sie ist von dem Schreck so blaß«, erklärte Katja.

Sascha fiel die nächtliche Aufregung ein, sie lachte laut und steckte mit ihrer Fröhlichkeit die anderen Mädchen an.

»Vielleicht bist du wirklich krank, Wanda? Willst du nicht zu Hause bleiben?« fragte Anna Grigorjewna.

Doch Wanda merkte der Stimme an, daß Anna Grigorjewna

böse wäre, wenn sie zu Hause bliebe, und daß sie es für Heuchelei hielte. Hastig entgegnete sie: »Ach nein, Anna Grigorjewna, ich bin wirklich ganz gesund.«

»Vielleicht ist dir wirklich ein Wurm in den Hals gekrochen?« fragte Wladimir Iwanowitsch und lachte schallend.

Alle lachten mit, auch Wanda lächelte. Bei Tag fürchtete sie den Wurm nicht mehr. Doch Wladimir Iwanowitsch ärgerte sich über Wandas Lächeln: Dieses nichtsnutzige Biest wagte es, ihn anzugrinsen, während er Tee trank, aber ihn nicht aus seiner Lieblingstasse trinken konnte! Er beschloß, Wanda abermals bange zu machen, ihr noch einen Denkzettel zu verpassen.

»Was grinst du, Wanda?« sagte er und runzelte grimmig die hellblonden Augenbrauen. »Du denkst wohl, ich scherze? Dummkopf! Der Wurm verhält sich nur still, bis er sich aufgewärmt hat. Wart nur ab, wenn er anfängt zu fressen — dann wirst du wie irrsinnig schreien.«

Wanda erbleichte, und plötzlich spürte sie oben im Magen wirklich so ein leises Kitzeln. Erschrocken griff sie sich ans Herz. Anna Grigorjewna war beunruhigt: Wenn das Mädchen krank wurde, hatte sie nur Plackerei mit ihr, denn die Eltern wohnten dreihundert Werst weit weg. Sie hielt ihren Mann zurück: »Hör auf, Wladimir Iwanowitsch, mach ihr nicht bange, sonst fängt sie nachts wieder an zu spinnen. Ich möchte mich nicht jede Nacht mit ihr abplagen. Ich habe am Tag genug Arbeit mit den Mädchen.«

9

Als Wanda mit den Freundinnen ins Gymnasium ging, kitzelte der Wurm sie an der gleichen Stelle. Ihr wurde unbehaglich, sie bekam Angst.

Der Wind, der ihr ins Gesicht blies, erschien ihr erbarmungslos. Die düsteren Zäune und die trostlosen Menschen machten sie schwermütig, und es kam ihr einfach nicht aus dem Sinn, daß ein kleiner, dünner, kaum spürbarer Wurm in ihr steckte und sie kitzelte, als wühlte er sich mit Pausen vorwärts: Bald war er still, bald fing er wieder an, wie der erbarmungslose Wind, der in Böen wehte und absonderliche Schneewirbel in die Höhe trieb. Das Pfeifen des Windes auf den öden Straßen ließ Wanda sehnsüchtig an die schläfrige Stille des fernen Waldes denken, wo unter den finsteren Kiefern jetzt die beherzte Stimme ihres Vaters ertönte. Dort im Wald waren Weite und göttliche Freiheit, hier dagegen, in dieser langweiligen fremden Stadt, waren Mauern und menschliche Ohnmacht.

Wanda erinnerte sich, wie gern sie unter Vaters Pelzmantel gekrochen war – der Schlitten saust dahin, unbändig pfeift der Wind und wirbelt Schneewolken auf, die Sonne schimmert hindurch, und wie bunte Spritzer leuchten ihre gebrochenen Strahlen, munter schnaufen die Pferde, und die Schlittenkufen schurren über den Schnee.

Von einer Haustür bis auf die Straße war ein schmaler Steg mit Tannenreisig bestreut. Ängstlich krampfte sich Wandas Herz zusammen.

Warum habe ich gestern die Tasse zerschlagen! dachte sie voller Bitterkeit. Warum bin ich umhergetollt, worüber habe ich mich nur gefreut?

10

Während Wanda im Klassenzimmer saß, lauschte sie, was der Wurm machte. Mitunter schien es ihr, als wollte er zu ihrem Herzen hinaufkriechen. Sie versuchte sich zu beruhigen, sagte sich, das werde sich von selbst geben. Doch von den kahlen Wänden wehte sie so eine unerbittliche Strenge an, daß ihr angst wurde.

Ihre Freundinnen erzählten in der ganzen Schule von dem Wurm, und Wanda wurde unbarmherzig verspottet. In den Pausen kamen Mädchen zu ihr und fragten: »Stimmt es, daß du einen Wurm verschluckt hast?«

Wanda hörte in ihrem Rücken Gelächter und leise Rufe: »Wanna hat einen Wurm verschluckt.« (Im Gymnasium wurde Wanda geneckt, indem man ihren Namen verdrehte.)

Dann wurde sie mit einem Reim geärgert: »Wanda hat eine Tasse zerschlagen, nun hat sie einen Wurm im Magen.«

Vor Wut wurde Wanda blaß, und sie zankte mit ihren Freundinnen. Plötzlich, mitten im heftigsten Streit mit einem lachlustigen Fräulein, das ihr zusetzte, fühlte Wanda etwas Unangenehmes in der Herzgegend. Vor Schreck verstummte sie, setzte sich auf ihren Platz, achtete auf nichts anderes mehr, horchte nur in sich hinein.

Unterm Herzen war so ein leises, lästiges Weh. Bald hörte es auf, bald fing es wieder an.

Dieses qualvolle Weh meldete sich auch zu Hause, beim Essen und am Abend. Wenn Wanda ihre von dem Wurm ermüdeten Gedanken anderen Dingen zuwandte, verstummte der Wurm. Doch sogleich fiel er ihr wieder ein, und sie lauschte in sich hinein. Allmählich setzte das lästige Weh wieder ein.

Manchmal kam es Wanda vor, als würde der Wurm vollends verstummen, wenn sie ihn vergäße. Doch vergessen konnte sie ihn nicht: Die anderen erinnerten sie an den Wurm.

Es wurde immer qualvoller und furchtbarer, aber Wanda schämte sich zu sagen, daß der Wurm schon an ihr fraß. Schüchtern hegte sie die leise Hoffnung, alles werde von selbst vergehen.

11

Die Mädchen saßen an den Schularbeiten. Das gelbe Lampenlicht störte Wanda. Sie horchte auf den quälenden Wurm, der immer schneller fraß. Wanda stützte die Ellbogen auf den Tisch, hielt den Kopf in den Händen und starrte stumpfsinnig auf das aufgeschlagene Buch. Unerklärliche Schwermut bedrückte sie. Ihr fiel das Atmen schwer in der feindseligen, abgeschlossenen Luft. Um sich zu trösten, dachte Wanda: Der Wurm existiert gar nicht, das alles kommt nur vom Heimweh. Wenn ich nur heiter und froh wäre!

Sie versuchte von zu Hause zu träumen. Im Frühling würden die Eltern sie nach Hause holen.

Der tiefe, kühle Wald mit seinem Moos ist von frischem Kiefernduft erfüllt. Silbriges Wasser plätschert im Bach und schillert auf den Steinen. Aus dem Grün ragt ein großer, dunkler, wie behauchter Trunkelbeerbaum.

Doch die Bilder fügten sich mühselig aneinander, und Wanda wurde es bald müde, sich zum Träumen zu zwingen.

Aus dem Eßzimmer waren Stimmen zu hören. Anna Grigorjewna trieb Malanja zur Eile: Wladimir Iwanowitsch hatte den Mittagsschlaf beendet und war ungehalten, daß der Samowar noch nicht fertig war.

Wanda rückte rasch den Stuhl weg und ging ins Eßzimmer. Ihr brünettes Gesicht war so bleich, daß ihre vollen Wangen wie eingefallen aussahen. Starr vor sich hinblickend, trat sie auf Anna Grigorjewna zu und sagte leise: »Anna Grigorjewna, mir ist nicht wohl.«

»Was ist los?« fragte Anna Grigorjewna, die nicht zugehört hatte.

»Mir ist nicht wohl ... Der Wurm ...«, sagte Wanda mutlos.

»Zum Teufel mit dir, dumme Gans!« herrschte Anna Grigorjewna sie an. »Nun soll ich mich mit dir abplagen! Ich habe genug zu tun!«

»Aha! Der Wurm!« rief Wladimir Iwanowitsch triumphierend.

Er brach in dröhnendes Gelächter aus, rief wie von Sinnen: »In dir steckt der Wurm, du dumme Gans! Dir hab ich's gegeben! Tja, Wladimir Iwanowitsch ist nicht auf den Kopf gefallen!«

Von dem Gelächter angelockt, eilten die Mädchen ins Eßzimmer. Das Gelächter stürmte auf Wanda ein. Ihr wurde schwindlig. Sie ließ sich auf einen Stuhl sinken und schluckte demütig und hoffnungslos die scheußlich schmeckende Arznei, die Anna Grigorjewna rasch für sie gemischt hatte.

Wanda sah, daß niemand Mitleid mit ihr hatte und niemand verstehen wollte, was mit ihr war.

12

Nachts fand Wanda keinen Schlaf. Der Wurm hatte sich unterm Herzen eingenistet und fraß unablässig und qualvoll an ihr. Wanda erhob sich, stützte die Ellbogen aufs Kissen. Die Bettdecke rutschte von ihren Schultern. Beim schwachen Licht des Öllämpchens, das wegen des bevorstehenden Festes brannte, schimmerten ihr weißes Hemd und die nackten brünetten Arme. Angstvoll leuchteten die weit aufgerissenen schwarzen Augen in dem bleichen Gesicht. Der Schmerz wurde Wanda unerträglich. Sie begann leise zu weinen. Anna Grigorjewna zu wecken wagte sie nicht. Dumpfe Furcht vor der Feindseligkeit der Menschen hielt Wanda zurück, sie zu Hilfe zu rufen. Sie schmiegte ihr Gesicht ans Kissen, um ihr Weinen zu ersticken. Doch das Schluchzen umschnürte ihre Brust. Im Schlafzimmer ertönte das leise, verzweifelte Stöhnen des weinenden Mädchens.

»Was soll ich bloß machen?« rief Wanda leise und voller Bitterkeit. »Warum habe ich mich gefreut, ich Dumme! Daß ich die Lektion gelernt hatte? O mein Gott! Soll ich denn zugrunde gehen wegen einer zerschlagenen Tasse?«

Wanda erhob sich vom Bett. Die Mädchen schliefen, ihr gleichmäßiges, tiefes Atmen war zu hören. Wanda kniete vor ihrer kleinen Ikone nieder, die am Kopfende des Bettes befestigt war, und betete. Die Hände auf der Brust gefaltet, flüsterte sie mit zitternden, trockenen Lippen Worte der Verzweiflung und der Hoffnung. In das Gebet vertieft, flüsterte sie lauter und begann zu schluchzen. Sascha drehte sich im Bett um und murmelte etwas. Erschrocken verstummte Wanda, hockte sich hin und wartete beunruhigt. Wieder wurde alles still, niemand erwachte.

Wanda betete lange, doch das Gebet schenkte ihr keine Ruhe. Die Stille und die Finsternis antworteten feindselig auf ihr Gebet. Wanda hatte das Gefühl, als bewegte sich jemand leise ganz nahe an ihr vorbei, als wehte sie etwas heimlich an, doch das alles zog an ihr vorüber, und niemand kümmerte sich um sie. Sie war allein und verloren in der fremden Gegend, niemand brauchte sie. Ein sanfter Engel flog über sie hinweg zu den Glückseligen und Sanften, bei ihr ließ er sich nicht nieder.

13

Es vergingen trostlose Tage und schreckliche Nächte. Wanda magerte rasch ab. Ihre schwarzen Augen, die jetzt blaue Ringe hatten, waren trocken und voller Unruhe. Der Wurm fraß an ihrem Herzen, und manchmal schrie sie dumpf auf, so quälte sie der

Schmerz. Sie hatte Angst, das Atmen fiel ihr schwer, es stach in der Brust, wenn sie tiefer atmete.

Um Hilfe zu bitten wagte sie aber nicht mehr. Ihr schien es, als wären hier alle für den Wurm und gegen sie.

Von ihrem Peiniger hatte Wanda eine klare Vorstellung. Anfangs war er dünn und grau gewesen, hatte schwache Kiefer gehabt, sich kaum bewegt und noch nicht fressen können. Doch nun hatte er sich aufgewärmt, war kräftiger geworden, rot und fett, fraß pausenlos und suchte sich unentwegt neue, noch nicht verwundete Stellen in ihrem Herzen.

Endlich faßte Wanda den Entschluß, ihrem Vater zu schreiben, er solle sie nach Hause holen. Sie mußte es heimlich tun.

Wanda paßte eine Gelegenheit ab, trat an Wladimir Iwanowitschs Schreibtisch, zog unter dem marmornen Briefbeschwerer, der die Form einer weiblichen Hand hatte, einen Umschlag hervor und steckte ihn sich in die Tasche. Da hörte sie leise Schritte. Sie zuckte zusammen, wie ertappt, und wich unbeholfen vom Schreibtisch zurück. Shenja ging durch das Zimmer. Wanda wußte nicht, ob Shenja gesehen hatte, daß sie sich einen Briefumschlag genommen hatte. Während Wanda an den Schularbeiten saß, beobachtete sie Shenja aufmerksam. Doch Shenja hatte sich in ihre Bücher vertieft.

Bestimmt hat sie nichts gesehen, sagte sich Wanda. Sonst hätte sie mich sofort verpetzt!

Wanda schrieb einen Brief, den sie unter den Heften versteckt hielt. Alleweile mußte sie das Schreiben unterbrechen, weil Anna Grigorjewna durch das Zimmer ging oder die Freundinnen zu ihr schauten. Sie schrieb:

»Lieber Papa, liebe Mama, bitte holt mich nach Hause. In mir ist ein Wurm, und es geht mir sehr schlecht. Beim Umhertollen habe ich Wladimir Iwanowitschs Tasse zerschlagen, und er hat gesagt, daß mir ein Wurm in den Hals kriechen wird, und jetzt ist der Wurm in mir drin, und wenn Ihr mich nicht nach Hause holt, werde ich sterben, und Ihr werdet traurig sein. Holt mich bald hier weg, zu Hause werde ich wieder gesund, aber hier kann ich nicht leben. Bitte laßt mich wenigstens bis zum Herbst zu Hause, ich werde allein lernen und dann in die vierte Klasse gehen, aber wenn Ihr mich nicht holt, wird der Wurm mein Herz auffressen, und ich werde bald sterben. Wenn Ihr mich holt, werde ich Ljoscha Lesen und Rechnen beibringen. Verzeiht mir, daß ich keine Briefmarke aufklebe, ich habe kein Geld, und Anna Grigorjewna wage ich nicht darum zu bitten. Ich küsse Euch, lieber Papa und liebe Mama, liebe Brüder und Schwestern, und auch Polkan.

Eure Wanda.

Ich war nicht faul, ich habe gute Zensuren.«

Unterdessen ging Shenja zu Anna Grigorjewna und flüsterte ihr etwas zu. Anna Grigorjewna hörte schweigend zu, und ihre Augen funkelten böse. Shenja kam zurück und setzte sich mit Unschuldsmiene an ihre Schularbeiten.

Wanda schrieb die Adresse auf den Umschlag. Plötzlich wurde ihr unbehaglich und unheimlich. Sie hob den Kopf – alle Freundinnen schauten sie mit stumpfsinniger, seltsamer Neugier an. Ihren Gesichtern war anzusehen, daß sich noch jemand im Zimmer befand. Wanda fröstelte, und ihr wurde angst. Mit qualvollem Zittern drehte sie sich um, vergaß sogar, den Briefumschlag zuzudecken.

Hinter ihr stand Anna Grigorjewna und starrte auf die Hefte, unter denen der Brief zu sehen war. Ihre Augen funkelten haßerfüllt, und die schrecklichen gelben Eckzähne ragten unter der Lippe hervor, die wütend zuckte.

14

Wanda saß am Fenster und schaute traurig auf die Straße. Die Straße war ohne Leben, die Häuser standen in einer Schneewüste. Wo die Strahlen der untergehenden Sonne hinfielen, blitzte der Schnee prächtig und glatt, wie der silberdurchwirkte Brokat eines prunkvollen Sarges.

Wanda war krank und durfte nicht ins Gymnasium gehen. Auf ihren abgemagerten Wangen lag starkes, unbewegliches Rot. Unruhe und Angst quälten sie, scheue Kraftlosigkeit lähmte ihren Willen. Sie hatte sich an die Quälerei des Wurms gewöhnt, ihr war es gleichgültig, ob er still war oder an ihrem Herzen fraß.

Doch ihr war, als stünde jemand hinter ihr, aber sie wagte es nicht, sich umzuschauen. Angstvoll blickte sie auf die Straße. Doch die Straße lag tot da in ihrem Glanzbrokat.

Im Zimmer, fand sie, war es stickig und roch nach Weihrauch.

15

Es war ein klarer sonniger Tag. Doch die kranke Wanda lag im Bett. Man hatte sie in ein anderes Zimmer verlegt, wo nur ihr Bett stand. Es roch nach Arznei. Schrecklich abgemagert, lag Wanda da, die kraftlosen Arme auf der Bettdecke. Teilnahmslos schaute sie die neuen, aber ihr schon verhaßten Wände an. Qualvoller Husten zerriß die rasch schwindende Kinderbrust. Unbewegliche Flecke schwindsüchtiger Röte flammten auf ihren eingefallenen Wangen, ihr Brünett war wächsern geworden. Ein grausames Lächeln entstellte ihren Mund – so entsetzlich mager war das Gesicht geworden, daß sich die Lippen nicht mehr schlossen. Heiser murmelte sie zusammenhanglose, sinnlose Worte.

Wanda hatte keine Angst mehr vor diesen fremden Menschen – die fürchteten sich, Wandas böse Worte zu hören.

Wanda wußte, daß sie im Sterben lag.

1896

TROST

1

An einem heiteren Herbsttag gingen zwei Schuljungen durch eine laute, belebte Straße nach Hause. Der eine, Mitja Darmostuk, war bedrückt, weil in seinem Tagebuch ein Ungenügend stand. Deutlich spiegelten sich Beklommenheit und Angst in seinem mageren Gesicht mit der großen Nase und den schmalen, stets lächelnden Lippen.

Mitja, der Sohn einer Köchin, sah adrett aus, wie aus dem Ei gepellt. Für seine dreizehn Jahre war er ziemlich groß.

Der andere, Nasarow, anscheinend ein Wildfang, zerzaust und zerlumpt, in abgetretenen, ungeputzten Stiefeln und einer ausgeblaßten Mütze, wirkte unmäßig lang, dürr und abgezehrt. Sein blasses, hageres Gesicht zuckte oft, und wenn er aufgeregt war, zitterte er am ganzen Leib, zwinkerte mit den Augen und stotterte.

»Nicht umsonst juckte es mich heute früh am rechten Auge«, sagte Mitja und hob wie fröstelnd die schmächtigen Schultern. »Ich wußte ja, daß etwas passiert.«

»Du Dummkopf glaubst an Vorzeichen«, erwiderte Nasarow, beim »r« stockend. »Weißt du was? Trenn dein Tagebuch auf!«

»Und dann?« fragte Mitja mit zaghafter Neugierde.

»Paß auf«, erklärte Nasarow lebhaft, sein Gesicht verzerrte sich, und er fuchtelte mit den Händen. »Du nimmst das Blatt mit dem Ungenügend heraus und legst dafür ein sauberes ein, verstehst du, eins aus einem anderen Tagebuch. Wenn du es zu Hause vorgezeigt hast, fügst du das alte wieder ein.«

Nasarow schlug sich lachend aufs angehobene Knie.

»Und woher soll ich ein sauberes Blatt nehmen?« fragte Mitja zögernd.

»Ich verkaufe dir eins aus meinem Tagebuch«, flüsterte Nasarow und schaute sich nach allen Seiten um. »Ich sage, daß ich mein Tagebuch verloren habe, verstehst du, und kaufe mir ein neues.«

»Aber es wird zu erkennen sein, daß ich mein Tagebuch aufgetrennt habe«, entgegnete Mitja.

»Man kann das Blatt herausnehmen, ohne das Tagebuch aufzutrennen«, beruhigte ihn Nasarow mit dem selbstsicheren Lächeln eines erfahrenen Menschen.

»Ja?« fragte Mitja ungläubig.

Das Lächeln einer schwachen Hoffnung huschte über seine blassen Lippen.

»Bei Gott!« versicherte Nasarow. »Man braucht es nur oben und unten abzureißen. Ich zeige es dir. Komm, wir stellen uns in den Torweg.«

»Ich habe Angst«, sagte Mitja unentschlossen und kniff die Augen zusammen, weil der Wind eine Staubwolke vom Straßenpflaster herwehte.

Aber Nasarow holte schon sein Tagebuch aus dem Ranzen, ein für das ganze Schuljahr eingeteiltes Heft, in dem die Hausaufgaben sowie Zensuren und Verweise eingetragen wurden. Die beiden Schulkameraden traten in den Torweg eines großen Wohnhauses und blieben stehen: Mitja mußte hier über den Hof gehen, um nach Hause zu gelangen. Nasarow aber ließ nicht locker, redete auf ihn ein, er solle ein Blatt aus seinem Tagebuch kaufen. Ihre Stimmen hallten unter dem Torgewölbe, und das flößte Mitja Angst ein.

»Gib mir fünfzehn Kopeken«, sagte Nasarow. »Ein neues Tagebuch kostet zwanzig, und ich gebe es ja bloß her, weil ich's vielleicht selber so machen muß. Für alle Fälle, verstehst du?«

»Das ist zu teuer«, sagte Mitja mit neidischem Blick auf Nasarows Tagebuch.

»Zu teuer? Dummkopf! Such dir doch ein billigeres!« rief Nasarow ärgerlich und streckte Mitja seine lange, schmale Zunge heraus.

»Ich brauche es überhaupt nicht.«

Mitja wandte sich ab, bemüht, den strafbaren Wunsch zu unterdrücken.

»Gib mir wenigstens zehn Kopeken«, bat Nasarow rasch und wieder freundlich. »Oder fünf? Sag schnell ja – morgen verlange ich zwanzig.«

Mit kalten Fingern umklammerte Nasarow Mitjas Hände, sein Gesicht zuckte heftig.

»Es ist eine Sünde«, murmelte Mitja errötend.

»Ach was!« widersprach Nasarow hitzig. »Sie finden es ja auch nicht sündhaft, einem ohne jeden Grund eins zu verpassen.«

Mitja war anzusehen, daß er der Versuchung nicht lange widerstehen würde. Doch Nasarow wurde schon wütend und zog eine verächtliche Miene.

»Hol dich der Teufel!« schrie er ärgerlich, zappelte wie ein Hampelmann an der Strippe, steckte geschwind das Tagebuch in den Ranzen und lief weg.

Gedankenverloren trat Mitja auf den Hof. Der war langgestreckt, recht schmal und hatte unebenes Pflaster. In der Mitte des Hintergebäudes gähnte ein dunkler Torweg zur nächsten Straße. Über den Hof führte ein holpriger, nur eine Steinplatte breiter Fußsteig. Rechts und links erhoben sich schmutziggelbe dreistöckige Seitengebäude, vor den Küchenfenstern braune, mit großen Luftlöchern versehene Holzkisten. Frauen mit Kopftuch und Handwerker gingen über den Hof. Müll lag herum. Neben einem kaputten Faß spielten schmutzige, fröhlich lärmende Kinder. Es herrschte ein unangenehmer, scharfer Geruch.

Ja, wenn er sein Tagebuch nur der Mutter zu zeigen brauchte! Aber er mußte es auch der gnädigen Frau vorlegen ... Mitja dachte an die lästige, redselige, aufgeblasene Madam mit dem raschelnden Seidenkleid, dem starken Parfümduft, und ihn schauderte vor Angst.

Auch an die Mutter mußte er denken. Er wußte, sie würde ihn ausschimpfen und weinen. Mutter war mürrisch, arm und abgearbeitet. Mitja verstand, daß er einen Beruf erlernen mußte, um ihr, wenn sie alt war, ein Obdach bieten zu können.

Auf der Straße dröhnten vorbeifahrende Kutschen, ließen schon von weitem das Pflaster erzittern. Mitja spürte dieses Beben gleichsam in seinen Knochen, und es ängstigte ihn ebenso wie der Widerhall des Straßenlärms.

Plötzlich hörte Mitja von oben kindliches Lachen und eine helle Plapperstimme. Er hob den Blick. In einem Fenster im dritten Stock des Hinterhauses sah er ein niedliches, etwa vierjähriges Mädchen. Von der Sonne beschienen, lag es im Fenster, hielt sich mit seinen dicken Händchen am roten Blechsims fest und blickte mit leuchtenden Augen auf die kleinen Mädchen, die kreischend im Hofe herumtollten. Das Mädchen freute sich über deren Fröhlichkeit, beugte sich vor und rief ihnen lachend etwas zu, was die Kinder aber nicht hörten.

Vor Beklommenheit stockte Mitja das Herz. Im ersten Augenblick wußte er nicht, was ihm angst machte. Dann wurde ihm klar, daß das Mädchen jeden Moment herunterfallen konnte. Mitja erbleichte, blieb stehen. Wie gewöhnlich setzte hinter den Schläfen Kopfschmerz ein.

Solch eine Höhe – und die Kleine lehnt sich lärmend, lachend hinaus. Solch eine Höhe – und nur ein schmaler abschüssiger Blechsims trennt sie von dem schrecklichen Abgrund. Ihr wird bestimmt schwindlig, sagte sich Mitja. Sie wird sich nicht halten können, dachte er voller Angst und Entsetzen. Ihm schien es, als lachte das Mädchen nicht mehr und hätte ebenfalls Angst bekommen.

Einen Augenblick bemächtigte sich seiner ein schlimmer Gedanke, ließ ihn zusammenzucken: der ungeduldige Wunsch, das Mädchen solle bald herabstürzen, damit er nicht so lange diese Angst auszustehen brauchte. Kaum aber wurde er dessen richtig inne, besann er sich. Als merkte er, wie sie auf dem schmalen Blechsims das Gleichgewicht verlor und sich mit zitternden Händchen festzuklammern versuchte, lief er mit ausgestreckten Armen auf sie zu. Im selben Augenblick schrie das Mädchen auf, überschlug sich in der Luft, stürzte wie ein vom Dachboden heruntergeworfenes Wäschebündel an den Fenstern vorbei in die Tiefe.

Mitja erstarrte, ließ kraftlos die Hände sinken. Das Mädchen schlug mit dem Hinterkopf auf dem Pflaster auf. Mitja hörte deutlich, wie ihr Schädel leise barst, es knackte, als wenn man ein Ei aufschlägt. Dann sank sie, ungelenk gekrümmt, mit ausgebreiteten Armen auf den Rücken, die Beine zu Mitja hin. Ihre Augen waren halb geschlossen, die Lippen kläglich verzerrt.

Zwei Jungen, die den Sturz nicht gesehen hatten, tollten noch lachend auf dem Hof herum, ihre Stimmen klangen befremdlich und ungehörig. Die erschrockenen Mädchen standen stumm da, starrten zitternd das Kind an, das ihnen plötzlich vor die Füße gefallen war. Der Hof wurde vom blassen Widerschein der Sonnenstrahlen erhellt, die sich in den Fenstern der oberen Stockwerke spiegelten. Aus dem blonden Haar des Mädchens sickerte Blut, vermischte sich mit Staub und Kehricht.

Ein zart und schwächlich aussehendes Mädchen schlug plötzlich die Hände über dem Kopf zusammen, stieß einen gellenden Laut aus. Ihr gerötetes Gesicht verzerrte sich, Tränen rannen aus den zusammengekniffenen Augen, zerflossen auf dem winzigen Antlitz. Mit unaufhörlichen Entsetzensschreien floh sie, die Hände ausgestreckt. Sie lief Mitja in die Arme, wich zurück, hastete schreiend und weinend weiter.

Jemand begann schüchtern und jämmerlich zu wimmern. Die Jungen, die eben noch gespielt hatten, standen neben Mitja, musterten das aus dem Fenster gestürzte Kind mit stumpfer, verständnisloser Neugierde. In einem Fenster erschien eine dicke Frau mit weißer Schürze, sagte etwas, schnell und aufgeregt. Auch aus anderen Fenstern blickten Leute. Der Hausknecht, ein weißgesichtiger Bursche in einer roten Strickjacke, kam gemächlich und gleichgültig, glotzte das Mädchen an, stützte sich auf den Besen und ließ seinen Blick über die Fenster schweifen. Als er den Kopf langsam hob und die obere Fensterreihe ins Auge faßte, spiegelte sein aufgedunsenes Gesicht trübe irgendwelche unklaren Gefühle.

Um das Kind herum sammelten sich schreiende Leute. Ein

Handwerker in abgetretenen Schuhen, einen Riemen um die Stirn, fuchtelte mit den Händen und rief: »Polizei!«

»Ach, so eine Sünde!« seufzte ein altes Weiblein, das ihm über die Schulter blickte.

»Die Mutter hat nicht aufgepaßt«, sagte eine Frau mit grauem Kopftuch zornig.

Schreckensbleich kam der schwarzbärtige, mit einer schwarzen Jacke bekleidete Hausmeister.

»Lauf, lauf«, sagte er zum Hausknecht.

Der ging langsam zum Tor.

»Man hat schon nach der Polizei geschickt!« flüsterte jemand hinter Mitja.

»Was hilft's, das Kind ist hin!« erwiderte eine Männerstimme entschieden.

Mitja staunte, daß das Kind schon tot war, er hätte das nicht für möglich gehalten.

Plötzlich ertönte oben im Haus Geheul. Es näherte sich, wurde immer lauter. Wild schreiend, stürmte eine zerzauste bleiche Frau aus der Haustür an der Ecke. Sie streckte die Hände aus und stürzte sich über das Mädchen.

»Rajetschka! Rajetschka!« schrie sie, und mit bebenden Lippen hauchte sie auf die Hände des Mädchens. Sie erschrak, weil die Hände kalt waren, packte Rajetschka an den Schultern und hob sie an. Rajetschkas Kopf fiel nach hinten. Verzweifelt schrie die Mutter auf, und ihr Gesicht war ebenso gerötet wie das jenes kleinen Mädchens, ebenso tränenüberströmt.

»Das ist die Strafe für die Mutter!« flüsterte das alte Weiblein hinter Mitja betreten.

Das Pflaster erzitterte, auf der Straße polterte und klirrte Eisen. Mitja bekam Angst. Er rannte davon.

2

Keuchend blieb Mitja im zweiten Stock auf dem Absatz der schmalen schmutzigen Treppe stehen. Aus der offenen Tür schlug ihm Küchendunst entgegen. Er hörte die zornige Stimme seiner Mutter. Zaghaft trat Mitja in die Küche, wo es nach Butter,

Zwiebeln und Qualm roch, und blieb an der Tür stehen, überwältigt vom gewohnten Gefühl der Verlegenheit und Schutzlosigkeit in dieser Wohnung, die fremd war und doch sein Zuhause darstellte.

Seine Mutter, die Köchin Aksinja, hatte die Ärmel über den dicken roten Armen aufgekrempelt und stand, zerzaust und schwitzend, am Herd, wo auf der Pfanne etwas in Butter brutzelte. Aus der nicht fest verschlossenen Herdtür leuchteten die Flammen, rot wie das Rinnsal von Rajetschkas Blut. Es herrschte Durchzug, Fenster und Tür standen offen. Aksinja verfluchte die gnädige Frau, ihr eigenes Leben, den Braten und das Brennholz.

Mitja spürte dumpfe Erregung: Er wußte, die Mutter würde ihren Ärger an ihm auslassen.

»Was stehst du in der Tür?« schrie Aksinja, wandte ihm das rote, grimmige Gesicht mit den tränenden Augen und den schütteren grauen Haarflechten zu. »Dich schickt der Teufel, mir ist sowieso schon zum Kotzen!«

Mitja ging in den Verschlag neben der Küche, in dem er mit der Mutter hauste. Aus der Küche war, beim Brutzeln auf der Pfanne und Prasseln im Herd, Aksinjas wütendes Murren zu hören.

»Mein Leben lang muß ich am Herd stehen, wie eine Verfluchte — Gott verzeihe mir die sündhaften Worte! Und wenn der Sohn erwachsen ist, wird er seine Mutter vergessen. Wer auf seine Kinder vertraut, hat auf Sand gebaut. Die Mutter braucht er nur, solange sie ihn durchfüttert!«

Mitjas Gesicht verfinsterte sich. Er setzte sich mißmutig auf die kleine grüne Truhe in der Ecke und hing traurigen Gedanken nach. Er dachte an Rajetschka, die mit zerschmettertem Kopf auf dem Pflaster lag.

So vergingen einige Minuten. Aksinja machte die Tür auf und blickte zu ihm in die Kammer.

»Mitja, komm mal her!« flüsterte sie verlegen.

Jetzt schaute sie den Sohn freundlich an, und das paßte gar nicht zu ihrem groben, unschönen Gesicht. Mitja ging zu ihr.

»Hier, iß!« sagte Aksinja, gab ihm einen Fladen, den sie eben gebacken hatte und der noch heiß war, und verschwand wieder in der Küche.

Mitja wurde plötzlich weich ums Herz, Tränen traten ihm in die Augen. Als er den Fladen aß, bewegten sich seine Backenknochen ungelenk, schmerzhaft, weil ihm ein Kloß im Hals saß. Das heftige Mitleid mit der Mutter, das von ihren Klagen und ihrer unbeholfenen Zärtlichkeit geweckt worden war, verbanden feinste Fäden mit der Trauer um Rajetschka.

Aksinja liebte ihren Sohn mit der erbitterten Liebe, die bei armen Menschen so häufig ist und die beide Seiten peinigt. Das armselige, ungesicherte Leben flößte ihr oft Angst ein, und sie stellte sich vor, Mitja würde, wenn er erwachsen war, zu trinken anfangen, sich zugrunde richten und sie auf ihre alten Tage im Stich lassen. Wie sie das Unheil abwenden und aus Mitja einen ordentlichen Menschen machen konnte, wußte sie nicht, sie spürte nur, daß es in der Küche schwerlich gelingen würde. Sie war mürrisch und finster, fürchtete alles, seufzte und stöhnte oft.

Mitja aß den Fladen auf, trat ans Fenster, wischte sich die Finger am Jackensaum ab. Draußen erschien alles farblos und langweilig. Er sah Küchen, in denen gekocht wurde, Dächer, Rauch aus den Schornsteinen, den fahlen Himmel. Mitja lehnte sich aufs Fensterbrett und schaute in den gepflasterten Hof. Rajetschka fiel ihm ein, das Fenster in der Höhe. So kann jeder hinunterstürzen, dachte er.

Zum erstenmal kam ihm, halb bewußt, doch schon voller Angst, der Gedanke an den eigenen Tod. Es war ein unmöglicher, entsetzlicher Gedanke, noch schrecklicher als der, daß Rajetschka aus dem Fenster gefallen und gestorben war, so einfach, wie ein Lampenglas zerbricht, wenn man es auf Steine wirft.

Zitternd sprang Mitja vom Fensterbrett. Er spürte Schmerzen in den Schläfen und unterm Scheitel. Die Arme schwenkend, ging er in die Küche. Aksinja stand am Herd, den Kopf in die Hand gestützt, und starrte ins Feuer.

»Mutter«, sagte Mitja, »wenn du wüßtest, was ich im Durchgangshof gesehen habe!«

»Was denn?« fragte die Mutter barsch, ohne den Kopf zu wenden.

»Ein Mädchen ist aus dem dritten Stock gestürzt und hat sich den Schädel zerschlagen.«

»Was du nicht sagst!« rief Aksinja.

Ihre erschrockene Stimme machte Mitja Angst, doch zugleich fand er sie komisch. Lächelnd, hin und wieder kichernd, erzählte er der Mutter haarklein, wie Rajetschka aus dem Fenster gefallen war. Aksinja seufzte betroffen und mitleidig und starrte den Sohn mit aufgerissenen Augen an. Als Mitja berichtete, wie Rajetschka aufgeschrien hatte, schrie er genauso wie sie mit kindlicher Stimme und hockte sich hin, bleich im Gesicht.

»Solche Mütter müßte man ...«, begann Aksinja gehässig, doch sie stockte, schluchzte auf. »Das Engelchen!« sagte sie erbarmungsvoll und wischte mit der schmutzigen Schürze die Tränen ab. »Gott hat sie zu sich genommen, im Himmel wird sie es besser haben.«

»Wie ihr Schädel geknackt hat!« sagte Mitja nachdenklich.

Die Mutter ließ die Schürze sinken. Ihr tränennasses unbewegtes Gesicht bestürzte den Jungen. Er fing an zu weinen. Große Tränen rannen über seine blassen Wangen. Doch er schämte sich seiner Tränen, drehte sich um, ging mit gesenktem Kopf in die Kammer. Dort setzte er sich auf die grüne Truhe in der Ecke, barg das Gesicht in den Händen und weinte bitterlich.

Es wurde Abend, und alles nahm seinen gewohnten Gang. Mitja war aufgewühlt. Kleinigkeiten, die er früher kaum bemerkt hatte, fielen ihm jetzt in die Augen und taten ihm in der Seele weh. Gern hätte er nochmals von Rajetschka erzählt und bei jemandem Mitleid erweckt. Als Darja, das verschmitzte, putzsüchtige Stubenmädchen mit glattgekämmtem Haar, in der Küche erschien, erzählte er es ihr ganz genau. Aber Darja hörte ihm stumpf und gleichgültig zu, während sie sich vor Aksinjas kleinem Wandspiegel, der in der Kammer hing, das küchenschabenfarbene, nach Pomade riechende Haar kämmte.

»Tut sie dir denn nicht leid?« fragte Mitja.

»Was geht sie mich an, ist sie mein Kind?« erwiderte Darja mit dummem Lachen. »Du bist mir der Richtige! Von wegen Mitleid!«

»Wozu Mitleid haben?« sagte die Mutter. »Euch alle sollte Gott zu sich nehmen. Was wird aus dir, wenn du einmal erwachsen bist? Ein betrunkener Handwerker.«

Und wenn Rajetschka erwachsen sein würde? dachte Mitja. Dann wäre sie Stubenmädchen wie Darja, würde sich Pomade ins Haar schmieren und schöne Augen machen.

Mitja ging zur gnädigen Frau, um ihr das Tagebuch für diese Woche zu zeigen. Die gnädige Frau hielt es für ein gutes Werk, sich um den Jungen, den Sohn ihrer Köchin, zu kümmern.

Der angenehme, eigenartige, an Weihrauch erinnernde Geruch in der Wohnung brachte Mitja von den Gedanken an Rajetschka ab. Ängstlich trat er auf die gnädige Frau zu, die im Salon auf dem Sofa saß und eine Patience legte.

Frau Urutina war korpulent und hatte ein von Creme und Puder weißes Gesicht. Ihre Kinder, der Gymnasiast Otja und die Tochter Lidija, waren auch im Salon, und Otja schnitt ihm Fratzen. Otja hatte vorquellende Augen und ein rotes Gesicht. Lidija war etwas älter und sah ihm ähnlich. Ihr Haar war über der Stirn kurzgeschnitten. Aksinja und Darja nannten dies einen Pony.

Die gnädige Frau sah die schlechte Zensur in Mitjas Tagebuch und tadelte ihn. Mitja küßte ihr die Hand, wie es sich gehörte.

Die Zimmer waren schön und prächtig. Weiche Teppiche dämpften die Schritte, Gardinen und Portieren hingen in schweren, strengen Falten herab, bequeme Möbel standen dort, eine kostbare Bronzebüste und goldgerahmte Bilder gab es. Früher hatte es Mitja hier immer gefallen – er trat ehrfurchtsvoll und schüchtern ein, wenn er gerufen wurde oder die Herrschaften nicht zu Hause waren und er seine Blicke an alledem weiden konnte.

Heute empörte ihn zum erstenmal die Schönheit der Zimmer. Er dachte: Die arme Rajetschka hat bestimmt nie in solchen Gemächern gespielt!

Ob dies wirkliche Schönheit ist? fragte sich Mitja.

Während Frau Urutina ihm lang und breit auseinandersetzte,

wie schändlich Faulheit sei und wie sehr er es schätzen müsse, daß sich die gnädige Frau um ihn kümmere, dachte Mitja, irgendwo, vielleicht nur beim Zaren, gebe es Prunkgemächer, wo echte Schönheit, unerschöpflicher Luxus und Wohlgerüche wie bei König Salomo herrschten, Düfte von Myrrhe und Weihrauch. In solchen Gemächern hätte Rajetschka einmal spielen müssen.

Als Mitja wieder weggehen wollte, versetzte die gnädige Frau: »Darja sagte, du hast gesehen, wie ein Mädchen aus dem Fenster gestürzt ist. Erzähle mal.«

Wie stets war Mitja von dem strengen, befehlenden Ton der gnädigen Frau eingeschüchtert. Sofort begann er zu erzählen. Schüchtern zuckte er immerfort die Achseln, doch berichtete er ausführlich. Er gestikulierte und geriet allmählich in Schwung. Wieder schrie er leise auf, wie es Rajetschka getan hatte, und hockte sich hin, bleich im Gesicht. Das alles amüsierte und rührte die gnädige Frau und ihre Kinder.

»Wie schön er erzählen kann!« rief Lidija, ganz wie ein Fräulein aus ihrem Bekanntenkreis und wie diese die Hände zusammenschlagend. »Das arme Mädchen! Und nun ist es tot?«

»Ja, es ist tot«, sagte Mitja.

Die gnädige Frau schenkte ihm ein eingewickeltes süßes, klebriges Bonbon. Mitja mochte Süßigkeiten gern, und er freute sich.

3

Mitja saß am Kammerfenster vor dem ungestrichenen Tisch mit der gesprungenen Platte, den Rücken zur Mutter, die verdrossen einen Strumpf strickte. Er beugte sein blasses Gesicht mit den zitternden Lippen und der ein wenig komischen großen Nase über das Lehrbuch und trachtete sich das Gelesene einzuprägen. Aber seine traurigen, mitleidvollen Gedanken waren bei Rajetschka. So eine dumme Mutter – nicht auf das Kind aufzupassen!

Mitja hatte Kopfschmerzen, er dachte, vom Küchendunst und dem fauligen Geruch, der nach den Wohlgerüchen in den herrschaftlichen Räumen besonders lästig und beleidigend war.

Plötzlich versuchte sich Mitja vorzustellen, wie groß Rajetschka gewesen war. Sie hätte ihm wohl bis zum Gürtel gereicht.

Ständig wurde er beim Lesen gestört: Darja kam und erzählte Aksinja von ihrem Geliebten ... Doch Mitja mußte lernen, um nicht wieder eine schlechte Zensur zu bekommen ... Dann klappte die Tür, und Darja lief weg.

»Ach, diese Teufelspuppe!« rief Aksinja.

Mitja hatte ihrem Streit nicht zugehört. Er blickte die Mutter an. Aksinja strickte den Strumpf und kniff böse die Lippen zusammen.

Teufelspuppe! wiederholte Mitja in Gedanken und lächelte. Bestimmt, überlegte er, ist eine Teufelspuppe so groß wie ein Mensch, und nachts spielen die Teufel mit ihr. Und am Tag? Am Tag lebt sie wie alle anderen. Vielleicht weiß sie gar nicht, mit wem sie es nachts zu tun hat. Ich würde gern mal sehen, wie der Teufel mit Darja spielt, dachte Mitja. Vielleicht verzaubert er sie in eine Katze, trägt sie aufs Dach, und sie muß herumlaufen und miauen ...

Diese komischen Gedanken lenkten ihn ab. Er merkte gar nicht, daß die Mutter hinausging. Plötzlich knarrte in der Stille die Korridortür.

Mitja sah sich um. Auf der Schwelle stand Otja, gespannte Neugierde in den vorquellenden Augen. Auf Zehenspitzen schlich er näher, wobei er komisch mit den Händen fuchtelte, und fragte: »Bist du allein?«

»Ja«, erwiderte Mitja.

Otja ging leise hinaus und kam nach einem Augenblick mit Lidija zurück. Sie lächelte und war offenbar aufgeregt.

»Hör zu«, flüsterte Otja, »erzähl uns noch einmal von der Fallsüchtigen.«

Lidija kicherte über den Ausdruck, den Otja absichtlich gebrauchte, und weil sie auf die Erzählung gespannt war.

»Ja«, sagte Mitja und stand auf.

Lidija setzte sich auf seinen Stuhl, legte die Hände auf die Knie und sah Mitja unablässig ab. Otja setzte sich auf die grüne Truhe, trommelte mit den Fäusten auf die Knie und schnitt seiner

Schwester Grimassen. Mitja erzählte die Geschichte genau wie zuvor, doch als er sich zum Schluß daran erinnerte, wie Rajetschkas Mutter geheult hatte, lachte er. Lidija erschrak.

»Wie gefühllos du bist«, sagte sie mißbilligend. »Überleg doch mal, wie es dem Mädchen weh getan hat! Und du lachst darüber!«

»Ja, mein Lieber«, sagte Otja belehrend, »du zeichnest dich nicht durch Zartgefühl aus. Über ein fallsüchtiges Mädchen lacht man nicht.«

Mitja mußte wieder daran denken, wie Rajetschka die Arme ausgebreitet, wie ihr Schädel geknackt hatte und ihr Blut als Rinnsal in den grauen Staub geflossen war. Er fing an zu weinen. Die beiden Kinder schauten ihn an, wechselten Blicke und kicherten. Ihnen wurde es ungemütlich. Sie wußten nicht, was sie sagen und wie sie sich davonmachen sollten. Die gnädige Frau kam ihnen zu Hilfe.

Sie hatte die Kinder vermißt und suchte nach ihnen.

Als sie die Stimmen hörte, blieb sie einen Moment im dunklen Korridor stehen, bevor sie die Tür aufriß. Hochaufgerichtet, den Kopf gereckt, die dichten schwarzen Augenbrauen gehoben, so daß sie dem glattgekämmten Haar nahe kamen, was ihr ein dummes, lächerliches Aussehen verlieh, blieb sie in der Tür stehen. Die drei erstarrten unter ihren funkelnden Blicken. Otja und Lidija schauten sie eingeschüchtert an, hielten, einer wie der andere, die Hände still auf den Knien und lächelten betreten. Mitja sah die gnädige Frau scheel an, während große Tränen langsam über seine mageren Wangen rollten und auf den verschossenen Hauskittel fielen.

»Kinder, geht in die Wohnung«, sagte die gnädige Frau schließlich. »Hier habt ihr nichts zu suchen. Dies ist keine Gesellschaft für euch.«

Ihre Kinder erhoben sich, die gnädige Frau ließ sie vorangehen und folgte ihnen.

Mitja hörte die sich entfernende entrüstete Stimme.

Ein ungehöriger Ort! dachte er beleidigt und musterte die kahlen Wände der Kammer, die Bretterwand, die armseligen Dinge, die Truhen, die große braunrote mit eisernen Beschlägen und die kleine grüne, das Fenster, aus dem man Dächer, Schornsteine und den fahlen Himmel sah. Alles war so arm, grob und mitleiderregend.

Wie sie hergeschlichen ist! dachte Mitja. Vor der kann man sich nicht verstecken. Als wäre sie eine Hexe!

Aus einem offenen Fenster im Hof klangen sehnsuchtsvoll zarte Töne einer Flöte – wie Rajetschkas Weinen.

4

Mitja zog sich aus und legte sich aufs Bett, das ihm die Mutter auf der großen Truhe bereitet hatte; sie selbst schlief auf der Bettstelle, die in die Ecke zwischen Bretterwand und Korridortür geklemmt war, hinter einem bunten Kattunvorhang. Jetzt saß Aksinja in der Küche, denn die Gäste der gnädigen Frau würden noch zu Abend essen. Auf der Zimmerdecke und dem Fußboden lagen Lichtstreifen, von der Bretterwand her, doch bei Mitja herrschte schreckliches Dunkel. Er zog die Bettdecke über den Kopf.

Früher hatte er, wenn er so lag, gern Unmögliches erträumt: Heldentaten, Ruhm, etwas Zartes und Stilles. Heute richteten sich seine Wunschträume auf Rajetschka. Was war jetzt mit ihr? Im Dunkeln schreckte es ihn, sie sich tot vorzustellen. Es schreckte ihn, daran zu denken, daß man für sie Totenlieder singen, gelbe Kerzen anzünden, blauen Weihrauch schweben lassen und sie dann in der Erde begraben würde. Aber Mitja wurde diese Gedanken nicht los.

Im Himmel wird sie es besser haben – diese Worte seiner Mutter fielen ihm ein. Wieso besser? fragte er sich. Und plötzlich ahnte er es und freute sich: Ja, sie wird auferstehen und bei den Engeln sein.

Immer deutlicher stand Rajetschkas Bild vor ihm. Wie wenn es jemand langsam und sorgfältig mit mattem Bleistift vollendete – jeder neue Strich erfüllte Mitja mit gemischten Gefühlen: Angst, Entzücken und Mitleid.

Aksinja wetzte in der Küche ein Messer an der Herdkante.

Das unangenehme Geräuch ließ ihn nicht einschlafen. Er steckte den Kopf unter der Bettdecke hervor und rief leise: »Mutter, Mutter!«

»Was willst du?« erwiderte die Mutter.

»Wird Rajetschkas Mutter auch sterben?« fragte Mitja.

»Wessen Mutter?«

»Die von dem Mädchen, das aus dem Fenster gefallen ist.«

»Was willst du wissen?« erkundigte sich die Mutter barsch und verdrießlich.

»Ob ihre Mutter auch stirbt?«

»Warum sollte sie sterben?«

»Vor Gram um Rajetschka!« sagte Mitja leise, und ihm kamen Tränen, rannen über die Wangen aufs Kopfkissen.

»Schlaf, Dummkopf! Schlaf, wenn du im Bett liegst«, antwortete Aksinja ärgerlich. »Wenn alle Leute vor solchem Gram sterben würden, bliebe in Rußland bald kein Mensch mehr übrig.«

»Aber wie kann das sein?« fragte Mitja verzweifelt und schluchzte.

»Schlaf! Mir ist sowieso schon zum Kotzen.«

Mitja verstummte. Als hätte ihn das Weinen ermüdet, wurde er schläfrig. In seinen müden Ohren schrillte zuerst eine zarte Hirtenflöte, dann dröhnte eine leise Glocke, alles drehte sich und verschwand. Doch oben im Fenster lachte Rajetschka hell und fröhlich.

Sie ist auferstanden! dachte Mitja freudig, und Rajetschka plapperte ihm etwas Frohes vor, von der Auferstehung.

5

Mitja wirkte im Schülerchor mit, der oft in einer der Pfarrkirchen sang. Im Chor wurde er wegen seines guten Gehörs und seiner reinen, kräftigen Altstimme geschätzt. Mitja sang gern. Besonders gefielen ihm Hochzeiten und Totenmessen. Die Gesänge zur Trauung erheiterten ihn, die Totenlieder weckten in ihm wohligwehmütige Stimmungen.

Am Sonntag kam Mitja zur Mittagsmesse. Die Gemeinde hatte sich versammelt. Glockengeläut schwang feierlich in der stillen

Herbstluft. Die Chorknaben drängten sich, lärmten und tollten auf dem Kirchhof und in der Vorhalle. Der blasse kleine Duschizyn sagte mit seiner hellen, zarten Stimme Schimpfworte, wobei er sanft und unschuldig dreinschaute. Auch der Chordirigent kam gerade, der Lehrer Galoi, ein kleiner, schmächtiger Mann mit unveränderlichen ziegelroten Flecken auf den Wangen und langem, dünnem Spitzbart, der wie angeklebt aussah. Als wäre er draußen aus dem Boden geschossen, trat er plötzlich durch die Pforte in der Kirchhofsmauer. Die Jungen liefen in die Vorhalle und begrüßten den Lehrer, die einen mit übertriebener Ehrfurcht, die anderen nachlässig und mißmutig. Mitja nahm verlegen die Mütze ab, als wäre er nicht sicher, ob er das tun mußte, rieb sich mit ihr die Wange und blickte den Lehrer an, die Augen wie gegen die Sonne zusammenkneifend. Dann setzte er die Mütze wieder auf und schob sie in den Nacken. Galoi blieb in der Vorhalle stehen. Mitja trat auf ihn zu.

»Was willst du?« fragte ihn der Lehrer mit hoher, schriller Stimme und hüstelte.

»Darf ich bitte nach Hause gehen, Dmitri Dementjewitsch?« fragte Mitja leise und schüchtern.

»Das fehlte noch«, rief Galoi und starrte Mitja mit seinen kleinen Augen an. »Alle gehen weg, und mit wem bleibe ich hier?«

»Ich habe Kopfschmerzen, Dmitri Dementjewitsch«, erklärte Mitja kläglich und setzte eine düstere Miene auf.

Sein blasses Gesicht und seine blauen Lippen bewiesen, daß er nicht schwindelte.

»Wieso hast du Kopfschmerzen?« fragte Galoi und schüttelte mißbilligend sein Bärtchen.

»Ich weiß nicht«, erwiderte Mitja schüchtern.

»Was habe ich dich gefragt?« schrie Galoi schrill.

Mitja schwieg bestürzt.

»Mein Verehrtester, du bist ein Schwätzer und weiter nichts. Was habe ich dich gefragt?«

»Wieso ich Kopfschmerzen habe«, wiederholte Mitja.

»Jawohl, und nicht, ob du es weißt oder nicht. Wieso du Kopfschmerzen hast, sollst du sagen.«

Mitja wußte nichts zu antworten und lächelte betreten.

»Er hat mit der Nase Holz gehackt«, sagte der rotbäckige Karganow und legte die Stirn in Falten, um nicht aufzulachen.

Die Schuljungen, die sich ringsum drängelten, brachen in schallendes Gelächter aus. Michejew, ein kleiner Junge mit großem Kopf und großen Augen, sagte Mitja leise vor: »Aus unbekanntem Grund.«

»Nun?« drängte Galoi. »Antworte!«

»Aus unbekanntem Grund«, sagte Mitja.

»Na also. Dann geh nach Hause.«

Mitja verbeugte sich und verließ den Kirchhof. Doch ging er nicht nach Hause. Das ständige Gehorchen erschien ihm fade und widerwärtig, und zum erstenmal in seinem Leben beschloß er, sich herumzutreiben. Als er weggehen durfte, empfand er Freude und Erleichterung. Doch schlimme Ahnungen und die unablässigen Kopfschmerzen trübten bald seine Freude.

Mitja ging zum Stadttor, ließ die lauten, in Stein gefaßten Straßen hinter sich. Es wehte ein kalter böiger Wind. Der wolkenlose Himmel wirkte heiter und zugleich wehmütig, wie ermüdet. Staubbedeckt und öde standen die Bäume da. Der Wind wirbelte Staubwolken auf, so daß Mitja kaum etwas sah und nur mit Mühe vorwärtskam.

In einem Winkel des Friedhofs, wo die billigen Grabstellen waren, suchte Mitja das Grab seines Vaters. Lange saß er dort, an das weiße Kreuz geschmiegt, und dachte über Rajetschka und sich selbst nach. Unzählige Gräber, Grabkreuze, Kiefern, eine unerschütterliche Stille. Nur ab und zu krächzte ein vorüberfliegender Rabe, oder das Laub rauschte im Wind.

Mitja erinnerte sich genau an Rajetschka. Er wollte sie so klar wie möglich vor sich sehen und schloß die Augen... Die blonden Locken fallen ihr auf die Schultern. Sie trägt ein blaßgelbes Kleidchen und staubige Schuhe. Bleich steht sie da, auf der Wange ein blutrotes Rinnsal. Schmerzen hat sie nicht, sie ist sofort tot gewesen, und jetzt ist sie auferstanden. Doch warum bewegt sie sich nicht?

Mitja strengte seine Einbildungskraft an, wollte, daß Rajetschka wenigstens die Augen öffnete. Was hatte sie für Augen?

Plötzlich schien ihm, als hätte sie die Augen geöffnet, blau und ruhig wie der heitere Himmel waren sie, und in seine Seele zogen Heiterkeit und Feierlichkeit ein. Ihm war, als schritte Rajetschka sachte über die Steine und als bewegte sich ihr gelbes Röckchen ganz leise.

Mitja schlug die Augen auf – da war das liebe Bild verschwunden, und er hatte wieder irdische und sterbliche Dinge vor Augen. Still verließ er den Friedhof, den Kopf traurig gesenkt, von wehmütigen Gedanken an Rajetschka erfüllt. Er trat durch die andere Friedhofspforte, die auf die Felder führte. Auf dem menschenleeren, staubigen Weg an der Friedhofsmauer begann er zu singen: »Zum Herrgott bete ich in meiner Trauer, denn meine Seele ist voll Gram ...«

Hoch tönte seine Altstimme. Die Bäume lauschten, das Gras raschelte unter seinen Füßen. Die unbegreifliche Verheißung einer sonderbaren Freude strahlte am heiteren Himmel und im Sonnenschein.

6

In der Schule langweilte sich Mitja. Die Stunden waren uninteressant, und er hatte immer Angst, ein Lehrer könnte ihm eine schwierige Frage stellen und ihm eine schlechte Zensur geben. Auch in den Pausen wurde er nicht fröhlich.

Die Schüler der verschiedenen Klassen versammelten sich in der Pause wie immer in der Aula und vertrieben sich die Zeit. Manche setzten sich auf die Bänke, die an den Wänden standen, und schubsten einander. Es war ein kleiner, dunkler Saal: Er lag im Erdgeschoß, und das Licht wurde verdeckt von den Bäumen im Garten und von der nahen Wand des hohen Nachbarhauses, einer kahlen, fensterlosen und leblosen Ziegelmauer. In einer Ecke des Saals stand der schwere, dunkle Schrein mit den Heiligenbildern, dahinter war dichtes Dunkel.

Die Jungen schienen sich wie eine Herde zu drängen. Sie tollten herum, warfen einander zu Boden, liefen und spielten Fangen und rempelten sich an. Andere verzehrten ihr Frühstück, eine von zu Hause mitgebrachte Schnitte oder eine beim Schuldiener gekaufte Semmel. Staub wirbelte in der Luft und legte sich auf die Lungen. Der gleichmäßige Lärm wurde hin und wieder von einem schrillen Aufschrei übertönt.

Mitja saß auf einer Bank. Im dichtesten Gedrängel der Jungen, wo Staub wirbelte und Hände und Gesichter umherhuschten, erschien ihm Rajetschka. Ihr blondes Haar schimmerte matt in der Sonne, lustige Regenbogenstrahlen umringten sie, hell klang ihre Stimme – und plötzlich zerfiel sie in Staub und verschwand.

Einer war zu Boden geworfen worden, eine Fensterscheibe war eingeschlagen, es gab ein irrsinniges Geheul und Hurrarufen. Auch Mitja stimmte ein, leise und gedehnt.

Das Geschrei und Geheul drang bis ins Lehrerzimmer. Der diensthabende Lehrer, der blasse, glattrasierte, lange und hagere Ardaljon Sergejewitsch Korobizyn, ging träge in die Aula. Bei seinem Erscheinen verminderte sich der Lärm. Von dem eingeschlagenen Fenster liefen alle weg. Doch es fanden sich freiwillige Denunzianten. Die Schuldigen wurden bald gefunden.

Tschumakin, ein Junge mit sommersprossigem Gesicht und stets besorgter Mine, eilte auf Mitja zu und flüsterte: »Komm, wir ärgern Ardaljoschka!«

»Aber wie?« fragte Mitja, erfreut über die Zerstreuung.

»Wir werden zischen!«

Kaum war Ardaljon Korobizyn von der Aula in den Korridor getreten, wo sich schon die Schüler drängten, begann Tschumakin zu zischen, andere taten es ihm gleich. Korobizyn kehrte um und stellte sich in die Tür. Tschumakin, den er nicht sehen konnte, zischte weiter.

»Zische! Er sieht dich nicht!« raunte er Mitja zu, hinter dessen Rücken er sich versteckte.

Mitja begann zu zischen. Korobizyn wußte nicht, ob er weggehen oder die Bengel zur Räson bringen sollte. Ihm war es gleich. Doch er trat in die Mitte der Aula, spähte und lauschte umher, merkte, daß er die Schuldigen schwerlich erwischen konnte: Die Jungen unterhielten sich friedlich, wenn er sie ansah, und zischten, sobald er den Blick abwandte und die nächste Gruppe dieser Schlingel in Augenschein nahm. Plötzlich wurde Korobizyn rot vor Zorn.

Mitja war unterdessen in die Mitte getreten. Lächelnd zischte er leise, ohne zu bedenken, was er tat, und Korobizyn stieß fast von selbst auf ihn.

»Gib mir dein Tagebuch!« schrie Korobizyn zornig.

Mitja war vor Bestürzung wie gelähmt.

»Ich habe nichts getan!« rechtfertigte er sich.

»Gib mir dein Tagebuch!« wiederholte Korobizyn hartnäckig, mit zusammengebissenen Zähnen.

»Aber wieso? Sie können die anderen fragen: ich habe gar nicht gezischt«, sagte Mitja mit plötzlichem Ärger.

»Dein Tagebuch!« schrie Korobizyn wütend.

Seine hohe Stimme schrillte entsetzlich in dem niedrigen Raum. Mitja ging langsam ins Klassenzimmer, um sein Tagebuch zu holen, und brummte: »Ohne Grund kriege ich eine Eintragung ins Tagebuch!«

Korobizyn hörte es.

»Du Esel!« schrie er Mitja wütend nach. »Geschieht dir ganz recht! Bring mir dein Tagebuch ins Lehrerzimmer.«

Korobizyn ging ins Lehrerzimmer, ohne die Jungen zu beachten, die hinter seinem Rücken weiter zischten. Ihm war wieder alles gleichgültig.

7

Mitja sagte der Mutter, er müsse zu einer Chorprobe. Dafür hatte er von vier bis acht Uhr frei. Er ging aus dem Haus. Doch ihm war nicht froh zumute. Es läutete zur Abendmesse, und die Glokkentöne erfüllten ihn mit Wehmut. Der Himmel hing tief und wie ausgeblaßt über den Dächern, graue Wolken zogen langsam über das blasse Blau.

Mitja plagten dumpfe Kopfschmerzen. Deutlich sah er Rajetschka vor sich. Sie, fand er, war anders als die anderen Menschen. Das Haar fiel ihr bis auf den Rücken. Alles spielte sich hinter ihrem durchsichtigen Körper ab, sie verdeckte die Welt nicht, verschmolz nicht mit ihr, blieb unberührt. Manchmal schien es Mitja, als näherte sie sich ihm, als berührte ihr Kopf fast seine Brust.

Lange eilte er durch die Straßen der riesigen unfreundlichen Stadt, in unwillkürliche Wunschträume versunken, ohne Müdigkeit. Staubwirbel, Rauchsäulen und Wolken gemahnten ihn an Rajetschkas Bild. Doch wenn sich der Staub legte, der Rauch sich verzog, die Wolken davonzogen, stand die häßliche Alltäglichkeit wieder vor ihm und quälte ihn.

Rajetschkas durchsichtiges, leichtes Bild schwebte erneut auf Mitja zu, und ihm war, als ginge Rajetschka im weißen Kleid, in weißen Schuhen, mit einem weißen Band umgürtet und mit weißen Blumen auf der Brust an ihm vorbei. Strahlend ging sie vorbei, sie rief ihn nicht, doch schien sie ihn zu bedauern, und Mitja folgte ihr...

Mitja gelangte in eine entlegene Straße. Von fern sah er den Lehrer Korobizyn, lang, dürr, bleich und böse, mit raschem Schritt. Mitja erschrak und suchte im nächsten Torweg Zuflucht. Unter dem hallenden, mit blassem Würfelmuster bemalten Gewölbe war es dunkel. Mitja wollte abwarten, bis Korobizyn vorbeigegangen war. Doch wenn der Lehrer ihn sah und herkam, ihn packte und anschrie?

Mitja hielt es nicht aus und trat in den Hof. Es kam ihm vor, als wäre Korobizyn schon in dem Torweg. Geschwind rannte Mitja über den Hof und versteckte sich auf der Treppe des Hinterhauses.

Doch kaum hielt er inne, ertönten Schritte auf dem Pflaster des Hofes. Mitja lief die Treppe hinauf. Die schweren, gemessenen Schritte folgten ihm auf den Steinstufen, und Mitja stieg immer höher. Vor Müdigkeit und Angst wurden ihm die Knie weich.

Schließlich gelangte er auf den Dachboden. Die Tür war nicht verschlossen. Mitja öffnete sie und betrat einen dunklen Gang. Die Schritte, die ihn verfolgten, verstummten auf dem letzten Treppenabsatz. Es klopfte, eine Tür wurde geöffnet und hinter dem Eintretenden geschlossen. Jähe Freude überkam Mitja, weil er in Sicherheit war. Er begriff, daß es sich nicht um Korobizyn, sondern um einen der Hausbewohner gehandelt hatte. Mitja spähte aus der Tür, sah, daß niemand auf der Treppe war, und wollte schon weggehen. Plötzlich fesselten leise Geräusche in der Nähe seine Aufmerksamkeit. In der Nähe las jemand laut. Mitja blickte sich um. Da war die Tür zum Dachboden, sie stand einen Spalt offen. Ein grauer Lichtstreifen fiel in den Gang, und eine helle, leise und rasche Stimme war zu hören.

Mitja blieb eine Weile an der Tür stehen, bevor er sie aufmachte und den Dachboden betrat. Er mußte sich bücken, um nicht an die Dachbalken zu stoßen.

Am Dachbodenfenster saßen eine alte Frau und ein etwa fünfzehnjähriges Mädchen. Die Alte strickte einen Strumpf, das Mädchen las in einem dicken Buch. Sie saßen einander gegenüber, die Alte auf einer kleinen Truhe, das Mädchen auf einem schmalen Klappstuhl. Das Licht aus dem Fenster fiel zwischen sie, auf ihre Knie. Die Stricknadeln klapperten leise und schimmerten matt in den flinken Händen der Alten.

Mitja machte einen Schritt über einen hohen Balken. Anscheinend wohnten die beiden hier, denn es war aufgeräumt und ausgefegt.

Das blasse, unansehnliche Mädchen hob den Blick vom Buch und schaute Mitja sanft und ruhig an. Mitja betrachtete sie verwundert. Sie war so schmächtig und blaß, daß sie im Halbdunkel hinter dem auf das Buch fallenden Licht geradezu körperlos wirkte. Die zarten Schlüsselbeine traten sichtbar hervor: Sie trug einen Sarafan und ein Hemd, das Arme und Schultern frei ließ. Der Sarafan aus getüpfeltem blaßgrünen Kattun war verschossen und schon zu kurz. Hände und Füße des Mädchens sahen wachsgelb aus. Sie hatte schmale Wangen, einen großen Mund und graue Augen. Ihr glattes blondes Haar war zu einem dünnen, bis an den Gürtel reichenden Zopf geflochten. Das Mädchen saß still da, leise atmend, kaum die Brust hebend, wie leblos, aber voller Liebreiz. Mitjas Herz fühlte sich zu ihr hingezogen.

»Setz dich, Junge, ruh dich aus. Wie ich sehe, bist du müde«, sagte sie leise und bedächtig und legte das Buch beiseite.

Mitja setzte sich auf den Balken neben das Mädchen. Alles hier mutete ihn sonderbar an, und weil sie dicht unterm Dach waren, schien es, als säßen sie in großer Höhe.

»Wo kommst du her?« fragte die Alte.

»Ich habe die Schule geschwänzt, und der Lehrer hat mich gesehen«, erzählte Mitja. »Ich bin vor ihm weggelaufen und hierhergeraten. Bestimmt hätte er mich ausgeschimpft.«

»So ein Schlingel!« sagte die Alte, die unentwegt strickte. Sie saß so unbeweglich da, als schliefe sie. Ihr Gesicht war starr, dunkel und runzlig. Die Alte und das Mädchen sprachen leise, ihre Stimmen schienen von weit her zu kommen.

»Ruh dich aus. Uns störst du nicht«, sagte das Mädchen. »Ich heiße Dunja. Und du?«

»Mitja Darmostuk.«

»Darmostuk«, wiederholte das Mädchen ernst. »Und wir heißen Wlassow.«

»Wlassow?« sagte Mitja freudig überrascht. »Ich hatte einmal einen Lehrer, der hieß Wlassow. Er war gut, aber er ist gestorben. Und wie heißen Sie mit Vor- und Vatersnamen?« wandte er sich an die alte Frau.

»Sieh einer an, er schließt gern Bekanntschaft«, erwiderte die Alte mit leisem Lächeln.

An ihrer Stelle antwortete Dunja: »Katarina Wassiljewna.«

»Und was macht ihr hier?« fragte Mitja.

»Mutter und ich wohnen hier«, erklärte Dunja. »Meine Mutter ist arbeitslos. Eine Bekannte von uns, die hier Köchin ist, hat uns ins Haus gelassen, aber ihre Gnädige weiß nichts davon.«

»Und wenn hier Wäsche aufgehängt wird?«

»Dann ziehen wir auf einen andern Dachboden«, antwortete das Mädchen gelassen.

»Aber wo schlaft ihr?«

»Wenn möglich, in der Küche, sonst auf dem Dachboden. Wenn wir hier übernachten, müssen wir zeitig schlafen gehen, weil wir wegen der Brandgefahr kein Licht machen dürfen.«

»Nicht einmal vor dem Heiligenbild darf man ein Lämpchen anzünden«, klagte die Mutter.

In der Ecke hing ein Heiligenbild, doch ohne Lämpchen. Es hing merkwürdig tief.

»Das macht nichts«, meinte Dunja. »Nachts leuchten die Sterne, und jeder Stern ist wie ein kristallenes Lämpchen.«

Sie richtete ihre ruhigen, freundlichen Augen auf das Fenster und zeigte mit ihrer schmalen Hand dorthin. Mitja folgte ihrem Wink, trat ans Fenster und sah den klaren Himmel ganz nah. Sein Herz schlug höher vor Freude.

»Wie nahe der Himmel ist«, sagte er leise und sah Dunja an.

Das Mädchen hielt die gefalteten Hände im Schoß und saß still, wie leblos da. Mitja blickte wieder zum Fenster.

Der blanke Himmel so nah ... Das Blechdach ... In der Ferne Dächer und Schornsteine ... Und eine Stille, als wäre niemand hier, als atmete niemand. Eine unheimliche Stille!

Mitja wandte sich vom Fenster ab. Die beiden saßen still da. Das leise Klirren der Stricknadeln klang wie das Summen einer Fliege. Mitja wurde ein wenig unheimlich zumute. Die Alte und das Mädchen schauten ihn an.

»Wie still es bei euch ist«, sagte Mitja.

Die beiden schwiegen. Mitja wurde schwindlig. Er stellte sich vor, wie unheimlich es nachts hier sein müsse. In den Ecken lauerte Finsternis. Hin und wieder klirrte es, als liefe jemand mit leichten Schritten über das Dach. Von der Teppe hörte man zuweilen Schritte und Stimmen, klappernde Türen.

»Habt ihr keine Angst?« fragte Mitja.

»Vor wem, du dummer Junge?« sagte Dunja freundlich.

Mitja lächelte verlegen und sagte: »Vor den Hausgeistern.«

»Die Hausgeister tun uns nichts«, erwiderte Dunja mit leisem Lächeln. »Aber vor den Hausmeistern und Hausbesitzern müssen wir uns vorsehen, sie würden uns davonjagen. Gegen die helfen keine Zaubersprüche.«

»Im Nachtasyl kostet es pro Nase fünf Kopeken. Einen Zehner für die Nacht, das ist leicht gesagt!« versetzte die Alte. Ihre Stimme klang eingeschüchtert.

»Sie werden bald eine Stelle finden«, sagte Mitja, »dann können Sie fort von hier.«

»Geb's Gott, geb's Gott«, sagte die Alte seufzend.

Mitja schwieg und überlegte, wie er Dunja und ihre Mutter trösten könnte. Ob ich ihnen von Rajetschka erzähle? dachte er.

8

»Kürzlich habe ich folgendes gesehen«, begann Mitja nach einer Weile. Und er erzählte von Rajetschka. Dunja zitterte und sah ihn erschrocken an. Als Mitja endete, sagte sie, mit Entsetzen in den Augen und in der Stimme: »Die arme Frau. So ein Gram für sie!«

»Sie meinen die Mutter?« fragte Mitja verwundert.

Dunja beugte stumm den Kopf.

»Aber sie hat nicht aufgepaßt und ist selbst schuld!« widersprach Mitja. »Dagegen das arme Mädchen ... Schrecklich!«

Er zuckte zusammen. Dumpfer Schmerz im Hinterkopf quälte ihn.

»Ach was, das Mädchen«, sagte Dunja. »Gott hat es zu sich genommen und vor Sünden bewahrt, es ist lachend und spielend gestorben. Wie hätte die Mutter auf das Kind aufpassen können? Sie muß doch arbeiten gehen!«

»Mit seiner Hände Arbeit verdient man nicht viel. Da kann man sich keine Kinderfrau leisten«, warf die Alte ein. »Unsere Kinder behütet der Herrgott. Und wenn Er eins zu sich nimmt, ist es Sein heiliger Wille. Was haben wir schon für ein Leben? Kein Leben, nur Plackerei.«

Mitja schloß die Augen und dachte an Rajetschka. Lächelnd kam sie und streckte ihm die weißen Hände hin. Ihr Antlitz strahlte vor Glück. Sie war bleich und blutbeschmiert, doch Schmerzen litt sie nicht, ihre blonden Locken dufteten freudvoll nach Weihrauch.

»Wir leben wie im Traum«, sagte Dunja langsam und blickte in den blassen Himmel, der nahe war. »Wir wissen nicht, was das alles für einen Sinn hat. Wir wissen nicht einmal, ob wir existieren oder nicht. Die Engel träumen schreckliche Träume – und das ist unser ganzes Leben.«

Mitja blickte Dunja an, lächelte freudig und demütig. Jetzt

spürte er, daß Sterben nicht weh tat: Man brauchte nur alles, was kam, in Demut hinzunehmen.

»Ich habe heute von ihr geträumt«, sagte er leise.

Dunja seufzte, und Mitja dachte: Da atmet Rajetschka. Doch sogleich besann er sich, wurde sich klar, daß es Dunja war.

»Du mußt beten«, riet sie ihm.

»Für Rajetschka?« fragte er.

»Für dich. Rajetschka hat es sowieso gut«, meinte Dunja, und auf ihrem Gesicht erstrahlte ein wehmütig helles Lächeln.

Mitja schwieg eine Weile. Dann erzählte er von den Lehrern, daß er sie fürchtete und daß sie die Schüler anschrien.

»Und wo die Lehrer manchmal auftauchen! Man geht die Straße entlang und denkt an nichts, plötzlich wird man von einem Lehrer angeschrien.«

Mitja breitete ratlos die Arme aus und lachte dumm. Er sprach nun so leise wie die beiden, aber sie hörten ihm zu – sie waren das Leise gewöhnt.

»Ich habe auch eine Schule besucht, ein Progymnasium«, berichtete Dunja. »Jetzt nicht, aber wenn Gott will, gehe ich noch ein halbes Jahr in die Schule und lege die Prüfung als Dorfschullehrerin ab. Dann bekomme ich eine Stelle und ziehe mit meiner Mutter aufs Dorf.«

»Unsere Kleidung ist völlig abgetragen«, sagte die Mutter verdrießlich. »Wenn unsere Geizhälse uns wenigstens einen Rock schenken würden.«

»Wir werden auch ohne sie auskommen«, erwiderte Dunja ruhig. »Mutter meint eine Verwandte von uns«, erklärte sie Mitja. »Ihr Mann hat eine gute Stelle. Aber sie brauchen selber viel Geld, sie haben Kinder.«

»Ich habe ihnen geholfen«, versetzte die Mutter gereizt. »Als sie in Not waren, haben sie viel von Dunja und mir bekommen. Ich habe es mir abgespart, weil ich anderer Leute Not nicht mitansehen kann. Mit einmal haben sie alles vergessen. Das ist es, was mich empört. Bei Gott! Jetzt, da sie gut verdienen, denken sie nur an sich.«

»Besuchen Sie diese Verwandten?« fragte Mitja.

»Vor ein paar Tagen war ich mit Dunja dort«, antwortete die Alte und lächelte grimmig bei dieser Erinnerung. »Sie haben uns gut aufgenommen, darüber kann ich nicht klagen«, erzählte sie. »Zu essen gab es. Was bei ihnen nicht alles auf den Tisch kam! Hätten sie uns lieber, als wir weggingen, irgendwelche alten Sachen geschenkt!«

»Mutter!« sagte Dunja mit leisem Vorwurf.

»Sie wissen, daß ihre leibliche Schwester in solcher Not, in solchem Elend ist«, fuhr die Mutter fort, ohne auf Dunja zu hören, »aber sie können es nicht über sich bringen, uns fünf oder zehn Rubel zu geben! Das Essen hat vielleicht zehn Rubel gekostet, doch wir verhungern.«

»Mutter!« sagte Dunja etwas lauter und entschiedener.

Aber die alte Frau murmelte ihre Klagen und strickte, über die Stricknadeln gebeugt, wie im Halbschlaf.

»Wir haben buchstäblich alles versetzt und verkauft! So ist unsere Lage!« jammerte sie. »Manche haben kein Glück im Leben. ›Kommt uns besuchen‹, sagen sie. ›Dunja und du, ihr seid uns allezeit willkommen, denn wir lieben und verehren euch‹, sagen sie. Mein Gott, wenn sie mich wirklich lieben, sollen sie es mir beweisen! Nein, es ist gar keine Liebe, es ist nur Schmeichelei.«

Dunkle Erinnerungen kamen Mitja. Er dachte: Hat das nicht schon mal jemand gesagt?

Dunja saß gerade und unbeweglich, die Hände im Schoß, die Augen halb geschlossen, als schlummerte sie. Von den letzten Sonnenstrahlen beleuchtet, erinnerte ihr friedvolles Gesicht Mitja an den Frieden auf Rajetschkas Antlitz.

»Aber wenn Sie keine Stelle finden?« fragte er.

»Wieso denn nicht! Gott bewahre!« erwiderte die Alte besorgt.

»Der Herrgott wird uns helfen«, sagte Dunja ruhig. »Und wenn er will, nimmt er uns zu sich. Wir denken oft, es gäbe keinen Ausweg, aber die Tür ist ganz nahe.«

Sie zeigte mit ihrer schmalen, blassen Hand auf den Abendhimmel. Mitja blickte aus dem Fenster. Die Alte fuhr fort zu klagen. Dunja blickte sie mit ihren hellen Augen streng an und sagte: »Mutter, murre nicht! Gott hab sie selig, wir werden ohne ihre Hilfe auskommen.«

»Du sollst deine Mutter nicht belehren!« Die Alte hob zornig die Stimme. »Ich habe dir lange nicht den Kopf gewaschen!«

»Laß deinen Ärger ruhig an mir aus, Mutter, aber schimpf nicht auf sie«, erwiderte Dunja gelassen.

Die Mutter beruhigte sich sogleich und sagte mürrisch, aber friedfertig: »So straft einen der Herrgott. Die Reichen plagen sich mit ihren eigensinnigen Kindern ab, ich dagegen habe so ein sanftes Täubchen, daß ich nicht mal meinem Herzen Luft machen kann.«

Dunja lächelte, und mit einmal strahlte ihr Gesicht vor Freude. So kann nur Rajetschka lächeln! dachte Mitja, und ihm wurde freudig ums Herz.

»Mitja, soll ich dir meine Bilder zeigen?« fragte Dunja.

»Ja, zeig sie mir«, sagte Mitja.

Dunja stand auf – sie war etwas größer als Mitja – und ging, gebückt wegen des niedrigen Dachs, in eine Ecke, kramte in einer Truhe und kam mit einer verschnürten Mappe zurück. Es war eine abgegriffene Mappe mit bestoßenen Kanten und zerschlissenen Bändern, aber daran, wie Dunja sie in den Händen hielt und sie anblickte, erriet Mitja, daß es sich um ihre teuersten und liebsten Dinge handelte. Dunja setzte sich auf dem Balken neben Mitja, legte sich die Mappe auf die Knie und schnürte sie gemächlich mit frohem, strahlendem Lächeln auf. Die Mappe enthielt vergilbte, zum Teil zerrissene Bilder aus alten Illustrierten. Dunja blätterte mit ihren schmalen, blassen Fingern darin. Sie nahm eins, das am meisten vergilbte und zerrissene Blatt, das Foto von einem alten Gemälde, und reichte es Mitja.

»Das sind schöne Bilder!« sagte sie voller Überzeugung. »Ich habe sie statt Puppen und mag sie gern.«

Mitja blickte das Mädchen an. Verschämt schlug sie die Augen nieder, und ihre Wangen röteten sich leicht. Mitja senkte den Blick auf das Bild. Es verschleierte sich und verschwamm. Mitleid machte ihm das Herz schwer. Bitterkeit stieg ihm in die

Kehle, und er schluckte. Er legte das Bild hin, barg das Gesicht in den Händen und weinte, wußte selbst nicht, warum.

»Was hast du, mein Lieber?« fragte Dunja, die sich zu ihm beugte.

»Rajetschka«, flüsterte Mitja und weinte immer heftiger.

Dunja legte ihm die Hand auf die Schulter, und Mitja schmiegte sich an sie, umarmte sie und spürte, während er bitterlich weinte, ihre stillen Tränen auf seinen Wangen.

»Mitja, tröste dich«, sagte Dunja leise. »Möchtest du, daß ich dir ein Lied singe?«

»Ja«, sagte Mitja unter Tränen.

Und Dunja tröstete ihn mit leisem Gesang.

9

Mitja verließ die Wlassows, als es schon Abend geworden war. Auf dem Dachboden, wo sie sich in der Stille freundlich unterhielten, herrschte noch helles Dämmerlicht, doch unten dunkelte es rasch, und die Laternen wurden angezündet.

Alles war gespenstisch, zog rasch vorüber.

Stumm brannten die Gaslaternen; Kutschen ratterten über das Pflaster; die Schaufenster waren erleuchtet; zufällige, nutzlose, häßliche Menschen in Stiefeln stampften, ohne anzuhalten, über die Steinplatten der Bürgersteige. Auch Mitja hatte es eilig. Das Klingeln der Pferdebahnen und die Schreie der Droschkenkutscher holten ihn stets zurück aus der Welt der schwankenden Illusionen, die bei der trügerischen, wechselnden Beleuchtung immer wieder stumme Gegenstände vor ihm erstehen ließen.

Die Menschen sahen gar nicht wie Menschen aus: Da kamen Nixen mit lockenden Augen, sonderbar weißen Gesichtern und wisperndem Lachen; da kamen schwarzgekleidete, böse, teuflische Gestalten, wie von der Hölle ausgespien; in den Torwegen lauerten Hausgeister und andere, lange Geschöpfe, Werwölfen ähnlich.

Mitja versuchte manchmal, sich Dunja vorzustellen, doch in seiner Erinnerung verschwamm sie mit Rajetschka, obwohl er wußte, daß Dunja ganz anders aussah. Plötzlich fragte er sich: Oder habe ich mir Dunja ausgesponnen?

Nein, dachte er, sie lebt: Sie hat ja auch eine Mutter. Aber wie war das Gesicht der alten Frau?

Mitja fielen Einzelheiten ein – tiefe Züge, graues Haar unterm Kopftuch, hagere Wangen, großer Mund, flinke runzlige Hände. Doch ein Bild ergab das nicht.

Als Mitja zu Hause die Treppe hinaufstieg, erblickte er im Halbdunkel Rajetschka. Sie lief über den Treppenabsatz und lächelte ihn still an. Sie war ganz durchsichtig, und alles umher blieb bei ihrem Erscheinen unverändert. Sie verschwand, und Mitja konnte nicht begreifen, ob er sie gesehen oder nur an sie gedacht hatte.

10

Am nächsten Tag ging Mitja eine halbe Stunde früher als sonst aus dem Haus. Der frische Morgen stimmte ihn heiter. Leicht verhangen schien die Sonne, und ein kaum sichtbarer Nebelschleier lag über den schmalen Ausblicken, die die Stadt bot. Sorgenvolle Menschen eilten vorbei, und auf den Straßen zeigten sich die ersten Schulkinder. Mitja bog gleich um die nächste Ecke und ging nicht in die Schule, sondern in entgegengesetzter Richtung. Er beeilte sich, um nicht seinen Schulkameraden oder Lehrern zu begegnen.

Mitja hatte gestern nicht auf den Weg geachtet, aber der Weg hatte sich ihm eingeprägt. Nach kurzer Zeit gelangte Mitja in die Straßen, durch die er gestern nach Hause gegangen war. Er fühlte, daß er den richtigen Weg eingeschlagen hatte, und dachte an Dunja und ihre Mutter.

Die Armen! sagte er sich. Bestimmt sind sie schon lange arbeitslos und hungern sich auf dem Dachboden durch. Deshalb sind sie so blaß. Dunja sieht ganz gelb aus. Die Alte beugt sich über ihr Strickzeug, als schliefe sie. Und beide sprechen so leise, wie im Halbschlaf oder im Einschlafen.

Die morgendlichen Straßen, Häuser, Steine, die nebligen Ausblicke, alles schlummerte noch, aber es schien, als wollte alles den Schlummer von sich abschütteln und konnte es nicht, als würde alles zu Boden gedrückt. Nur der Rauch und die Wolken stiegen, bald schlummernd, bald erwachend, in die Höhe.

Durch das Geratter der Wagen und das Stimmengewirr tönte manchmal plötzlich Rajetschkas Stimme – erklang und verstummte wieder. Mitunter streifte ihn Rajetschkas Atem wie leiser Morgenwind. Rajetschka selbst trat ihm vor Augen, schön und licht. Verschwommen schwebte das leichte Bild im dunstigen Sonnenschein, im violetten Morgenlicht.

Mitja rannte so hastig auf den Boden, daß er mit dem Kopf gegen einen Dachbalken stieß. Vor Schmerz wurde er blaß. Doch er lächelte und trat auf die Wlassows zu.

Dunja flocht am Fenster ihre blonden Haare zu einem festen Zopf. Wie gestern saßen sich Dunja und ihre Mutter gegenüber. Die Mutter strickte, und die Nadeln klimperten in ihren flinken Händen. Aufmerksam sah sie Mitja an und sagte: »In aller Herrgottsfrühe ist unser Freund von gestern wieder da.«

»Hier muß man vorsichtiger sein, Mitja«, mahnte Dunja. »Gehst du in die Schule? Setz dich eine Weile, ruh dich aus, wenn noch Zeit ist.«

»Schöne Gemächer!« murmelte die Alte. »Bis wir uns eingewöhnt hatten, stießen wir uns so manches Mal den Kopf.«

Von der Seite schien die Sonne durch das Fenster. Eine Staubsäule leuchtete in den Strahlen. Die Staubkörnchen flimmerten regenbogenfarben. In den Ecken war es dunkel. Mitja saß auf einem Balken und betrachtete Dunjas schöne schmale Hände. Ihr Gesicht wirkte müde, und die grauen Augen blickten freudlos. Sie sprach leise und langsam. Mitja lauschte, freute sich über ihre Stimme und achtete nicht auf die Worte.

Plötzlich sagte die Alte: »Nun, mein Bester, wird es für dich nicht Zeit, in die Schule zu gehen?«

Mitja errötete und stotterte: »Ich bleibe lieber noch eine Weile bei Ihnen, ich habe keine Lust, in die Schule zu gehen.«

»Ob du Lust hast oder nicht, in die Schule gehen mußt du!« widersprach die Alte ruhig.

»Lauf, Mitja«, sagte Dunja. »Sonst kommst du zu spät. Sieh nur, wie hoch die Sonne steht!«

Mitja hatte gar nicht bedacht, daß sie ihn nicht hierbehalten würden. Betrübt verabschiedete er sich und brach auf. Im dunklen Gang suchte er den Fußboden ab, fand eine Spalte zwischen den Dielen und steckte seine Schulbücher hinein.

Als er auf der Straße war, fühlte er, daß für ihn alles zwecklos war, was ihn in dieser riesigen, grausamen Stadt erwartete: die langen Straßen mit den großen Häusern, die Menschen, die Steine, die Luft, der Straßenlärm. Es war öde. Dabei mußte er sich vorsehen, um nicht seinen Lehrern oder seinen Schulkameraden zu begegnen.

Dunja will nicht, daß ich die Schule schwänze! dachte Mitja verwundert. Sie ist merkwürdig! Rajetschka dagegen ist es gleichgültig, ob ich die Leute anlüge oder nicht. Wenn es Kummer auf der Welt gibt, dann ist es der um Rajetschka, Rajetschka selbst hat keinen.

Ein leichter Regenschauer ging über der Stadt nieder — wie Tränen um Rajetschka. Doch nach einer halben Stunde war keine Spur mehr von ihm.

Mitja kam in die Vorstadt, auf einen großen, öden Marktplatz, der mit riesigen Steinen gepflastert war. Quer über den Platz standen Laternenpfähle, um ihn herum Speicher aus braunen Ziegeln, Zäune, steinerne und hölzerne Häuschen. An einer Ecke erhob sich ein ebenfalls nicht großes, einstöckiges Gebäude mit kleinen Fenstern und breiten Fensterpfeilern. Das Haus war gelb getüncht, sein Blechdach rot. Zum Marktplatz hin hatte es eine offene Vortreppe, drei Kalksteinstufen. Über dem Eingang hing ein weißes Schild mit schwarzer Aufschrift: »Zweites Städtisches Nachtasyl«.

Mitja stand auf dem Platz und sah sich das häßliche Gebäude aufmerksam an.

Vielleicht müssen Rajetschka und ihre Mutter dort für fünf Kopeken übernachten, überlegte er, wobei er Rajetschka merkwürdigerweise mit Dunja verwechselte. Schwere Traumgedanken bedrückten ihn.

Wer wohl hinter den rohen Fensterwänden schläft, auf schmutzigen, schmierigen Pritschen ausgestreckt, bei dem Gestank von Schweiß und Schmutz? Betrunkene, zerlumpte Männer wie der da, der, verprügelt und zerzaust, in der Kneipentür steht, qualvoll versucht, einen Gedanken zu fassen, und mit entzündeten Augen verständnislos vor sich hinglotzt. Und in solcher Gesellschaft muß Rajetschka sein!

Mitja wandte den Blick von dem Trunkenbold ab und starrte wieder auf die schmutziggelbe Hauswand. Ihm war es, als sähe er dahinter Pritschen. Im leeren Raum liegt Rajetschka allein auf den bloßen Brettern, zusammengerollt, die kleinen Hände unter den Kopf gesteckt, ihre blonden Locken fallen auf das Holz, und sie verzieht seltsam kläglich den kleinen Mund. Es liegt sich hart auf der Pritsche.

11

Mitja saß in einem Boot. Er wollte an das andere Ufer hinüber und dann über die Schiffsbrücke zurückkehren. Das rotgestrichene Boot schaukelte leicht auf dem breiten Snow-Fluß, leiser Wind kräuselte das Wasser. In Richtung der Sonne lag auf dem Fluß ein breiter, gleißender Streifen; es tat weh, ihn anzusehen, wie er funkelte und sich freudig wiegte. Außer Mitja saßen noch vier in dem Boot: zwei junge Kleinbürgerinnen in bunten Kopftüchern, dick, rotbäckig, laut und lachlustig; ein mürrischer älterer Mann und ein blonder junger Bursche mit Melone, der immerzu mit den beiden Frauen schäkerte, aber sehr boshaft aussah, er schielte und hatte schmale Lippen. Der kräftige schwarzbärtige Bootsführer im rosa Hemd ruderte stumm und träge. Dampfschiffe zogen vorüber, brachten Passagiere aus der Stadt in die Sommerfrische oder fuhren sie wieder zurück. Mitunter kam ein schwarzer Schleppdampfer mit plumpen Barken. Wenn das Boot vom Kamm einer breiten, langen Heckwelle eines Dampfers herunterschwebte, stockte Mitja das Herz, aber dieses unheimliche Gefühl tat wohl.

Mitja war erwartungsvoll. Im feierlichen Strahlen der Sonne und in dem ganzen majestätisch heiteren Tag schien eine untrügliche Verheißung zu liegen – er war erwartungsvoll, und seine Seele war bereit zum andächtigen Empfang eines Wunders.

Leise berührte jemand seinen Ellbogen. Welch eine Freude! Aber nein, es war nicht Rajetschka – es war die eine junge Kleinbürgerin, die ausgelutschte Sonnenblumenkerne ins Wasser warf.

Mitja blickte wieder auf den grellen Streifen im Wasser. Rajetschka näherte sich dem Boot. Ist sie denn lebendig? dachte Mitja. Ja, erinnerte er sich, sie ist ja auferstanden. Was tut es, daß man sie begraben, verscharrt und vergessen hat! Hier in dem feierlichen Glanz kommt sie, weiß und streng, und es gibt nur sie allein. Sie trägt ein weißes Brautkleid, einen weißen Schleier, dazu weiße Blumen mit grünen Blättern. Das offene Haar fällt bis zum Gürtel, sie hat einen strahlenden Blick und ist leicht wie Nebel.

»Rajetschka«, flüsterte Mitja und lächelte freudig.

Rajetschka lachte und sagte: »Ich bin nicht mehr Rajetschka, ich bin erwachsen, heiße jetzt Raja und lebe, wie der Name sagt, im Paradies.«

Ihre Stimme klang, wie wenn Wind und Wasser über silberne Saiten streichen, doch Mitja wußte nicht recht: Hatte Rajetschka diese Worte wirklich gesprochen, oder hatte sie etwas anderes gesagt? Sie nickte ihm lächelnd zu und entschwand, vielfarbig strahlend, im hellen Sonnenschein. Dann begann sie zu leuchten, verwandelte sich in eine gleißende goldene Kugel, ähnlich der Sonne, nur noch viel schöner anzusehen. Die Kugel wurde immer kleiner, bis nur ein heller Punkt übrigblieb, dann erlosch auch er. Alles wurde neblig und dunkel, und die Sonne verlor ihren Glanz.

12

Mitja stieg leise die Treppe hinauf, suchte sich seine Schulbücher und ging auf den Dachboden, als käme er aus der Schule. Dunja und ihre Mutter saßen wie gestern da, doch jetzt strickten beide, und die Nadeln klimperten in ihren flinken Händen.

»Guten Tag, Raja!« sagte Mitja.

Dunja blickte ihn mit strahlenden Augen an, wie Raja, und erwiderte: »Ich bin Dunja.«

Mitja errötete und sagte verlegen: »Ich habe dich verwechselt, Dunja, du siehst wie Rajetschka aus.«

Dunja schüttelte langsam den Kopf. Sie stand auf, legte das Strickzeug auf den Stuhl, trat ans Fenster und rief leise: »Mitja!«

Er ging zu ihr. Sie legte ihm die Hand auf die Schulter und sagte: »Von hier sieht man nichts als den Himmel. Das ist schön!«

Mitja fühlte freudig die Berührung ihrer schmalen Hand. Er dachte: Früher war Raja klein, aber sie wächst ja!

»Schön!« brummte die Alte. »Was haben wir davon? Der schreckliche Kerl hat so gebrüllt – ganz taub bin ich davon.«

Dunja strickte wieder.

»Der Hausmeister war da«, erklärte sie Mitja ruhig.

»Und was nun?« fragte Mitja vorsichtig und voller Verwunderung.

»Er kam und schnauzte uns an: ›Schert euch weg!‹« erzählte die Alte. »Aber wohin, um Gottes willen?! Wohin soll man gehen, wenn man keine Zuflucht hat!«

Sie brach in Tränen aus, ihr Gesicht wurde rot und runzlig, wie das von Rajetschkas Mutter. Dunja war bleich. Sie saß gerade, blickte Mitja an. Die Stricknadeln in ihren flinken Händen klimperten. Mitja wußte, daß ihr wegen der Mutter schwer ums Herz war. Er empfand aber kein Mitleid, fühlte mit derselben Gleichgültigkeit den heftigen Schmerz in den Schläfen und Dunjas stummes Leid.

»Mein Gott, die Leute müssen doch einsehen, daß uns die Armut dazu zwingt!« sagte die Alte weinend, und die Stricknadeln in ihren zitternden Händen schlugen aufeinander.

Mitja saß noch eine Weile schweigend, dann ging er nach Hause.

13

Mitja beschloß wieder, die Schule zu schwänzen. Er hatte beim vorigen Mal von Nasarow ein Tagebuchblatt gekauft. Nun brauchte nur noch die Unterschrift der gnädigen Frau nachgemacht zu werden: »Konnte wegen Krankheit nicht am Unterricht teilnehmen« (Mitjas Tagebuch unterschrieb die gnädige Frau, denn Aksinja konnte weder lesen noch schreiben). Nasarow brachte das Blatt und Mitjas Tagebuch zu einem Freund, der sich auf das Fälschen von Handschriften verstand, und am nächsten Tag war die Sache erledigt.

Mitja teilte sich den Tag ein: Vormittags wollte er spazieren gehen, dann zu Hause Mittag essen, danach erklären, daß er zur Chorprobe müsse, und wieder zu Dunja gehen. Als erstes wanderte er zum Friedhof.

In der Friedhofskapelle waren Tote aufgebahrt, man spürte Leichengeruch. Mitja kniete auf den Steinfliesen vor dem Altar und betete. Blauer Weihrauch stieg empor und wölkte in der Kirche. Am Altar war Raja, beinahe durchsichtig und leicht, sie strahlte vor Freude. Sie war weiß gekleidet, hatte die Arme entblößt, das Haar fiel in breiten hellen Strähnen bis über den Gürtel. Am Hals trug sie Perlen, auch an dem leichten schirmförmigen Kopfputz prangten Perlen. Sie war so weiß wie kein lebendes Wesen und wunderschön.

Sie blickte Mitja mit freudig dunklen, strengen Augen an, und er wünschte sich den Tod. War sie nicht der Tod? Ein wunderschöner Tod! Wozu noch leben?

Rajas Stimme klang rein und klar. Was sie sagte, konnte Mitja nicht verstehen. Er lauschte in sich hinein, der Spur ihrer Worte nach, und hörte trotz der Qual seiner Kopfschmerzen die leisen, sanften Worte: »Fürchte dich nicht!«

Diese Freude – alles würde so dunkel sein wie Rajas Augen, alles würde schwinden: die Schmerzen, die Schwermut, die Angst. Er mußte sterben wie Raja und so sein wie sie.

Diese Wonne – im Gebet und im Anblick des Altars, des Weihrauchs und Rajas zu vergehen, sich selbst, die Steine und alle Schreckgespenster des trügerischen Lebens zu vergessen.

Raja war nahe.

»Warum bist du weiß?« fragte Mitja leise.

Leise antwortete Raja: »Nur wir sind weiß. Ihr alle seid rot.«

»Warum?«

»Von eurem Blut.«

Leise klang Rajas Stimme, wie die Kette des Weihrauchfäßchens am Altar – Raja stieg im blauen Rauch, ganz durchsichtig und hellblau, zum Kirchengewölbe empor. Nebel hüllte alles ein, vor Mitjas Augen wurde es blau. Draußen, jenseits der Kirchenwände, waren Schwermut und Angst, lauerten finstere Geister, und er konnte ihnen nicht entrinnen.

14

Auf Dunjas Dachboden brannte kein Lämpchen vor der Ikone, doch es duftete nach Olivenöl und Zypressenholz. Im Gebet fand die Seele Frieden.

Dunja und ihre Mutter saßen wieder auf ihren Plätzen, und Dunja las vor – den Schluß von »Germinal«. Sie erzählte Mitja kurz den Inhalt. Dann las sie weiter vom Unglück im Bergwerk. Sie las deutlich und mit Gefühl, ein wenig übertrieben im Ausdruck.

Mitja schloß die Augen. Es schien ihm, als glimme in der Ecke vor dem Heiligenbild ein helles Lämpchen und werfe weißes Licht auf Dunja ... Als hörte außer ihnen noch jemand zu ... Als wären es viele kniende, lichte Gestalten ... Mitja schwieg andächtig, den Kopf gesenkt.

Dunja hatte zu Ende gelesen. Sie legte die Hände in den Schoß und saß unbeweglich. Die Alte weinte, schluchzte oft auf und schneuzte sich. Mitja lächelte, doch über seine Wangen rannen klare, große Tränen.

Dunja sagte: »Wie unglücklich sie war! Wozu hätte sie noch leben sollen? Es ist gut, daß sie gestorben ist. Es ist gut, daß es den Tod gibt.«

Plötzlich fing Dunja an zu weinen. Sie saß gerade und unbeweglich, die blassen Hände im Schoß, ohne das Gesicht zu verziehen, mit ruhiger, heiterer Miene, aber die Tränen flossen in Strömen aus den dunkel gewordenen Augen über die hageren Wangen und fielen auf die entblößten Arme.

»Warum weinst du denn?« fragte Mitja ratlos und traurig, ihm war bang ums Herz.

»Sie war wunderschön«, murmelte Dunja, die Lippen kaum bewegend, wie im Fieberwahn, »und sie hatte die Seele eines Engels. Sie wurde in das Loch gesperrt, und da ist sie umgekommen wie eine Maus in der Falle. Was sind das für Menschen! Man bedauert richtig, daß man auf die Welt gekommen ist!«

»Was gibt es denn Gutes auf der Welt?« fragte Mitja.

Dunja schwieg eine Weile, ihre Tränen versiegten. Dann erhob sie sich und sagte: »Wir wollen zusammen beten, Mitja.«

Sie knieten in der Ecke vor der Ikone auf dem staubigen, schmutzigen Fußboden nieder. Dunja betete laut, Mitja sprach einzelne Worte ohne einen Zusammenhang nach und lächelte stumpfsinnig. Sein mageres Gesicht mit der langen Nase wirkte spöttisch. Dunja weinte vor Ergriffenheit, Mitja vermochte in der Qual seiner Kopfschmerzen nicht zu begreifen, warum sie weinte, und er wunderte sich darüber.

Es schien ihm, als säße hinter den betenden Kindern Raja am Fenster auf einem Stuhl, bewegte gemächlich ihre weißen Hände und wickelte lange, dünne Fäden auf. Zwei durchsichtige Wölkchen zitterten über ihren Schultern. Sie fragte die Alte: »Warum weinst du?«

»Wenn ich nur verhungern würde ... Aber mir tut Dunja leid«, erwiderte die Alte weinend.

Raja lächelte heiter und wickelte gemächlich die langen Fäden auf.

15

Mitja saß im Klassenzimmer. Es war die Geschichtsstunde, und der Lehrer Konopatin fragte die Schüler ab.

Konopatin war ein dickes, behendes Männlein mit rasiertem Kinn und langen grauen Koteletten, der oft und viel schimpfte. Er hatte gleichsam zwei Gesichter: ein freundlich-pfiffiges für seine Kollegen und ein grausam-strenges für die Schüler. Mitja fürchtete ihn mehr als die anderen Lehrer, besonders seitdem Konopatin Inspektor der Schule geworden war.

Mitja hatte Angst, Konopatin könnte ihn aufrufen, und zugleich langweilte er sich, weil er stillsitzen, schweigen und uninteressante Dinge anhören mußte. Das ermüdete und schläferte ein, es war, als hätte er keinen eigenen Willen mehr. Gedanken stürmten auf ihn ein, er konnte und konnte sie nicht verjagen.

Der kleine rothaarige Sacharow rasselte seine Antwort herunter, die Unterlippe wie eine Klappe vorgeschoben, über die die Worte springen mußten. Die rechte Hand hatte er hinter den Gürtel geschoben. Komisch sah das aus.

Raja erschien, fast durchsichtig und leicht. Ihr sehnsuchtsvoller Blick war ruhig. Mitja lächelte ihr zu, und sein Gesicht strahlte freudig überrascht auf.

Dann kam der lange, brünette Wodokrassow an die Reihe, er hatte sich schlecht vorbereitet, strengte vergeblich sein Gedächtnis an, die anderen sagten ihm vor, bemüht, daß der Lehrer nichts merkte.

Mitja lächelte Raja zu und flüsterte: »Warum bist du fern? Komm näher!«

Konopatin hörte das Vorsagen und sah, daß sich Mitjas Lippen bewegten. Er dachte, Mitja sage vor.

»Darmostuk, du sagst vor!« brüllte er zornig. »Gib mir dein Tagebuch!«

Mitja zuckte zusammen, nahm sein Tagebuch und brachte es dem Lehrer. Doch als es schon in den Händen des Lehrers war, fiel ihm ein, daß er außer dem gefälschten Blatt auch sein Tagebuchblatt für diese Woche darin gelassen hatte. Mitja erschrak und wollte das Tagebuch wieder an sich nehmen, aber es war schon zu spät. Mitjas ängstliche Bewegung und sein schuldbewußtes Gesicht verrieten Konopatin, daß etwas nicht in Ordnung war, und er sah sich das Tagebuch an. Zwei Blätter für diese Woche, das eine lose, ferner die gelockerten Fäden, die Einrisse an jedem Blatt, damit man es bequemer einheften konnte, das alles fiel ihm sofort in die Augen.

»O-ho-ho-ho!« sagte Konopatin gedehnt. »Guck mal einer an! Was ist denn das? Ach, du Vieh! Das Tagebuch fälschen!«

Ein Strom von Schimpfworten ergoß sich über Mitja.

16

Wegen Mitjas Vergehen wurde der Mutter ein Brief geschickt. Dieser traf am nächsten Morgen ein, während Mitja noch in der Schule war.

Als Mitja nach Hause kam, empfing ihn die Mutter mit Schimpfworten und Schlägen. Die gnädige Frau hörte Aksinjas verzweifeltes Geschrei, sauste wie ein Geier in die Küche.

»Wie kannst du es wagen?« schrie sie, trat auf Mitja zu, der ganz erstarrt war, und packte ihn an den Schultern. »Sprich! Wie kannst du es wagen, die Schule zu schwänzen? Raus mit der Sprache!«

Mitja wußte nichts zu sagen und zitterte vor Angst.

»Ungehorsamer Taugenichts!« kreischte Aksinja. »Du willst keinen Finger rühren, und deine Mutter muß sich für dich abrakkern! Das siehst du doch, das siehst du genau!«

»Du mußt dir Mühe geben, schließlich bist du kein kleines Kind mehr«, sagte Darja. »Du bist ja schlimmer als ein Tier!«

So standen sie, drei gegen einen, und schalten und schmähten ihn. Sie hatten böse Gesichter, die Mitja entsetzlich, abstoßend vorkamen.

»Man wird dich hinauswerfen, du Schurke!« jammerte die Mutter. »Was fange ich mit dir an, du Nichtsnutz? Was soll aus dir werden, du langnasige Fratze?«

Ich werde sterben wie Raja, dachte Mitja. Er weinte stumm, seine Schultern zitterten wie vor Kälte. Otja und Lidija spähten durch die Tür, sie schubsten sich kichernd und schnitten Grimassen, doch Mitja bemerkte sie nicht. Otja neckte ihn mit nachdrücklichem Geflüster: »Schwänzt die Stunde, geht vor die Hunde!«

Frau Urutina hörte es und lächelte selbstgefällig: sie war stolz, daß Otja so witzig war.

»Ich werde morgen selbst in die Schule fahren!« erklärte sie feierlich und verließ hochmütig die Küche.

Diese Worte machten großen Eindruck. Aksinja seufzte schwer, von der Großmut der gnädigen Frau und von der Nichtsnutzigkeit ihres Sohnes niedergedrückt. Darja sagte empört und vorwurfsvoll: »Die gnädige Frau wird selbst hinfahren! Wegen solch eines Lumpen, mit Verlaub gesagt!«

Mitja saß vor seinen Schulbüchern und weinte bitterlich.

Ob das ein Traum ist? dachte er. Die Schule, die gnädige Frau, dieses ganze rauhe Leben?

Er erinnerte sich, was man tun muß, um aufzuwachen, und zwickte sich verzweifelt in die Beine. Der heftige Schmerz weckte ihn nicht. Er begriff, daß er all das Schreckliche aushalten mußte. Den ganzen Tag hatte er heftige Kopfschmerzen – wenn wenigstens sie nachlassen würden!

Raja tröstete ihn. Als es dunkelte, aber noch kein Licht brannte, erschien sie im trügerischen, geheimnisvollen Licht der letzten Strahlen mit leichten, luftigen Schritten, für alle außer Mitja unsichtbar. Sie funkelte und war so durchsichtig, wie es leichte Tränen sind, durch die man die Welt bebend und schwankend wahrnimmt. Wie eine Prinzessin in weißem, mit Perlen besticktem Festgewand, mit Perlenkopfputz und Perlengehängen, die unter ihren Ohren zitterten und auf den Schultern an den Perlen des Halsgehänges klirrten, so stand sie vor Mitja, und ihr tiefer, ernster Blick tröstete ihn. Matt schimmerten die blaßgelben Perlen und färbten sich rosa wie die weißen Wolken am Himmel beim letzten Verglühen des Abendrotes.

Perlentränen, dachte Mitja schüchtern.

»Meine Tränen sind süß!« erwiderte Raja tonlos.

»Raja, laß mich deine weiße Hand küssen«, flüsterte Mitja.

»Das geht jetzt nicht, wir sind verschieden«, sagte Raja sanft und schüttelte den Kopf.

Mit schaukelnden, klirrenden Perlengehängen und schwingenden Perlenschnüren am Kopfputz ging Raja fort. Mitja sah, daß sie anders war als er. Sie war hell und stark, er dunkel und schwach; er war wie in einem Leichnam eingeschlossen, sie war lebendig, schillerte vor Licht und Feuer, und ihre unsagbare Schönheit besänftigte den unaufhörlichen dumpfen Schmerz in seinem armen Kopf.

»Bleib bei mir, geh nicht fort, Raja!« flüsterte Mitja.

»Fürchte dich nicht«, erwiderte Raja sanft. »Ich werde bei dir sein, ich werde kommen, wenn es Zeit wird. Dann folge mir.«

»Ich habe Angst!«

»Fürchte dich nicht!« tröstete ihn Raja. »Bedenke, nichts von alledem wird es mehr geben. Wie leicht wird es sein! Auch ein neuer Himmel wird sich auftun.«

»Und Dunja? Und die Mutter?« fragte Mitja schüchtern.

Raja lächelte und strahlte vor Freude, ihre Perlen schimmerten matt und klirrten. Ihr tiefer Blick sagte Mitja, er solle glauben und dürfe nichts fürchten, müsse des Kommenden harren und ihr gehorsam auf dieser langen Treppe folgen.

Es war eine weiße, breite Treppe, die Stufen mit einem purpurnen Teppich bedeckt, auf den Absätzen Spiegel und Palmen. Raja stieg immer höher, ohne sich umzublicken. Gemächlich berührten ihre weißen Schuhe die roten Stufen. Da war ein Fenster, dahinter waren ein heller Weg, Lichter und Sterne. Mitja hatte Flügel, er flog, tauchte in die Luft und sank in wonniges Vergessen.

Plötzlich ertönte die barsche Stimme der Mutter.

»Schlaf, mein Bester!« schrie sie. »Schlaf noch mehr, du bist am Tag genug herumgelaufen.«

Schläge, Erwachen, Angst und Schwermut. Gelbe Wände, trübes Lampenlicht, der Kattunvorhang, die Truhen, der Samowar. Mitja wurde das Herz schwer.

17

Traurig verlief der heitere Tag. Mitja kam aus der Schule. Die Mutter wirtschaftete stumm und verdrossen am Herd. Darja ging mit geheimnisvoller, böser Miene weg, kehrte aber bald zurück. Hinter ihr schob sich der mürrische Hausknecht Dementi in die Küche. Er war rothaarig, hatte buschige, über der Nasenwurzel zusammengewachsene Brauen und einen starren Blick. Er blieb wie angewurzelt an der Eingangstür stehen. Die gnädige Frau schritt durch den Korridor zu ihm, an der Kammer vorbei, ohne Mitja anzublicken. Dementi verbeugte sich.

»Guten Tag, mein lieber Dementi!« sagte die gnädige Frau mit schmachtender Stimme. »Wo steckt Mitja?« fragte sie Aksinja und Darja, die erwartungsvoll dastanden. »Ruft Mitja her!« befahl sie.

Mitja kam von allein aus der Kammer. Alle starrten ihn feindlich an, so daß er Angst bekam.

»So, mein lieber Dementi«, sagte die gnädige Frau und deutete auf Mitja, »hier hast du den Taugenichts.«

»Zu Befehl!« sagte Dementi und trat auf Mitja zu.

»Nimm ihn mit in deine Stube«, fuhr die gnädige Frau fort.

»Zu Befehl, gnädige Frau!« wiederholte Dementi.

»Und gib ihm die Rute, aber ordentlich! Hier geht es nicht, ich kann das nicht hören, so etwas vertragen meine Nerven nicht, ich bin eine gnädige Frau – du verstehst.«

Die gnädige Frau war spürbar erregt und gereizt.

»Zu Befehl, gnädige Frau. Seien Sie unbesorgt!« sagte Dementi ehrerbietig.

»Ich werde dir Trinkgeld geben«, versprach die gnädige Frau seufzend.

»Ergebensten Dank!« rief Dementi freudig. »Seien Sie ganz unbesorgt.«

Er packte Mitja am Arm. Mitja stand bleich da und zitterte, wußte nicht recht, was geschah. Plötzlich überfiel ihn das Entsetzen – wie vor etwas Unmöglichem.

»Na los, Freundchen!« sagte Dementi.

Mitja stürzte zur gnädigen Frau.

»Liebe gnädige Frau, um Christi willen, bitte nicht!« stammelte er und blickte zur gnädigen Frau auf, die Augen voller Tränen.

»Geh, geh!« wehrte die gnädige Frau ab. »Ich kann nicht, das vertragen meine Nerven nicht. Ich als gnädige Frau sorge für dich, und was treibst du? Das darf nicht sein, geh!«

Aksinja stand betreten da, seufzte oft und tief, in den Augen den Ausdruck eines Menschen, der Glück und Hoffnung für immer verloren hat. Darja blickte Mitja von der Seite an, lächelte leise, tückisch und freudig. Mitja warf sich auf die Knie, sank der gnädigen Frau zu Füßen, küßte ihre Schuhe, die wie die ganze gnädige Frau einen zarten, süßen Duft hatten, und stammelte unentwegt verzweifelte, zusammenhanglose Worte.

»Nehmt ihn, ich kann nicht!« rief die gnädige Frau. Sie blieb in der Küche, zog ihre Füße nicht weg.

Sie konnte sich nicht erinnern, jemals so angefleht worden zu sein; obwohl es sich nur um einen armseligen kleinen Jungen handelte, tat es ihr wohl.

Aksinja und Dementi zerrten Mitja erbittert von der gnädigen Frau weg. Schluchzend flehte Mitja die gnädige Frau an, sträubte sich, klammerte sich ans Fensterbrett, an die Tür, aber Dementi stieß ihn rasch hinaus auf die Treppe.

Mitja fühlte, daß es eine Schande war, zu weinen und sich zu widersetzen: Fremde Menschen würden es sehen und hören. Er bat Dementi: »Erzähl es wenigstens niemand, Dementi.«

»Meinetwegen. Wozu auch?« erwiderte Dementi grinsend. »Hauptsache, du strampelst nicht. Du weißt, es muß sein, also mach mir keinen Skandal, ich will es auf vornehme Art erledigen.«

Mitja gab sich Mühe, die Tränen zurückzuhalten und eine gleichmütige Miene aufzusetzen. Dementi hielt ihn am Ellbogen fest. »Lieber Dementi«, flüsterte Mitja, »geh doch hinter mir, ich komme von allein!«

»Wirst du mir nicht weglaufen?« fragte Dementi.

»Wohin sollte ich weglaufen? Soll ich vielleicht ins Wasser springen?« sagte Mitja verdrossen.

Dementi blickte ihn teilnahmsvoll an und schüttelte den Kopf. »Ach, mein Junge«, sagte er, »das hättest du dir früher überlegen sollen!«

Er blieb ein wenig zurück, ließ aber Mitja nicht aus den Augen. Als Mitja über den Hof ging, sahen ihm Aksinja und Darja aus dem Küchenfenster nach. Mitja hob die Augen und begegnete ihren starren, feindseligen Blicken. Er ging schneller. Bloß gut, daß es nahe ist, dachte er dumpf. Vom Treppenausgang in der Ecke waren es ein paar Schritte am Vorderhaus entlang über den mit Steinplatten ausgelegten Steg zum Tor.

Der Eingang in die Hausknechtstube befand sich im Torweg. Vor der schmalen Treppe, die in die Hausknechtstube hinunterführte, überkam Mitja plötzlich Entsetzen. Dort hinter der Tür … Sollte er von allein dorthin gehen?

Er wich zurück, doch Dementi packte ihn.

»Wohin?« rief Dementi.

Seine starr blickenden Augen unter den rothaarigen, zusammengewachsenen, geraden Brauen zwangen Mitja nieder. Dementi schnappte ihn, trug ihn die Stufen in die Hausknechtstube hinunter.

Dort umfing Mitja der säuerliche Geruch von Schafpelzen und Kohlsuppe aus dem riesigen russischen Ofen. Es war eng und schmutzig. Eine große Ziehharmonika prangte an sichtbarer Stelle. Der junge, kürzlich eingestellte Hausknecht Wassili, der vom Dorf stammte, stand am Fenster und zog seinen Rock aus. Sein rotes Hemd, die kräftigen Arme, die geröteten Wangen, die breiten Backenknochen, die blöden Augen, das alles kam Mitja entsetzlich vor, wie bei einem Henker. Dementis Frau machte sich verzagt am Ofen zu schaffen, auf dem Arm ein winziges, friedliches Kind, das gelb wie eine Wachspuppe war und dunkelblaue Augen hatte, starr wie die seines Vaters. Dementi stellte Mitja auf den Fußboden. Mitja atmete schwer und sah sich ängstlich um. Der Keller mit der niedrigen Decke, dem Ziegelfußboden, den kleinen Fenstern, dem riesigen Ofen und den scharfen Gerüchen erschien ihm wie eine Höhle, in der die Hausgeister wohnen. Die Frau warf ihrem Mann einen trübseligen Blick zu.

»Die Gnädige aus der Nummer fünf hat mir befohlen, den Jungen durchzuprügeln«, sagte Dementi.

Wassili schien erfreut und bleckte seine kräftigen weißen Zähne.

»Was du nicht sagst! Diesen Langnasigen?« fragte sie.

»Ja«, bestätigte Dementi.

»Er hat wohl was ausgefressen?« rief die Frau neugierig.

Sie wurde vergnügt und bekam rote Wangen. Ihre Augen blitzten. Sie näherte sich Mitja, so daß er ihren heißen Atem spürte, und erkundigte sich fröhlich: »He, was hast du denn angestellt?«

Mitja schwieg. Selbstmitleid überkam ihn.

»Unverdient wird es schon nicht sein«, antwortete Dementi mürrisch an seiner Stelle.

»Na, wir werden es dem Bengel anständig besorgen«, versetzte Wassili lachend.

»Warte, setz dich erst mal auf die Bank«, sagte Dementi zu Mitja.

Mitja setzte sich verlegen auf die Bank. Er empfand unerträgliche Scham. Die Leute sagten etwas, machten sich an den Besen zu schaffen und raschelten mit Ruten. Die Hausknechtsfrau setzte sich neben Mitja und grinste ihn an. Mitja hatte den Kopf tief gesenkt und nestelte mit zitternden Fingern an den Knöpfen seiner Bluse. Er fühlte, daß sein Gesicht glühte, die Augen brannten, roter Nebel legte sich davor, so daß er nichts mehr sah, und in den Adern am Hals pochte es qualvoll.

Dementi trat auf Mitja zu.

18

Aksinja empfing Mitja zu Hause mit grausamem Lachen und mit Flüchen.

»Habe die Ehre, zum angenehmen Schwitzbad zu gratulieren«, sagte sie gehässig. »Ach, du langnasiges Vieh! Gehst ganz deinem versoffenen Vater nach. Mit dem hab ich mich genug abgeplagt, nun hab ich noch so einen Schatz auf dem Hals.«

Sie hatte ein böses, furchtbares Gesicht. Auch Darja kam, um über Mitja zu lachen und ihn zu hänseln.

»Gratuliere, Euer Gnaden! Welche Würde, alles was recht ist. Dummkopf, was stehst du da? Hast wohl Angst, dir könnte der Kopf abfallen, wenn du dich vor deiner Mutter verbeugst, was?«

Mitja hatte wieder Kopfschmerzen, ihm wurde schwarz vor Augen, und alles drehte sich.

»Verbeug dich, Scheusal!« schrie Aksinja wie irrsinnig und stürzte sich mit erhobenen Fäusten auf den Sohn.

Mitja verbeugte sich schnell vor der Mutter, berührte mit der Stirn den Boden und begann vor Schmerz zu wimmern.

Dann wurde er zur gnädigen Frau geführt. Sie saß im Salon auf dem Sofa und legte eine Patience. Er mußte sich auch vor ihr bis zum Boden verbeugen, obwohl sie sagte, es sei nicht nötig, und sie hielt ihm eine lange Strafpredigt.

Die fröhlichen rotbäckigen Kinder der gnädigen Frau kamen ins Zimmer gelaufen. Sie wußten, was Mitja widerfahren war. Lidija dachte, Mitja mache sich nichts daraus. Doch als sie sah, daß er weinte und so erbärmlich, wie gehetzt war, hörte sie auf zu lächeln und schaute ihn mitfühlend an – er tat ihr leid.

»Schadet ihm gar nichts, dem durchtriebenen Lümmel!« versetzte Otja streng.

Lidija wurde zornig.

»Du bist ein arger Dummkopf!« sagte sie zu ihrem Bruder.

Er zeigte ihr die Fäuste und hänselte Mitja leise: »Ungeziefer! Birkenknüppel! Dreckstück! Miststück!«

Da das gnädige Fräulein Mitja bedauerte, mußte er ihr auf Geheiß der Mutter ebenfalls die Hand küssen. Lidija war sehr mit sich zufrieden: Seht, wie gut ich bin – sogar mit dem gemeinen Sohn der Köchin habe ich Mitleid!

Ihr Verfluchten! Ihr Verfluchten! wiederholte Mitja im stillen. Ich werde nie zu euch halten und nichts tun, was ihr wollt.

19

Es wurde Abend. Mitja saß auf seinem gewohnten Platz am Fenster, blickte in das aufgeschlagene Lehrbuch und sah keine Zeile. Er hatte schreckliche Kopfschmerzen, und ihm schwindelte. Die Gegenstände tauchten wie Gespenster auf und verschwanden wieder. Alles schien zu schwanken und zu wanken, und wenn sich der rote Kattunvorhang vor dem Bett seiner Mutter bewegte, dachte Mitja immer, gleich würde alles zusammenstürzen und untergehen. Gesichtslose Ungeheuer schwebten über ihm und verhöhnten ihn, und ihre Stimmen dröhnten. Mitja vergoß bittere Tränen.

Plötzlich hörte er einen leisen Ruf.

»Mitja!«

Er blickte auf – Raja stand vor ihm, weiß, licht und feierlich, mit einer Krone, in der Diamanten wundersam funkelten, mit einem langen Purpurmantel, einem Geschmeide, in dem Smaragde und Rubine leuchteten. Ein heller Strahl lag in ihrer Hand. Ihr bleiches Gesicht war klar und feierlich ruhig. Rajas zarter Atem schenkte der Luft lieblichen Trost. Raja stand vor ihm, berührte fast seine Knie. Wunderbare Worte kamen zärtlich von ihren blassen Lippen. Sie sprach von dem neuen Himmel – dort, hinter dem Vergänglichen, Furchtbaren.

Mitja erhob sich und berührte mit den Lippen ihre Stirn, dicht über den Augenbrauen.

Raja entfernte sich. Mitja wollte einen Schritt machen, ihr nach, doch sein Fuß stieß gegen die Truhe.

Wie eng es hier war! Welch ein armseliges Leben!

Und Mitja begriff, daß Raja nicht bei ihm war und niemals bei ihm sein würde.

20

Der nächste Tag war ein Feiertag. Mitja sang in der Kirche. Die Chorknaben drängten sich, der mürrische Diakon schritt auf und ab, blauer Weihrauch schwebte in der Luft. Raja ging vor der Altarwand vorbei, und ihre Augen leuchteten. Die Ikonen blickten streng. Gleißendes Morgenlicht fiel durch die breiten, hohen Fenster. Auf dem Steinfußboden scharrten Schuhsohlen und trappten Absätze.

Raja glomm wie eine weiße Flamme. Überirdisches Abendlicht warf sie auf die Dinge ringsum, und die groben Sonnenstrahlen wagten nicht mit diesem milden Leuchten zu streiten. Hinter Rajas flammendem Gewand verschwanden die Dinge.

Die Kopfschmerzen verschlimmerten sich und quälten Mitja.

Rajas Gewand flatterte in einem überirdischen Hauch. Leichte, durchsichtige Flügel zitterten an ihren Schultern. Sie leuchtete wie Abendrot. Ihr Haar, um den Kopf gewunden, flammte feurig. Zärtlich sagte sie: »Jetzt ist es bald soweit.«

Sie breitete ihre Flügel aus und näherte sich Mitja leise. Er hatte sie erwartet, und nun schmiegte sie sich an ihn und trat in ihn ein. Sein Herz brannte …

Die Kirchenlieder tönten aus der unnötigen, engen und schrecklichen Welt. Mitja sang, und seine eigene Stimme erschien ihm fremd. Der Gesang schwirrte empor und hallte unter der Kuppel.

Wie Gespenster bewegten sich die Menschen auf dem Steinfußboden. Die gnädige Frau stand in der Nähe des Chors. Sie war spät gekommen, absichtlich hierher, um zu beobachten, ob sich Mitja nach der Messe nicht herumtrieb. Sie kam sich wichtig vor, war stolz darauf, daß sie sich so großmütig um den Jungen kümmerte, und ließ ihn die ganze Zeit nicht aus ihren strengen, stumpfsinnigen Augen. Mitja überlegte, daß er auch heute nicht zu Dunja gehen könne. Er bekam Angst: Vielleicht würde Dunja unterdessen vom Dachboden vertrieben oder zugrunde gerichtet werden, und er würde sie nie wieder sehen.

Wie böse die gnädige Frau ist! dachte er. Alle sind böse!

Alle Dinge blickten finster und drohend.

Vom Altar her nahte Raja, wie ein Himmelsbote, ihre wunderbaren Flügel zitterten und strahlten, hell leuchteten ihre Blicke, und Mitja schien es wieder, als schmiegte sie sich an ihn und träte in ihn ein, und sein Herz flammte.

Die Kette des Weihrauchfäßchens klirrte, und der Rauch stieg empor, duftend und dunkelblau.

21

In der großen Pause stand Mitja traurig an der Aulatür. Wolken zogen vor die Sonne, und der Himmel verdunkelte sich. Kopfschmerzen peinigten Mitja von morgens an. Das Gewimmel und Gedränge verschlimmerten sie entsetzlich.

Der rotbäckige Karganow trat auf Mitja zu und klopfte ihm wie ein Erwachsener auf die Schulter, obwohl er um einen halben Kopf kleiner war als Mitja.

»Warum bist du so trübsinnig und läßt den Kopf hängen, Bruderherz?« fragte er lächelnd, wobei er seine Mundwinkel häßlich herabzog und gierig die Zähne bleckte. »Du hast wohl Prügel gekriegt? Nicht so schlimm, bis du heiratest, ist es wieder gut! Mein Vater hat mir neulich auch mächtig eingeheizt, aber ich mache mir nichts daraus.«

Mitja musterte ihn und meinte auf den roten Backen noch schwache blaue Streifen von den väterlichen Ohrfeigen zu entdecken. Die plumpen roten Backen, die vollen Lippen und die frechen, aber unruhigen, gleichsam eingeschüchterten Augen brachten Mitja dazu, sich auszumalen, wie Karganow geheult und geschluchzt hatte, als der Vater ihn verprügelte. Mitja bedauerte Karganow und wollte ihn trösten.

»Wirst du nicht ausplaudern, was ich dir erzähle?« fragte Mitja leise.

Karganow durchbohrte ihn geradezu mit gierigen Blicken und beteuerte: »Wieso sollte ich es ausplaudern? Hab keine Angst, erzähle!«

Sie setzten sich auf eine Bank. Mitja erzählte im Flüsterton, wie man ihn bestraft hatte. Karganow hörte teilnahmsvoll zu.

»In der Hausknechtstube, na so etwas!« sagte er dann und lachte.

Karganow entfernte sich. Plötzlich ärgerte sich Mitja über sich selbst: Warum hatte er das verraten? Ihm wurde klar, daß Karganow dies auf jeden Fall in der ganzen Schule herumerzählen und daß man ihn damit hänseln würde.

Und so kam es auch. Karganow ging bald zum einen, bald zum anderen und verkündete mit freudigem Gelächter: »Mitja hat vorgestern in der Hausknechtstube eine Tracht Prügel gekriegt.«

»Tatsächlich?« fragten alle fröhlich und munter.

»Bei Gott, er hat es selbst erzählt!« bestätigte Karganow.

Die Jungen freuten sich, alle Gesichter wurden munter, und die Kleinen wie die Großen sagten zu denen, die es noch nicht wußten: »Hast du schon gehört? Mitja hat in der Hausknechtstube eine Tracht Prügel gekriegt!«

Die Neuigkeit verbreitete sich rasch unter den Schülern. Die Jungen zogen sich vergnügt den Gürtel zurecht und riefen: »Kommt, wir gehen ihn ärgern!«

Freudig und munter liefen sie mit Triumphgeschrei zu Mitja und drängten sich um ihn. Der weißgesichtige Duschizyn stützte die Hände auf die Knie und blickte mit seinen freundlichen grauen Augen zu Mitja auf, lächelte sanft und sagte mit zarter Stimme grobe, unanständige Worte, so viele, als wäre ihm eine unerschöpfliche Menge zotiger Redensarten zum Thema Prügel geläufig.

Rotbäckige Gesichter, von echter Fröhlichkeit belebt, drängten sich um Mitja, und gierige Blicke durchbohrten ihn. Einige Schuljungen tanzten vor Freude; andere faßten sich paarweise an den Händen, umkreisten die Menge, von der Mitja umgeben war, und schrien: »In der Hausknechtstube! So ein Spaß!«

Mitja stürzte sich ungestüm bald hierhin, bald dahin, stumm, mit gesenktem Blick und schuldbewußtem Lächeln. Doch die kleinen Taugenichtse hatten sich fest um ihn geschart. Als Mitja sah, daß er sich nicht aus diesem engen Ring befreien konnte, warf er sich nicht mehr hin und her, sondern blieb stehen, bleich und ratlos, die Augen niedergeschlagen; er sah wie ein dem Pöbel zur Schmähung preisgegebener Verbrecher aus. Schließlich steigerte sich die Begeisterung so, daß jemand rief: »Mitja Darmostuk, hurra!«

Und alle Jungen schrien, mit hellen, lauten Stimmen: »Hurra! Hurra! Hurra-a-a!«

Durch das ganze Schulgebäude und auf die Straße hinaus drang das helle Kindergeschrei. Daraufhin stürzte Konopatin aus dem Lehrerzimmer. Ein paar Schüler liefen ihm entgegen und meldeten vergnügt, einander überschreiend: »Mitja Darmostuk hat in der Hausknechtstube eine Tracht Prügel bekommen. Alle necken ihn, und er steht wie ein Uhu da und plinkt mit den Augen.«

Das feiste Gesicht des Lehrers erstrahlte vor Vergnügen, ein breites Lächeln zog über seine sinnlichen Lippen.

»Guck mal einer an!« rief er lachend. »Wo ist er denn? Zeigt ihn mir.«

Die Schüler führten Konopatin zu der Menge, und sie wich vor ihm auseinander. Vergnügt lächelnd, packte er Mitja an der Schulter und führte ihn ins Lehrerzimmer. Die ganze Schar lief hinterher. Jetzt wagten die Jungen nicht mehr, so laut zu schreien, und neckten Mitja halblaut – fröhlich, mit munterem Gesicht.

Die Lehrer waren fast genauso belustigt wie die Schüler, und auch sie verhöhnten Mitja.

22

Am nächsten Tag ging Mitja zur gewohnten Zeit mit den Schulbüchern aus dem Haus und bummelte den ganzen Tag gemächlich, träge durch die Straßen. Alles erschien ihm trüb und schrecklich. Die immer schlimmer werdenden Kopfschmerzen versenkten ihn in gedrückte Selbstvergessenheit.

Später als sonst, kurz vor Sonnenuntergang, kam er zu den Wlassows. Erst als er oben war und über den hohen Balken kletterte, merkte er, daß seine Füße vor Müdigkeit weh taten und er sich endlich setzen mußte.

Die Wlassows waren in freudiger Aufregung dabei, ihre wenigen Habseligkeiten zusammenzusuchen: Die Alte hatte endlich eine Stelle gefunden. Den beiden zitterten vor Freude die Hände, und sie lächelten zaghaft, als trauten sie ihrem Glück nicht recht.

Mitja stockte das Herz vor Schreck. Die beiden sagten etwas zu ihm, doch er vermochte ihren Worten einfach nicht zu folgen. Es kam ihm vor, als wollten sie ihn vom Dachboden vertreiben. Denn warum lächelten sie wie irrsinnig darüber, daß sie auf die Straße gehen mußten, hinaus auf die harten Steine?

Dunja tat es um den Dachboden leid. Sie sagte leise: »Den ganzen Sommer haben wir hier verlebt. Zwar hatten wir oft nichts zu essen, aber dafür waren wir für uns. Wie mag es nun werden, wenn uns der Herrgott unter Menschen leben läßt?«

So heftiges Mitleid durchbohrte Mitjas Herz, daß er in Tränen ausbrach. Dunja tröstete ihn: »Laß gut sein, mein Lieber, wenn Gott will, sehen wir uns wieder. Komm uns besuchen, wenn man dich läßt. Warum weinst du, dummer Junge?«

Sie schrieb mit Bleistift ihre Adresse auf einen Zettel und gab ihn Mitja. Er nahm den Zettel und drehte ihn hin und her. Ihm tat der Kopf so furchtbar weh, daß er überhaupt nicht denken konnte. Dunja sagte mit freundlichem Lächeln: »Du solltest ihn in die Tasche stecken, sonst verlierst du ihn!«

Mitja verwahrte den Zettel in der Tasche und vergaß ihn sofort.

Er kam spät nach Hause. Finster und traurig saß die Mutter in der Küche auf einem Schemel und weinte, wischte sich die Augen mit der Schürze. Mitja fand sie häßlich und schrecklich. Sie schimpfte ihn aus und prügelte ihn, wofür, wußte er nicht. Er schwieg hartnäckig.

Die kleine Lampe brannte trübe. Es roch nach Küchendunst und Petroleum. Die gnädige Frau erschien, um ihn anzuschreien und zu verhöhnen. Ihr Geschrei dröhnte in seinen Ohren, es war, als schlügen schwere Hämmer auf den Kopf. Die Kinder der gnädigen Frau spähten durch die Tür, Otja schnitt Fratzen und neckte ihn. Darja nörgelte an Mitja herum. Schatten huschten über die Wände, die Wände schienen zu wanken und die Zimmerdecke sich zu senken. Es war wie im Fieberwahn.

Warum und wozu soll die Welt bestehen bleiben, wenn Dunja zugrunde geht! dachte Mitja.

23

Am nächsten Morgen brachte die Mutter Mitja zur Schule. Unterwegs weinte und schimpfte sie, und alleweil schlug sie ihm ins Genick. Mitja beugte sich deshalb vornüber und stolperte oft. In die stumpfe Empfindung des unerträglichen Kopfschmerzes versunken, nahm er die Dinge ringsum fast gar nicht wahr. Das Aufblitzen des Bewußtseins war jedesmal qualvoll und zog seinen Kopf noch tiefer zu den harten Steinen herab, an denen er den grausamen Schmerz hätte zerschmettern mögen.

In der Schule nahm er den Hohn der Schulkameraden und der Lehrer stumpfsinnig hin. Er blieb so finster, wie es dieser trübe, regnerische Tag war. Er ahnte Unheil. Mitunter erinnerte er sich traurig an Dunja. Er hatte schon vergessen, daß sie nicht mehr auf dem Dachboden hauste, und fürchtete, sie würde dort vor Hunger und Kälte umkommen.

In der großen Pause, eine Stunde vor Unterrichtsschluß, lief Mitja unbemerkt aus der Schule weg, seine Lehrbücher ließ er dort. Das kaum bewußte Verlangen, den Verfolgungen und Nachforschungen zu entfliehen, trieb ihn in weit entfernte Straßen. Dort irrte er lange, unermüdlich herum, ohne auszuruhen. Er ging in Höfe und Gärten hinein, betrat eine Kirche, in der die Abendmesse gelesen wurde, lief einem Leierkastenmann nach, sah exerzierenden Soldaten zu, unterhielt sich mit Hausknechten und Polizisten – und vergaß das alles sofort wieder.

Hin und wieder nieselte es wie aus einem feinen Sieb. Von den Bäumen fielen nasse gelbe Blätter herab.

Der Fieberwahn hatte sich schon auf die ganze Natur ausgedehnt, alles war märchenhaft und währte nur Augenblicke – die Dinge tauchten plötzlich auf und waren ebenso plötzlich wieder dahin. Rajas heller Blick strahlte von Zeit zu Zeit auf und erlosch wieder.

Endlich gelangte Mitja dorthin, wo die Wlassows gewohnt hatten. Vor dem Dachboden überfiel ihn Entsetzen: Die Tür war abgeschlossen. Er blieb auf der letzten Stufe stehen und starrte verzweifelt das Schloß an. Dann hämmerte er mit den Fäusten gegen die Tür. In diesem Augenblick trat der Hausmeister aus der nächsten Wohnung, ein mürrischer schwarzbärtiger Mann mit trägen Bewegungen.

»Was suchst du hier?« fragte er Mitja und musterte ihn argwöhnisch. »Wieso treibst du dich in fremden Treppenhäusern herum?«

»Hier haben die Wlassows gewohnt«, sagte Mitja schüchtern. »Ich wollte zu den Wlassows.«

»Hier hat niemand gewohnt!« erwiderte der Hausmeister. »Hier kann keiner wohnen – dies ist der Dachboden.«

Mitja stieg die Treppe hinunter, hielt sich ungeschickt am schmalen Eisengeländer fest. Der Hausknecht, der auf dem Treppenabsatz stand, faßte ihn scharf ins Auge und brummte vor sich hin. Mitja peinigte der stechende Blick der schwarzen Augen, den er erst auf seinem Gesicht und dann im Rücken spürte.

Er konnte nicht glauben, daß die Wlassows nicht mehr hier waren. Wo sollten sie denn geblieben sein? dachte er. Natürlich sind sie auf dem Dachboden umgekommen. Die Hausgeister haben sie zu Tode gequält, dieser Schwarzhaarige hat das Schloß an die Tür gehängt und hält Wache.

Als Mitja wieder durch die Straßen ging, hatte er den Dachboden deutlich, wie wirklich, vor sich und meinte schwaches Röcheln zu hören. Er sah Dunja und ihre Mutter dort, wo sie immer gewesen waren. Dunja starb vor Kälte und Hunger, und ihre Mutter saß bei ihr, das versteinerte, blinde Gesicht emporgereckt, die geballten Fäuste vorgestreckt. Beide starben und erkalteten.

Nun waren sie tot. Unbeweglich, kalt saßen sie einander gegenüber. Der Wind aus der Dachluke fächelte um die gelbe Stirn der Alten und bewegte die dünnen grauen Haare, die unter dem Kopftuch hervorschauten.

Mitja begann zu weinen, langsam und kalt waren seine Tränen. Der Hunger quälte ihn wieder und wieder.

24

Mitja stand am Ufer des schmalen, trüben Flusses, die Ellbogen auf das Holzgeländer gestützt, und starrte gleichmütig vor sich hin. Plötzlich fesselte etwas Bekanntes seine Aufmerksamkeit. In der Ferne, jenseits des Flusses, sah er seine Mutter. Sie kam aus einer Gasse und ging auf die Brücke zu — gleich würde sie hierher kommen, wo Mitja sich befand. Sie war, als Mitja nicht nach Hause kam, besorgt in die Schule gelaufen. Dort sagte man ihr, daß er vor Unterrichtsschluß weggelaufen sei. Daraufhin fragte sie bei allen ihren Bekannten nach ihm.

Mitja lief auf die andere Straßenseite und versteckte sich vor der Mutter in einer offenen Pforte hinter der Holztür. Er guckte durch einen Spalt und wartete stumpfsinnig. Die Mutter ging vorüber. Sie trug eine alte Jacke und hatte sich ein großes graues Tuch umgelegt. Ihr tief gebeugtes runzliges Gesicht war starr und kummervoll.

Mitleid peinigte Mitja. Doch was sollte er anderes tun als sich verstecken?

Die Mutter, düster und kummervoll, schritt rasch aus und starrte vor sich hin. Mitja trat aus der Pforte, schaute der Mutter nach und lächelte dumm. Ohne sich umzuwenden, strebte sie in die von Nieselregen verhangene Ferne. Als sie im weiten feuchten Nebel verschwunden war, dachte Mitja nicht mehr an sie und vergaß sie. Nur schmerzliches Mitleid brannte in seinem Herzen.

Wieder beherrschten ihn traurige Gedanken. Dort, wo es so friedlich und still gewesen und wo es jetzt dunkel und kalt war, saßen sich die beiden Toten gegenüber. Dunja hielt die Hände im Schoß und blickte mit weißen, blinden Augen – die dünnen Lider verhüllten die Augäpfel nicht, so ausgezehrt war sie. Sie war tot. Das Lämpchen vor der Ikone war erloschen. Stille, Kälte und Finsternis herrschten auf dem Dachboden.

25

Mitja verbrachte die ganze Nacht auf den Straßen. Sie waren menschenleer. Hier und da schlief ein Hausknecht in einem Torweg, mancherorts döste ein Droschkenkutscher auf dem Bock. Erst brannten die Laternen, dann kam der Laternenmann und löschte sie. Es wurde dunkel und schrecklich. Mitja fand keine Zuflucht mehr vor dem Leben, dem Regen, der Kälte und der großen Müdigkeit. Von den Straßen zweigten hoffnungslose Sackgassen ab, aus denen man schwer wieder herauskam. Mitja ging zu allen Toren und Türen und versuchte vorsichtig, sie zu öffnen. Vergebens – überall hatten die Menschen alles verschlossen. In der Stadt, wo weder Tiger noch Schlangen lauerten, fürchteten die Menschen, sich schlafen zu legen, ohne sich gegen die anderen Menschen zu schützen.

Es regnete, mal war es feiner Niesel, mal ein Platzregen. Dann stellte sich Mitja an Hauseingängen unter das Vordach. Manchmal fragten ihn Leute verwundert, wieso er um diese Zeit herumirre, und er antwortete fast unbewußt, doch mit passenden Worten. Sie glaubten ihm, denn er log.

Vor einem Hauseingang, in dem Mitja stand, hielt eine Droschke. Ein feiner Herr und eine Dame stiegen aus, klingelten, und der Pförtner ließ sie ein. Der Pförtner war jung und neugierig. Gähnend fragte er: »Was stehst du hier, Junge?«

»Ich warte den Regen ab«, antwortete Mitja, ohne ihn anzublikken.

»Aber wohin willst du denn?«

»Man hat mich nach einer Hebamme geschickt.«

»Wenn man dich nach einer Hebamme geschickt hat, so lauf, du Dummkopf!« sagte der Pförtner besorgt. »So eine Sache duldet keinen Aufschub.«

»Ich komme ja schon zurück«, sagte Mitja ruhig.

»Und die Hebamme?« fragte der Pförtner erstaunt.

»Sie ist mit einer Droschke gefahren.«

»Und sie hat dich nicht mitgenommen?«

»Nein, mich hat sie nicht mitgenommen.«

»So eine Dumme«, befand der Pförtner. »Und so eine ist Hebamme!«

»Sie stieg in die Droschke«, erzählte Mitja, »und sagte: ›Du kannst laufen.‹«

»Guck an, es war ihr wohl zu eng?«

»Anscheinend ja.«

»Du möchtest schlafen, was?« fragte der Pförtner teilnahmsvoll und gähnte behaglich.

»Ich leg mich bald hin«, sagte Mitja lächelnd.

Mitja lief durch den Regen und sprang über die Pfützen. Er zitterte vor Kälte und Müdigkeit.

26

Im Morgengrauen zerstreuten sich die Wolken. Die Sonne ging langsam hinter dem fernen blauen Wald jenseits des Snow auf. Es war still. Über dem Fluß schwebte Dunst. Die Vorstädte am anderen Ufer ruhten zart und stumm in goldenen und violetten Träumen.

Bleich und müde stand Mitja auf der Uferstraße, die Hände auf das Geländer gestützt, und freute sich, daß die Nacht vorüber war, die Sonne aufging, Frische und Dunst über dem Fluß waren. Die Nacht und alles, was damit zusammenhing, hatte der müde Junge völlig vergessen, er freute sich, lächelte voller Liebe zu irgendwelchen guten Menschen dort, jenseits des Flusses, in den goldenen und violetten Träumen. Er spürte Kälte und Müdigkeit, doch in seinen Körper strömte frische Kraft – vom Wasser, von der Sonne, dem hellen Himmel und dem ganzen weiten Erdenkreis.

Irgendwo in der Ferne ratterten Räder über die Steine. Dieses Geräusch weckte all das Dunkle in seinem Bewußtsein und die schrecklichen Kopfschmerzen. Böse Erinnerungen stiegen wie bedrückender Nebel von den kahlen, feuchten Steinen auf. Mitja begann zu zittern.

Ich muß doch das Tor finden, dachte er, und die Treppe und das Fenster, wo Raja war. Warum ist Raja nicht da? Warum bin ich allein auf diesen harten Steinen?

Mit verzweifeltem, bleichem Gesicht lief er durch die Straßen, und sie starben hinter ihm. Große Schweißtropfen rannen ihm über das kalte Gesicht, sein Herz glühte und pochte vom raschen Laufen, und das gab einen qualvollen Widerhall in seinem Kopf. Die Steinplatten hallten von seinen Schritten.

Schließlich blieb er erschöpft stehen und lehnte sich mit der Schulter an einen Laternenpfahl. Den Ort erkannte er nicht gleich wieder, doch als er ihn erkannte, freute er sich. Es war jener Durchgangshof. Ein verschlafener junger Hausknecht rasselte mit den Schlüsseln, öffnete das Tor und trat auf die Straße, stellte sich mit dem Rücken gegen die Hauswand, gähnte laut und blinzelte in die Sonne. Mitja schlich sich vorsichtig in den Hof.

Hier war endlich Rajas Treppe, und Raja stand da und erwartete ihn. Von plötzlicher Freude ergriffen, stieg Mitja die Treppe hinauf. In das Halbdunkel der Hintertreppe fiel der Abglanz von Rajas lichtem Gewand. Langsam schritt Raja ihm voran. Auf ihrem weißen Gewand waren rote Rosen, und ihre Zöpfe flossen als leichte, flammende Strahlen herab. Sie wandte sich nicht um, ging voran, und auf den Biegungen der Treppe sah Mitja ihr gesenktes Antlitz. Von ihrem wunderschönen Antlitz ergoß sich in das Halbdunkel ein geheimnisvolles, zartes Licht, in dem ihre Augen wie zwei Abendsterne strahlten. Die Rosen von ihrem Gewand fielen herab und flammten auf, und Mitja schritt andächtig zwischen ihnen durch. Die Rosen flammten um seinen Kopf, und eine unauslöschliche Flamme verbrannte sein Gehirn.

Der bleiche, müde Junge stieg, ängstlich um sich schauend, die Hintertreppe hinauf, vorbei an den geschlossenen Türen. Sein Gesicht spiegelte Verzweiflung und Sterbensmüdigkeit, sein Blick irrte umher und konnte die Gegenstände anscheinend nicht unterscheiden, seine Brust hob sich schwer und unregelmäßig. Er wankte, stolperte mitunter, suchte hilflos und ungeschickt an den vor Feuchtigkeit rutschigen Wänden Halt. Doch in seinem getrübten Bewußtsein erwuchsen aus der Erschöpfung wunderliche Träume.

Schrecklicher Lärm folgte ihm auf der Treppe, wie Schritte und Gelächter von vielen laufenden Menschen – die wütenden Lehrer und Schuljungen rannten hinter ihm her. Sie alle schrien entsetzlich, schnitten Fratzen, streckten ihre spitzen Zungen heraus, wollten ihn mit ihren roten, häßlichen Händen packen. Entsetzt floh Mitja vor ihnen. Seine Füße wurden immer schwerer. Als die Verfolger ihn fast eingeholt hatten und er ihren bösen menschlichen Atem hinter sich spürte, blieb Raja stehen, wandte sich, ganz von der Flamme erfaßt, um und sagte: »Fürchte dich nicht!«

Wie Donner drohte ihre Stimme der Welt, hervorgebracht von dem furchtbaren Schmerz und dem großartigen Entzücken, gleichsam in Mitjas Kopf. Raja nahm ihn an die Hand, führte ihn durch eine schmale Tür auf einen lichten Weg, auf dem wunderbare Rosen flammten.

Der bleiche Junge stieg mit Mühe auf das Fensterbrett im dritten Stock. Das Fenster stand offen. Er klammerte sich mit den Händen ans Fensterkreuz und kletterte hinaus, das Gesicht der Treppe zugewandt, den Rücken nach draußen. Seine Füße fanden auf dem schmalen Fensterblech keinen Halt und glitten aus. Ein kurzes, letztes Entsetzen erfaßte ihn, und er versuchte vergeblich, sich am Fensterkreuz festzuhalten. Als er abstürzte, empfand er zuerst Erleichterung. Die wonnevolle Bangigkeit unterm Herzen, die rasch wuchs, löschte sein Bewußtsein aus, bevor er die Steine berührte. Im Fallen schrie er: »Mama!«

Doch die Kehle wurde zugeschnürt, der jähe Schrei ertönte nur kurz und schwach, dann herrschte auf dem leeren, stummen Hof Stille, und vernehmbar zerbarsten auf den Steinen Mitjas Knochen.

1899

DER KLEINE MENSCH

1

Jakow Alexejewitsch Saranin war knapp mittelgroß, seine Frau Aglaja Nikiforowna, eine Kaufmannstochter, hingegen groß und dick. Schon jetzt, im ersten Jahr der Ehe, hatte die zwanzigjährige Frau so zugenommen, daß ihr kleiner, hagerer Mann neben ihr wie ein Zwerg wirkte.

Und wenn sie noch korpulenter wird? dachte Jakow Alexejewitsch.

Das dache er, obwohl er aus Liebe geheiratet hatte, aus Liebe zu ihr und der Mitgift.

Der Größenunterschied zwischen den Eheleuten veranlaßte ihre Bekannten nicht selten zu spöttischen Bemerkungen. Solche leichtsinnigen Scherze vergällten Saranins Ruhe, Aglaja brachten sie zum Lachen.

Einmal, nach einem Abendessen bei Arbeitskollegen, wo er sich nicht wenige Sticheleien hatte anhören müssen, kam Saranin ganz verstimmt nach Hause.

Als er neben Aglaja im Bett lag, murrte er und nörgelte an ihr herum. Aglaja entgegnete träge, unwillig und schläfrig: »Was soll ich machen? Ich kann nichts dafür.«

Sie war ein sehr ruhiger, friedfertiger Mensch.

Saranin knurrte: »Iß nicht so viel Fleisch, nasch nicht so viele Mehlspeisen. Den ganzen Tag stopfst du Bonbons in dich hinein.«

»Ich kann doch nicht gar nichts essen, wenn ich solchen Appetit habe«, erwiderte Aglaja. »Vor der Ehe war mein Appetit noch besser.«

»Das kann ich mir vorstellen! Du hast wohl einen ganzen Ochsen auf einmal verspeist?«

»Einen Ochsen kann man nicht auf einmal aufessen«, widersprach Aglaja gelassen.

Sie schlief bald ein, Saranin aber fand in dieser seltsamen Herbstnacht keinen Schlaf.

Lange drehte er sich im Bett hin und her.

Findet ein Russe keinen Schlaf, so grübelt er. Auch Saranin widmete sich dieser Beschäftigung, die sonst so gar nicht seine Sache war. Er war Beamter – da hatte er nicht viel zu denken, und viel Sinn hätte das Denken auch nicht gehabt.

Es muß doch irgendein Mittel dagegen geben, überlegte Saranin. Die Wissenschaft bringt tagaus, tagein wunderbare Entdekkungen; in Amerika fabriziert man den Leuten Nasen von beliebiger Form, läßt ihnen eine neue Gesichtshaut wachsen. Und alle die Operationen – Schädeldächer werden durchbohrt, Därme und Herzen aufgeschnitten und wieder zugenäht. Sollte es kein Mittel dafür geben, daß Aglaja abnimmt? Irgendein geheimes Mittel? Doch wie kann ich es finden? Wie? Ja, wenn ich im Bett liege, werde ich es nicht entdecken. Unter einen liegenden Stein rinnt kein Wasser. Ich muß mich auf die Suche machen ... Ein geheimes Mittel! Womöglich läuft der Erfinder auf der Straße herum und sucht einen Käufer. Was denn sonst? Er kann so etwas doch nicht in der Zeitung annoncieren ... Auf der Straße aber kann man sonstwas unter der Hand verkaufen, das ist sehr gut möglich. Er geht und preist es heimlich an. Wer ein geheimes Mittel braucht, wird sich nicht im Bett herumwälzen.

Nach diesen Überlegungen zog sich Saranin geschwind an, wobei er vor sich hin murmelte: »Um zwölf Uhr nachts ...«

Daß seine Frau wach werden könnte, befürchtete er nicht. Er wußte, Aglaja hatte einen festen Schlaf. »Wie die Kaufleute«, sagte er laut; bei sich dachte er: Wie die Bauern.

Saranin kleidete sich an und trat auf die Straße. Der Schlaf war ihm völlig vergangen. Er fühlte sich beschwingt wie ein Abenteuersucher, dem ein neues, aufregendes Ereignis bevorsteht.

Ein friedlicher Beamter, der still und farblos drei Jahrzehnte hinter sich gebracht hatte, fühlte er plötzlich die Seele eines unternehmungslustigen, freien Jägers der wilden Wüsten in sich, eines Helden von Cooper oder Reed.

Doch nach einigen Schritten, auf dem gewohnten Weg zum Departement, blieb er stehen und überlegte. Wohin sollte er gehen? Alles war still und ruhig, so ruhig, daß die Straße wie der Korridor eines riesigen Gebäudes erschien – gewöhnlich, sicher, von allem Äußeren und Unverhofften abgeschirmt. An den Toren dösten Hausknechte. Auf der Kreuzung war ein Polizist zu sehen. Die Straßenlaternen brannten. Die Bürgersteigplatten und die Pflastersteine schimmerten feucht, weil es vor kurzem geregnet hatte.

Saranin dachte eine Weile nach. In stiller Unschlüssigkeit ging er geradeaus und bog nach rechts ab.

2

An einer Kreuzung sah er im Laternenlicht einen Menschen näher kommen, und in freudiger Vorahnung krampfte sich sein Herz zusammen.

Es war eine seltsame Gestalt.

Bunter orientalischer Mantel mit breitem Gürtel. Hohe, spitze, schwarzgemusterte Mütze. Langer, schmaler, mit Safran gefärbter Kinnbart. Blitzende weiße Zähne. Glühende schwarze Augen. An den Füßen Pantoffeln.

Ein Armenier! dachte Saranin aus unerfindlichem Grund.

Der Armenier trat auf ihn zu und sagte: »Was suchst du denn mitten in der Nacht, mein Bester? Geh lieber schlafen, oder besuche Damen. Soll ich dich zu schönen Frauen führen?«

»Nein, ich habe an meiner genug«, sagte Saranin. Und vertrauensvoll klagte er dem Armenier sein Leid.

Der Armenier bleckte die Zähne und lachte wiehernd.

»Eine große Frau, ein kleiner Mann – zum Küssen muß er eine Leiter anstellen. Gut ist das nicht!«

»Was ist schon gut auf der Welt!«

»Folge mir! Einem guten Menschen helfe ich.«

Lange gingen sie durch die stillen, korridorähnlichen Straßen, der Armenier voran, Saranin hinterdrein.

Von Laterne zu Laterne vollzog der Armenier eine seltsame Verwandlung. Er wuchs in der Dunkelheit, und je weiter er sich von der Laterne entfernte, desto größer wurde er. Manchmal schien die Spitze seiner Mütze höher als die Häuser in den wolkigen Himmel zu ragen. Näherte er sich dem Licht, so wurde er kleiner, an der Laterne nahm er wieder die vormalige Größe an und sah aus wie ein einfacher, gewöhnlicher Straßenhändler. Merkwürdigerweise war Saranin über diese Erscheinung nicht verwundert. Er war so vertrauensselig, daß ihm die tollsten Wunder aus den arabischen Märchen als normal erschienen wären, wie langweilige Erlebnisse von grauer Alltäglichkeit.

Am Torweg eines ganz gewöhnlichen vierstöckigen gelben Gebäudes blieben sie stehen. Die Laterne am Tor ließ die stummen Zeichen erkennen. Saranin las: Nr. 41.

Sie gingen auf den Hof, betraten die Treppe des Hintergebäudes. Das Treppenhaus war halb dunkel. Doch die Tür, vor der der Armenier haltmachte, wurde von einem matten Lämpchen beleuchtet, und Saranin erkannte die Nummer: 43.

Der Armenier griff in die Tasche, zog ein Glöckchen hervor, solch eines, mit dem man in der Sommerfrische den Diener zu rufen pflegt, und läutete. Das klang silberhell.

Sofort öffnete sich die Tür. Hinter der Tür stand ein barfüßiger kleiner Junge, hübsch, brünett, mit leuchtendroten Lippen. Seine weißen Zähne blitzten – er lächelte halb freudig, halb spöttisch. Ja, es war, als lächelte er immer. Die Augen des niedlichen kleinen Burschen schimmerten grünlich. Er war geschmeidig wie eine Katze und schemenhaft wie ein Gespenst aus einem stummen Alptraum. Er blickte Saranin an und lächelte. Dem wurde es unheimlich.

Sie traten ein. Der Junge schloß die Tür, wobei er sich gelenkig und geschickt vorbeugte, dann schritt er ihnen voran durch den Korridor, in der Hand eine Laterne. Er öffnete eine Tür, wieder mit einer schemenhaften Bewegung und lachend.

Ein schreckliches finsteres, schmales Zimmer, an den Wänden

Schränke voller Flaschen und kleiner Glasbehälter. Es roch sonderbar ätzend und fremdartig.

Der Armenier zündete eine Lampe an, öffnete einen Schrank und kramte eine Glasblase mit grünlicher Flüssigkeit hervor.

»Das sind gute Tropfen«, sagte er. »Einen Tropfen auf ein Glas Wasser, und sie schläft ruhig ein, wacht nie mehr auf.«

»Nein, so etwas will ich nicht«, versetzte Saranin ärgerlich. »Deswegen bin ich doch nicht hier!«

»Mein Lieber«, begütigte der Armenier, »du nimmst dir eine andere Frau, die zu deiner Größe paßt. Ganz einfach.«

»Nein!« schrie Saranin.

»Schrei doch nicht!« gebot der Armenier. »Warum wirst du gleich wütend, mein Bester, du regst dich unnötig auf. Wenn du die Tropfen nicht willst, brauchst du sie ja nicht zu nehmen. Ich gebe dir andere. Aber die sind teuer, oh, sehr teuer.«

Der Armenier hockte sich hin, so daß seine hochgewachsene Gestalt komisch aussah, und holte eine viereckige Flasche hervor. Darin schimmerte eine durchsichtige Flüssigkeit. Leise, geheimnistuerisch erklärte er: »Trinkt man einen Tropfen, so nimmt man ein Pfund ab. Jeder Tropfen – ein Pfund. Für jeden Tropfen zahlst du mir einen Rubel.«

Saranin war Feuer und Flamme.

Wieviel brauche ich? überlegte er. Zweihundert Pfund wiegt Aglaja bestimmt. Wenn sie hundertzwanzig abnimmt, ist sie eine zierliche kleine Frau. Das wäre fein.

»Gib mir hundertzwanzig Tropfen.«

Der Armenier schüttelte den Kopf. »Du willst zu viel, das geht nicht gut.«

Saranin brauste auf. »Ach was, das ist meine Sache!«

Der Armenier blickte ihn prüfend an. »Gib mir das Geld.«

Saranin zog seine Brieftasche. Ich nehme alles, was ich heute beim Kartenspielen gewonnen habe, und noch etwas dazu, dachte er.

Der Armenier holte unterdessen ein Kristallfläschchen hervor und füllte die Tropfen ein.

Plötzlich kamen Saranin Zweifel.

Hundertzwanzig Rubel sind keine Kleinigkeit. Und wenn der Armenier mich betrügt?

»Ist die Wirkung auch sicher?« fragte er unschlüssig.

»Ich kann die Tropfen bestens empfehlen«, sagte der Armenier. »Ich werde die Wirkung gleich vorführen. Gaspar!« rief er.

Der barfüßige kleine Junge trat ein. Er trug eine rote Jacke und eine kurze blaue Hose, die seine braunen Beine oberhalb der Knie unbedeckt ließ. Sie sahen hübsch und schlank aus, bewegten sich rasch und gewandt.

Auf ein Zeichen des Armeniers legte Gaspar geschwind seine Kleidung ab und trat zum Tisch.

Trübes Kerzenlicht fiel auf seinen gelben, wohlgebauten, starken und schönen Körper. Auf das gehorsame, lasterhafte Lächeln. Auf die schwarzen Augen und die blauen Ringe darunter.

»Nimmt man die Tropfen pur, so wirken sie schlagartig. Mischt man sie in Wasser oder Wein, ist die Wirkung langsam, unmerklich. Wenn man sie jedoch nicht gut mischt, ist sie sprunghaft und unschön.«

Er nahm einen schmalen Becher mit Teilstrichen, goß etwas von der Flüssigkeit ein und reichte ihn Gaspar. Mit der Gebärde eines verwöhnten Kindes, dem man Süßigkeiten gibt, trank Gaspar den Becher aus, warf den Kopf in den Nacken und leckte die letzten süßen Tropfen mit seiner langen, spitzen Zunge auf, die wie ein Schlangenzünglein war, und sofort begann er, vor Saranins Augen kleiner zu werden. Er stand gerade, schaute Saranin lachend an und verwandelte sich, wie eine aufgeblasene Puppe, die zusammenfällt, wenn man die Luft herausläßt.

Der Armenier packte ihn am Arm und stellte ihn auf den Tisch. Der Junge war so groß wie eine Kerze. Er tanzte und schnitt Grimassen.

»Und was wird jetzt aus ihm?« fragte Saranin.

»Mein Lieber, wir lassen ihn wieder wachsen«, antwortete der Armenier.

Er öffnete einen Schrank, nahm vom oberen Fach ein Gefäß von ebenfalls seltsamer Form. Es enthielt eine grüne Flüssigkeit.

In ein Gläschen, so groß wie ein Fingerhut, goß er ein wenig Flüssigkeit und reichte es Gaspar.

Wieder trank Gaspar.

Langsam und stetig, wie das Wasser in der Badewanne steigt, wuchs und wuchs der nackte Knabe. Schließlich erreichte er seine vormalige Größe.

Der Armenier erklärte: »Man kann die Tropfen in Wein, Wasser, Milch oder einer anderen Flüssigkeit einnehmen, nur nicht in russischem Kwas – sonst sieht man sehr verschossen aus.«

3

Es vergingen einige Tage.

Saranin strahlte vor Freude. Und lächelte geheimnisvoll.

Er wartete auf eine Gelegenheit.

Sie stellte sich ein.

Aglaja klagte über Kopfschmerzen.

»Dagegen habe ich ein Mittel«, sagte Saranin. »Das hilft vorzüglich.«

»Dagegen hilft kein Mittel«, erwiderte Aglaja mit saurer Miene.

»Nein, dieses hilft. Ich habe es von einem Armenier gekauft.«

Er sagte es so überzeugt, daß Aglaja an die Wirksamkeit des von dem Armenier gekauften Mittels glaubte.

»Na gut, gib es mir.«

Er holte das Fläschchen.

»Schmeckt es scheußlich?« fragte Aglaja.

»Es schmeckt herrlich und hilft vortrefflich. Nur wirkt es ein wenig abführend.«

Aglaja verzog das Gesicht.

»Trink nur, trink.«

»Kann ich die Tropfen in Madeira einnehmen?«

»Natürlich.«

»Trink ein Gläschen mit mir«, sagte Aglaja launisch.

Saranin schenkte zwei Gläser Madeira ein, und in das Glas seiner Frau goß er die Mixtur.

»Mir ist ein bißchen kalt«, sagte Aglaja leise und träge. »Ich hätte gern mein Tuch.«

Saranin holte rasch ihr Umschlagtuch. Als er zurückkehrte, standen die Gläser wie zuvor da. Aglaja saß und lächelte.

Sie hüllte sich in ihr Tuch.

»Ich glaube, mir wird schon besser«, sagte sie. »Soll ich das trinken?«

»Trink nur, trink!« rief Saranin. »Auf dein Wohl.«

Er nahm sein Glas. Sie tranken.

Aglaja lachte.

»Was ist?« fragte Saranin.

»Ich habe die Gläser vertauscht. Soll es bei dir abführend wirken, aber nicht bei mir.«

Saranin schrak zusammen und erbleichte.

»Was hast du getan?!« rief er verzweifelt.

Aglaja lachte schallend. Ihr Lachen erschien Saranin widerwärtig und grausam.

Plötzlich fiel ihm ein, daß der Armenier ein Gegenmittel besaß. Saranin machte sich auf den Weg zu dem Armenier.

Das wird mich teuer zu stehen kommen! dachte er besorgt. Ach was, soll er all mein Geld nehmen, Hauptsache, er rettet mich vor der entsetzlichen Wirkung dieser Mixtur.

4

Doch anscheinend sollte das Verhängnis über Saranin hereinbrechen.

Die Wohnungstür des Armeniers war verschlossen. Verzweifelt griff Saranin zur Klingel. Wilde Hoffnung beseelte ihn. Er läutete Sturm.

Die Klingel hinter der Tür läutete laut und vernehmlich, schallte mit jener unerbittlichen Klarheit, wie sie nur in einer leeren Wohnung möglich ist.

Saranin lief zum Hausmeister. Er war bleich. Kleine Schweißperlen, winzig wie Tautropfen auf einem kalten Stein, traten auf sein Gesicht, vor allem auf die Nase.

Er stürzte in die Hausknechtstube und rief: »Wo ist der Armenier?«

Ein apathischer schwarzbärtiger Mann, der Hausmeister,

schlürfte Tee von einer Untertasse. Er blickte Saranin von der Seite an, fragte unerschütterlich: »Was wollen Sie von ihm?«

Fassungslos starrte Saranin ihn an, wußte nicht, was er sagen sollte.

»Wenn Sie mit dem zu schaffen haben«, sagte der Hausmeister und musterte Saranin argwöhnisch, »dann gehen Sie lieber fort, mein Herr. Er ist Armenier – bestimmt kriegen Sie es mit der Polizei zu tun.«

»Wo steckt denn der verfluchte Armenier«, rief Saranin verzweifelt. »Der aus der Nummer dreiundvierzig.«

»Der Armenier ist nicht hier«, antwortete der Hausmeister. »Er war hier, das stimmt, ich will es nicht verheimlichen. Aber jetzt ist er nicht mehr hier.«

»Wo steckt er denn?«

»Er ist weggefahren.«

»Wohin?« schrie Saranin.

»Wer weiß«, erwiderte der Hausmeister gleichgültig. »Er hat sich einen Reisepaß ausstellen lassen und ist ins Ausland gefahren.«

Saranin erbleichte.

»Versteh doch«, sagte er mit zitternder Stimme, »es ist bitter nötig.«

Er brach in Tränen aus.

Teilnahmsvoll sah der Hausmeister ihn an, sagte: »Machen Sie sich nichts daraus, gnädiger Herr. Wenn Sie den verfluchten Armenier unbedingt brauchen, fahren Sie doch auch ins Ausland. Dort gehen Sie in ein Adreßbüro, und dann finden Sie ihn.«

Saranin wurde gar nicht bewußt, wie absurd dieser Vorschlag war. Er freute sich.

Sogleich lief er nach Hause, stürmte wie ein Wirbelwind zum Hausmeister, wollte sich einen Reisepaß ausstellen lassen. Doch plötzlich fiel ihm ein: Wohin soll ich denn fahren?

5

Die verfluchte Mixtur übte ihre böse Wirkung mit schicksalhafter Langsamkeit, aber unaufhaltsam aus. Saranin wurde von

Tag zu Tag kleiner. Die Kleidung hing wie ein Sack an ihm.

Seine Bekannten wunderten sich, fragten: »Sind Sie etwa kleiner geworden? Tragen Sie keine Schuhe mit Absätzen mehr?« – »Mager sind Sie auch geworden.« – »Sie arbeiten zuviel.« – »Sie wollen wohl ganz von Kräften kommen?«

Schließlich jammerten die Bekannten, wenn sie ihn trafen: »Was haben Sie denn bloß?«

Hinter seinem Rücken spotteten sie über ihn. »Er wächst in den Boden.« – »Er strebt dem Minimum zu.«

Seiner Frau fiel es erst ein wenig später auf. Sie sah ihn ständig, und daß er allmählich kleiner wurde, merkte sie nur an der Kleidung, die wie ein Sack an ihm hing.

Anfangs lachte sie über die sonderbare Verkleinerung ihres Mannes. Dann ärgerte sie sich.

»Komisch! Und richtig ungehörig!« meinte sie. »Als ob ich einen Liliputaner geheiratet hätte.«

Bald mußte sie seine gesamte Kleidung umändern – die Sachen fielen ihm vom Leib, die Hosen reichten bis zu den Ohren, der Zylinder rutschte auf die Schultern.

Eines Tages kam der Hausmeister in ihre Küche.

»Was ist denn bei Ihnen los?« fragte er die Köchin streng.

»Mich geht das nichts an!« wollte die dicke, rotgesichtige Matrjona aufbrausen, doch sie besann sich sofort und sagte: »Gar nichts ist bei uns los. Alles ist wie gewöhnlich.«

»Aber was sich Ihr gnädiger Herr für Sachen leistet, das geht doch nicht. Eigentlich müßte man ihn zur Polizei bringen«, sagte er sehr streng.

Die Uhrkette auf seinem Bauch schaukelte zornig.

Matrjona ließ sich plötzlich auf die Truhe sinken und begann zu weinen.

»Sagen Sie bloß nichts, Sidor Pawlowitsch«, versetzte sie, »die gnädige Frau und ich, wir wundern uns auch und können nicht fassen, was mit ihm los ist.«

»Wie kommt das? Aus welchem Grund?« rief der Hausmeister zornig. »Wie ist so etwas möglich?«

»Das einzig Erfreuliche ist«, sagte die Köchin schluchzend, »er verlangt weniger Essen.«

Saranin aß immer weniger.

Das Dienstmädchen, die Schneider, alle, mit denen Saranin zu tun hatte, begegneten ihm mit unverhohlener Verachtung. Wenn er zum Dienst eilte und, so klein er war, die riesige Aktentasche mühsam mit beiden Händen schleppte, hörte er hinter sich das hämische Gelächter des Pförtners, des Hausmeisters, der Kutscher und der Straßenjungen.

»Ein Herrchen«, sagte der Hausmeister.

Saranin empfand viel Bitterkeit. Er verlor seinen Trauring. Seine Frau machte ihm eine Szene. Sie schrieb den Eltern nach Moskau.

Der verfluchte Armenier! dachte Saranin.

Ihm fiel häufig ein, wie der Armenier die Tropfen abgefüllt hatte.

»Ach!« schrie Saranin.

»Macht nichts, mein Bester, das war mein Fehler, dafür nehme ich nichts.«

Saranin ging sogar zum Arzt. Der untersuchte ihn, wobei er ironische Bemerkungen machte. Er fand, es sei alles in Ordnung.

Wenn Saranin jemanden besuchen ging, wollte ihn der Portier nicht einlassen.

»Wer sind Sie denn?!«

Saranin stellte sich vor.

»Ich weiß nicht«, meinte der Pförtner. »So welche werden von unseren Herrschaften nicht empfangen.«

6

Im Dienst im Departement gab es zunächst scheele Blicke und Gelächter. Vor allem bei den jungen Leuten. Die Tradition des Gogolschen Akaki Akakijewitsch Baschmatschkin war zählebig.

Dann folgten Mißmut und Tadel.

Der Pförtner nahm ihm schon sichtlich unwillig den Mantel ab.

»So ein Knirps will Beamter sein«, murrte er. »Was wird der einem zum Feiertag für ein Trinkgeld geben?«

Um sein Prestige zu retten, mußte Saranin häufiger und reichlicher Trinkgeld zahlen als früher. Doch das half nicht viel. Die Pförtner steckten das Geld ein, blickten aber Saranin mißtrauisch an.

Saranin verriet manchen seiner Kollegen, daß ihm ein Armenier einen bösen Streich gespielt habe. Im Departement verbreitete sich das Gerücht von einer armenischen Intrige. Es gelangte auch in andere Departements ...

Eines Tages begegnete der Direktor des Departements auf dem Korridor dem kleinen Beamten. Er betrachtete ihn verwundert, sagte jedoch nichts und ging in sein Arbeitszimmer.

Nun hielt man es für nötig, ihm Bericht zu erstatten. Der Direktor erkundigte sich: »Ist das schon lange so?«

Der Stellvertreter war verlegen.

»Ich bedaure, daß Sie mich nicht rechtzeitig informiert haben«, sagte der Direktor mit saurer Miene, ohne die Antwort abzuwarten. »Merkwürdig, daß ich nichts davon erfahren habe. Sehr bedauerlich.«

Er ließ Saranin rufen.

Als Saranin zum Arbeitszimmer des Direktors ging, blickten ihm alle Beamten streng mißbilligend nach.

Bangen Herzens betrat Saranin das Arbeitszimmer des Chefs. Noch hegte er eine schwache Hoffnung, nämlich, daß Seine Exzellenz ihm eine höchst schmeichelhafte Aufgabe zu stellen beabsichtige, bei der seine Kleinwüchsigkeit zustatten käme: daß er ihn zur Weltausstellung schicke oder ihm einen Geheimauftrag gebe. Doch bei den ersten Worten der mißlaunigen Stimme zerstreute sich diese Hoffnung wie Rauch.

»Setzen Sie sich«, sagte Seine Exzellenz und deutete auf einen Stuhl.

Mühsam erklomm Saranin den Stuhl. Der Direktor warf einen zornigen Blick auf die in der Luft baumelnden Beine des Beamten.

»Herr Saranin«, fragte er, »sind Ihnen die Gesetze für die Einstellung von Beamten bekannt, die die Regierung erlassen hat?«

»Euer Exzellenz«, stammelte Saranin und faltete flehentlich seine Händchen auf der Brust.

»Wie können Sie es wagen, sich dermaßen dreist über die Absichten der Regierung hinwegzusetzen?«

»Glauben Sie mir, Euer Exzellenz ...«

»Weshalb haben Sie das getan?« fragte der Direktor.

Saranin brachte kein Wort mehr hervor. Ihm kamen die Tränen. In letzter Zeit war er sehr weinerlich geworden.

Der Direktor musterte ihn kopfschüttelnd und sagte sehr streng: »Herr Saranin, ich habe Sie rufen lassen, um Ihnen mitzuteilen, daß Ihr unerklärliches Verhalten untragbar ist.«

»Aber, Euer Exzellenz, ich war doch ganz korrekt«, stammelte Saranin. »Nur mein Wuchs ...«

»Eben, eben!«

»Aber für dieses Unglück kann ich nichts.«

»Ich vermag nicht zu beurteilen, inwiefern dieser seltsame und unschickliche Vorgang für Sie ein Unglück ist und inwiefern Sie dafür können, doch ich muß Ihnen sagen, für das mir anvertraute Departement bedeutet Ihre merkwürdige Verkleinerung einen Skandal – in der Stadt gehen bereits ärgerliche Gerüchte um. Ob sie zutreffen, vermag ich nicht zu beurteilen, jedenfalls weiß ich, diese Gerüchte bringen Ihr Verhalten in Zusammenhang mit der Agitation des armenischen Separatismus. Nun, Sie müssen zugeben, das Departement kann kein Ort für armenische Intrigen sein, die sich auf die Verkleinerung des russischen Staatswesens richten. Wir können uns keine Beamten leisten, die sich derart seltsam verhalten.«

Saranin sprang vom Stuhl, piepste bebend: »Es ist ein Spiel der Natur, Euer Exzellenz.«

»Merkwürdig, doch der Dienst ...« Der Direktor wiederholte seine Frage: »Weshalb haben Sie das getan?«

»Euer Exzellenz, ich weiß selbst nicht, wie das passiert ist.«

»Was sind das für Instinkte! Sie können Ihre Kleinwüchsigkeit ausnutzen und ohne weiteres jeder Dame, mit Verlaub, unter den Rock kriechen. Derlei kann nicht geduldet werden.«

»So etwas habe ich nie getan!« rief Saranin.

Doch der Direktor beachtete dies nicht und fuhr fort: »Mir ist sogar zu Ohren gekommen, Sie hätten es aus Sympathie für die Japaner getan. Das geht zu weit.«

»Wie hätte ich so etwas tun können, Euer Exzellenz?«

»Ich weiß nicht. Aber hören Sie bitte auf. Im Dienst können Sie bleiben, allerdings nur in der Provinz. Und daß mir dies sofort aufhört und Sie zu Ihrer alten Körpergröße zurückkehren! Zur Wiederherstellung Ihrer Gesundheit bekommen Sie vier Monate Urlaub. Bitte kommen Sie nicht mehr ins Departement. Die Papiere, die Sie brauchen, werden Ihnen zugeschickt. Habe die Ehre!«

»Euer Exzellenz, ich kann doch arbeiten. Wozu den Urlaub!«

»Wegen Krankheit.«

»Aber ich bin gesund, Euer Exzellenz.«

»Genug!«

Saranin bekam vier Monate Urlaub.

7

Kurze Zeit später reisten Aglajas Eltern an. Es war nachmittags. Aglaja hatte ihren Mann beim Mittagessen ausgiebig verhöhnt und sich nun zurückgezogen.

Saranin begab sich schüchtern in sein Arbeitszimmer, das jetzt viel zu groß für ihn war, kletterte auf den Diwan, verkroch sich in eine Ecke und weinte. Schwere Zweifel quälten ihn.

Warum hatte dieses Unglück gerade ihn getroffen? Dieses gräßliche, unerhörte Unglück.

So ein Leichtsinn!

Er schluchzte auf und flüsterte verzweifelt: »Warum, warum habe ich das getan?«

Plötzlich hörte er aus dem Vorsaal bekannte Stimmen. Vor Angst begann er zu zittern. Auf Zehenspitzen schlich er zum Waschbecken – niemand sollte seine verweinten Augen sehen. Doch das Waschen war schwierig, er mußte einen Stuhl anstellen.

Die Gäste betraten schon die Halle. Saranin begrüßte sie. Er verbeugte sich, piepste etwas Undeutliches. Aglajas Vater starrte ihn mit weit aufgerissenen Augen verständnislos an. Er war groß, dick, hatte einen Stiernacken und ein rotes Gesicht. Aglaja schlug ganz nach ihm.

Nachdem er eine Weile breitbeinig vor dem Schwiegersohn gestanden hatte, sah er sich vorsichtig um, nahm behutsam Saranins Hand, beugte sich zu ihm und sagte mit gesenkter Stimme: »Wir wollten Sie besuchen, Schwiegersöhnchen.«

Offenbar gedachte er sich politisch zu verhalten. Er sondierte das Terrain.

Hinter seinem Rücken tauchte Aglajas Mutter auf, eine dürre, gehässige Person, und kreischte: »Wo steckt er? Wo? Zeig ihn mir, Aglaja! Zeig mir diesen Pygmalion.«

Sie übersah Saranin. Sie blickte absichtlich über ihn hinweg. Die Blumen an ihrem Hut schaukelten komisch. Sie schritt direkt auf Saranin zu. Quiekend sprang er zur Seite.

Aglaja fing an zu weinen und sagte: »Da ist er doch, Mutter.«

»Hier bin ich, Mutter«, piepste Saranin und machte einen Kratzfuß.

»Du Bösewicht, was hast du mit dir angestellt? Wieso bist du so zusammengeschrumpft?«

Das Dienstmädchen prustete vor Lachen.

»Über deine Herrschaft hast du nicht zu lachen!«

Aglaja errötete, sagte: »Mutter, gehen wir in den Salon.«

»Nein, du Bösewicht, sag, weshalb du so ein Zwerg geworden bist.«

»Nun warte doch ab!« gebot ihr der Mann.

Darauf herrschte die Mutter auch ihn an. »Ich habe dir ja gesagt, gib unsere Tochter nicht einem Bartlosen zur Frau. Siehst du, das haben wir davon!«

Der Vater warf einen vorsichtigen Blick auf Saranin und versuchte, die Unterhaltung auf die Politik hinzulenken.

»Die Japaner«, sagte er, »sind nicht sonderlich groß, aber anscheinend sind sie ein gescheites und, nebenbei bemerkt, sogar ein pfiffiges Volk.«

8

Saranin wurde immer kleiner. Er lief schon, ohne anzustoßen, unterm Tisch herum. Und er wurde von Tag zu Tag winziger. Den Urlaub hatte er noch nicht ganz hinter sich. In den Dienst ging er jedoch nicht. Und irgendwohin zu reisen hatten sie sich noch nicht entschlossen.

Aglaja, die ihn bald verhöhnte, bald weinte, sagte: »Wohin soll ich mit dir fahren? Diese Schande, diese Schmach!«

Vom Arbeitszimmer ins Eßzimmer zu gehen war für Saranin ein beträchtlicher Weg. Und dann den Stuhl erklimmen ...

Im übrigen war die Müdigkeit angenehm. Der Appetit wuchs und damit auch die Hoffnung, größer zu werden. Saranin stürzte sich aufs Essen. Angesichts seiner Miniaturgestalt verschlang er Unmengen. Doch er wuchs nicht. Im Gegenteil, er wurde kleiner und kleiner. Das schlimmste war, daß sich diese Verkleinerung mitunter sprungweise und im unpassendsten Moment vollzog. Als wollte er ein Zauberkunststück vorführen.

Aglaja kam auf die Idee, ihn als Knaben auszugeben und aufs Gymnasium zu schicken. Sie begab sich in das nächstgelegene Gymnasium, aber das Gespräch mit dem Direktor entmutigte sie.

Es wurden persönliche Unterlagen verlangt. Wie sich herausstellte, war der Plan undurchführbar.

Höchst befremdet sagte der Direktor zu Aglaja: »Wir können den Herrn Hofrat nicht als Schüler aufnehmen. Was sollten wir mit ihm anfangen? Wenn der Lehrer ihm befiehlt, in der Ecke zu stehen, und er sagt: ›Ich bin Träger des Sankt-Annen-Ordens!‹ — das wäre sehr unschicklich.«

Aglaja machte eine flehentliche Miene und wollte ihn überreden. »Ließe es sich nicht irgendwie einrichten? Er wird sich keine Frechheiten herausnehmen — dafür sorge ich.«

Der Direktor blieb unbeugsam.

»Nein«, sagte er hartnäckig, »einen Beamten kann man nicht aufs Gymnasium schicken. So etwas ist nirgendwo, in keiner Vorschrift vorgesehen. Und der Obrigkeit solch einen Vorschlag zu unterbreiten, das wäre höchst peinlich. Was würde das für einen

Eindruck machen? Womöglich gäbe es große Unannehmlichkeiten. Nein, dies geht auf gar keinen Fall. Wenn Sie wollen, wenden Sie sich an den Kurator des Gymnasiums.«

Doch Aglaja brachte es nicht fertig, sich an die Obrigkeit zu wenden.

9

Eines Tages erschien ein sehr elegant gekleideter und frisierter junger Mann bei Aglaja. Er machte einen ungemein galanten Kratzfuß und stellte sich vor: »Ich bin Vertreter der Firma Strigal und Co. Ein erstklassiger Modesalon, der von der Petersburger Aristokratie rege besucht wird. Wir haben eine Menge Kunden in den besten und höchsten Kreisen der Gesellschaft.«

Für alle Fälle machte Aglaja dem Vertreter der berühmten Firma schöne Augen. Ihre mollige Hand wies einladend auf einen Stuhl. Sie selbst setzte sich mit dem Rücken zum Fenster, hielt den Kopf schief, bereit zum Zuhören.

Der ausgezeichnet frisierte junge Mann fuhr fort: »Wir haben erfahren, daß Ihr Ehegatte eine originelle miniaturisierte Körpergröße angenommen hat. Um den allerneuesten Tendenzen in der Damen- und Herrenmode entgegenzukommen, erlauben wir uns, Ihnen, gnädige Frau, folgendes vorzuschlagen: Zur Reklame und mithin kostenlos würden wir für den Herrn Anzüge nach bestem Pariser Chic nähen.«

»Umsonst?« fragte Aglaja träge.

»Nicht nur das, gnädige Frau, wir würden Ihnen sogar einen Zuschlag zahlen. Jedoch unter einer kleinen, leicht erfüllbaren Bedingung.«

Saranin, der hörte, daß von ihm die Rede war, schlich in den Salon. Er ging um den jungen Mann mit der prachtvollen Frisur herum, stampfte mit den Absätzen auf, hüstelte — und ärgerte sich sehr, daß ihm der Vertreter der Firma Strigal & Co. nicht die geringste Beachtung schenkte.

Schließlich trat er auf den jungen Mann zu und quäkte laut: »Hat man Ihnen denn nicht gesagt, daß ich zu Hause bin?«

Der Vertreter der berühmten Firma erhob sich, machte einen

galanten Kratzfuß und setzte sich wieder. Er wandte sich an Aglaja: »Nur unter einer kleinen Bedingung.«

Saranin schnaufte verächtlich. Aglaja lachte auf und erwiderte, wobei ihre Augen neugierig blitzten: »Nun, sagen Sie, unter welcher Bedingung.«

»Unter der Bedingung, daß der Herr bereit ist, als lebende Reklame in unserem Schaufenster zu sitzen.«

Aglaja lachte schadenfroh.

»Ausgezeichnet. So kommt er mir wenigstens aus den Augen.«

»Damit bin ich nicht einverstanden«, quäkte Saranin gellend. »So etwas geht nicht. Ich bin Hofrat und Träger des Sankt-Annen-Ordens. Als Schaufensterpuppe dasitzen – das wäre doch lächerlich.«

»Halt den Mund!« rief Aglaja. »Du bist nicht gefragt.«

»Wieso bin ich nicht gefragt?« kreischte Saranin. »Das lasse ich mir nicht bieten von Fremdstämmigen!«

»Oh, der Herr irrt sich!« widersprach der junge Mann liebenswürdig. »Unsere Firma hat nichts gemein mit fremdstämmigen Elementen. Bei uns arbeiten ausschließlich Russisch-Orthodoxe und Lutheraner aus Riga. Juden gibt es bei uns nicht.«

»Ich will nicht im Schaufenster sitzen!« schrie Saranin.

Er stampfte mit den Füßen auf. Aglaja packte ihn an der Hand und zerrte ihn ins Schlafzimmer.

»Wo schleppst du mich hin?« brüllte Saranin. »Ich will nicht, laß mich los!«

»Dich werde ich zur Räson bringen!« keifte Aglaja.

Sie schloß die Tür.

»Jetzt gibt's Prügel!« stieß sie durch die Zähne.

Sie verprügelte ihn. Ohnmächtig zappelte er in ihren mächtigen Händen.

»Du Pygmäe bist in meiner Gewalt. Mit dir mache ich, was ich will. Ich kann dich in die Tasche stecken. Wehe, du widersetzt dich! Dein Dienstrang kümmert mich nicht, du kriegst solch eine Tracht Prügel, daß du die Engel singen hörst.«

»Ich werde dich verklagen!« quäkte Saranin.

Doch bald sah er die Sinnlosigkeit seines Widerstandes ein. Er war zu klein, und Aglaja gedachte offensichtlich ihre ganze Kraft einzusetzen.

»Genug, genug!« jammerte er. »Ich gehe in Strigals Schaufenster. Dir zur Schande setze ich mich dort hin, mit Dienstuniform und Rangabzeichen.«

Aglaja lachte schallend.

»Du ziehst an, was dir Strigal gibt«, rief sie.

Sie zerrte ihren Mann wieder in den Salon, schubste ihn zu dem Vertreter hin und rief: »Da! Nehmen Sie ihn gleich mit! Und das Geld zahlen Sie mir im voraus. Jeden Monat.«

Wie hysterisch schrie sie das.

Der junge Mann zog die Brieftasche und zählte zweihundert Rubel ab.

»Das ist zuwenig!« rief Aglaja.

Lächelnd legte der junge Mann noch einen Hunderter dazu.

»Mehr zu zahlen bin ich nicht befugt«, versetzte er höflich. »In einem Monat bekommen Sie die nächste Zahlung.«

Saranin lief im Zimmer umher.

»Ins Schaufenster! Ins Schaufenster!« schrie er. »Du verfluchter Armenier, was hast du mit mir gemacht?«

Dabei wurde er plötzlich noch etwa zehn Zentimeter kleiner.

10

Saranins Verzagtheit und seine ohnmächtigen Tränen, was kümmerten sie Strigal & Co.?

Sie zahlten. Sie nahmen ihr Recht wahr. Das grausame Recht des Kapitals.

Unter der Macht des Kapitals fügt sich sogar ein Hofrat und Ordensträger in eine Stellung, die genau seinen Körpermaßen entspricht, aber nicht seinem Stolz. Der nach der letzten Mode gekleidete Liliputaner läuft im Schaufenster des Modesalons herum – bald gafft er nach schönen Frauen (wie riesig die sind!), bald droht er den kichernden Kindern wütend mit den Fäusten.

Vor dem Schaufenster von Strigal & Co. steht eine Menschenmenge.

Im Modesalon Strigal & Co. müssen die Angestellten bis zum Umfallen arbeiten.

Die Werkstatt von Strigal und Co. ist mit Aufträgen überhäuft.

Strigal & Co. sind berühmt.

Strigal & Co. erweitern ihre Werkstatt.

Strigal & Co. sind reich.

Strigal & Co. kaufen Häuser.

Strigal & Co. sind großzügig: Sie geben Saranin fürstliches Essen und scheuen nicht die Ausgaben für seine Frau.

Aglaja bekommt schon tausend Rubel im Monat.

Aglaja hat noch weitere Einkünfte.

Und Bekanntschaften.

Und Liebhaber.

Und Brillanten.

Und Kutschen.

Und ein Haus.

Aglaja ist fröhlich und zufrieden. Sie ist noch korpulenter geworden. Sie trägt Stöckelschuhe und wählt Hüte von gigantischer Größe.

Wenn sie ihren Mann besucht, streichelt sie ihn, gibt ihm wie einem Vogel mit dem Finger Futter. Saranin, im Frack mit kurzen Schößen, trippelt vor ihr auf dem Tisch herum und piepst. Seine Stimme ist hoch und durchdringend, wie das Sirren einer Mücke. Doch seine Worte versteht man nicht.

Die kleinen Leute können sprechen, doch ihr Piepsen ist den Menschen von großem Wuchs unverständlich — sowohl Aglaja als auch Strigal und allen seinen Kompagnons. Umgeben von den Angestellten, hört Aglaja das Piepsen und Wispern eines Menschen. Sie lacht. Und geht weg.

Saranin wird ins Schaufenster getragen, wo, auf einer Unterlage aus weißem Stoff, eine komplette Wohnung für ihn eingerichtet ist — zum Publikum hin offen.

Die Straßenjungen sehen, wie sich das Menschlein an den Tisch setzt und Bittgesuche schreibt. Winzige Bittgesuche bezüglich der Wiederherstellung seiner von Aglaja, Strigal & Co. verletzten Rechte.

Er schreibt, steckt den Brief in einen winzigen Umschlag. Die Jungen lachen.

Unterdessen steigt Aglaja in ihre prächtige Kutsche. Sie unternimmt vor dem Mittagessen eine Spazierfahrt.

11

Weder Aglaja noch Strigal und Co. bedachten, wie das alles enden würde. Sie waren mit dem Gegenwärtigen zufrieden. Der Goldregen, der auf sie niederging, schien kein Ende zu haben. Doch ein Ende kam. Ein ganz banales. Wie zu erwarten.

Saranin wurde unentwegt kleiner. Jeden Tag wurden für ihn mehrere neue Anzüge genäht, immer kleinere.

Und plötzlich, er hatte soeben eine neue Hose angezogen, wurde er vor den Augen der erstaunten Angestellten des Modesalons klitzeklein und rutschte aus der Hose heraus. Er war nur noch so groß wie ein Stecknadelkopf.

Es gab leichten Durchzug. Saranin, winzig wie ein Staubkorn, flog in die Luft, wirbelte umher, mischte sich in eine Wolke von Staubkörnchen, die in den Sonnenstrahlen tanzten.

Und verschwand.

Alles Suchen blieb vergeblich. Nirgendwo wurde er wiedergefunden.

Aglaja, Strigal & Co., die Polizei, die Geistlichkeit, die Obrigkeit, alle waren in größter Verlegenheit.

Wie sollte man Saranins Verschwinden amtlich regeln?

Zu guter Letzt wurde im Einvernehmen mit der Akademie der Wissenschaften beschlossen, davon auszugehen, daß er eine Dienstreise zu wissenschaftlichen Zwecken angetreten habe.

Dann wurde er vergessen.

Mit Saranin war es zu Ende.

1905

DER KNABE LINUS

Nachdem sie mit großem Erfolg den Befehl ausgeführt hatten, die aufsässigen Bewohner der rebellischen Siedlung zu befrieden, welche Opferdarbringungen und Ehrfurchtsbezeugungen vor dem Bildnis des göttlichen Imperators verweigerten, begab sich die Abteilung der römischen Reiterei auf den Rückweg ins Lager. Viel Blut war geflossen, viele Ruchlose waren vernichtet, und die erschöpften Soldaten konnten die frohe Stunde kaum erwarten, da sie in ihre Zelte zurückkehren und sich ungestört an den schönen Körpern der in der rebellischen Siedlung gefangengenommenen Frauen und Töchter der ruchlosen Narren ergötzen konnten.

Die wollüstige, jedoch ermüdende Gewalt hastiger Liebkosungen hatten die Frauen und Mädchen schon am Rand der zerstörten, niedergebrannten Siedlung erfahren, neben den verstümmelten Leichen ihrer Väter und Männer, neben den gepeinigten, von Stockschlägen und Peitschenhieben blutenden Leibern ihrer Mütter. Begehrt wurden die Frauen und Mädchen von den Soldaten desto mehr, je widerspenstiger sie waren und je gewaltsamer die Umarmungen. Jetzt lagen sie gefesselt auf den schweren Wagen, die auf der großen Straße von starken Pferden zum Lager gezogen wurden.

Die Reiter selbst wählten einen Umweg, weil dem Zenturio zu Ohren gekommen war, einige der Rebellen hätten sich zu verbergen vermocht und seien in dieser Richtung geflohen. Mochten die Schwerter bereits schartig und blutverschmiert sein und die Speere stumpf von der unerschrockenen Arbeit der eifrig auf den Ruhm und die Würde des Imperators bedachten Krieger – das

Schwert eines römischen Soldaten wird niemals satt von den Leibern besiegter Feinde, ewig dürstet es nach neuem, immer neuem heißem Menschenblut.

Es war ein glühender Tag und die heißeste Stunde des Tages, kurz nach Mittag. Wolkenlos und unbarmherzig klar strahlte der Himmel. Bebend vor weltumspannender irrsinniger Wut, spie der feurig-dunstige himmlische Drache aus seinem flammenden Rachen Ströme glühenden Zorns auf die stumme, trostlose Ebene. Das verdorrte Gras schmiegte sich an die vergebens nach Feuchtigkeit lechzende Erde, schmachtete mit ihr, welkte und erstickte im Staub.

Grauer Staub wirbelte unter den Pferdehufen, schwebte als kaum sich bewegende Wolke in der unbeweglichen Luft und setzte sich auf die matt purpurn schimmernden Rüstungen der erschöpften Reiter. Durch die graue, reglose Staubwolke hindurch bot sich den Blicken der ermüdeten Krieger alles ringsum unheilvoll, finster und traurig dar.

Von dem wütenden Drachen versengt, lag die Erde demütig, kraftlos unter den schweren, mit Eisen beschlagenen Hufen. Unter den schweren, eisenbeschlagenen Hufen dröhnte und erzitterte der öde, staubige Weg.

Nur selten fanden sich elende Siedlungen mit armseligen Hütten, aber der Zenturio, in der drückenden Hitze schmachtend, vergaß seine Absicht, alles am Weg zu durchstöbern. Im Takt schaukelnd, saß er im Sattel, dachte verdrossen, irgendwann müsse diese Glut ein Ende haben und auch der lange Weg enden. Man nimmt ihm Helm und Schild ab, führt sein Streitroß weg, unter dem breiten Dach des Feldzeltes findet er Kühlung beim stillen Licht der Nachtlampe, und die nackte Sklavin weint wieder mit ihrer Schalmeienstimme, jammert und klagt in der fremden, lächerlichen Sprache — sie weint, aber sie küßt ihn. Und er liebkost sie, liebkost sie, bis sie tot ist, damit sie nicht weint, nicht jammert, nicht klagt, nicht mit ihrer Schalmeienstimme von den Ermordeten spricht, von ihren Angehörigen, den besiegten Feinden des großen Cäsar.

Ein junger Soldat wandte sich an den Zenturio: »Dort rechts

am Weg sehe ich eine Menschenmenge. Befiel uns, Marcellus, daß wir sie angreifen und auseinanderjagen. Die schnelle Bewegung unserer Pferde wird den von der drückenden Hitze eingeschläferten Wind wecken, damit er den Staub und die Mattigkeit von dir und uns nimmt.«

Aufmerksam schaute der Zenturio in jene Richtung, in die der junge Soldat deutete. Der alte Zenturio hatte einen scharfen Blick.

»Nein, Lucillus«, sprach er lächelnd, »dies sind am Wegrand spielende Kinder. Sie auseinanderzujagen lohnt nicht. Sollen die kleinen Jungen ruhig unsere mächtigen Rosse und die mutigen Reiter sehen, damit sich ihren Herzen von klein auf Ehrfurcht vor der Größe des römischen Heeres und vor dem Ruhm unseres unbesiegbaren, göttlichen Cäsar einprägt.«

Der junge Lucillus wagte nicht zu widersprechen. Doch sein Gesicht verfinsterte sich. Unzufrieden reihte er sich wieder ein. Zu seinem Freund, der so jung war wie er, sagte er leise: »Vielleicht sind es Kinder von dem Rebellenpack. Mir wäre es ein Vergnügen, sie in Stücke zu hauen. Unser Zenturio wird auf seine alten Tage zu empfindlich. Er hat die einem heldenmütigen Krieger eigene grausam harte Entschlossenheit verloren.«

Aber der Freund antwortete ihm mit deutlichem Mißmut: »Warum sollten wir gegen Kinder fechten? Was bringt das für Ruhm? Uns reichen die Kämpfe gegen jene, die sich wehren können.«

Der junge, hitzige Lucillus lief vor Ärger rot an und verstummte.

Die Soldaten näherten sich den spielenden Kindern. Die Kinder waren am Wegrand stehengeblieben und starrten die Reiter an, staunten über die mächtigen Rosse, die blitzenden Rüstungen und die verwegenen sonnenverbrannten Gesichter. Vor Staunen rissen sie die Augen auf und tuschelten miteinander.

Nur eines der Kinder, der schöne Knabe Linus, blickte die Soldaten finster an, und in seinen schwarzen Augen blitzte das Feuer des heiligen Zorns. Als die Abteilung der Reiter die Kinder erreichte, rief der Knabe Linus laut und zornig: »Ihr Mörder!«

Er hob die Arme und drohte dem Zenturio. Der alte Zenturio blickte ihn finster an, er hatte nicht gehört, was der kleine Junge rief, und ritt weiter.

Die erschrockenen Kinder umringten Linus, geboten ihm Schweigen und flüsterten: »Fliehen wir! Fliehen wir rasch, sonst bringen sie uns alle um.«

Die Mädchen fingen schon an zu weinen. Der schöne Knabe Linus aber trat furchtlos vor und rief laut: »Ihr Henker! Ihr quält Unschuldige!«

Wieder hob der Knabe Linus den kleinen, kraftlosen Arm mit geballter Faust. Zornig blitzten die schwarzen Augen, und vor Zorn bebend und keuchend, rief er immer lauter und lauter: »Ihr Henker! Ihr Henker! Wie wollt ihr das Blut der Ermordeten von euren Händen abwaschen!«

Die Mädchen erhoben Geschrei, um die Rufe des Knaben Linus zu übertönen, und die Jungen packten ihn an den Armen, zerrten ihn vom Weg fort. Doch Linus, von heiligem Zorn entbrannt, riß sich los und überschüttete die Soldaten des großen Imperators mit Flüchen.

Die Reiter hielten an. Die Jüngeren von ihnen riefen laut: »Das sind Sprößlinge der Aufrührer. Ihre Herzen sind vom rebellischen Geist angesteckt. Sie alle müssen vernichtet werden. Für jene, die einen römischen Soldaten zu beleidigen wagen, ist kein Platz unter der Sonne.«

Die alten Soldaten sagten zum Zenturio: »Die Frechheit dieser Taugenichtse verdient strengste Bestrafung. Marcellus, befiel uns, sie zu verfolgen, sie alle niederzumachen. Das Aufrührergeschlecht muß man austilgen, bevor es heranwächst und imstande ist, sich zu erheben und dem göttlichen Cäsar sowie dem die Welt beherrschenden Rom großen Schaden zuzufügen.«

Der Zenturio sprach: »Verfolgt sie! Tötet jene, die gerufen haben! Die übrigen bestraft so, daß sie bis ans Ende ihrer Tage daran denken, was es heißt, einen römischen Soldaten zu beleidigen!«

Sämtliche Reiter bogen vom staubigen Weg ab und jagten hinter den davonrennenden Kindern her.

Als Linus die Verfolgung sah, rief er seinen Gefährten zu: »Laßt mich allein. Mich könnt ihr nicht retten, aber wenn ihr flieht, werdet ihr alle unter den Schwertern dieses ruchlosen und erbarmungslosen Heeres fallen. Ich gehe ihnen entgegen, sollen sie mich allein töten – ich will auch gar nicht leben in dieser verächtlichen Welt, in der solche Grausamkeiten geschehen.«

Linus blieb stehen, und seine vom Laufen und von der Angst entkräfteten Gefährten vermochten ihn nicht weiterzuziehen. Sie standen still und weinten laut. Die Reiter umzingelten sie rasch.

Da blitzten in der Sonne die gezogenen Schwerter, und das verschwommene, erbarmungslose, böse Lächeln des Drachens lief über die stählernen Klingen. Die Kinder begannen zu zittern und drängten sich, schmiegten sich laut weinend aneinander.

Der zum Mord drängende, das heiße Soldatenblut entflammende, die entzündeten Augen der Reiter mit purpurnem Dunst verschleiernde Drache in der Höhe freute sich schon auf das böse irdische Geschehen, bereit, das unschuldige Kinderblut mit den erbarmungslosen Strahlen seiner Drachenaugen zu küssen und die von den grausamen breiten Schwertern verstümmelten schutzlosen Körper mit der sengenden Glut der Bosheit zu überschütten. Doch kühn trat aus der Menge der Knabe Linus vor, schritt auf den Zenturio zu und sagte laut: »Ich war es, der dich und deine Soldaten Mörder und Henker genannt hat, ich war es, der dich und alle deinesgleichen verflucht hat, ich war es, der den Zorn des gerechten Gottes auf eure ruchlosen Häupter gewünscht hat. Sieh, diese Kinder weinen und zittern vor Angst. Sie fürchten, daß deine verfluchten Krieger auf deinen gottlosen Befehl uns alle wie unsere Väter und Mütter töten. Töte mich allein – denn sie sind demütig vor dir und dem, der dich schickt. Töte mich allein, wenn du das Morden noch nicht satt hast. Ich fürchte dich nicht, ich hasse deine Wut, ich verachte dein Schwert und deine ungerechte Macht, auf dieser Erde, die von den Rössern deines blindwütigen Heeres zertrampelt wird, will ich nicht leben. Noch sind meine Arme schwach, und noch bin ich so klein, daß ich nicht deine Kehle packen und dich erwürgen kann. Also töte mich, töte mich rasch.«

Mit großer Verwunderung hörte ihn der Zenturio an. Und er entgegnete: »Nein, du Schlangenbrut, es geht nicht nach deinem Wort. Du wirst nicht allein sterben.«

Und er befahl seinen Soldaten: »Tötet sie alle. Diese Schlangenbrut darf man nicht am Leben lassen, denn die Worte dieses dreisten Knaben sind in ihre rebellischen Seelen gedrungen. Tötet sie alle ohne Erbarmen, die Großen und die Kleinen, auch die, die gerade erst sprechen gelernt haben.«

Die Soldaten stürzten sich auf die Kinder und metzelten sie mit den Schwertern erbarmungslos nieder. Kindergeschrei erfüllte das trostlose Tal und den staubigen Weg, die dunstige Ferne stöhnte auf, ein Echo wie von einer zarten Schalmei, und dann verstummte sie. Die Rosse blähten die heißen Nüstern, sie rochen das dampfende Blut, ihre eisenbeschlagenen Hufe zerstampften langsam und schwer die Kinderleichen.

Dann kehrten die Soldaten auf den Weg zurück, freudig und grausam lachend. Sie hatten es eilig, in ihr Lager zu kommen. Fröhlich unterhielten sie sich und waren guter Dinge.

Doch der staubige, mühevolle Weg in dem unter den zornigen Flammenblicken des Drachens schmachtenden Tal nahm und nahm kein Ende. Purpurn begann sich der Drache zu neigen, aber nirgendwo weit und breit war Kühle, und von Stille und Angst gebannt, schlief der Wind.

Das sich neigende purpurne Antlitz des glühenden Drachens schaute in die scharfen Augen des alten Zenturios, und der himmlische Drache hatte ein stilles, furchtbares Lächeln. Angesichts der Stille, der Gluthitze, der Purpurröte, angesichts des hellen, gemessenen schwerfälligen Hufgetrappels empfand der alte Zenturio Trostlosigkeit und Angst.

Hell klang das gemessenen, schwerfällige Hufgetrappel, grau war der feine, bewegungslose, hoffnungslose Staub, und die Mühsal und Angst schien auf dem öden Weg kein Ende zu nehmen. Laut dröhnte das Echo von jedem Schritt des ermüdeten Rosses in der Weite der Wüste.

Und in der Weite der Wüste dröhnte lautes Stöhnen.

Laut dröhnte die Erde unter den Hufen.

Jemand lief hinter ihnen her.

Eine dunkle Stimme, wie die Stimme des von den Soldaten getöteten Knaben, rief etwas.

Der Zenturio sah sich nach seinen Soldaten um. Die staubbedeckten Gesichter waren nicht nur von Müdigkeit gezeichnet. Dumpfe Angst spiegelte sich in den groben Zügen der sonnenverbrannten Soldatengesichter.

Die trockenen Lippen des jungen Lucillus zuckten und flüsterten sorgenvoll: »Wenn wir doch rascher ins Lager kämen.«

Der alte Zenturio warf einen prüfenden Blick auf Lucillus' müdes Gesicht und fragte den jungen Soldaten leise: »Was hast du, Lucillus?«

Ebenso leise erwiderte Lucillus: »Ich fürchte mich.«

Und weil er sich seiner Angst und seiner Schwäche schämte, fügte er lauter hinzu: »Es ist sehr heiß.«

Wieder konnte er die Angst nicht bezwingen und flüsterte leise: »Der verfluchte Junge läuft hinter uns her. Er ist mit der Höllenkunst der nächtlichen Zauberer geschlagen, und wir haben ihn nicht so getötet, daß er niemals auferstehen kann.«

Der Zenturio schaute aufmerksam umher. Weit und breit war niemand zu sehen. Er fragte den jungen Lucillus: »Hast du das Amulett verloren, das dir der alte Priester des fremdländischen Gottes gegeben hat? Man sagt, wer solch ein Amulett besitzt, ist gegen die Künste der mitternächtlichen und der mittäglichen Zauberer gefeit.«

Lucillus antwortete, bebend vor Furcht: »Ich trage das Amulett, doch es brennt auf meiner Brust. Die Götter der Unterwelt nahen, ich höre schon ihre dunklen Stimmen.«

Schwer stöhnte das Tal. Der alte Zenturio wollte mit frommen Worten seiner Angst Herr werden und sagte zu Lucillus: »Die Götter der Unterwelt danken uns, wir haben heute viel für sie getan. Dunkel und undeutlich ist die Stimme dieser Götter, und schrecklich klingt sie im glühenden Schweigen der Wüste, doch liegt die Ehre eines heldenmütigen Soldaten nicht darin, die Angst zu überwinden?!«

Aber der junge Lucillus sagte wieder: »Ich fürchte mich. Ich höre die Stimme des Knaben, der uns verfolgt.«

Da erklang in der glühenden Stille des Tales eine helle Schalmeienstimme: »Fluch über euch Mörder!«

Die Soldaten erschraken, und ihre Pferde fielen in Galopp. Die unbekannte Stimme, die der Stimme des Knaben Linus ähnlich war, klang so nahe, so klar: »Ihr Mörder! Ihr habt Unschuldige ermordet! Ihr werdet weder Vergebung noch Erbarmen finden.«

Die Pferde galoppierten, von den Soldaten angespornt. Doch im Herzen des alten Zenturios brannte Zorn. Und er hielt sein scheuendes Pferd an und rief den Reitern zu: »Sind wir denn nicht Krieger des großen, göttlichen Imperators? Vor wem fliehen wir? Ein verfluchter kleiner Junge, den wir davonkommen ließen oder der wieder zum Leben erweckt wurde durch die Höllenkunst böser Zauberer, die für nächtliche Hexerei Blut sammelten, schmäht das unbesiegbare Heer. Doch die römischen Waffen müssen nicht nur die feindlichen Streitkräfte, sondern auch finstere Zauber überwinden.«

Die Soldaten waren beschämt und hielten ihre Rosse an. Sie lauschten. Jemand verfolgte sie, rief und schrie — in der dunstigen Stille des abenddunklen Tales war deutlich eine kindliche Stimme zu vernehmen: »Ihr Mörder!«

Die Reiter wendeten ihre Rosse in die Richtung, aus der die Rufe erschallten. Und sie erblickten den Knaben Linus in blutgetränkter, zerrissener Kleidung, der auf sie zulief. Blut rann über sein Gesicht und über seine Arme, die er drohend gegen die Soldaten erhoben hatte, als wollte er sie alle packen und zu seinen blutigen, staubigen Füßen niederwerfen.

Wilder Haß erfüllte die Herzen der Soldaten. Sie zogen die Schwerter, spornten mit spitzen Sporen die Rosse an und stürmten auf den Knaben zu, hieben mit den Schwertern auf ihn ein, stampften ihn in den Staub, bis ihrer Wut Genüge getan war, dann sprangen sie aus dem Sattel und rissen den Leichnam des Knaben in Stücke, die sie auf dem Weg und in der Umgebung verstreuten.

Nachdem die Soldaten ihre blutigen Schwerter am Gras des Wegrands abgewischt hatten, stiegen sie auf die Rosse und ritten eilig weiter zu ihrem Lager. Doch wieder erfüllte schweres Stöhnen das in den Strahlen des sich neigenden Drachens dunkel werdende Tal, und wieder rief die schluchzende Schalmeienstimme jene erbarmungslosen Worte. Und in den Ohren der Soldaten klang wieder der helle Klageschrei: »Ihr Mörder!«

Von Entsetzen und Erbitterung gepeinigt, wendeten die Soldaten abermals ihre Rosse, und wieder kam der Knabe Linus in blutgetränkter Kleidung und hob drohend seine blutüberströmten Hände gegen sie. Und wieder hieben die Krieger auf ihn ein, stampften ihn in den Staub, schlugen mit den Schwertern seinen Leichnam in Stücke und zerstreuten sie, dann jagten sie davon.

Doch wieder, immer wieder holte sie der Knabe Linus ein.

Die Soldaten wußten gar nicht mehr, in welcher Richtung sich ihr Lager befand, in der Raserei des endlosen Mordens, bei den Klageschreien des nie verstummenden Vorwurfs irrten sie im Tal hin und her und kreisten um jenen Ort, an dem der Knabe Linus und die anderen Kinder ermordet worden waren.

Den ganzen Rest des Tages schaute der purpurn flammende, dunstspeiende Drache mit grimmigem, schonungslosem Blick auf das Grauen und den Irrsinn des ewigen Mordens und des nie verstummenden Vorwurfs.

Der Abend verging, es wurde Nacht, und es leuchteten die keuschen, unschuldigen, fernen Sterne.

Im Tal aber, wo die böse Tat geschehen war, irrten die Soldaten umher, und der Knabe Linus peinigte sie mit nie verstummenden Klageschreien. Die Mörder irrten umher, vermochten den Gemordeten nicht auszulöschen.

Getrieben von Entsetzen, verfolgt von den ewigen Klageschreien des Knaben Linus, erreichten sie vor Sonnenaufgang das Meer. Und die Wellen schäumten auf vom rasenden Galopp ihrer Rosse.

So fanden alle Reiter den Tod, mit ihnen der Zenturio Marcellus.

Dort aber, auf dem fernen Feld am Weg, wo die Reiter den Knaben Linus und die anderen Kinder ermordet hatten, lagen die blutigen, unbestatteten Leichen. Nachts kamen feige und vorsichtig die Wölfe und sättigten sich an den unschuldigen, süßen Körpern der Kinder.

1906

DER TANNENWICHT

1

»Liebe Tanne, zürne nicht. Laß das Schimpfen, Tannenwicht. Stampf mir nicht im Bett herum, setz dich lieber still und stumm.«

Vera Alexejewna lauschte. In der öden Dunkelheit des Wintermorgens war aus dem Kinderschlafzimmer eine dünne Stimme zu hören, die leise dieses sonderbare Lied trällerte. Vera Alexejewna schlich sich mit besorgter Miene an die Tür. Der Gesang brach ab. Doch nach einer Weile sang die dünne Stimme leise, aber deutlich das sonderbare Lied weiter, mit rührend-kläglichem Ausdruck: »Mama nahm den Liebling dir, Neujahrstanne ist er hier. Deine Zapfennase grollt, weil er nimmer wachsen soll.«

Mit unverändert besorgter Miene öffnete Vera Alexejewna vorsichtig die Tür. Dima, der ältere der beiden Jungen, schlief noch, hatte die Nase ins Kissen gepreßt und atmete ruhig durch den Mund. Aber Sima, schmächtig, mit schwarzem Haar und schwarzen Augen, saß im Bett, die Hände um die Knie gelegt, wiegte sich und sang. Seine Augen, die in die dunkle Ecke starrten, leuchteten. Vera Alexejewna rief ihn leise, damit er nicht erschrak:

»Sima!«

Sima hörte nicht. Er sang sein Lied, und die Worte klangen immer spröder und trauriger: »Tannenwicht, nun lauf hinaus, geh in deinen Wald, nach Haus. Retten kannst du ihn hier nicht, doch erlischt dein Lebenslicht.«

Vera Alexejewna ging an das Bett des Jungen. Sie trat absichtlich laut auf. Sima wandte ihr das Gesicht zu.

»Sima, warum singst du so früh am Morgen? Laß Dima noch schlafen.«

Dima erwachte. Rotbäckig und rundlich, lag er auf dem Rükken und guckte die Mutter schmollend an.

Sima sagte mit trauriger, spröder Stimme:

»Der arme Tannenwicht! Was macht er jetzt? Seine Tanne ist gefällt, wo soll er jetzt leben? Ob er auf eine andere Tanne darf? Aber wie kommt er hinauf? Mama, was wird aus ihm?«

»Was redest du, Sima?« sagte die Mutter unwirsch. »Von was für einem Tannenwicht hast du da geträumt? Im Bett liegen und singen! Du hast Dima aufgeweckt.«

Dima, der beim Aufstehen immer schlechtgelaunt war, krächzte zornig:

»Daraus macht er sich nichts. Ein paar Ohrfeigen, dann gäbe er Ruhe.«

»Dima, keine Grobheiten!« verwies ihn die Mutter streng. »Noch hat keiner Ohrfeigen bekommen. Oder willst du welche?«

»Hau mich doch«, antwortete Dima trotzig. »Dann heule ich eben.«

»Damit kannst du mich nicht schrecken, mein Lieber«, sagte die Mutter ruhig. Sie ging zu ihm, nahm seine Bettdecke weg, hob ihn an den Schultern hoch und flüsterte, zu ihm gebeugt:

»Unterhalte dich mit Sima – er hat wieder etwas Schlimmes geträumt.«

Dima fühlte sich geschmeichelt. Sogleich wurde er sehr freundlich. Er küßte der Mutter die Hände, beglückwünschte sie zum Fest und raunte ihr zu:

»Aber das ist schwer. Jetzt wird er wieder unentwegt erzählen.«

Die dünne Stimme hinter ihnen trällerte das endlose Lied. »Immer war er auf der Hut, daß auch keiner ihr was tut. Bis ein böser Bauer kam und ihm seine Tanne nahm.«

Die Mutter zuckte zusammen und stand einen Moment wie starr vor Schreck. Dann trat sie entschlossen auf Sima zu, nahm ihn an den Schultern, sagte streng und entschieden:

»Sima, laß die Dummheiten. Ein Tannenwicht – so ein Unsinn!«

»Er ist klitzeklein«, erwiderte Sima mit seiner dünnen Stimme aufgeregt. »So klein wie der Finger von einem Neugeborenen. Und ganz grün. Er duftet nach Harz und hat eine rauhe Haut und grüne Brauen. Immerfort geht er umher und sagt: ›Ist meine Tanne etwa für euch da? Sie ist für sich selbst da!‹«

»Das hast du nur geträumt, Sima«, sagte die Mutter. »Jetzt bist du wach, nun sitz nicht lange im Bett herum, zieh dich rasch an. Dima, anziehen! Und keine Dummheiten. Nehmt euch beide in acht.«

Die Mutter verließ das Schlafzimmer der Kinder. Sie wußte, sie hätte noch eine Weile bei ihnen bleiben müssen, doch sie hatte keine Zeit. In der Stadt hat man nichts von den Feiertagen, man kommt nicht zum Aufatmen wegen all der Ausfahrten und Besuche, der unangenehmen Festtagspflichten. Und die vielen Unkosten, die viele Arbeit im Haus, die Hast, der Wirrwarr, der Ärger mit dem Gatten, den Kindern, dem Dienstmädchen. Hausherrin zu sein wird bei der gegenwärtigen Lebensweise immer schwerer. Offenbar werden auch wir bald jenen Weg beschreiten müssen, den die Hausfrauen in Nordamerika gehen.

Mit diesen Gedanken sich tröstend, oder vielmehr: sich ablenkend, ging die Mutter ins Eßzimmer, wo sie bereits erwartet wurde. Als sie an den großen Spiegeln im Salon vorbeischritt, warf sie wie immer einen raschen, zufriedenen Blick auf ihr schönes, noch junges Gesicht und ihre schlanke Figur, auch auf das schlichte, aber höchst elegante Hauskleid, das, darauf kam es an, ihr bestens stand.

2

Die Jungen sprachen, als sie allein waren, sofort über den armen Tannenwicht, der sich nach seiner Tanne sehnte, die man gefällt hatte, und der untröstlich war.

Der winzige grüne Wicht mit der rauhen Haut und den grünen Wimpern und Brauen irrte immerzu durch die Zimmer und murrte. Niemand sah ihn, nur der kleine Sima.

Der Tannenwicht murrte und klagte, und Sima wurde wehmütig.

»Ist die Tanne etwa für euch im Wald gewachsen? Ist sie euer

Werk? Warum habt ihr sie abgehackt?« knurrte der Tannenwicht.

Sima rechtfertigte sich: »Lieber Tannenwicht, aber wir waren so fröhlich! Denk nur, auf dem Baum brannten Kerzen. Das war lustig! Kannst du das denn nicht verstehen? Du hast doch die Kerzen und den Schmuck selbst gesehen. Der ganze Baum strahlte und funkelte. Für mich ist es nicht die erste Neujahrstanne, aber für die ganz kleinen Kinder, für die vom Pförtner, war es ein Fest! Warum ärgerst du dich so, lieber Tannenwicht?«

Wehmütig horchte er auf die Antwort. Er wußte schon, daß ihm der Tannenwicht nicht glauben würde und daß er untröstlich war, weil man seine Tanne gefällt hatte.

»Ich hatte nur sie«, murrte der Tannenwicht.

Er jammerte und wimmerte mit seiner dünnen Stimme, und nur Sima hörte ihn.

»So was Brutales!« knurrte der Tannenwicht. »Sie nehmen mir meine Tanne weg, um sich zu vergnügen. Wenn ihr um die Tanne tanzen wollt, dann kommt doch in den Wald. Da ist es schön. Aber nein, ihr habt sie abgehackt und vernichtet.«

So jammerte und wimmerte er.

3

Sima ging schließlich zu seinem älteren Bruder Kira, dem Studenten.

»Kira, der Tannenwicht ist immer so wehmütig. Er geht umher, guckt die Hausgeister böse an und wimmert mit seiner dünnen Stimme. Wie arm er ist!«

»Das kommt davon, daß du so viele phantastische Bücher gelesen hast«, brummte der Student.

»Nein, Kira. Er klagt, daß die Tanne nicht für uns da sei, aber daß man sie für uns gefällt habe. Sag, wie ist das? Ist sie wirklich für sich selbst da? Ist jeder für sich selbst da? Sonst können sie ja mit jedem machen, was sie wollen.«

Der Student hörte düster zu und erwiderte: »Die Tanne ist ein Baum, und man kann sie fällen. Und was uns beide betrifft, so ist wirklich etwas nicht in Ordnung. Der Mensch ist eine autonome Persönlichkeit, nicht wahr?«

Sima nickte. Kira fuhr fort: »Ja, aber dann kommen Vertreter der Macht, nehmen dich, führen dich, wohin du nicht willst, und zwingen dich, zu tun, was deiner Natur zuwiderläuft. Du sagst: Ich bin für mich selbst da. Darauf antworten sie: Nein, Freundchen, du scherzst, du bist da, um der Kirche und dem Vaterland zu nutzen, und weil es so ist, nutzen wir dich aus. So, mein Lieber, wird in der ganzen Wirtschaft alles genutzt, nichts vergeht umsonst.«

»Das ist sehr schlecht«, entgegnete Sima überzeugt.

»Gutes gibt es wirklich wenig«, pflichtete Kira bei. »Aber so ist die Gesellschaftsordnung nun einmal. Du mußt anderen dienen, wenn du willst, daß andere dir dienen.«

»Das will ich nicht«, sagte Sima traurig. »Wenn ich andere zwingen und quälen muß, dann will ich es nicht.«

»Ach, Bruderherz, danach werden wir beide nicht gefragt«, sagte der Student.

Er nahm einen Zug aus der Zigarette. Man sah, daß es ihm sehr wohltat, zu rauchen und sich zu Hause wie ein Erwachsener zu benehmen. Gönnerhaft blickte er Sima an, klopfte ihm auf die Schulter und sagte:

»Du bist ein lustiger Bursche und phantasierst immerzu, vielleicht wirst du mal ein Dichter.«

Sima schwieg. Dann sagte er seufzend, wobei er errötete und den Blick niederschlug:

»Mir tut der Tannenwicht leid. Was wird jetzt aus ihm?«

4

Sima erwachte in der Nacht. Wieder hörte er den Tannenwicht umhergehen, mit dünner Stimme wimmern und murren. Die Hausgeister tuschelten mit ihm, versuchten ihn zu trösten.

Aus der Ecke ließ sich ein dünnes Stimmchen vernehmen:

»Wir verjagen dich nicht. Bleib bei uns. Hier hast du es gut. All die Lieben laufen umher. Die Staubkörnchen tanzen. Das ist sehr schön.«

»Ich habe genug davon«, knurrte der Tannenwicht. »Mir gefällt es nicht bei euch. Die Menschen in eurem Haus leben nicht gut.«

»Die Menschen kümmern uns nicht«, antwortete der Hausgeist. »Wir sind für uns, und sie sind für sich. Wir stören einander nicht, die Menschen beachten uns nicht. Nur Sima guckt manchmal nach uns, aber das ist nicht schlimm, er ist ja noch klein. Und er wird sowieso nicht groß werden – er wird zu uns kommen. Er gehört fast zu uns. Die anderen kümmern uns nicht.«

»Nein«, knurrte der Tannenwicht, »mir behagt es hier einfach nicht. Ihr könnt sagen, was ihr wollt, mir behagt es nicht. Hier riecht es nach Blut, und den Geruch liebe ich nicht.«

»Bei euch im Wald riecht es wohl nicht danach?« fragte der Hausgeist verärgert und voller Spott.

Doch der Tannenwicht antwortete nicht, knurrte nur vor sich hin: »Mir behagt es einfach nicht. Abhacken und schlagen, aber wofür, das wissen sie selbst nicht.«

Sima stützte sich auf die Ellbogen und flüsterte so leise, daß Dima nicht aufwachte:

»Lieber Tannenwicht, warum gefällt es dir nicht bei uns? Wir sind doch alle gute Menschen.«

Es wurde sehr still. Die Hausgeister schwiegen und warteten feinfühlig, was der Tannenwicht darauf erwidern würde. Er schwieg. Dann versetzte er ärgerlich:

»Geh morgen auf die Straße, dann wirst du es selbst sehen.«

Die Hausgeister lachten und tuschelten miteinander. Sima wurde wehmütig.

»Was werde ich dann sehen?« fragte er. »Lieber Tannenwicht, komm mit und zeig es mir.«

»Gut, ich zeige es dir«, entgegnete der Tannenwicht.

Die piepsende Stimme hörte sich böse und drohend an, doch Sima hatte keine Angst: Er wußte, daß sich der Tannenwicht nach seiner Tanne sehnte und untröstlich war und deshalb solche Wut hatte.

»Ich zeige es dir«, wiederholte der Tannenwicht, »dann bist du mit mir zufrieden.«

Die Hausgeister zischelten leise und lachten mit ihren dünnen, säuselnden Stimmen, und Sima wußte nicht, ob sie gut oder böse waren, zornig oder fröhlich lachten. Sima war es unheimlich, und um sich Mut zu machen, fragte er den Tannenwicht leise:

»Wann wirst du es mir zeigen? Morgen? Wirklich? Wenn wir mit Fräulein Emilie spazierengehen, ja?«

»Ja, ja«, knurrte der Tannenwicht. »Ich hab doch gesagt: morgen.«

Das säuselnde Gelächter und Geflüster verbreitete sich in allen Ecken.

Wieder hatte Sima eine Frage:

»Lieber Tannenwicht, du bist doch so klein, wie willst du uns begleiten? Fräulein Emilie macht solche großen Schritte, daß man rennen muß. ›Motion will Munterkeit‹, sagt sie immer. Wie machst du das?«

»Ach was«, entgegnete der Tannenwicht ärgerlich. »Ich werde nicht hinter euch zurückbleiben. Ich krieche in deine Tasche.«

Die säuselnden Stimmen tuschelten und kicherten in allen Ecken. Und bei diesem säuselnden Gekicher schlief Sima ein.

5

Am Morgen gingen die Jungen wie stets mit Fräulein Emilie spazieren. Doch auf den Straßen herrschte Unruhe, und es war beängstigend. Menschenmengen zogen durch die Straßen. Man hörte böse Worte. Und plötzlich ertönten in der Ferne gellende Hornsignale.

Simas älterer Bruder lief vorbei.

»Fräulein Emilie«, rief er, »bringen Sie die Kinder nach Hause.«

Doch Fräulein Emilie hatte die beiden Jungen schon an die Hand genommen und lief rasch in eine Seitengasse, weg von der Menschenmenge und dem munteren Hornsignal.

»Tannenwicht, Tannenwicht«, rief Sima. »Was wirst du mir zeigen?«

»Lauf deinem Bruder nach«, flüsterte der Tannenwicht rasch, »verlaß die Deutsche und folge deinem Bruder. Er wird gleich getötet.«

Sima schrie laut auf und rannte Fräulein Emilie weg.

»Sima, Sima, um Gottes willen, wohin willst du?« rief das erschrockene deutsche Kindermädchen und versuchte Sima wieder einzufangen.

Aber Sima lief in die Menschenmenge und verschwand in ihr. Verzweifelt lief Fräulein Emilie hin und her, sie wußte nicht, was sie tun sollte. Dima weinte. Überall liefen erschrockene, schlecht gekleidete Menschen. Sie riefen etwas.

Sima holte seinen Bruder ein.

»Kira, laß uns zusammen gehen«, schrie er.

Der Student schaute den kleinen Jungen erschrocken an und erbleichte.

»Warum bist du hier? Wo ist Fräulein Emilie?« fragte Kira.

Wieder ertönte in der klaren Frostluft das muntere Hornsignal. Wirrer Lärm antwortete darauf. Plötzlich liefen alle weg. Vor Sima und dem Studenten wurde es leer und hell. Eine Reihe von Bajonetten erzitterte plötzlich und stieß Rauchwölkchen aus. Sima wandte sich vor Angst ab. Ein schrecklicher Knall schien seinen ganzen Körper zu durchbohren. Die Erde schwankte und hob sich, die kalten Pflastersteine unterm Schnee preßten sich an sein Gesicht. Einen Augenblick schmerzte es sehr. Dann wurde alles leicht und angenehm. Sima breitete seine kleinen, leblosen Arme auf den Schnee und flüsterte:

»Lieber Tannenwicht.«

Dann wurde er still.

1906

DER HERAUSFORDERER DER BESTIE

1

Es war ruhig und still, weder Freude herrschte noch Traurigkeit. Die elektrische Lampe brannte. Die Wände schienen unverrückbar. Die Fenster waren hinter schweren, dunkelgrünen Vorhängen verborgen, im Ton der Tapeten an den Wänden gehalten, nur viel dunkler. Beide Türen, die große an der Längswand und die kleine im hinteren Teil des Arbeitszimmers, gegenüber dem Fenster, waren fest verschlossen. Auch dort, hinter ihnen, war es dunkel und leer, im breiten Korridor wie auch im eintönigen, geräumigen und kalten Saal, wo traurige Pflanzen, fern ihrer Heimat, vor sich hin kümmerten.

Gurow lag auf dem Sofa. In der Hand ein Buch. Er las. Oft unterbrach er die Lektüre. Dachte nach und träumte – immer dasselbe. Immer ging es um sie.

Sie waren in seiner Nähe. Das hatte er längst bemerkt. Wichen ihm nicht von der Seite, raschelten leise. Aber lange hatten sie sich ihm nicht gezeigt. Doch vor einigen Tagen, als Gurow kraftlos, traurig und bleich erwachte und träge am Schalter der elektrischen Lampe drehte, um die beklemmende Finsternis des frühen Wintermorgens zu vertreiben, sah er plötzlich einen von ihnen.

Klein, grau, verschwommen und leicht blitzte er am Kopfende auf, brabbelte etwas und verschwand.

Und dann huschten mal morgens, mal abends kleine, zapplige Hausgeister an Gurow vorüber.

Und heute erwartete er sie bereits mit Gewißheit.

Hin und wieder verspürte er leichten Kopfschmerz, hin und wieder überlief es ihn kalt und heiß. Dann schwebte aus der

Ecke die lange, dünne Lichoradka* mit ihrem häßlichen, gelben Gesicht und ihren knochigen, ausgedorrten Händen, legte sich neben ihn, umarmte ihn und begann ihn lachend zu küssen. Und diese flinken Küsse der zärtlichen, schlauen Lichoradka und diese langsamen Anfälle von leichtem Kopfweh waren ihm angenehm.

Schwäche breitete sich in seinem Körper aus. Und Mattigkeit. Aber auch das war angenehm. Es schien, als rückte die ganze Widrigkeit des Lebens in weite Ferne. Die Menschen waren plötzlich weit weg, gar nicht mehr interessant, völlig überflüssig. Er mochte nur hier bei diesen stillen Wesen sein, bei den Geistern.

Gurow war schon einige Tage nicht ausgegangen. Er schloß sich zu Hause ein und ließ niemanden zu sich. Er saß allein, dachte an sie, erwartete sie.

2

Auf seltsame und überraschende Weise wurde sein quälendes Warten unterbrochen. Eine ferne Tür klappte, und Gurow vernahm im Saal hinter der Tür bedächtige Schritte. Jemand lief dort, näherte sich mit sicheren, leichten Schritten.

Gurow wandte den Kopf zur Tür und spürte Kälte. Vor ihm stand ein Jüngling von wildem, seltsamem Aussehen. Er war im leinenen Umhang, halbnackt, mit nackten Beinen. Sehr dunkel, braungebrannt. Schwarzes, lockiges Haar. Schwarze, klare Augen. Erstaunlich regelmäßiges, schönes Gesicht. So schön, daß seine Schönheit einem Angst machte. Nicht gut, nicht böse.

Gurow war nicht überrascht. Ein starkes Gefühl bemächtigte sich seiner. Man hörte, wie die Hausgeister flink davonhuschten, sich versteckten.

Da sagte der Knabe:

»Aristomachos! Hast du dein Versprechen vergessen? Führen sich so etwa tapfere Leute auf? Du bist von mir weggegangen, als ich in Todesgefahr war. Du versprachst mir etwas, das du offen-

---

* lichoradka: (russ.) Fieber

bar nicht zu halten gewillt warst. Ich habe dich so lange gesucht und finde dich hier in Untätigkeit und Luxus versunken.«

Gurow schaute den halbnackten, schönen Jüngling zweifelnd an, und in seiner Seele regten sich vage Erinnerungen. Etwas, das er längst in sich begraben hatte, erstand in undeutlichen Konturen vor ihm und quälte sein Gedächtnis. Er konnte die Lösung für diese seltsame Erscheinung nicht finden, so nahe und vertraut sie auch schien.

Wo war die Unverrückbarkeit der Wände geblieben? Etwas geschah um ihn herum, eine Veränderung vollzog sich. Aber Gurow, vergeblich damit beschäftigt, sich an das zu erinnern, was so nahe war und dennoch aus der festen Umklammerung des uralten Gedächtnisses zu entwischen drohte, nahm die Veränderung, die er bereits fühlte, noch nicht bewußt wahr. Er fragte den wundersamen Jüngling:

»Lieber Junge, sage mir klar und deutlich, ohne überflüssige Vorwürfe, was ich dir versprach und wann ich dich im Augenblick der Todesgefahr verließ. Ich schwöre dir, bei allen Heiligen, daß meine Ehre mir niemals einen solchen finsteren Schritt gestatten würde, wie du ihn mir vorwirfst.«

Der Jüngling schüttelte den Kopf. Mit einer Stimme, die wie das melodische Singen einer Saite klang, sagte er:

»Aristomachos, du wußtest immer deine Worte geschickt zu setzen und warst ebenso geschickt in Dingen, die Kühnheit und Umsicht verlangen. Wenn ich sagte, daß du mich im Augenblick der Todesgefahr verließest, dann meinte ich das nicht als Vorwurf, und ich verstehe nicht, warum du von deiner Ehre sprichst. Die von uns ersonnene Sache ist schwer und gefahrvoll, aber wer hört uns denn jetzt, wem könntest du – in wohlgesetzter Rede, die vergessen lassen soll, was heute morgen vor Sonnenaufgang geschehen ist – beweisen, daß du mir nie ein Versprechen gabst?«

Das Licht der elektrischen Lampe trübte sich. Die Decke erschien dunkel und hoch. Es roch nach einem Gras, dessen Name, inzwischen vergessen, einst einen zärtlichen und frohen Klang hatte. Kühle breitete sich. Gurow erhob sich und fragte:

»Was für eine Sache haben wir denn zusammen ersonnen? Lieber Junge, ich bestreite nichts, ich weiß nur nicht, wovon du sprichst. Ich erinnere mich nicht.«

Gurow schien, als blicke der Jüngling ihn an und zugleich doch nicht ihn. Als wäre hier ein anderer, ebenso sonderbar und überirdisch wie dieser seltsame Gast – und als wäre der sonderbare Körper jenes anderen ein Teil von Gurows eigenem Körper. Als senke sich eine uralte Seele auf Gurow nieder und erfülle ihn mit längst verlorengeglaubter Frische und sinnlicher Wahrnehmungskraft.

Ringsum dunkelte es, die Luft wurde frischer und kühler, in der Seele regten sich die Freude und Leichtigkeit ursprünglichen Daseins. Am dunklen Himmel gingen Sterne auf. Der Jüngling sagte:

»Wir müssen die Bestie töten. Dieses sage ich dir unter den vieläugigen Blicken des alles sehenden Himmels, während du voller Verlegenheit und Angst bist. Und wie ginge es ohne Angst! Eine große furchtbare Sache haben wir begonnen, die unsere Namen noch bei künftigen Generationen in Ruhm erstrahlen lassen wird.«

Leise, monoton und zaghaft rauschte in der nächtlichen Stille der Bach. Er war nicht zu sehen, aber seine beruhigende Nähe und Frische waren zu spüren. Sie standen im Schutz der Baumkrone und setzten ihr Gespräch fort über etwas, das vorzeiten begonnen worden war. Gurow fragte:

»Warum sagst du, daß ich dich im Augenblick der Todesgefahr verließ? Wer bin ich, daß ich erschrecke und weglaufe!«

Der Jüngling lachte auf. Wie Musik tönte sein Lachen, und melodisch waren die Klänge seiner Antwort, von weichem Lachen durchdrungen:

»Aristomachos, wie geschickt du dich stellst, als hättest du alles vergessen. Ich verstehe nicht, wozu du das tust, aber du gehst dabei so weit, daß du dich selbst mit Vorwürfen überhäufst, an die ich nicht einmal denke. Du verließest mich im Augenblick der Todesgefahr, weil es so sein mußte, und du konntest mir nicht anders helfen, als mich in dieser Minute zu verlassen. – Beharrst du weiter auf deiner Abwehr, wenn ich dir die Worte des Orakels in Erinnerung bringe?«

Gurow erinnerte sich sofort. Als ob ein helles Licht in das dunkle Feld des Vergessens gefallen wäre. In wilder Begeisterung rief er laut und freudig aus:

»Einer wird die Bestie töten!«

Der Jüngling lachte. Und Aristomachos fragte:

»Du hast die Bestie getötet, Timarides?«

»Womit?« fragte Timarides. »Wie stark meine Hände auch sein mögen, ich bin nicht jemand, der die Bestie mit einem Faustschlag töten könnte. Wir waren unvorsichtig, Aristomachos, und unbewaffnet. Wir spielten im Ufersand. Und die Bestie fiel uns plötzlich an und legte ihre schwere Pranke auf mich. Mir oblag es, mein Leben dem Ruhm und der großen Tat zum Opfer zu bringen, und dir — unsere Sache zu vollenden. Und während die Bestie meinen schutzlos preisgegebenen Körper zerrissen hätte, hättest du, schnellfüßiger Aristomachos, deinen Speer holen und die blutrünstige Bestie erlegen können. Aber die Bestie nahm mein Opfer nicht an. Ich lag vor ihr, ruhig und unbeweglich, blickte ihr geradewegs in die blutunterlaufenen Augen. Sie hielt ihre schwere Pranke auf meiner Schulter, stieß heiß und unregelmäßig ihren Atem aus und knurrte leise. Dann fuhr sie mit ihrer breiten, heißen Zunge über mein Gesicht und lief davon.«

»Wo ist sie denn?« fragte Aristomachos.

Mit seltsam ruhiger und in der unbeweglich-stillen, feuchten Luft seltsam tönender Stimme antwortete Timarides:

»Sie folgte mir. Ich weiß nicht, wie lange ich gehen mußte, ehe ich dich fand. Sie folgte mir. Der Geruch meines Blutes lockte sie an. Ich weiß nicht, warum sie mir bis jetzt nichts tat. Nun, so habe ich sie also zu dir gelockt. Nimm die Waffe, die du so gut versteckt hast, und töte die Bestie. Ich dagegen gehe weg und lasse dich allein in der Minute der Todesgefahr, Auge in Auge mit der wütenden Bestie. Viel Glück, Aristomachos!«

Nach diesen Worten floh Timarides. Sein weißer Umhang blitzte nur kurz in der Dunkelheit auf, und schon war er entschwunden. Und im gleichen Augenblick erscholl das furchtbare Gebrüll der Bestie, war ihr schwerer Tritt zu hören. Die Büsche teilten sich, und aus der Dunkelheit tauchte der gewaltige, mißgestaltete Kopf der Bestie auf, sprühten zwei riesige, funkelnde Augen purpurrotes Feuer. In das düstere Schweigen der nächtlichen Bäume hinein trat dunkel und grimmig die Bestie und ging auf Aristomachos zu.

Entsetzen erfüllte Aristomachos' Herz.

Wo ist der Speer? fuhr es ihm kurz durch den Sinn. Und in demselben Augenblick, als Aristomachos den Hauch der frischen Nachtluft auf seinem Gesicht verspürte, begriff er, daß er bereits vor der Bestie floh. Die schwerfälligen Sätze der Bestie und ihr abgehacktes Gebrüll kamen immer näher. Und als die Bestie ihn schon erreicht hatte, durchdrang ein gewaltiges Wehklagen die nächtliche Stille. Aristomachos, der in diesem Klagegeschrei die alten und furchtbaren Worte wiederfand, sprach laut die Beschwörung der Wände.

Und nach der Beschwörung gerieten die Wände ringsum ins Wanken.

3

Die Wände standen wieder fest und hell. Leblos spiegelte sich auf ihnen das Licht der elektrischen Lampe. Alles in Gurows Umgebung war wie immer.

Wieder schlich die Lichoradka heran, küßte seine gelblichen, trockenen Lippen und streichelte ihn mit ihren knochigen Fingern, die Hitze und Kälte ausstrahlten. Da war dasselbe Buch, klein und dürftig, mit weißen Seiten, auf dem Tischchen neben dem Sofa, auf dem Gurow immer noch ruhig lag, in die Umarmung der zärtlichen Lichoradka geschmiegt, die ihn mit hastigen Küssen bedeckte. Und wieder kicherten und huschten die Hausgeister um ihn herum.

Gurow sagte laut und gleichgültig:

»Die Beschwörung der Wände.«

Und hielt inne. Aber worin bestand diese Beschwörung? Er hatte die Worte vergessen. Oder gab es sie gar nicht?

Die kleinen Geister, behende und grau, hüpften um das kleine Buch mit den fahlen Seiten herum und wiederholten immer wieder mit ihren zischelnden Stimmchen:

»Unsere Wände sind fest. Wir sind in den Wänden. Zu uns dringt nicht die Angst, die draußen alles umklammert.«

Unter ihnen stand einer, der war ebenso klein, aber anders als sie. Er war völlig schwarz. Sein Gewand fiel in rauchig flammenden Falten herab. Seine Augen spien helle Blitze. Plötzlich kam Furcht auf, dann wieder Freude. Da fragte Gurow:

»Wer bist du?«

Der schwarze Gast antwortete:

»Ich bin der Herausforderer der Bestie. Am Ufer des Waldbachs hast du, in längst vergangenen Zeiten, den gequälten Körper Timarides' zurückgelassen. Die Bestie hat sich an dem schönen Körper deines Freundes gelabt – sie fraß das Fleisch, dem bestimmt war, die ganze Fülle irdischen Glücks aufzunehmen. Diese vollendete menschliche, fast göttliche Gestalt starb, um der ewig hungrigen, unersättlichen Bestie für einen Augenblick den Rachen zu stopfen. Und dieses Blut, dieser göttliche Wein des Glücks und des Frohsinns, der höhere als menschliche Wonnen verhieß – wo ist dieses wunderbare Blut? O weh! – die gierige, ewig durstige Bestie hat sich einen Augenblick daran gelabt, und schon lechzt sie nach neuem Trank. Den von der Bestie zerfleischten Körper Timarides' hast du am Ufer des Waldbachs zurückgelassen. Du hast das Versprechen vergessen, das du deinem tapferen Freunde gabst, und die Worte des alten Orakels haben nicht vermocht, die Furcht aus deinem Herzen zu verjagen. Und du glaubst, daß du gerettet bist, daß die Bestie dich nicht findet?«

Grausam klangen seine Worte. Während er sprach, hielten die kleinen, grauen Geisterchen in ihrem Getanze inne, um dem Herausforderer der Bestie zuzuhören. Da sagte Gurow:

»Was soll mir die Bestie? Ich habe meine Wände auf ewig beschworen, und die Bestie dringt nicht in meine Befriedung ein.«

Da freuten sich die grauen Wesen, summten, kicherten und setzten schon zu neuem freudigen Getanze an, indem sie sich bei den Händen nahmen und einen Kreis bildeten, aber der Herausforderer der Bestie begann erneut zu sprechen, und scharf und rauh klang seine Stimme. Er sagte:

»Nun bin ich also hier. Ich bin hier, weil ich dich fand. Ich bin hier, weil die Beschwörung der Wände tot ist. Ich bin hier, weil Timarides wartet und unaufhörlich fragt. Hörst du das zärtliche Lachen des kühnen, vertrauensseligen Jünglings? Hörst du das drohende Brüllen der Bestie?«

Hinter der Wand erscholl das drohende Gebrüll der Bestie und kam immer näher.

»Hinter der Wand heult die Bestie, hinter der unverrückbaren Wand!« rief Gurow voller Schrecken. »Meine Wände sind auf ewig beschworen, und diese Festung ist unzerstörbar.«

Da sagte der Schwarze, und befehlend klangen seine Worte:

»Ich sage dir, Mensch, die Beschwörung der Wände ist gestorben. Wenn du dich aber durch die Beschwörung der Wände retten willst – nun, so sage die Worte!«

Gurows Körper wurde plötzlich von starkem Schüttelfrost gepackt. Die Beschwörung! Die Worte der alten Beschwörung waren vergessen. Und war es nicht einerlei? Tot, tot ist die alte Beschwörung!

Und aus allem, was sie umgab, sprach die Gewißheit, daß die alte Beschwörung der Wände unwiderruflich tot war. Alles – die Wände, Licht und Schatten –, alles war tot und schwankte. Der Herausforderer der Bestie sprach furchtbare Worte. Und Gurow schwindelte, ihm schmerzte der Kopf, und mit ihren heißen Küssen quälte ihn die unablässig kosende Lichoradka. Furchtbare Worte erklangen, die ihm kaum ins Bewußtsein drangen, und der Herausforderer der Bestie wurde größer und größer, Hitze ging von ihm aus und Furcht. Seine Augen sprühten Feuer, und als er so groß geworden war, daß er das Lampenlicht verdeckte, glitt plötzlich der schwarze Umhang von seinen Schultern. Da erkannte ihn Gurow – es war der Jüngling Timarides.

»Wirst du die Bestie töten?« fragte Timarides mit klingender Stimme. »Ich habe sie hierhergelockt, habe sie zu dir geführt, habe die Beschwörung der Wände gebrochen. Die listige Gabe der feindlichen Gottheit, die alte Beschwörung der Wände, verwandelte mein Opfer in ein Nichts, hielt dich von deiner Heldentat ab. Aber nun ist die alte Beschwörung tot, nimm flink dein Schwert, töte die Bestie! Ich war nur ein Jüngling – ich wurde der Herausforderer der Bestie. Mit meinem Blut habe ich die Bestie getränkt, sie aber verlangt nach neuem Trank, mit meinem Fleisch habe ich sie genährt, sie aber ist wieder hungrig, die grausame, gierige Bestie. Zu dir habe ich sie gerufen, erfülle du dein Versprechen, töte die Bestie! Oder stirb!«

Er verschwand. Ein furchtbares Getöse ließ die Wände erzittern. Kalt und feucht wehte es herein.

Die Wand, die sich genau gegenüber dem Platz befand, wo Gurow lag, tat sich auf, und herein trat die grimmige, massige, mißgestaltete Bestie. Mit wütendem Gebrüll ging sie auf Gurow zu, legte ihre schwere Pranke auf seine Brust. Direkt ins Herz bohrten sich erbarmungslos ihre Krallen. Ein furchtbarer Schmerz durchfuhr seinen Körper. Mit blutrünstigen Augen beugte sich die Bestie zu Gurow hinab, und als sie seine Knochen mit den Zähnen zerknackt hatte, machte sie sich daran, sein zuckendes Herz zu fressen.

1906

DER SEELENVEREINIGER

Harmonow hatte, wohl wegen seiner großen Jugend, noch nicht das rechte Maß für die Dinge gefunden, weder trat er seine Besuche zur rechten Zeit an, noch verstand er es, zur rechten Zeit zu gehen. Schließlich spürte er aber doch, daß Sonpoljew ihn gründlich satt hatte. Plötzlich merkte er auch, daß er Sonpoljew von der Arbeit abhielt. Ihm wurde bewußt, daß Sonpoljew ihn die ganze Zeit mit erzwungener Höflichkeit behandelte, ihm manchmal aber doch ein scharfes Wort entschlüpfte.

Harmonow errötete beschämt, die dunkle Haut seiner schmächtigen Wangen war plötzlich wie mit Feuer übergossen. Unentschlossen erhob er sich. Setzte sich wieder, als er merkte, daß Sonpoljew etwas sagen wollte. Sonpoljew sagte verdrießlich, das Gespräch fortführend:

»Eine Maske aufsetzen. Was wollen Sie damit sagen?«

Harmonow murmelte verlegen:

»Sich verstellen. Natürlich, manchmal ist es nötig ...«

Sonpoljew hielt seine Erregung nicht mehr zurück und sagte, ohne Harmonow ausreden zu lassen:

»Was verstehen Sie schon davon! Was wissen Sie schon von Masken! Es gibt keine Maske ohne die dazugehörige Seele. Man kann sich keine Maske vors Gesicht setzen, ohne seine Seele mit ihrer Seele zu verbinden. Sonst fällt die Maske ab.«

Sonpoljew schwieg und blickte finster vor sich hin. Sah Harmonow nicht an. Spürte ihm gegenüber wieder jenen unerklärlichen Haß, den er seit Beginn ihrer Bekanntschaft empfand. Ständig war er bemüht, diesen Haß unter einem betont zärtlichen

Gebaren zu verbergen, lud Harmonow beständig zu sich ein, lobte vor allem seine Verse, aber von Zeit zu Zeit sagte er Harmonow grundlos böse, grobe Worte, bei denen der schüchterne Jüngling errötete und zusammenfuhr. Für kurze Zeit tat ihm Harmonow leid, aber bald begann er wieder, dessen Schwerfälligkeit zu hassen, hielt er ihn für verschlossen und verschlagen.

Harmonow erhob sich. Verabschiedete sich und ging. Sonpoljew blieb allein, ärgerlich, daß er bei der Arbeit gestört worden war. Jetzt war die Arbeitsstimmung verflogen. Ihn quälte irgendein dunkler Zorn. So ein scheinbar unbedeutender junger Mann wie Harmonow – was an ihm vermochte ihn so in Erregung zu versetzen? Der große Mund, das längliche, sehr dunkle Gesicht, die langsamen Bewegungen, die schleppende Stimme – hinter all dem war so etwas Zweideutiges und Unaussprechliches! Sonpoljew lief verdrossen im Arbeitszimmer auf und ab. Blieb vor der Wand stehen. Begann zu reden.

In unserer Zeit gibt es viele Leute, die lange Gespräche mit einer Wand führen – wirklich, ein interessanter Gesprächspartner! Und ein treuer dazu.

Sonpoljew sagte:

»So hassen, so qualvoll hassen, kann man nur etwas, das einem sehr nahesteht. Worin aber besteht nur das Geheimnis dieser teuflischen Nähe? Was für ein Dämon hat unsere Seelen verbunden und was für ein geheimnisvoller Zauber? Derart verschiedene Seelen! Meine Seele, die Seele eines Menschen, der ein ausgefülltes Leben hinter sich hat, das allmählich zur Neige geht, und seine Seele, die Seele dieses Jünglings mit dem großen Mund, verschlagen wie ein Verschwörer, zögernd wie ein Feigling. Und warum steht sein Charakter in einem derart seltsamen Mißverhältnis zu seinem Äußeren? Wer stahl diesem Milchbart den unentbehrlichsten, den besten Teil seiner Seele?«

Er sprach leise, flüsterte fast. Dann, in Zorn geraten, schrie er laut:

»Wer hat das getan?«

Und bekam die seltsame Antwort zu hören:

»Ich.«

Jemand rief dieses Wort mit hoher, schneidender Stimme. Wie der Klang von rostigem Stahl – scharf, aber dumpf. Sonpoljew zuckte nervös zusammen und blickte sich um. Niemand war im Zimmer.

Er setzte sich in den Sessel, blickte finster auf den Tisch, der mit Büchern und Papieren vollgepackt war, und wartete. Wartete auf irgend etwas. Das Warten wurde unheimlich. Er sagte laut:

»Nun, was versteckst du dich? Hast du schon zu reden begonnen, so zeig dich auch. Sag, was du sagen willst. Was hast du zu sagen?«

Er lauschte. Die Nerven waren aufs äußerste gespannt. Das kleinste Geräusch wäre ihm wie das Trompeten eines Erzengels erschienen.

Und plötzlich Lachen. Schneidend, metallisch-rostig. So, als sei die Feder eines Aufziehspielzeugs aufgesprungen, deren Schwingungen nun in das stille Schweigen des Abends hineinsummten. Sonpoljew griff sich an die Schläfen. Stützte sich auf den Tisch. Lauschte. Das Gelächter ebbte ab – mechanisch exakt. Es war deutlich zu hören, daß es irgendwo aus der Nähe kam, vielleicht sogar vom Tisch.

Sonpoljew wartete. Gespannt blickte er auf das bronzene Tintenfaß und fragte spöttisch:

»Tintengeist – ist das nicht dein Lachen?«

Die schneidende Stimme, die nichts gemein hatte mit der dumpfen Redeweise von Gespenstern, antwortete ebenso spöttisch:

»Nein, du irrst dich, du bist nicht sehr scharfsinnig. Ich bin kein Tintengeist. Kennst du etwa nicht die klebrige Stimme der Tintengeister? Du bist ein schlechter Beobachter.«

Und wieder Lachen. Wieder ertönte die aufspringende, rostige Feder.

Sonpoljew sagte:

»Ich weiß nicht, wer du bist – und wie sollte ich das auch wissen! Ich sehe dich ja schließlich nicht. Ich denke nur, daß du einer von denen bist, daß du zu dieser Sippschaft gehörst. Ständig seid ihr in unserer Nähe, lauft hin und her, bringt uns Leid und andere böse Hexereien auf den Leib, aber wagt nicht, uns unter die Augen zu kommen.«

Die federartige Stimme antwortete:

»Ich bin extra hergekommen, um mit dir zu sprechen. Ich liebe es sehr, mit solchen wie dir zu sprechen, mit halben.«

Sie verstummte, und Sonpoljew erwartete schon das Lachen. Er dachte: Wahrscheinlich bricht er nach jedem Satz in dieses widerliche Kichern aus.

Sonpoljew irrte sich nicht. Der seltsame Geist nahm im Gespräch tatsächlich ein merkwürdiges Gebaren an: Er sagte etwas, um dann sofort in ein rostiges, schneidendes Lachen auszubrechen. Es schien, als ob er mit den Worten seine Feder aufziehe und sie dann sofort herunterlachen müsse.

Und während noch das mechanisch exakt abnehmende Gelächter zu hören war, trat der Geist hinter dem Tintenfaß hervor.

Er war klein, nur von der Größe eines Fingers. Von stahlgrauer Farbe. Wegen der kleinen Maße und der flinken Bewegungen war nicht auszumachen, ob der Körper matt glänzte oder die glatt am Körper anliegende Bekleidung. Jedenfalls aber war es etwas Glattes, etwas bewußt Einfaches. Der Leib – wie ein schlankes Fäßchen, in der Taille breiter werdend, in den Schultern und in den Hüften abnehmend. Arme und Beine von gleicher Länge und Stärke und gleichermaßen geschickt und biegsam – es schien, als wären die Arme zu lang und zu dick und die Beine unverhältnismäßig kurz und dünn. Ein kurzer Hals, das Gesicht winzig. Breitbeinig stand er da. Am unteren Teil des Körpers lugte so etwas wie ein Schwanz oder ein dicker Zapfen hervor. Solche Auswüchse gab es auch an den Seiten und unter den Ellenbogen. Die Bewegungen waren schnell, geschickt, bestimmt.

Das Monstrum setzte sich auf die Bronzeplatte des Tintenfasses, schob mit dem Fuß die Rohrfeder beiseite, um bequemer Platz zu haben, und kam zur Ruhe.

Sonpoljew betrachtete das Gesicht. Hager, grau, glatt. Kleine, klare, glänzende Augen. Großer Mund. Abstehende Ohren, nach oben spitz auslaufend.

Er saß da wie ein Affe, hielt mit den Händen den Deckel umklammert. Sonpoljew fragte:

»Lieber Gast, was hast du mir zu sagen?«

Und zur Antwort ertönte das mechanisch exakte, unangenehm schneidende, rostig klingende Stimmchen:

»Du Mensch mit einem Kopf und einer Seele, erinnere dich an deine Vergangenheit, an deine ursprüngliche Vergangenheit in jenen früheren Zeiten, als ihr in einem Körper lebtet.«

Und wieder das unangenehme, schneidende, tönende Lachen.

Während das Gelächter noch zu hören war, vollführte der Gast eine geschickte Drehung, stand nun auf den Händen, und Sonpoljew sah, daß das wulstige Etwas an der Stelle des Schwanzes ein zweiter Kopf war. Er unterschied sich offenbar in nichts von dem ersten. War es vielleicht die Winzigkeit der Maße, die diesen Anschein erweckte, oder unterschieden sich tatsächlich beide Köpfe in nichts voneinander — jedenfalls fand Sonpoljew keinen Unterschied. Die Arme baumelten wie an Scharnieren und wurden vollkommen den Beinen ähnlich, der erste Kopf wurde unscheinbar und verschwand zwischen diesen Arm-Beinen, das, was vorher die Beine gewesen sein mußten, drehte sich ebenso mechanisch um und bewegte sich nun ganz wie Arme.

Erstaunt sah Sonpoljew seinem seltsamen Gast zu. Der Gast schnitt Grimassen und hüpfte herum. Und als er sich schließlich beruhigt hatte und sein Lachen allmählich verstummte, begann der zweite Kopf zu sprechen:

»Wie viele Seelen hast du, wie viele Bewußtseinsteile, weißt du das? Du bist stolz auf die ausgeprägte Differenziertheit deiner Organe. Du denkst, jedes Glied deines Körpers erfüllt seine eigenen, streng abgegrenzten Funktionen. Aber sag mir, du dummer Mensch, womit bewahrst du deine Erinnerung an früher Erlebtes auf? In dem einen Kopf drängen sich die gesamten Erfahrungen deines Lebens und deines Vorlebens zusammen. Du lavierst weise und schlau oberhalb und unterhalb der Schwelle deines armseligen Bewußtseins, aber dein Mißgeschick besteht darin, daß du nur einen Kopf hast.«

Wieder brach der Gast in sein rostiges Gelächter aus, und diesmal lachte er besonders lange. Lachte und hüpfte gleichsam herum, schlug Purzelbäume. Kam auf der Seite zum Stehen, auf einem Arm und einem Bein – wenn man seine vier Extremitäten überhaupt noch so unterscheiden konnte, und wieder vollführten sie mechanische Verrenkungen, und es stellte sich heraus, daß die Auswüchse an den Seiten auch Köpfe waren. Und jeder einzelne sprach und kicherte, schnitt Grimassen, neckte ihn.

Sonpoljew schrie außer sich:

»Hör auf!«

Der Gast hüpfte, schrie, kicherte.

Sonpoljew dachte:

›Man müßte ihn zu fassen kriegen, zerquetschen. Oder dieses Scheusal mit einer schweren Presse auf der Stelle zerstampfen.‹

Aber der Gast fuhr fort zu kichern und Grimassen zu schneiden.

›Man sollte ihn lieber nicht anfassen‹, dachte Sonpoljew, ›er könnte einem die Hand versengen oder verbrennen. Ob man ihn mit dem Messer töten kann?‹

Er klappte sein Taschenmesser auf. Schnell stieß er dem Gast die Klinge mitten in den Leib. Das vierköpfige Monstrum rollte sich zu einem Klumpen zusammen, winkte mit allen vier Pfoten und ließ ein durchdringendes Gelächter erschallen. Sonpoljew warf das Messer auf den Tisch und schrie:

»Widerliches Scheusal! Was willst du von mir?«

Der Gast sprang auf ein Bein, reckte die Arme nach oben und schrie durchdringend und näselnd.

»Du Mensch mit einem Kopf, erinnere dich an deine ferne Vergangenheit, als ihr noch in einem Körper wohntet. Und als ihr gemeinsam diese gefahrvolle Sache in Angriff nahmt. Erinnere dich an den Tanz, den Tanz in schrecklicher Stunde.«

Es wurde plötzlich dunkel. Das Kichern klang heiser und gemein. Ihn schwindelte.

In der Dunkelheit zeichneten sich langsam zierliche Säulen und eine niedrige Decke ab. Trübe brannten Fackeln. In der süßlichen Luft züngelten rot ihre Flammen. Der schmelzende Gesang einer Flöte war zu hören. Beine bewegten sich in gemessenem Tanz, wundervolle Jungenbeine.

Und Sonpoljew schien, er sei jung und stark, er tanze um die prunkvolle Festtafel herum. Ein schlaffes, unverschämtes, aufgedunsenes Gesicht blickte ihn an. Der Zecher lacht, ihm ist fröhlich zumute, ihm gefällt der Tanz der halbnackten Jungen. Sonpoljew war, als würge ihn ein wahnsinniger Zorn, der ihn an der Ausführung seiner Absicht hinderte. Im schnellen Tanz gleitet er an dem Betrunkenen vorüber, und seine Hände zittern. Seine Augen sehen rot vor Haß. Aber zur gleichen Zeit erwacht seine zweite Seele, eine schlaue, zärtliche Katzenseele. Der Junge lächelt dem Betrunkenen zu, und wieder gleitet der zärtliche, sanfte Jüngling in schwebendem Tanz an ihm vorüber. Der Betrunkene lacht. Die nackten Beine des Jungen und sein entblößter Körper erheitern den Gastgeber.

Und wieder jener Haß, der seine Augen mit Zornesröte erfüllt und seine Hände vor Wut erzittern läßt. Und wieder das schlaue Lächeln des zärtlichen Jünglings.

Jemand flüstert böse:

»Werden wir uns noch lange unnütz im Kreis drehen? Es ist Zeit. Es ist Zeit. Mach Schluß!«

Gemeinsame Anstrengung des Willens. Zwei Seelen verschmelzen zu einer. Haß und Schlauheit. Eine leichte, gleitende Bewegung, ein kräftiger Stoß, und die flinken Beine des Jungen bewegen sich bereits in schnellem, schönem Tanz. Ein heiserer Aufschrei. Bestürzung. Alles hat sich verwirrt ...

Und wieder ist es dunkel.

Da kam Sonpoljew zur Besinnung: das Monstrum tanzt noch immer auf dem Tisch, schneidet Grimassen und lacht.

Sonpoljew fragt:

»Was ist das?«

Der Gast antwortet:

»In diesem Jungen wohnten zwei Seelen, und eine davon ist jetzt deine, die Seele der starken Gefühle und leidenschaftlichen Wünsche, die ewig hungrige, bebende Seele.«

Und wieder erscholl das gräßliche Gelächter. Das Scheusal begann zu tanzen. Sonpoljew rief:

»Bleib stehen, du Tänzer! Du willst anscheinend sagen, daß die zweite Seele des Jünglings aus alten Zeiten in dem schwächlichen Körper jenes verhaßten, dunkelhäutigen Burschen lebt?«

Der Gast hörte auf zu lachen und dröhnte:

»Du Mensch, endlich hast du verstanden, was ich dir eröffnen will. Jetzt ahnst du vielleicht, weshalb ich zu dir kam und wer ich bin.«

Sonpoljew wartete das Ende des schneidenden Lachens ab und antwortete seinem Gast:

»Du bist der, welcher die Seelen vereinigt. Aber warum hast du das nicht gleich bei unserer Geburt getan?«

Das Monstrum begann zu zischeln, krümmte sich, drehte sich im Kreis, hielt dann plötzlich inne, warf einen seiner seitlichen Köpfe nach oben und schrie:

»Das werden wir nachholen. Wenn du willst. Willst du?«

»Ich will«, erwiderte Sonpoljew schnell.

»Lade ihn am Silvesterabend zu dir ein und lade auch mich ein. Und um mich zu rufen, nimm dieses Haar.«

Das Monstrum lief eilig zur Lampe hinüber, legte ein schwarzes, dünnes, kurzes Haar auf den flachen Ständer und fuhr fort:

»Verbrenne es. Dann werde ich kommen. Aber wisse, daß ihr danach – weder du noch er – eure eigene Existenz bewahren werdet. Es wird von hier nur ein einziger fortgehen, der beide Seelen in sich vereint, aber das wirst weder du, noch wird er es sein.«

Plötzlich war er verschwunden. Sein ohrenbetäubendes, schneidendes, rostiges Lachen war noch nicht verklungen, aber Sonpoljew sah schon niemanden mehr. Nur das schwarze Haar auf dem flachen Lampenfuß erinnerte noch an den Gast.

Sonpoljew nahm das Haar, steckte es in seine Brieftasche.

Der letzte Tag des Jahres ging schon auf Mitternacht.

Wieder saß Harmonow bei Sonpoljew. Sie sprachen leise, mit verhaltener Stimme. Es war unheimlich. Sonpoljew fragte:

»Sie verübeln mir nicht, daß ich Sie zu diesem trauten Gespräch eingeladen habe?«

Der dunkelhäutige Jüngling lächelte breit, und zu weiß wirkten dadurch seine Zähne. Er sagte mit gedehnter Stimme etwas so Langweiliges, etwas so Äußerliches, daß Sonpoljew die Lust verging zuzuhören. Sonpoljew fragte, ohne jeden Zusammenhang zum vorausgegangenen Gespräch:

»Erinnern Sie sich an Ihre frühere Existenz?«

»Sehr trübe«, antwortete Harmonow.

Es war offensichtlich, daß er die Frage nicht verstanden hatte und annahm, Sonpoljew hätte nach seinen Kindheitsjahren gefragt.

Sonpoljew verfinsterte sich und wurde ungehalten. Er begann zu erklären, was er hatte sagen wollen, und fühlte, daß es verworren und langatmig klang. Dadurch steigerte sich sein Ärger noch mehr.

Aber Harmonow hatte verstanden. Vor Freude errötete er leicht.

Lebhafter als sonst sagte er:

»Ja, ja, mir ist manchmal so, als hätte ich früher schon einmal gelebt. So ein eigentümliches Gefühl. Und als sei dieses Leben erfüllter, kühner und freier gewesen. Als hätte man da etwas gewagt, was man jetzt nicht mehr wagt.«

»Nicht wahr, und Ihnen scheint«, fragte aufgeregt Sonpoljew, »als hätten Sie irgend etwas verloren. Als fehle Ihnen jetzt der bedeutsamste Teil Ihres Wesens.«

»Ja, ja«, sagte Harmonow, »genau das ist mein Eindruck.«

»Und Sie würden diesen fehlenden Teil gern ersetzen?« fragte Sonpoljew weiter. »Wieder vollkommen und kühn sein, wie einst, wie zu Vorzeiten die ganze Lebensfülle und Widersprüchlichkeit unserer menschlichen Natur auf wunderbare Weise in einem jugendlich unbeschwerten, freien Körper vereinen. Mehr als vollkommen sein – in der Brust den Schlag seines zweifachen Herzens hören, dieser sein und zugleich ein anderer, zwei gegensätzliche Seelen in sich vereint wissen und aus dem leidenschaftlichen Kampf dieser großen Widersprüche

Kühnheit und Entschlossenheit zu großen Taten gewinnen.«

»Ja, ja«, sagte Harmonow, »ich träume auch manchmal davon.«

Sonpoljew wagte nicht, in das unsichere, verlegene Gesicht des dunkelhäutigen Jungen zu blicken. Er fürchtete irgendwie, daß dieses Gesicht ihn ernüchtern würde. Er beeilte sich.

Die Nacht war bereits herangenaht. Sonpoljew sagte leise:

»Ich habe ein Mittel in den Händen, um das zu erreichen. Wollen Sie es erreichen?«

»Ich will«, sagte Harmonow unentschlossen.

Sonpoljew hob den Blick. Entschlossen und fest schaute er Harmonow an, so als verlange er von ihm etwas zwingend Notwendiges. Unablässig blickte er dem Jungen geradewegs in die schwarzen Augen, die eigentlich strahlen müßten, tatsächlich aber nur die listigen, kalten Augen eines kleinen Menschen mit einer halbierten Seele waren.

Da schien es Sonpoljew, als entfachten seine unbeirrbaren leidenschaftlichen Blicke in Harmonows Augen Begeisterung und brennenden Zorn. Das dunkle Gesicht des Jünglings wurde plötzlich bedeutsam und streng.

»Wollen Sie?« fragte Sonpoljew noch einmal.

Harmonow sagte schnell und entschlossen:

»Ich will.«

Da sprach eine fremde, schneidende, klingende Stimme:

»Du kleiner und verschlagener Mensch, der dennoch in einem früheren Dasein eine kühne Heldentat vollbrachte, dem es gelang, seine verschlagene Seele mit der leidenschaftlichen Seele des Empörten zu vereinigen – sage in dieser großen und einzigen Stunde: Bist du fest entschlossen, deine Seele mit jener anderen Seele zu vereinigen?«

Und noch schneller und entschiedener antwortete Harmonow:

»Ich will es.«

Sonpoljew lauschte der schneidenden Stimme des Fragenden. Er hatte sie erkannt. Und er täuschte sich nicht. Das »Ich will es« erstarb im rostig metallischen Lachen jenes sonderbaren Besuchers.

Und als das Lachen verstummt war, sagte Sonpoljew:

»Aber wissen Sie auch, daß Sie dafür auf die Verlockungen und Freuden eines eigenen Daseins verzichten müssen? Wenn ich den Zauber vollführe, werden wir beide umkommen, unsere Seelen aber befreien, oder wir verschmelzen in eins, aber dann wird es weder mich noch dich mehr geben, nur noch einen einzigen, der hitzig im Denken und eiskalt im Handeln sein wird. Uns beiden ist bestimmt, fortzugehen, um für jenen Platz zu schaffen, in den wir beide auf geheimnisvolle Weise eingehen werden. Mein Freund, sind Sie zu dieser furchtbaren Sache entschlossen? Dieser furchtbaren und großen Sache?«

Harmonow lächelte seltsam und unbestimmt. Aber der feurige Blick Sonpoljews brachte sein Lächeln zum Erlöschen, und der Jüngling sprach mit lebloser, dumpfer Stimme, so, als unterwerfe er sich einer unabdingbaren schicksalhaften Fügung:

»Ich bin entschlossen. Ich will es. Ich fürchte mich nicht.«

Mit zitternden Fingern nahm Sonpoljew das Zauberhaar aus der Brieftasche und zündete eine Kerze an. Hinter ihr hielt sich der vierköpfige Besucher verborgen. Er war heute grau und verschwommen und flimmerte wie der Schatten der flackernden Flamme, die den weißen Körper der duldsamen Kerze mit ihren sengenden Umarmungen streichelte.

Harmonow verfolgte unablässig, mit weitgeöffneten Augen Sonpoljews Bewegungen. Sonpoljew hielt das Haar an die Kerzenflamme. Das Haar kräuselte sich leicht, färbte sich rot und loderte plötzlich auf. Es brannte sehr langsam, unter leisem rhythmischem Knistern, das an das Lachen des nächtlichen Gastes erinnerte.

Da kam das seltsame Monstrum selbst, Grimassen schneidend und hüpfend, hinter der Kerze hervor. In der Mitte des Tisches blieb es stehen, blickte erst auf das Haar, dann wieder auf den Jüngling, flüsterte etwas, abgehackt und ungereimt, und nach jedem Wort ertönte das leise Lachen, das an das Knistern des brennenden Haares erinnerte.

Die Worte des seltsamen Gastes waren einfach, aber furchtbar. Anfangs drangen sie Sonpoljew gar nicht ins Bewußtsein. Er war so aufgeregt und beschäftigt mit dem brennenden Zauberhaar, daß er mit den einfachen, bekannten Worten des Monstrums keinen Sinn verband. Plötzlich ergriff ihn Furcht. Er hörte hin. Hämisch klangen die einfachen, furchtbar einfachen Worte:

»Die Seele ist klein und beschränkt, die Seele ist furchtsam.«

Angstvoll blickte Sonpoljew Harmonow an. Der dunkelhäutige Jüngling saß in merkwürdig verkrampfter Haltung da. Sein Gesicht war bleich. Schweißperlen traten ihm auf die Stirn. Ein klägliches, gezwungenes Lächeln verzerrte seinen Mund. Als er merkte, daß Sonpoljew ihn anschaute, verkrampfte er sich noch mehr, und fast gegen seinen Willen flüsterte er mit abgehackter, dumpfer Stimme:

»Ich habe Angst. Ich habe Schmerzen. Ich will das nicht.«

Und plötzlich krümmte er sich, wie eine schlaue, zaghafte, böse Katze, spitzte ungeschickt und häßlich seine zu roten Lippen und pustete auf das abbrennende Haar. Die Flamme über dem Haar schnellte wie ein schmaler Pfeil in die Höhe, erzitterte und erlosch. Das schneidende Gelächter des nächtlichen Gastes bohrte sich in die Ohren.

Dann erklangen die entsetzlichen Worte:

»Es ist nicht geglückt.«

Harmonow setzte sich. Schuldbewußt und schlau lächelte er. Sonpoljew sah ihn mit leeren Augen an.

Im Nachbarzimmer schlug eine Uhr. Und jeden Schlag beantwortete das seelenvereinigende Monstrum mit dem heiseren Ausruf:

»Nicht geglückt!«

Und mit seinem federartigen, schneidenden Lachen. Dabei sprang es herum, schnitt Grimassen, und es schien, als schmelze es im gelben Schein der leblosen elektrischen Lampe.

Als der zwölfte Ton des zu Ende gehenden Jahres verklungen war, verstummte auch der widerliche Ausruf »Nicht geglückt!«.

Und als das widerliche Lachen des inzwischen entschwundenen Monstrums verklungen war, erhob sich Harmonow, sichtlich erfreut, einem Schicksalsschlag entgangen zu sein, und sagte:

»Glückliches neues Jahr!«

1906

JENSEITS DES MEIRUR

1

Die zwei Wochen, die ich mit meinem Bruder Sin in der großartigen Hauptstadt, der prunkvollen und lasterhaften, zubrachte, verflogen wie ein rascher, wirrer Traum. Alles erstaunte und überraschte die Augen des in einem Landstrich Ansässigen, welcher nicht allein betreffs der Lage, sondern auch betreffs der Sitten weit entfernt ist von den Abgefeimtheiten und Verlockungen dieser stolzen, majestätischen, festlichen Stadt. Zu spät begriff ich, daß die geräuschvolle und ausgedehnte Stadt zwar wundersam und prächtig, gleichwohl aber schrecklich ist für ein nicht die Erfahrung eines langen Lebens besitzendes junges Herz. Auch ich erfuhr Versuchung und Betrübnis ohnegleichen. Hätte ich bloß nicht meinen jungen Bruder mitgenommen!

Unser Freund Sarru, bei dem wir einkehrten, wollte uns die Gastfreundschaft vergelten, welche wir ihm auf seinen Reisen durch unser Land geboten hatten. Wir blieben unzertrennlich, er vergaß alle seine Geschäfte, und seine einzige Sorge war es, uns alles der Aufmerksamkeit Würdige in dieser wundersamen, erhabenen Stadt zu zeigen. Während andere ihre Gäste häufig als Last empfinden und ungeduldig auf den Abschied warten, bedauerte unser guter Freund nur, daß wir nicht so lange in seinem Haus verweilen konnten, bis wir den ganzen jährlichen Zyklus der Feiern, Feste und Opferdarbringungen miterlebt hatten.

Tempel gnädiger und grausamer Götter, heilige Haine geheimnisvoller Geister, finstere Türme der Bändigung, duftende Gärten der wollüstigen Genüsse, Herbergen, wo gegen Entgelt Zärtlichkeiten verschwendet werden, Basare mit unzähligen Reichtümern – prachtvollen Stoffen, Teppichen, Waffen, Edelsteinen, Duftwässern und Salben, Ziervögeln und Affen, Sklaven und Sklavinnen aller Hautfarben, vom zartesten Rosa bis zum tiefsten Schwarz –, Kaffeehäuser und Raucherstuben, wo man in Gefilde getragen wird, die nirgendwo auf Erden zu sehen sind; das und vieles andere mehr, was ich gar nicht alles aufzuzählen vermag, zeigte uns Sarru. Doch ich will nicht von der Menge des Gesehenen sprechen. Es war eine einzige Versuchung, und sie führte uns und das ganze Land in unser größtes Unglück.

Hätte ich diese Stadt bloß nicht besucht! Hätte ich wenigstens meinen jungen Bruder nicht mitgenommen! Wie sollte er, kaum dem zarten Jünglingsalter entwachsen, einer Versuchung widerstehen, die auch für mich eine schwere Prüfung bedeutete!

Eines Morgens sagte unser Freund Sarru zu uns:

»Heute zeige ich euch die herrschaftliche Menagerie, in diesem Monat stehen die Gärten der Menagerie nicht nur uns, sondern auch den Fremden offen.«

Mein Bruder Sin erfreute unseren Freund mit lauten Äußerungen des Entzückens. Ich aber war betreten, denn in dieser Nacht war mir im Traum ein böses Vorzeichen erschienen: eine Bestie von unmäßiger Kraft und Wildheit, deren Brüllen an jenen erinnerte, der in den Dickichten jenseits des Meirur haust. Wäre ich bloß nicht in die verfluchte Menagerie gegangen! Doch ich wollte unseren liebenswürdigen Gastgeber nicht betrüben.

2

In dem Garten, der endlos zu sein schien, sahen wir in Käfigen von unterschiedlicher Größe und Gestalt, die aus mannigfachem Metall und vielartigem Holz gefertigt waren, vor allem eine wundervolle Vielfalt von Vögeln. Da waren riesenhafte Vögel, die starke Flügel und einen gebogenen Raubvogelschnabel hatten, mit dem sie den fettesten Hammel packen und forttragen konnten, und Vögel, die fast gar keine Flügel besaßen, aber dafür ein Gefieder von prachtvoller Färbung, welche an die Edelsteine im Sand des Flusses Meirur erinnerte, in dem zu spielen ein Vergnügen unserer Kinder ist; Vögel, deren Gesang so angenehm war, daß man ihm endlos mit größtem Entzücken hätte lauschen mögen; Vögel von solcher Winzigkeit, daß sie wie schöne Libellen erschienen; und es gab auch Vögel, die in der Sprache jenes Landes sprechen konnten, zwar nicht sonderlich gut, jedoch recht verständlich und laut.

In gewaltigen Wasserbecken sahen wir eine Vielzahl von Fischen sowie Fluß- und Meeresungeheuer. Des weiteren wurden dort schreckliche Riesenschlangen gehalten. Mit solchem Grimm sperrten sie ihre entsetzlichen Rachen auf und streckten die furchtbaren Stachel heraus, daß ein jeder unwillkürlich schauderte. Der Anblick der wütenden Schlangen erzeugte solch einen Eindruck, daß ein Unvorsichtiger, der offen in die Schlangenaugen blickte, unfähig wurde, sich zu bewegen, so daß ein anderer ihn von diesem Ort wegführen mußte, der schrecklich, wenngleich ungefährlich war, denn die Schlangen waren nicht nur in Käfige mit eng gewundenen Gittern eingesperrt, sondern obendrein unschädlich gemacht: Man hatte ihnen die Zähne ausgerissen, in denen das verderbenbringende Gift saß.

Des weiteren sahen wir unzählige Käfige mit räuberischem und grasfressendem Getier: Kamele mit ein oder zwei Höckern, Nashörner, Flußpferde, unbekannte Raubtiere mit furchtgebietenden Krallen und Ungetüme mit Nasen, welche wie Schlangen anmuteten.

Mein jüngerer Bruder Sin war von alledem entzückt. Ich aber wurde im Angesicht der vielen an einem Ort versammelten Ungeheuer, von denen einige die Luft mit scheußlichen, furchteinflößenden Lauten erfüllten, mehr und mehr bekümmert, und schlimme Ahnungen quälten mich immer stärker. Unser Freund Sarru sagte:

»Jetzt werdet ihr eine wahrlich majestätische Bestie erblicken.«

Noch ehe Sarru den Namen der Bestie ausgesprochen hatte, trat eine sonderbare Erscheinung ein, welche mich einem unerklärlichen Zittern unterwarf und mich vor Entsetzen vornüber auf den Boden stürzen ließ. Über der Mannigfaltigkeit von Raubtierschreien und fröhlichen menschlichen Stimmen erhob sich plötzlich ein drohendes Gebrüll – die Stimme dessen, der im Dickicht jenseits des Meirur haust.

Das Gebrüll, das in der Stille der Nächte Grauen in unsere Herzen treibt und das bedeutet, daß der im Wald Hausende, hungrig nach einem neuen Opfer gierend, unseren Wohnort umschleicht – dieses Gebrüll erscholl in der Menagerie des großen Herrschers. Auf den Erdboden geworfen, harrte ich, wen von den Anwesenden er zum Schmaus erwählen werde, und geheimes Grauen erfüllte mein Herz. In Gedanken nahm ich Abschied vom Leben – niemals hatte ich das drohende Gebrüll in solcher Nähe vernommen.

Während mein Bruder Sin und ich, im Staub hingestreckt, warteten, hörten wir plötzlich ein lautes, sogar das drohende Gebrüll übertönendes Hohnlachen der vielen Menschen. Unser Freund Sarru, wie alle anderen lachend, versuchte uns von der Erde aufzuheben.

»Habt keine Angst«, sprach er, »diese Bestie ist zwar schrecklich, wenn man ihr in Freiheit begegnet. Doch man hat sie in einen sicheren Käfig gesteckt, aus dem sie selbst dann nicht entkäme, wenn sie noch stärker wäre. Der Baumeister des Käfigs versteht seine Sache. Könnte denn jemandem Gefahr drohen an einem Ort, wo sich der große Herrscher aufzuhalten pflegt, wo auch er sich an den in der Menagerie eingeschlossenen Ungeheuern ergötzt?«

Ohne das Gesicht zu heben, antwortete ich unserem Freund Sarru:

»Mein Herz kennt keine Furcht, und es hat in Minuten der Todesgefahr nicht gezittert. Doch ich habe das drohende Gebrüll gehört und harre der wundersamen und schrecklichen Erscheinung. Der im Wald jenseits des Meirur Hausende giert nach einem Opfer – und der Mensch muß im Staub liegen und warten, wen der Grimmige sich zum Schmaus wählt.«

Wie zuvor lachend, sagte mir Sarru:

»Es brüllt eine in den Käfig gesperrte, gänzlich ungefährliche Bestie. Sieh, selbst kleine Kinder drängen sich am Käfig der Bestie und fürchten sie nicht, denn die Gitter des Käfigs sind unzerstörbar. Die Bestie bekommt nur zu fressen, was die Wärter der Menagerie ihr geben.«

Lange schenkte ich unserem Freund keinen Glauben, und lange lag ich vor dem Käfig im Staub, denn das Gebrüll setzte sich fort, ebenso drohend und grimmig wie jenes, das mich nachts oft ängstigt, wenn ich in meinem Zelt erwache und den unserem Wohnort sich Nähernden und sein Opfer Verlangenden höre.

Doch schließlich sagte mein Bruder Sin leise zu mir:

»Ich habe in den Käfig zu blicken gewagt. Das Gebrüll kommt von der Bestie, die dort eingeschlossen ist.«

Damals wußte ich nicht, was ich denken und wie ich mich verhalten sollte. Besitzt ein heimtückischer Dämon in dieser ruchlosen Stadt so viel Macht, daß er mit seinem scheußlichen Gebrüll die drohende Stimme nachzuahmen wagt? Aber können Dämonen so vermessen und stark sein? Oder versteckt sich der jenseits des Meirur Hausende im Fell einer gefangenen und ungefährlichen Bestie, lacht über die in ihrer Verblendung bedauernswerten Menschen und wählt unter ihnen ein Opfer aus? Doch kann der Große und Furchtgebietende sich herablassen, ins Fell einer gefangenen Bestie zu schlüpfen? Oder hat der verachtete Dämon dieser ruchlosen Stadt, der verlogen und heimtückisch ist und arglistige, vermessene Absichten fördert, einen unbekannten Zauber ersonnen?

Aber droht mir und meinem Bruder Sin nicht unermeßliches Unheil, weil wir das ruchlose Entzücken der verderbten Einwohner dieser verfluchten Stadt zu verlängern und – wiewohl in demütiger Haltung – vor dem gräßlichen Käfig zu liegen uns erdreisten, in welchem etwas uns völlig Unbegreifliches und womöglich dem schwachen menschlichen Verstand überhaupt Unfaßbares, gleichwohl die Vermächtnisse unserer gesegneten Heimat Entweihendes sich begibt?

Schluchzend lag ich im Staub, indes die Ruchlosen uns verspotteten, und wußte nicht, was ich tun sollte. Mein Bruder Sin sagte zu mir:

»Laß uns fortgehen.«

Ich wußte nicht, ob wir fortgehen durften, solange er über uns brüllte. Wie sollten wir uns erheben? Und wie dessen ansichtig werden, dem noch niemand von uns ins Auge geblickt hat? Wenn er hier in diesem Käfig war, durften wir dann fortgehen und ihn der Erniedrigung und Schmach überlassen? Doch was konnten wir tun? Blieben wir und hörten den Spott über uns und über ihn an, begingen wir dann nicht die abscheulichste aller menschlichen Sünden? Und obgleich der Gedanke, vom furchtgebietend Brüllenden fortzugehen, uns in den ersten Minuten verbrecherisch dünkte, begriff ich doch bald, daß uns nichts anderes übrigblieb.

Doch ehe wir uns erhoben und fortgingen, hüllte ich das Gesicht meines Bruders Sin sorgfältig in den Umhang, denn mußte einer von uns, dem ergrimmten Blick begegnend, sterben, so wollte lieber ich es sein, der ich die Länge der Tage genossen hatte, nicht aber mein Bruder, der noch nicht die süßesten Freuden und Tröstungen des vergänglichen Lebens erfahren hatte. Obendrein konnte der jünglingshafte Leichtsinn ihn aufs neue den Blick zum Käfig heben lassen, er konnte meinen, sei der erste Blick ungerächt geblieben, werde es auch beim zweiten Mal glücklich abgehen. Ich aber, durch die Erfahrung eines langen Lebens belehrt, wußte nur zu gut, daß es töricht ist, das Schicksal zu versuchen.

Nichts mehr anblickend, entwichen wir der Menagerie, begleitet von den groben Spötteleien der in ihrer Ruchlosigkeit närrischen Menge. Wahrlich, schrecklicher Strafen sind nicht nur die in dieser verfluchten Stadt wohnenden Menschen, sondern selbst die Wände würdig, welche so sinnreich errichtet und eitel mit stolzen Türmen geschmückt wurden.

3

Am selben Tag tränkten wir eilig die Kamele und verließen noch vor Sonnenuntergang die furchtbare Stadt.

Auf der langen, beschwerlichen Reise hatten mein Bruder Sin und ich reichlich Zeit zu bedenken, was uns in der Menagerie des großen Herrschers widerfahren war. Doch ich vermochte die

Bedeutung dieser wundersamen Erscheinung, die uns gekommen war, einfach nicht zu begreifen.

Mußte man sie nicht als ein Vorzeichen deuten, das Schlimmes oder auch Günstiges verhieß? Doch war es mit dem von unseren Ahnen überkommenen wahrhaften Wissen vereinbar, zu denken, das Stärkste auf der Welt erscheine nicht um seiner selbst willen, sondern nur, um in der Welt der menschlichen Werke ein prophetisches Zeichen zu sein? Und wer waren wir denn, daß der jenseits des Meirur Hausende ohne den Willen und die Macht zu uns käme, unsere vor ihm hingestreckten Leiber zu verschlingen? Überdies hatten wir noch nie, nicht einmal von unseren ältesten Greisen, gehört, daß er erschienen wäre, uns Vorzeichen zu geben und unser Schicksal zu prophezeien – immer kam er, furchtgebietend brüllend, um jenen von uns, auf den seine Wahl gefallen war, zu verschlingen.

Lange wanderten mein Bruder und ich durch Wüsteneien nach unseren heimatlichen Wohnorten, und wir sprachen nicht miteinander. Am mürrischen Schweigen meines Bruders erkannte ich, daß auch er über die wundersame Erscheinung nachdachte. Schließlich – bis zu unserem Haus waren es nicht mehr als drei Tagesreisen – sagte mein Bruder Sin:

»Als wir uns auf den Erdboden geworfen und lange so gelegen hatten und die fremden Menschen uns verspotteten, beschloß ich endlich, den Kopf zu heben. Ich sah deutlich den aufgerissenen Rachen einer Bestie. Ich schwöre, es ist kein Irrtum – das Gebrüll kam aus dem Rachen der Bestie. Einer wilden Bestie, die von Menschen gefangen und in einen Käfig gesperrt worden ist.«

Ich sagte zu meinem Bruder Sin:

»Über diese furchtgebietenden Erscheinungen ziemt es sich zu schweigen. Diese Weisheit haben uns unsere Ahnen gelehrt. Es gibt viel Unbegreifliches auf der Welt – und wie schrecklich das, was uns widerfahren, auch sein mag, wir müssen uns in Demut dem Willen dessen beugen, der zu uns kommt.«

Sin schwieg lange. Als der Tag sich zum Abend neigte und die Sonne schon niedrig stand, sagte er zu mir:

»Es war ebenjenes Gebrüll, das in unserer Umgegend erschallt, wenn er nach dem Opfer kommt. Jener, dem wir uns mit solcher Unterwürfigkeit, mit solcher Demut beugen, jener, der zarte Mädchen und fröhliche Kinder ohne Zahl verschlungen hat – er hat sich als Bestie erwiesen, mit grünen Augen wie die einer Katze, mit gelbem, schwarzgeflecktem Fell. Und man kann ihn fangen und in einen Käfig sperren.«

Ich war entsetzt und verbot meinem Bruder Sin, solche ruchlosen Reden zu führen. Aber Sin, von Raserei gepackt, die dem heimtückischen Geist entspringt, der stets dem jenseits des Meirur Hausenden widerstreitet, sagte voll Ingrimm:

»Ich habe gesehen, daß er eine Bestie ist. Und ich will nicht, daß wir ihm auch künftig diese zahllosen, teuren Opfer darbringen. Könnten wir nicht einen Käfig für ihn bauen, der ihm einen würdigen Platz böte? Darin mag er friedlich leben, ohne unsere Wohnstätten zu verheeren und Schrecken und Leid über unsere Familien zu bringen, mag er sich von unseren freiwilligen Gaben nähren. Ich bin nicht so töricht, zu sagen, man könne ohne ihn leben, aber kann er sich nicht am Fleisch von Hammeln und Stieren sättigen? Warum muß er deine Braut, das schönste Mädchen des Dorfes, in der Blüte ihrer Jahre verschlingen? Warum müssen so viele ihre Kinder beweinen, wenn er sich an unseren Herden satt fressen kann?«

Vergebens verbot ich dies meinem Bruder, von Entsetzen ergriffen, vergebens peitschte ich ihn sogar, seine Zunge fuhr fort, böse und ruchlose Worte hervorzustoßen.

Und so kehrten wir heim.

4

Bald gab es unter den jungen Leuten geheime Versammlungen. Mein Bruder Sin scharte die Jünglinge unseres Wohnorts um sich und betörte sie mit seinen aberwitzigen Erörterungen. Ach, und ich selbst war auf unmittelbar mir gestellte Fragen zu bestätigen genötigt, daß wir, mein Bruder Sin und ich, in der herrschaftlichen Menagerie tatsächlich das schreckliche Gebrüll gehört hätten und daß es aus jenem Käfig gekommen sei, in dem eine von listigen und starken Jägern gefangene Bestie eine solide Zuflucht gefunden habe.

Zwar wurde ich nicht müde, den Zweifelnden zu erklären, daß der jenseits des Meirur Hausende nicht in dem Käfig gewesen sein könne und daß das aus dem Käfig herrührende Gebrüll eine jener unerklärlichen Erscheinungen gewesen sei, die der schwache menschliche Verstand nicht zu fassen vermöge und über die man lieber Schweigen wahre. Doch man hörte mir nicht recht zu und schenkte vielmehr den Einflüsterungen des leichtfertigen Sin Glauben, der versicherte, der jenseits des Meirur Hausende sei ein Raubtier und müsse in einen Käfig gesperrt werden.

Die Bewohner unseres Landes spalteten sich in zwei feindliche Lager. Die einen, den Überlieferungen der alten Zeit und den Vermächtnissen unserer weisen Ahnen getreu, glaubten weiterhin an den, der in undurchdringlichen Dickichten, unerreichbar für die Menschen, haust, nachts aus den Dickichten in die Dörfer kommt und mit lautem Gebrüll sein Opfer fordert. Sie glaubten weiter daran, daß sein Aufenthalt in den Dickichten nahe unseren Wohnstätten für uns wohltätig sei, uns vor vielen Nöten rette und uns Glück und Erfolg bei der Jagd und bei anderen Mühen beschere. Die anderen aber, voll törichtem Eifer und Trotz die weisen Worte der Bewahrer väterlicher Überlieferung verachtend, beharrten auf der unsinnigen Mär, jener, den wir bisher verehrt, dem wir zahllose Opfer dargebracht, sei nur eine im Wald sich verbergende Bestie.

Es gab viel Zank und Streit, einhergehend gar mit Prügeleien und Totschlag, der Bruder erhob sich gegen den Bruder, der Sohn gegen den Vater, und in allen Familien war der süße Friede gestört, und es herrschte Zwietracht.

5

Endlich fand ins Herz des weisen Belesis ein Gedanke, der arglistig, jedoch für viele verlockend war, besonders für jene, die zu versöhnen und einen Mittelweg zu wählen lieben. So also sprach der weise Belesis:

»Unsere Väter haben uns die Lehre von der Anbetung des im

Dickicht jenseits des Meirur Hausenden und Menschenopfer Verlangenden überliefert. Die Lehre der Ahnen darf nicht verletzt oder verworfen werden. Die Ordnung unseres Lebens gerät vollends durcheinander, wenn aus unseren Herzen die Angst vor jenem verschwindet, dessen Feuerblick die undurchschaubare Finsternis unserer Nächte durchdringt. Und wenn wir, die Alten und Lehrer des Volkes, in unserem langen Leben Belehrung genug finden und auch ohne ihn ein unserer Vorfahren würdiges Leben führen können, so werden unsere stürmischen und eigenmächtigen Jünglinge ohne Zweifel in rasendste Sittenverderbnis stürzen, wenn sie den Gedanken an ihn von sich weisen und in sich das Bangen vor dem geheimnisvollen Wesen ausmerzen.«

Die Ältesten und Lehrer des Volkes begrüßten die weisen Worte mit lauten Lobpreisungen. Nachdem er Zugang zu den Herzen der Edelsten gefunden hatte, fuhr der weise Belesis so zu sprechen fort, daß er auch den leichtsinnigen Jünglingen gerecht wurde. Er sprach also:

»Andererseits können wir nicht daran zweifeln, daß auch unser gemeinsamer Freund Melech recht hat und daß die Erzählungen des jungen Sin wahr sind. In der Menagerie des großen Herrschers sahen sie einen wundersam geschmückten Raum, welcher von ihnen zwar Käfig geheißen wird, jedoch, nach ihrer Beschreibung, so großartig ist, daß er ohne Zweifel würdig wäre, das Prunkgemach des jenseits des Meirur Hausenden zu sein. Und sie hörten eine Stimme, die aus diesem Prunkgemach kam. Unser junger Freund, mit dem Mut seines Jünglingsalters, wagte es sogar, einen Blick auf das Wesen zu werfen, das zu jener Zeit, als Melech und Sin ihm ihre Huld bewiesen, in dem Prunkgemach brüllte, indes die verderbten Bewohner der großen Stadt mit ihrem dummen Gelächter die Tiefe ihrer Unwissenheit bezeugten. Und so sah Sin, daß das brüllende Wesen ganz und gar einer Bestie glich. Das erzählen die beiden, und warum sollten wir ihrem Bericht nicht glauben? Warum sollte der jenseits des Meirur Hausende nicht die Gestalt einer Bestie haben? Was fordert er, der die Leiber unserer Jünglinge verschlingt, denn von uns? Wissen wir denn nicht, daß er unser lebendiges Blut trinken und unser lebendiges Fleisch essen will? Wenn er sich einen Jüngling oder ein Mädchen holt, brät und räuchert und salzt er diese seine Speise nicht, sondern schlingt sie lebend herunter – doch woher wissen wir, daß er unbedingt Menschenfleisch will? Wenn wir ihm ein Gemach errichten, das ebenso geschmückt ist wie jenes, in dem die Bestie des großen Herrschers eingeschlossen war, wird er unsere Arbeit dann nicht wohlgefällig aufnehmen? Vielleicht wird er, wenn er sich in diesem Prunkgemach angesiedelt hat, das Gesetz seiner Speise zu ändern wünschen und sich mit lebendigen Kälbern und Lämmern zufriedengeben.«

Die Jünglinge und Mädchen begrüßten die hinterlistige Rede des weisen Belesis mit lauten Äußerungen des Entzückens.

»Wir errichten ihm ein Prunkgemach!« riefen sie.

Die Leichtfertigeren erkühnten sich gar zu sagen:

»Wir bauen eiligst einen Käfig für die Bestie und treiben sie hinein. Sie soll nicht mehr die Schönsten und Stärksten von uns verschlingen.«

Wahrlich, es waren dumme Jünglinge – die dachten, das Leben sei das größte Gut.

Vergebens entlarvten die dem Glauben der Ahnen treu gebliebenen Alten die Ruchlosigkeit des Vorhabens des schlauen Belesis und schalten ihn, an der Neige seines Lebens solch ein schreckliches Werk ersonnen zu haben. Viele von den Alten, die ihre Kinder über Gebühr liebten, schlossen sich ihm an, und so wurde der Bau des Prunkgemachs beschlossen.

6

Während man das Bauwerk errichtete, das zwar Prunkgemach genannt wurde, in Wirklichkeit aber ein Raubtierkäfig war, faßten einige Jünglinge den Plan, mit Pfeilen und Speeren gegen den jenseits des Meirur Hausenden auszuziehen. Sie wurden natürlich bestraft.

Ein Vorfall aber stürzte alle Strenggläubigen in große Verwirrung und beflügelte alle Leichtsinnigen.

Der Jüngling Sakir, einer der tapfersten und gewandtesten Jäger, zog eines Tages in den Wald und kehrte lange nicht zurück.

Schon meinten wir, er habe den Tod gefunden, und schon sangen die Mädchen liebliche Lieder zum Ruhme des kühnen Sakir.

Doch nach einer Woche kehrte Sakir im Morgengrauen zurück, kraftlos, so viel Blut hatte er verloren, bedeckt mit schrecklichen Wunden, aber strahlend vor Freude und Kühnheit. Unwillig und ausweichend berichtete er den Ältesten, wo er gewesen und was ihm zugestoßen sei, doch wir bemerkten, daß die Jünglinge und Mädchen sich an einsamen Orten um ihn versammelten und seinen Erzählungen lauschten. Und bald verbreitete sich in unserer Ansiedlung das Gerücht, Sakir sei dem jenseits des Flusses Meirur Hausenden begegnet und habe mit ihm gekämpft.

Der dreiste Aufruhr konnte nicht geduldet werden. Erfahrene Lauscher, glühend vor Eifer und Begehren, das Wohlgefallen der Älteren zu erwerben, kundschafteten aus, worüber die Jünglinge und Mädchen sprachen, wenn sie an einsamen Orten sich trafen, und was sie den Älteren verheimlichten. Darauf wurde Sakir geholt und den Foltern unterzogen, um von ihm zu erfahren, was ihm widerfahren sei.

Sakir, den strengen Peinigungen nicht widerstehend, beichtete seine Sünde. Er sprach, und wir alle hörten ihm entsetzt zu:

»Die Nacht war still und mondlos, als ich mich jenem Dickicht näherte, das drei Tagesreisen jenseits des Meirur sich erstreckt. Mein Dolch war geschärft, die Pfeile waren vergiftet, denn ich hatte mir fest vorgenommen, das Ungeheuer aufzuspüren und zu töten. Plötzlich, und so nahe, wie ein Mädchen vor dem Jüngling stehenbleibt, den sie begehrt, um sich an seinem Anblick zu ergötzen, so nahe, wie der erste Stein von der Hand eines Knaben geschleudert wird, der Steine zu schleudern lernt, so nahe vor mir erscholl ein Gebrüll. Von der Macht der Gewohnheit geleitet, die von Kind an in mir verwurzelt ist, warf ich mich auf den Erdboden und wartete. Bedrückend nahe hörte ich schwere Schritte und das Krachen dürrer Zweige unter seinen Füßen. Ich wartete. Doch eine kalte Eidechse kroch auf meinem Bein entlang, und ihre Berührung erinnerte mich an alles, was ich von der Menagerie des großen Herrschers und vom Prunkgemach der Bestie gehört hatte. Schon fauchte sein Atem heiß und stürmisch über meinen Hals, da sprang ich auf und packte meinen Dolch. Ich weiß nicht, ob ich ihn vor mir gehabt habe oder ein anderes Wesen vom Stamm der Dämonen oder der wilden Raubtiere, doch ich sah vor mir eine Bestie, riesenhaft, grünäugig und grimmig. Ihr Rachen, aufgerissen und bereit, mich zu zerfleischen, erschreckte mich mit seinen gewaltigen, scharfen, weißen Zähnen. Wirklich, was immer das gewesen sein mag, ein Dämon, ein Gott oder eine Bestie, es war ein unheimliches und furchtgebietendes Geschöpf. Ich weiß nicht, wie es kam, daß ich mich nicht wieder auf die Erde warf. Eine Kraft, die mächtiger war als mein armes Bewußtsein, zwang mich, der Bestie Auge in Auge gegenüberzutreten und die schreckliche Herausforderung des Schicksals anzunehmen. Ich beschloß, mit dem Ungeheuer zu kämpfen, was immer es sein mochte. Die Bestie duckte sich wie eine Katze zum Sprung, und wieder erfüllte entsetzliches Gebrüll den Wald und jagte mir unerklärliches Grauen ein. Doch ich verfolgte scharf die Bewegungen der Bestie, und als sie sich auf mich stürzte, wich ich flink aus und versteckte mich hinter einem Baum. Die Bestie schickte sich erneut zum Sprung an. Anscheinend ärgerte und beschämte sie der Mißerfolg, sie duckte sich tief und lauerte, schlau, vorsichtig, böse. Schleunigst machte ich einen Pfeil zum Schuß bereit, und das vergiftete Kupfer flog mit leichtem Sausen der Bestie genau bei ihrem zweiten Sprung entgegen. Im selben Augenblick stürzte sich das schwere, riesige Ungeheuer auf mich. Seine Krallen bohrten sich in meinen Leib, aber ich vermochte den Schmerz und die Angst zu überwinden und mit dem Dolch zuzustoßen. Ich weiß nicht, was danach geschah. Als ich zu mir kam, neigte die Nacht sich dem Ende zu. Ich lag blutüberströmt und kraftlos da. Mühsam hob ich den Kopf, und ich sah eine blutige Spur, die in die Tiefe des Waldes führte. Ich begriff, die verwundete Bestie hatte mich liegenlassen und war fortgegangen — vielleicht, um ihr Leben auszuhauchen, vielleicht, um ihre Wunden durch Auflegen von Kräutern, die auf den Waldlichtungen wachsen, zu heilen.«

Lange erörterten die Ältesten Sakirs Verbrechen. Schließlich sprach der schlaue Belesis ein vernünftiges Wort, und alle nahmen es mit viel Lob an. So sprach Belesis:

»Laßt uns abwarten, bis wir den durch wundersame Gräser Geheilten in unserer Umgebung brüllen hören. Seine Stimme wird den Vermessenen überführen, das Gebrüll des jenseits des Meirur Hausenden wird seinen Sieg über den Tod anzeigen, und dann werden wir den aberwitzigen Sakir entblößt und gefesselt hinausführen und jenem zum Opfer darbringen, den er so schwer beleidigt hat, als er nach seinem Tode dürstete.«

Die Jünglinge und Mädchen frohlockten. Sie sagten:

»Die Bestie ist verreckt, sie wird nicht kommen und in unserer Umgebung brüllen.«

Sie bekränzten den kühnen, schönen Sakir mit Blumen, tanzten um ihn herum und feierten ihn mit dem Gesang klangvoller Hymnen und der Musik von Flöten und Pauken, welche höher stieg als die Wolken.

Allein ihre Freude währte nicht lange. Nicht einmal eine Woche war vergangen, da hörte man nahe unseren Wohnstätten aufs neue das furchtgebietende Gebrüll.

Nun wurde Sakir, wie vom Gericht der Ältesten beschlossen, gefesselt und entblößt zum Dickicht geführt. Anderntags fand man unweit von jener Stelle die Gebeine des aberwitzigen Sakir. Die Jünglinge und Mädchen weinten untröstlich, und unauslöschlich prägten sie ihren Herzen das Andenken Sakirs ein, indes die weisen Alten den Vermessenen verfluchten.

7

Dann war das Prunkgemach fertig. Wir stellten es am Ufer des Meirur an jener Stelle auf, wo er, ein Opfer erwartend, nachts zu gehen liebte. In den Käfig setzten wir ihm als angenehmes und letztes Menschenopfer die junge schöne Channaji, welche entkleidet war, um seinen Krallen die Mühe des Zerfetzens toten Gewebes zu ersparen.

Wir brauchten nicht lange zu warten. Er kam nach seinem Opfer. Wir zogen ihm mit feierlichem Gesang entgegen. Wonnig schmachteten unsere Seelen. Endlich würden wir ihn das erste

Mal von Angesicht zu Angesicht sehen und ihm nicht, wie ehedem, in Dunkelheit und Geheimnis huldigen, sondern beim hellen Schein der Pechfackeln.

Festliche Kleider hatten wir angezogen, mit kostbaren Wohlgerüchen unsere Leiber und Haare gesalbt, mit Kränzen aus duftenden Gräsern und schönen Blumen unsere Häupter geziert. Niemand von uns war bewaffnet, so hatten es unsere Ältesten streng befohlen, um ihn nicht durch den Anblick von Waffen zu beleidigen, welche leichtfertig gegen ihn erhoben werden konnten. Freudig, ruhig und friedfertig gingen wir und sangen fromme Hymnen. Und immer näher und näher erscholl sein Gebrüll. Endlich fiel das purpurne Licht der Fackeln auf sein Angesicht.

Wir stellten uns um das vollendete Prunkgemach, stellten uns so auf, daß ihm frei und breit der Weg ins Prunkgemach geöffnet war. Doch er geruhte nicht, unsere demütigen Gebete in Erfüllung gehen zu lassen. Nach seinem Willen geruhte er sich ein Opfer zu wählen. Jäh und grimmig fiel er die Menge der Jünglinge und Mädchen an und warf meine Tochter Lotta zu Boden.

Als er unter gierigem Knurren den liebreizenden Körper meiner Tochter Lotta zerfleischte und, kreischend vor Genuß, das heiße Blut aus ihrer zitternden Kehle trank, öffneten sich plötzlich meine Augen, und ich begriff, daß jener, den wir angebetet und dem wir zahllose Opfer gebracht hatten, eine grausame und grimmige, nach heißem Blut dürstende und nach lebendem, blühendem Fleisch hungernde leibhaftige Bestie ist, wild und sinnlos, stark allein durch unsere Ohnmacht, furchteinflößend allein durch unsere feige Angst.

Und wir alle sahen den Körper der Bestie, gelb, mit häßlichen schwarzen Flecken, und alle schrien laut, Jünglinge und Mädchen und Greise:

»Wahrlich, eine wilde und böse Bestie haben wir angebetet. Mit eigenen Augen sehen wir nun, wer im Dickicht jenseits des Meirur haust, sehen, daß die Leiber unserer Jünglinge und Mädchen und der Leib des großen Jägers Sakir von einer grimmigen, hirnlosen Bestie verschlungen wurde.«

Doch die Bestie fiel abermals die Menge der Jünglinge an und zerfleischte ein neues Opfer. Was konnten wir tun? Ohne Waffen waren wir ausgegangen – und begegneten einer Bestie. Und so flohen wir. Die Bestie jagte uns, riß und zermalmte mit furchtbaren Schlägen seiner bekrallten Tatzen viele Körper, die allerjüngsten wählend, denn diese Bestie des Waldes hat für ihre Nahrung ein feines Gespür.

An diesem Tag sättigte sich die Bestie reichlich am heißen Blut und an den zarten Leibern unserer Jünglinge und Mädchen. Wir verbargen uns in unseren Zelten und beweinten die Toten. Und wir schmiedeten Waffen, denn Rachedurst brannte in unseren Herzen.

8

Langsam vergingen die Tage. Das schlaue Raubtier hielt sich versteckt und griff unvermutet an. Viele Junge und Tapfere starben. Es waren unter uns auch nicht wenige, die der Bestie die Treue hielten, und sie lockten oder schleppten gar mit Gewalt jene ins Dickicht, die allzu laut und kühn gegen die Bestie und ihre Anbeter sprachen. Manche zogen ihren Vorteil daraus, die Bestie wie ehedem zu ehren, und mit ihren Weissagungen blendeten sie viele und versicherten, die Bestie sei ihnen und denen, für die sie beteten, gnädig. Viele Unvorsichtige und Mutige fanden den Tod, aber auch viele Anhänger des Grausamen wurden vernichtet.

Manche der Älteren sagten, und ihre Worte verströmten tiefe Weisheit:

»Ihr Aberwitzigen, was erstrebt ihr? Was wollt ihr? Bedenkt, was wird, wenn ihr ihn tötet! Wie können wir ohne ihn leben? Alle Vermächtnisse der Ahnen zu verwerfen ist leicht, worauf aber wollt ihr die Ordnung eures Lebens gründen?«

Ach! Das wußten wir nicht, daran wollten wir gar nicht denken. Wenn wir uns nur der grausamen Bestie entledigten!

Da schallten eines Morgens frohe Rufe durch die Siedlung. Kinder und Jünglinge liefen durch die Straßen und schrien:

»Die Bestie ist tödlich verwundet! Die Bestie ist verreckt!«

Und die Mädchen mit ihren Schalmeienstimmen riefen, auf

den Gassen und Plätzen der Ansiedlung tanzend und in die Hände klatschend:

»Es verreckt, es verreckt die Bestie!«

Fanfaren und Pauken und Flöten erfüllten ringsum die Wegscheiden mit Lärm – und weit tönten die frohen Rufe:

»Die verfluchte, verfluchte Bestie verreckt!«

Am Ufer des Meirur aber lag die Bestie, von einem vergifteten Pfeil hingestreckt. In Todesqualen sich windend, brüllte die verendende Bestie. Ihre grünen Augen loderten in ohnmächtiger Wut, ihre furchtbaren Krallen wühlten die Erde auf, und das Gras ringsum war von ihrem teuflischen Blut gefärbt.

Die Gefolgsleute der Bestie weinten, in ihren Zelten verborgen.

Wir aber jauchzten an diesem Tag.

Wir dachten nicht daran, wie wir leben würden.

Wir dachten nicht daran, wer an die Ufer des Meirur kommen und uns ins Joch einer anderen, böseren Macht zwingen würde.

1906

DAS LAND, IN DEM EINE BESTIE DIE MACHT ERGRIFF

Alte, vergilbte Papyrusbögen künden oft von Menschen und Dingen, die längst in die unabänderliche Ewigkeit entschwunden sind. Hier folgt solch eine Erzählung. Sie ist nicht frei von Unklarheiten, deren Ursache aller Wahrscheinlichkeit nach darin liegt, daß nur Bruchstücke des Manuskripts erhalten blieben und der Inhalt mit Hilfe von Analogien rekonstruiert werden mußte. Wir wissen nicht einmal, wie jenes Land hieß. Auch das Ende der Erzählung ist nicht überliefert. Bei den Teilen der Geschichte, die phantastischen Charakter tragen, wird nicht völlig klar, ob der Chronist sinnbildlich spricht oder ob er selbst an die Erzählung von der wundersamen Verwandlung des grausamen Jünglings glaubt.

Ein neuer Kaiser mußte gekürt werden. Die Ältesten beschlossen, die Wahl dem Schicksal zu überlassen. Vor Anbruch der Nacht wurde ein mit Smaragden und Saphiren verziertes goldenes Ei zum Stadttor hinausgetragen und am Wegrand ins Gras gelegt. Derjenige, der von weit her aus einem fremden Land kam und das im Gras versteckte goldene Ei aufhob, sollte Kaiser sein. Ob dies hierzulande Sitte war oder ob die Ältesten diesmal durch Wahrsagungen auf diese Art der Wahl verfallen waren, weiß ich nicht. Doch nach einigen Umständen der Ereignisse zu urteilen, neige ich zur letzteren Erklärung.

Hell und strahlend erhob sich über dem Land der am Himmel flammende Drache, den die Menschen das Tagesgestirn, die rote Sonne nennen, hell und strahlend, wie es dem Tag angemessen war, da der große Herrscher in jenem Land die Macht ergriff. Die

Ältesten zogen zum Stadttor, gefolgt vom gesamten Volk, und alle harrten in andächtigem Schweigen, wen ihnen das Schicksal zum Kaiser bestimmen würde. Lange blieb der Weg stumm und öde, als hielten die erhabenen Götter oder Dämonen jenes Landes Rat und als schwankten sie lange, auf wen ihre wunderbare Wahl fallen sollte. Schließlich aber faßten sie einen Entschluß.

Auf dem Weg näherten sich der Stadt zwei Jünglinge in grober, dürftiger und zerschlissener Kleidung. Der eine hatte schwarzes Haar, war brünett und schlank, auf dem Kopf des anderen ringelten sich rotblonde Locken, die in den goldflammenden Blikken des am Himmel stehenden Drachens leuchteten. Der Körper des rotblonden Jünglings war olivbraun, seine Wangen flammten in frischem Rot, und in den Augen brannte unersättliches Verlangen. Im übrigen sahen sich die beiden Jünglinge so ähnlich, als blickte das brünette Antlitz des einen in einen wundersam flammenden Spiegel und als entstände hinter dem zauberischen Glas ein rotwangiger, goldhaariger Doppelgänger.

In ein fröhliches Gespräch vertieft, waren die beiden Jünglinge ahnungslos lachend an dem im Gras verborgenen Ei vorübergeschritten und näherten sich dem Stadttor. Das Stimmengewirr der tausendköpfigen Menschenmenge ließ sie innehalten. Bestürzt, erschrocken standen sie am Rand des staubigen Weges, blickten umher, suchten zu begreifen, wem die Aufmerksamkeit und die Verwunderung der lauten Menge galt. Als erster erblickte der brünette Jüngling das Ei und trat darauf zu.

»Schau, Meteja, was für ein schönes Spielzeug im Gras liegt«, sagte er zu seinem Gefährten.

Er hob das Ei auf. Der rothaarige Meteja eilte hinzu, streckte dem brünetten Jüngling gierig die Hände entgegen und rief bittend: »Oh, lieber Kenija, gib mir das goldene Ei! Gib es mir! Gib!«

Lachend gab Kenija ihm das Ei und sprach: »Nimm. Es soll dir gehören, wenn du es so gern haben möchtest.«

Meteja freute sich. Er warf das Ei in die Höhe und betrachtete wohlgefällig das vielfarbene Schillern der Edelsteine.

Da traten die Stadtältesten aus dem Tor, verneigten sich vor dem Jüngling Meteja, der das goldene Ei in den Händen hielt, und riefen ihn zum Kaiser aus.

Im Volk erhob sich Streit über diese Wahl. Einige leichtfertige Jünglinge sagten, dem schwarzäugigen Kenija gebühre das Diadem des Kaisers: »Der schwarzäugige Jüngling hat unser Ei aufgehoben und es freiwillig dem gierigen rothaarigen Jungen gegeben. Der schöne schwarzäugige Kenija soll unser Kaiser sein, er ist freigebig und großmütig, wie es einem Kaiser ziemt.«

Die ihnen gewogenen schönen Jungfrauen stifteten sie zum Ungehorsam an, flüsterten: »Das goldene Diadem auf Kenijas pechschwarzem Haar – wie wunderschön dies aussähe!«

Doch die alten Menschen sprachen: »Kaiser ist nicht, wer gibt, sondern wer fordert und nimmt. Die Stadt braucht einen Herrscher, aber nicht einen weichherzigen Jüngling mit weibischer Seele.«

Als einige Anhänger Kenijas widerspenstig blieben und den unnützen, die Menge aufwiegelnden Streit fortzusetzen gedachten, wurden sie gefesselt und enthauptet, und ihre Leichen wurden verbrannt.

So ergriff Meteja die Macht in dem Land. Er sprach zu den Würdenträgern: »Ich habe mit meinem Freund Kenija einen langen, schweren Weg zurückgelegt. Die schwarzen Augen meines lieben Freundes entdeckten im dichten Gras mein kaiserliches Ei. Kenija ist und bleibt mir ein treuer, ergebener Freund, und er kommt auf den Platz zur Rechten von meinem glanz- und prachtvollen kaiserlichen Thron. Gebt meinem Freund Kenija das reichste und schönste Gewand, das sich in der Stadt findet, und steckt ihm den schönsten und kostbarsten Ring auf.«

Sie taten, was sie Kaiser Meteja geheißen hatte. Zu seiner Rechten saß der Jüngling Kenija, doch wurde er nicht hochmütig. Kenijas schwarze Augen blickten wie zwei erloschene, aber trotzdem schöne Sterne. Seine Lippen leuchteten rot wie zwei prächtige Rosen, über denen eine Nachtigall schluchzt. Der goldene Diamantring blitzte an seiner Hand wie der Abendstern bei Sonnenuntergang am purpurdunstigen Himmel. Seine Augen leuchteten nicht, seine Lippen lächelten nicht, und seine Hände verrieten keine Freude.

Seine schwarzen, ruhigen Augen blickten Kaiser Meteja an, und der Kaiser wurde bekümmert und fragte ihn eines Tages: »Mein lieber Freund Kenija, beneidest du mich?«

Kenija beugte seinen Kopf so tief, wie es sich schickt, wenn der Kaiser sein erlauchtes Wort an einen zu richten geruht, und antwortete ruhig: »Großmächtiger Kaiser, ich beneide dich nicht.«

Der Kaiser runzelte die Stirn und fragte weiter: »Lieber Kenija, möchtest du nicht Kaiser sein?«

Kenija erwiderte: »Ich möchte nicht Kaiser sein.«

»Denkst du vielleicht«, fuhr der Kaiser fort, »weil du das Ei aufgehoben hast, käme dir das Recht zu, Kaiser zu sein?«

»Ich habe mein Ei aufgehoben«, entgegnete Kenija ruhig, »und ich habe es dir geschenkt. Jetzt kannst du darüber verfügen und ruhig im Land herrschen – niemand wird es dir streitig machen.«

Kaiser Meteja schwieg und wußte nicht, was er noch fragen könnte. Doch der schwarze Ärger plagte sein Herz. Und zu des Kaisers Ohr beugte sich der älteste und listigste der Würdenträger, der graubärtige Salcha, und flüsterte böse, tückische Worte.

»Großmächtiger Kaiser, du unser Reichtum und Trost«, flüsterte Salcha, »dein Freund Kenija, den die unvernünftigen Jünglinge und die lüsternen Mädchen wegen seiner Schönheit lobpreisen, dieser Kenija, den du aus kaiserlicher Gnade auf den höchsten Platz erhoben und zu deiner Rechten neben deinen erlauchtigen Thron gesetzt hast – er nennt leichtfertig und dreist jenes Ei das seinige, das du in deinen sonnenflammenden Fingern hieltest, als wir aus den Mauern der Stadt traten, uns vor deiner Erhabenheit und wunderbaren Schönheit verneigten und dich zu unserem Herrscher erkoren. Sein nennt er jenes Ei, das die mächtigen Götter dieses Landes in deine Herrscherhände gelegt haben.«

Kaiser Meteja verfärbte sich vor Zorn, und in seinen Augen blitzte unerträgliches Feuer. Er richtete Zornesblicke auf seinen Freund Kenija, der brünette, schwarzäugige Jüngling aber wurde nicht verlegen, blieb stumm, reglos und ruhig, wie die schwarze Nacht, die ohne Wetterleuchten und ohne Sterne ist.

Da näherte sich dem Kaiser Meteja ein anderer Würdenträger, der dem Höchsten Gericht des Landes vorsaß, der weise und böse Channa. Er verbeugte sich vor dem Kaiser und flüsterte ihm Worte ins Ohr, die ebenso böse und tückisch waren wie die Worte des arglistigen Salcha.

»Großmächtiger Kaiser, dessen Schönheit die schönsten Sterne des Himmels in den Schatten stellt, dessen heller Verstand und dessen wunderbarer Heldenmut die Weisesten und Ruhmreichsten unseres Landes und der anderen Länder weit und breit überragt«, flüsterte der böse Channa dem Kaiser zu, »dein Freund Kenija, den du für einen nichtigen Dienst so hoch erhoben und so reich beschenkt hast, erdreistet sich zu denken und wohl gar zu sagen, er sei besser als du, denn er habe dir das kaiserliche Ei überlassen und dich somit an Freigebigkeit und Großmut übertroffen. Dein Freund schickt sich an, dein Feind zu werden, großmächtiger Herrscher. Wahrlich, grausame Bestrafung verdient, wer unserem großmächtigen Kaiser übelwill.«

Kaiser Meteja bebte vor Zorn, preßte das Zepter in den zitternden, mit rotblonden Härchen bedeckten Händen und fragte seinen Freund Kenija: »Sag mir, Kenija, wen von uns beiden hältst du für besser und ehrenwerter!«

»Großmächtiger Kaiser«, entgegnete Kenija ruhig, »die Menschen ehren dich als ihren Herrscher und verbeugen sich vor dir, und das tue auch ich. Ich bin dein treuer Diener und Knecht, und ich werde dir unabänderlich treu und gehorsam sein.«

Zornig erhob sich Kaiser Meteja und rief: »Die Götter haben mich auf den Kaiserthron gesetzt, weil ich besser bin als alle anderen Menschen dieses Landes sowie aller anderen Länder und auch besser als du.«

Darauf erwiderte Kenija: »Kaiser, du und ich, wir sind Jünglinge, die noch nichts auf der Erde vollbracht haben, was Lob und Tadel verdient hätte. Wer von uns beiden besser ist, das weiß niemand und kann niemand sagen.«

»Nun«, sagte Kaiser Meteja leise, verwundert über die Dreistigkeit seines Freundes, »hältst du dich nicht in Wirklichkeit für besser, als ich, dein Kaiser und Gebieter, es bin?«

»Großmächtiger Kaiser«, widersprach Kenija, »das denke ich nicht. Ich meine, wie beide sind gleich. Schließlich sind wir zusammen aufgewachsen und sehen einander so ähnlich. Wenn ich mich beim hellen Morgenrot oder beim purpurnen Abendrot über einen Bach beuge, um meinen Durst zu stillen, so scheint mir, als würdest du, o Kaiser, mich freundlich anlächeln und mir deine Lippen zum süßen Bruderkuß darbieten. Obwohl du dich von mir unterscheidest durch das flammende Rot von Haar und Haut, das bei mir unter dem Braun der Haut verborgen ist, bist du mir so ähnlich, als wärst du mein Ebenbild in einem flammenden Spiegel. Du bist schön wie ich, bist wie ich freigebig, gütig und großmütig.«

Da erhoben sämtliche Würdenträger heftiges, entrüstetes Geschrei und bezichtigten Kenija, er wage es, sich mit dem großen Herrscher zu vergleichen. Von Wut entbrannte das Herz des Kaisers, und er befahl, seinen Freund Kenija erbarmungslos auszupeitschen.

Als Kenija nackt und gefesselt dalag, vor unerträglichen Schmerzen ächzte und schrie, sein schöner schlanker Körper sich mit purpurnen Striemen bedeckte und heiße Tropfen seines Blutes dem Kaiser Meteja ins Gesicht spritzten, drang die grimmige Freude des Peinigers ins Herz des jungen Kaisers, und er lachte laut und freute sich über die Schreie und die Qualen seines Freundes. Und alle Umstehenden lachten mit ihm.

Da schrie Kenija auf: »O Kaiser, erinnere dich: Ich habe dein kaiserliches Ei aufgehoben und es dir gegeben. Erinnere dich, und hab Erbarmen mit mir!«

Der ergrimmte Kaiser antwortete ungezügelt, laut und wild schreiend: »Ich erinnere mich, Kenija, ich erinnere mich an alles – und damit du dich künftig nicht mehr vor mir rühmst, befehle ich meinen getreuen Dienern, dich zu Tode zu peitschen.«

Auf Geheiß des Kaisers wurde der schwarzäugige Kenija geschlagen, bis sein Stöhnen verstummte, dann nahm man seinen Leichnam und warf ihn zum Tor des Kaiserpalastes hinaus.

Seit jenem Tag war des Kaisers Herz von unersättlicher Grausamkeit erfüllt, und das Wehgeschrei der Gefolterten ergötzte ihn. Jeder, der Worte des Mitleids mit dem liebreizenden Jüngling Kenija äußerte oder Worte des Vorwurfs gegenüber dem grausamen und undankbaren Kaiser, wurde vor seinen Thron gezerrt und zu Tode gequält. Daran labte er sich.

Wenn er vom Anblick der verstümmelten Leiber und vom Geruch des reichlich vergossenen heißen Blutes genug hatte, berauschte er sich mit Wein und vergnügte sich mit Tänzerinnen, Schlangenbeschwörerinnen, Wahrsagerinnen und anderen liederlichen Frauen und Mädchen. Die Würdenträger und die Stadtältesten hielten ihn nicht zurück, sie tafelten und zechten mit ihm und waren froh, daß der Kaiser sich nicht um die Regierungsgeschäfte kümmerte und sie, die Habgierigen und Hartherzigen, nicht hinderte, sich auf Kosten der Witwen und Waisen und wegen der Mißernte Hungernden zu bereichern. Die liederlichen Söhne der Würdenträger zechten mit dem Kaiser und belustigten ihn mit ihrer Schamlosigkeit.

Für das Land kamen Tage des Weinens und der Verwirrung. Frauen, Jungfrauen und Jünglinge trafen sich nachts heimlich im Wald, brachten den Göttern viele kostbare Opfer dar, beschworen mit schrecklichem Zauber den getöteten Jüngling Kenija. Und aus der Grabesfinsternis erschien der von dem Grausamen getötete schwarzäugige Jüngling.

Einmal, als der Kaiser mit seinen Würdenträgern und den unvernünftigen Jünglingen zechte, erschien Kenija bei ihm. Die Zecher erschraken.

Am Abendhimmel brannte noch rasches Abendrot. Die Täler füllten sich mit Nebel. Ganz weiß leuchtete im milchig-roten Widerschein des Sonnenuntergangs der erste Stern, und plötzlich öffnete sich der schwere Vorhang der kaiserlichen Tür, und, vom hellen Widerschein des Abendrots dunkel abgehoben, erschien der schwarzäugige, schwarzhaarige, braunhäutige Kenija, in einer kurzen weißen Bekleidung, die seine schönen Arme und Beine nicht verhüllte. Jemand grölte noch, sinnlos betrunken, den Kopf auf den Tisch gestützt, doch die Blicke der Zecher waren, mit

Stummheit und Entsetzen geschlagen, auf Kenija gerichtet. Ein goldener Becher fiel jemandem aus der Hand, rollte von der Zedernholztafel auf die Erde, beschrieb zwischen dem Kaiser und Kenija einen Bogen, und der dunkle, blutrote Strahl des Weines berührte die nackten Füße des aus der Grabesfinsternis auferstandenen Jünglings.

Still trat Kenija vor den Kaiser und setzte sich zu seiner Rechten, auf jenen Platz, auf dem er früher gesessen und auf den der Kaiser noch keinen anderen gesetzt hatte.

Bebend vor Angst und vor Zorn, fragte der Kaiser: »Du lebst, Kenija?«

Und Kenija antwortete: »Ich bin auferstanden und zu dir gekommen. Einst wanderte ich mit dir in diese Stadt, und wir beide waren froh und unschuldig. Nachdem ich dir mein Ei gegeben, saß ich neben dir, unwissend und einfältig. Doch der Grimm der hohen kaiserlichen Macht hat dein Herz entbrennen lassen und uns getrennt, und nach deinem Willen habe ich schlimme Qualen erlitten. Jetzt komme ich zu dir, wissend und weise und mit einer Kraft begabt, die du nicht besitzt, obwohl du der Herrscher eines großen Landes bist. Ich habe das kostbare Ei aufgehoben, das von Guten und Weisen ausgelegt und von Unvernünftigen und Bösen bewacht wurde. Es ist mein, und mein ist alles, was mit seinem Besitz zusammenhängt. Doch jetzt, da ich erfahren habe, wie die hohe Macht einen Menschen zum Bösen wendet, jetzt will ich, der ich dem Kaiser Meteja so wunderbar ähnlich sehe, jetzt will ich nicht Kaiser sein. Und zwischen uns, o großer Kaiser, wird es keinen Gegenstand der Trennung und des Zwistes geben. Teilen wir friedlich – du behältst die wertvollen Smaragde und Saphire der kaiserlichen Macht, mir aber gibst du das von meinen Händen gehobene und mit meinem Blut reingewaschene schwere Gold.«

Wilder Zorn entflammte des Kaisers Blicke, und er schrie: »Rebellische Worte höre ich, den aufrührerischen Blick eines ungehorsamen Knechts sehe ich. Wo seid ihr, meine treuen Diener! Ergreift den Aufrührer, peinigt ihn mit vielen Qualen, peitscht ihn vor meinen Augen, schlagt ihn mit Gerten und Ochsenziemern, gießt glühendes Blei in seine Kehle, stecht ihm die schwarzen Hexenaugen aus.«

Alles geschah, wie es der grausame Kaiser den eifrigen Knechten kaltherzig befohlen hatte. Entsetzlich schrie der gepeinigte Jüngling. Bis über die Federwolken klangen seine gellenden Schreie. Bis zum Himmel wären sie gedrungen, wenn es über der Erde einen Himmel gäbe.

Sie peinigten Kenija zu Tode, schleppten den verstümmelten Leichnam zur Stadtmauer hinaus und warfen ihn auf den Mist. Von fern heulten Schakale, die das frische Blut witterten.

Im Kaiserpalast grölten trunkene, heisere Stimmen lustige und unanständige Lieder. Nackte Dirnen tanzten vor dem Kaiser, der schallend lachte und die Tänzerinnen mit einer dünnen Peitsche antrieb, sich noch hurtiger zu drehen. Das geheuchelte Kreischen der nackten Dirnen war ihm eine Lust.

Und wieder währten die Tage der Grausamkeiten und der Übeltaten. Wieder wurde in den dichten Wäldern der zu Tode gequälte Jüngling mit schrecklichen nächtlichen Zaubern beschworen. Wieder erschien Kenija, und wieder kam er in den Kaiserpalast. Er wurde in Stücke gerissen und den Hunden zum Fraß vorgeworfen.

Als Kenija abermals kam, wurde er zusammen mit tausend um ihn weinenden Jünglingen und Mädchen verbrannt. Man trieb sie alle in ein Haus, häufte trockenes Reisig ringsum, schüttete Teer darüber und zündete es an. Freudig loderten helle Flammen auf, ergossen purpurnes Blut über die nächtlichen Wolken, und das grauenhafte Geschrei der tausend Verbrannten erscholl weithin und erschreckte die grimmigen Tiger, die im ufernahen Schilf auf lebende Beute lauerten. Die Menschen aber tanzten, ihrem grimmigen Herrscher zum Gefallen, um das von den Flammen erfaßte Haus.

Doch wieder erschien Kenija. Den wutentbrannten Kaiser packte Entsetzen, und er fragte den unentwegt auferstehenden Jüngling: »Oder willst du deine und meine Qualen endlos sein lassen?«

Lächelnd entgegnete Kenija: »Das liegt in deiner Hand, großmächtiger Kaiser. Gib mir mein Gold, so wirst du Ruhe haben.«

»Ich gebe es nicht her!« schrie der Kaiser. »Immer wieder werde ich dich unerhörten Qualen unterwerfen, bis du der Leiden müde bist und fortgehst in die ewige Finsternis.«

»Kaiser Meteja«, entgegnete Kenija, »ich kann nicht mehr abweichen von jenem Kreis der unentwegten Wiederkehr zu dir, auf den mich die höchsten Kräfte gestellt haben. Entweder du gibst mir das Gold meines Eies, oder du mußt mich mit deinen Zähnen zerfleischen und mich verschlingen, wie ein wildes Tier die Beute frißt, der es am einsamen Ort aufgelauert hat. Dann wirst du eine Bestie, aber so besiegst du mich, und ich werde zu dir, der Bestie, niemals mehr kommen.«

Kaiser Meteja ließ den Kopf sinken. Lange dachte er nach. Schließlich sagte er: »So soll es geschehen. Ich bin der Kaiser, und mir obliegt es, dich zu besiegen – um welchen Preis auch immer. Lieber eine Bestie sein, die siegt und triumphiert, als ein Mensch, der nachgibt und herausrückt, was ihm selbst gehört.«

Der schwarzäugige Kenija lachte. Da vollzog sich binnen eines Augenblicks eine wundersame Verwandlung des Kaisers. Sein ganzer Körper bedeckte sich mit rötlichem Fell von der gleichen Farbe, die Metejas Haar hatte. Biegsam und wendig wie ein bengalischer Tiger wurde Metejas Körper und ließ sich auf alle viere nieder, ein plötzlich gewachsener Schweif reckte sich empor, an Händen und Füßen, aus denen gewaltige, schreckliche Tatzen wurden, erschienen scharfe Krallen. Gräßlich verwandelte sich der schöne Kopf: Ober- und Unterkiefer wurden riesig, und im Rachen blitzten furchtbare Raubtierzähne, weiß, gebogen, scharf. Grünes Feuer funkelte in Metejas rund gewordenen Augen. Die Begrimmig brüllende Stimme des Kaisers gab das Gebrüll einer Bestie von sich, das selbst beherzten Männern Entsetzen einflößte. Mit einem gewandten, mächtigen Sprung stürzte sich der in eine Bestie verwandelte Meteja auf Kenija, und unter freudigem Knurren und Murren verschlang er dessen süßes Fleisch, zermalmte die Knochen zwischen den Zähnen, während die zottigen Raubtierohren wachsam spielten und Kenijas letzten Schreien lauschten.

So fraß der in eine Bestie verwandelte Kaiser Meteja seinen

Freund auf. Die Würdenträger und die Ältesten freuten sich und priesen den Kaiser Meteja, trunken vor Schadenfreude: »Ein großes Wunder haben die erhabenen Götter zum Segen unseres Landes vollbracht. Unserem geliebten Kaiser Meteja haben sie das furchtgebietende Aussehen einer Bestie verliehen, damit seine schrecklichen Krallen und seine mächtigen Kiefer die Knochen seiner Feinde zermalmen wie sprödes, knisterndes Schilf.«

Und sie führten die Bestie durch die Straßen, zur Einschüchterung der zitternden Feinde. Mit einem blitzenden Diadem war der Kopf der Bestie gekrönt, ein Diamantengeschmeide hing um ihren Hals, leuchtende Rubine und Saphire und funkelnde Smaragde prangten in dem rötlichen Raubtierfell. Duftende Blumen wurden von nackten Jungfrauen auf den Weg geschüttet, die schreckliche Spur der Bestie aber war mit heißem Blut getränkt. Das Volk warf sich der hohen Bestie zu Füßen, und sie wählte ihre Beute unter den demütig sich Verneigenden und verschlang die zarten Leiber von Jünglingen und Jungfrauen.

Dunkel ist das Ende der Erzählung. Eine Jungfrau mit einer brennenden Kohle in der Brust (vielleicht muß man »Die Jungfrau mit dem flammenden Herzen« lesen) würde die Bestie töten, so verhießen es die nächtlichen Wahrsagungen im geheimnisvollen Wald. Doch wurde die Bestie getötet? Wurden die zitternden Menschen von der entsetzlichen Macht der wütenden Bestie befreit? Unbekannt blieb das Schicksal des Landes, in dem die Bestie die Macht ergriffen hatte, sogar der Name des Landes geriet in Vergessenheit.

1906

TOD PER ANNONCE

Resanow fühlte sich schlaff, müde, welk. Mehr und mehr trachteten die Gedanken nach ewigem Frieden. Nichts, so schien ihm, war süßer als auszuruhen auf dem brettergefügten Lager, der Heimstatt aus Kiefernholz.

Und plötzlich gelüstete ihn nach Zerstreuung gegen das übliche Programm.

Er saß allein in seinem stillen Zimmer.

Aufmerksam las er die Inserate der »Neuen Zeit«. Er suchte etwas. Verglich, wählte aus.

Zeichen von Verwirrung und Unentschlossenheit traten in sein bleiches, welkendes Gesicht. Gedankenversunken nahm er einen Bleistift und lehnte dessen Spitze gegen den Schirm der Lampe.

Seine Hand zitterte. Die Spitze des Bleistiftes trommelte auf dem Lampenschirm. Er lächelte und dachte: Ich werde alt.

Er senkte die Augen – Augen, die einst jederzeit fröhlich, nun aber müde und gleichgültig waren – und durchforschte mit aufmerksamen und ruhigen Blicken die Blätter der Zeitung. Schließlich hatte er ein einzelnes Inserat ausgewählt.

Eine intelligente junge Dame, gut aussehend und wohlerzogen, die sich in äußerster Not befand, bat gute Menschen, ihr fünfzig Rubel vorzustrecken: sie erklärte sich mit allen Bedingungen einverstanden. Zuschrift erbat sie an das 17. Postamt – postlagernd – an die Inhaberin der Quittung Nr. 205 824.

Resanow holte aus einem Kästchen ein Blatt gelblichen rauhen Papieres mit unebenen Rändern hervor, welches das Wasserzeichen ›Margarette Mill‹ trug.

Mit einem Lächeln auf den Lippen, das gar nicht fröhlich war, schrieb er:

»Gnädige Frau, ich werde Ihnen das Geld geben, um das Sie bitten, doch nicht gegen eine Schuldverpflichtung und auch nicht umsonst, sondern für eine Arbeit, über die ich Ihnen sogleich schreiben will. Ich fasse mich so kurz wie möglich – in einem Brief läßt sich nicht viel sagen. Da Sie aber, nach Ihren Worten, eine intelligente Dame sind, werden Sie vielleicht begreifen, was da von Ihnen verlangt wird. Sie sollen vor mir in der Gestalt meines Todes erscheinen – je anziehender, um so besser – und sich demgemäß aufführen. Wenn Sie dies heitere Spiel mit der gehörigen Mannigfaltigkeit zu treiben verstehen, wird Ihr Verdienst vielleicht auch künftig für Ihren Unterhalt ausreichen. Sind Sie einverstanden? Schaudert es Sie nicht dabei? Verstehen Sie, was von Ihnen verlangt wird? Wenn Sie einverstanden sind, sich nicht fürchten und alles begriffen haben, dann schreiben Sie, wann und wo ich Sie zum erstenmal treffen kann. Die günstigste Zeit ist für mich nach fünf Uhr abends. Schreiben Sie an das Hauptpostamt, dem Besitzer des Dreirubelscheines Nr. 384 384. Den Brief hole ich um Viertel ab.«

Der Dreirubelschein, so ein neuer, aus der süßlich-frivolen Serie des Jahres 1905, knisterte unangenehm wie das gestärkte Hemd einer halbwüchsigen Kommunikantin in seiner Hand. Zweimal hintereinander die Ziffer 384. Diese Dopplung erschien ihm sonderbar und bedeutsam.

Er dachte nach: Und wenn …? Ein dünnes Lächeln. Dann soll's so sein!

Unterschrieben hatte er nicht. Nachdem er den Brief verschlossen hatte, brachte er ihn selbst weg und warf ihn in den Postkasten – damit man ihn nicht vergäße bis zum Morgen und damit er schneller ankäme.

Dann kehrte er zurück und dachte darüber nach, in welcher Gestalt sie wohl kommen werde.

Hager und häßlich, das Gesicht von Armut und Leid gegilbt, mit braunen Zähnen, das Haar in schütteren rötlichen Strähnen unter einem in Wind und Wetter verschossenen Hut, an dem, erbärmlich und lächerlich, Band und Feder wippten —?

Oder mädchenhaft jung, verlegen und still, mit den dünnen, von Nadeln zerstochenen Fingern einer Näherin, mit wachsbleichem Gesicht und großem lieblichem Mund —?

Oder kommt da eine betrunkene Hure, in Schminke getaucht, verschlagen, mit kreischender Stimme und rüdem Gehabe —?

Oder eine ungeschlachte Dame aus der Provinz, in unwahrscheinlichem Aufzug, mit unmöglichen Manieren und ungewaschenem Hals — vom Gatten abgetan und ohne irgendeine Bleibe —?

Wie wird sie sein — sie, mein Tod? Mein Tod!

Oder begegnet sie mir in einem dunklen Flur, und ohne sie zu sehen, lege ich nur mein armseliges Gold in eine kalte Hand?

Viertel ging er zum Postamt. Es war ein Sommertag in der Hauptstadt, staubig, schwül und laut. Hier und da wurden Fahrdämme ausgebessert und Häuser gestrichen — und es roch unangenehm. Und doch war alles heiter, vertraut, und die Schilder bekannter Restaurants gaben sich festlich-schön.

Er hatte keine Eile. Bei Leiner ging er ein Bier trinken. Bekannte traf er nicht. Wen sollte er jetzt auch treffen? Höchstens zufällig.

Es war gegen vier, als er durch die schmale offenstehende Tür den neuen glasüberdachten Saal des Postamtes betrat. Er erinnerte sich des alten, vollgespieenen Winkels, wo vordem die postlagernden Briefe ausgegeben worden waren. Jetzt mühten sich sogar die Beamten, eine liebenswürdigere Erscheinung abzugeben.

An einem Stand für Schreibpapier und Kuverts blieb er stehen. Ein Drehständer offenbarte ihm auf Postkarten ein ganzes Sortiment lieblich-süßer Plattheiten.

»Wird das gekauft?« fragte er die Verkäuferin.

Das Mädchen, niedlich und mit einem langweiligen Gesicht, zuckte gekränkt die üppigen Schultern.

»Was möchten Sie?« fragte sie in feindseligem Ton. »Kuverts, Briefpapier, Postkarten ...«

Er sah sie starr an. Sie hatte Löckchen an den Schläfen, einen Teint wie Porzellan, tiefblaue Pupillen. Er sagte:

»Ich brauche gar nichts.«

Und ging weiter.

Genau gegenüber der Eingangstür, hinter dem mittleren zweigeteilten Fenster der großen quadratischen Barriere saßen drei Mädchen und sortierten Briefe. Vor dem Schalter standen Kunden. Eine korpulente Dame mit einer Warze auf der Nase fragte nach einem Brief für Ruslan-Swonarewa.

»Ihr Name ist Swonarewa?« fragte eines der Postfräulein, deren Gesicht die Farbe einer Weizensemmel hatte, und verschwand im Hintergrund am Schrank mit den Briefen.

»Ruslan-Swonarewa«, rief ihr halb flüsternd und erschreckt die Dame mit der Warze nach.

Und als das semmelfarbene Postmädchen mit einem Päckchen von Briefen ans Schalterfenster zurückkehrte, beeilte sich die Dame mit der Warze zu wiederholen:

»Ich habe einen Doppelnamen — Ruslan-Swonarewa.«

Neben ihr stand ein rothaariger Herr, der seine Melone in der Hand trug und mit ruhelosen Blicken den Briefen folgte, die das zweite Postfräulein sortierte — die schönste von den dreien und sehr stolz darauf. Allem Anschein nach erwartete jener Herr einen »frivol-sentimentalen« Brief, er war erregt, und er machte einen unschönen und erbärmlichen Eindruck.

Das dritte Mädchen, schwammig-rosig, mit einem breiten, zu kurz geratenen Gesicht, auf dessen Stirn ein breiter Vorhang dichten kastanienbraunen Haares niederhing, lachte über irgend etwas in sich hinein. Sie drehte sich dauernd zu den beiden anderen um, die sich ebenfalls amüsierten, lachte und ließ ein paar Worte über etwas Vergnügliches fallen.

Resanow reichte ihr schweigend seinen Dreirubelschein. Er betrachtete die Mädchen. Sie sind jung, dachte er, gesund und reizvoll. Die Postbehörde hat sie ausgesucht, weil sie sich über ein schickliches Aussehen ihrer Einrichtungen Sorge macht.

Er erinnerte sich einer unlängst in der Zeitung geführten Polemik zwischen einem Postdirektor und einer Frau, die Beschwerde führte, daß sie bei einem Postamt keine Anstellung bekommen hatte, weil sei mager war, unschön, welk vor Armut, Furcht und mangelhafter Ernährung – und alt, ganze zweiunddreißig Jahre.

Er schloß die Augen – und sah ein bleiches, blutleeres, angsterfülltes Gesicht, weit geöffnet die Augen, die Lippen verzagt und krampfhaft bebend. Und jemand flüsterte, klar und ruhig:

»Sinnlos, dieses Leben.«

Eine andere stille Stimme antwortete:

»So laß das Leben!«

Resanow öffnete die Augen. Haßerfüllten Blickes folgte er dem Mädchen mit dem schwammigen Gesicht, das, einen Brief auf seine Nummer suchend, die Karten und Briefe nacheinander aus dem Päckchen auf den Tisch warf. Sie lachte, ohne aufzuhören. Widerwärtig, lästig.

Schließlich hielt sie ihm einen Brief in einem schmalen gestempelten Kuvert hin. Die übrigen Briefe warf sie auf einen Haufen.

»Das ist alles.«

»Mehr will ich auch nicht«, sagte Resanow verdrossen.

Er ging zur Seite und setzte sich auf die Bank an der Säule. Er riß das Kuvert auf, rasch, doch ganz ruhig.

Große schmale Buchstaben, feine Schriftzüge, eine ebenmäßige und ruhige Handschrift, unerwartet schön.

»Verehrter Herr,
ich bin einverstanden. Ich fürchte mich nicht. Ich habe begriffen. Um Viertel in der sechsten Stunde. Michailow Garten, die Allee rechts vom Eingang. Ein weißes Kleid. In der rechten Hand Ihr Brief im Kuvert.

Ihr Tod«

Ein Wächter schwang seine Glocke. Der Saal leerte sich. Resanow ging ins »Wien«. Er dinierte. Trank Wein. Er war in Eile.

Um halb sechs kam er in den Garten.

Sie stand unweit vom Eingang, unter einem Baum am Ende

der Allee. Ihr Kleid leuchtete weiß vor dem dunklen Grün des stillen Gartens.

Eine zarte blasse Gestalt, still und friedlich. Sie sah ihn aufmerksam an, als er auf sie zutrat. Ihre Augen waren grau und ruhig. Keinerlei Bewegung spiegelte sich darin. Nur Aufmerksamkeit. Ihr Gesicht, das keineswegs schön war, drückte Klarheit und Demut aus. Auf den Lippen ihres großen Mundes lag ein Lächeln voller Lieblichkeit und Trauer.

»Mein lieber Tod«, sagte er ganz leise.

Er blieb vor ihr stehen. Eine sonderbare Erregung ergriff ihn. Er reichte ihr die Hand hin.

Sie schwieg. Dann nahm sie seinen Brief in die Linke und ergriff mit ihrer rechten kalten, ruhigen Hand die seine.

Er fragte sie:

»Hast du mich schon lange erwartet?«

Langsam, ein Wort hinter das andere setzend, sprach sie mit klarer, leblos gleichmäßiger Stimme, aus der tödliche Stille wehte:

»Du hast mich nicht erwartet. Du glaubtest, du träfest mich nicht.«

Es schien ein kalter Hauch von ihr zu kommen. Die Falten ihres weißen Kleides waren ohne die leiseste Bewegung, nichts rührte sich. Der schlichte Strohhut mit dem weißen Band, den sie aufrecht auf den Kopf gesetzt hatte, warf einen gelben Schatten über ihr friedliches Gesicht. Ein wenig zur Seite geneigt, stand sie vor ihm und zeichnete mit der Spitze ihres leichten Schirmes ein feines Muster in den Sand, von links nach rechts, zwischen ihm und ihr.

Er fragte:

»Und das stimmt, daß du einverstanden bist, mein Tod zu sein?«

Leise gab sie zur Antwort:

»Ja — dein Tod.«

Kaltes Schaudern überrann ihn, und er fragte noch einmal:

»Und du fürchtest dich auch nicht, eine solch düstere Rolle zu spielen?«

»Der Tod fürchtet die Lebenden«, sagte sie, »und er zeigt sich ihnen nicht unverhohlen. Vielleicht bist du der erste, der mein Gesicht zu sehen bekommt, das irdische, menschliche Gesicht deines Todes.«

»Du hast deine Rolle sehr schnell und sehr gewissenhaft gelernt. Sag mir, wie du heißt.«

Mit traurigem, schüchternem Lächeln sagte sie:

»Ich bin dein Tod, dein weißer, stiller, friedlicher Tod. Eile dich, die irdische Luft zu atmen, deine Stunden sind gezählt.«

Er runzelte die Stirn und sagte:

»Du bist eine sehr intelligente Dame, du befindest dich in einer schwierigen Situation und bittest um Geld. Was hat dich zum äußersten gebracht, daß du mit allen Bedingungen einverstanden bist? Sogar damit, ein solch schreckliches Spiel zu treiben.«

»Ich bin hungrig, krank und müde, und traurig.«

Er lachte auf.

»Ruh dich vor allem erst einmal aus. Warum stehst du? Setz dich auf die Bank.«

Sie gingen ein paar Schritte und setzten sich. Sie zeichnete ein verworrenes Muster in den Sand.

»Du bist hungrig, dann gehen wir essen – willst du? –, irgendwohin, ich werde dir zu essen geben. Du bekommst das Geld, das du erbeten hast. Sag doch, vielleicht brauchst du noch etwas anderes von mir?«

»Ich nehme von dir alles, was du geben kannst – dein Gold und deine Seele.«

Er fuhr zusammen. Dann lachte er und sagte:

»Du spielst deine Rolle gut.«

»Ich bin gekommen. Meine Zeit wird bald um sein. Ich warte.«

Er holte seine Geldbörse heraus.

Im kleinen Mittelfach mit dem Stahlbügel lagen die fünf Goldstücke, die er zuvor hineingesteckt hatte. Er nahm sie heraus.

Schweigend hielt sie ihre schmale bleiche Hand hin, ganz ruhig und friedfertig, die Handfläche nach oben gekehrt. Zarte Linien bildeten ein klares einfaches Muster auf ihrer weißen Hand, die bewegungslos geöffnet blieb.

Mit leisem melodischem Klirren senkten sich die fünf Goldstücke in ihre kalte Hand, die nicht im mindesten erbebte. Und ganz ohne Hast schloß sich die Hand, die zarten Finger, lang und weiß, krümmten sich, und ohne Eile schob sich die Hand mit dem Gold in den seitlich verborgenen Schlitz des weißen Kleides.

›Mein armes Gold‹, dachte er, ›meine letzte Gabe, der kärgliche Verdienst eines Tagelöhners, geringer Preis für maßlose Mühe – für dich, meine Liebe.‹

Hatte er das nur gedacht? Oder laut gesprochen? So deutlich hatten diese Worte geklungen. Traurige Beklommenheit erfüllte seine Brust.

Schwermütig sah sie ihn mit ihren grauen aufmerksamen Augen von der Seite her an und lächelte. Dann verneigte sie sich, und ganz leise schurrte im Sand die Spitze ihres Schirmes.

»Dein Gold habe ich genommen«, flüsterte sie, »deine Seele werde ich nehmen. Du hast mir Gold gegeben, und du wirst mir die Seele geben.«

Leise sagte er:

»Du hast mein Gold genommen, weil ich es dir gegeben habe. Aber wie wirst du mir meine Seele nehmen? Und wo wirst du es tun?«

»Ich werde zu dir kommen, wenn meine Stunde schlägt, und deine Seele nehmen. Und du wirst mir deine Seele geben. Du wirst sie mir geben, weil ich dein Tod bin, und nirgends mehr wirst du von mir hingehen.«

Trauer quälte ihn. Doch Trauer und Furcht überwindend, sagte er mit schneidender Stimme:

»Du wohnst bei irgendwelchen Wirtsleuten in einem Zimmer, du suchst einen Ort, wo du bleiben kannst, oder Arbeit, du heißt Marja oder Anna. – Wie heißt du?«

Und in einem Anfall von Bosheit schrie er:

»Sag mir, wie du heißt!«

Völlig unbewegt sagte sie noch einmal:

»Ich bin dein Tod.«

Diese Worte fielen so hoffnungslos und unerbittlich, daß er zu zittern begann und in sich zusammensank. Mit tonloser Stimme fragte er:

»Du brauchst mein Gold, weil du hungrig und erschöpft bist – aber meine Seele, wozu brauchst du meine Seele?«

»Für dein Gold kaufe ich Brot und Wein, und ich werde essen und trinken und meine hungrigen Todeskindlein füttern. Doch dann will ich kommen, deine Seele zu holen. Ich werde sie behutsam in die Hände nehmen und sie auf meine Schultern laden, und ich will hingehen in jenes dunkle Reich, wo dein und mein Herrscher wohnt, von keinem gesehen, und ihm werde ich deine Seele bringen. Er wird deine Seele keltern und ihren Saft in eine tiefe Schale gießen, in die auch meine stillen Tränen fallen werden, und mit dem Saft deiner Seele, vermischt mit meinen stillen Tränen, wird er die Sterne der Mitternacht besprengen.«

Ganz leise und ohne Eile erklangen, eines nach dem anderen, die Worte dieser sonderbaren Rede wie die dunklen Zauberworte einer Beschwörung.

Wer auch vorüberging, wie die Stimmen ringsum auch schallten und Equipagen jenseits des Gitters donnernd über das Pflaster jagten, wie hurtig auch das muntere Treiben war, das Lachen und Plappern der Kinder – alles blieb verborgen unter dem Zaubermantel dieser langsam fließenden Rede. Und wie unter dem treibenden Schleier von Opferrauch war der klingende, bunte, fröhlich zum Abend sich neigende Tag verborgen.

Es blieben Trauer, Mattheit und Gleichmut. Leise sagte er:

»Und wenn das Beben meiner Seele bis zu den Sternen dringt und in fernen Welten unstillbaren Durst und die Freude des Seins entflammt – was soll mir das? Verwesend verwese ich hier, in dem schrecklichen Grab, in das, ich weiß nicht, warum, gleichgültige Menschen mich verscharren. Was bedeuten die schönen Worte deiner Versprechungen schon für mich? Für mich! Sag doch: für mich?«

Mit schüchternem Lächeln sagte sie:

»Ewiger Friede ist im glücklichen Abschied.«

Leise wiederholte er:

»Ewiger Friede … Und dieser Abschied?«

»Ich tröste, womit ich kann«, sagte sie mit dem gleichen unbeweglichen schüchternen Lächeln.

Dann stand er auf und ging zum Ausgang des Gartens. Er hörte ihre leichten Schritte hinter sich.

Lange Zeit ging er durch die Straßen der Stadt – und sie folgte ihm. Bisweilen beschleunigte er seine Schritte, um von ihr wegzukommen – doch auch sie ging schneller, eilte, lief, mit den zarten Fingern den Saum ihres weißen Kleides hebend. Wenn er stehenblieb, verharrte sie in einiger Entfernung und sah sich die Auslagen in den Schaufenstern der Geschäfte an. Manchmal machte er verdrossen kehrt und ging geradewegs auf sie zu. Dann flüchtete sie rasch auf die andere Seite der Straße oder verbarg sich an einer Freitreppe oder in einem Tor.

Sie folgte ihm mit ihren grauen ruhigen, aufmerksamen Augen, ohne von ihm abzulassen.

›Ich nehme mir eine Droschke‹, dachte er.

Er wunderte sich, daß ihm dieser schlichte Gedanke nicht schon eher in den Kopf gekommen war.

Aber kaum, daß er mit einem Kutscher zu sprechen begann, trat sie näher. Ganz nahe stand sie da und wehte ihn mit ihrer Trauer und Kälte an. Und lächelte.

Ärgerlich dachte er: ›Sie wird sich neben mich setzen. Ich kann ihr weder entlaufen noch davonfahren.‹

Der Kutscher hatte sechzig Kopeken verlangt.

»Dreißig Kopeken«, sagte Resanow und lief schnell weg.

Der Kutscher fluchte.

Resanow eilte ins zweite Stockwerk hinauf. Vor seiner Wohnungstür blieb er stehen und läutete. Die ganze Zeit über hörte er das Geräusch ihrer leisen Schritte auf den Stufen. Ungeduldig läutete er ein zweites Mal. Angstschauer fuhren ihm über den Rücken. Er wollte in seiner Wohnung sein, bevor sie die Treppen hinaufgestiegen war, bevor sie sehen konnte, in welche Tür er ging – denn es gab vier Türen.

Aber schon war sie oben angelangt. Ihr weißes Kleid schimmerte bereits ganz nahe im Halblicht des Treppenhauses. Aus nächster Nähe trafen ihre grauen aufmerksamen Augen seine erschreckten Blicke, als er, die Wohnung betretend, sich ein letztes Mal zur Treppe umsah und dann hastig die Tür hinter sich zuschlug.

Eigenhändig schloß er die Tür ab. Laut kreischte das Schloß. Dann blieb er im Halbdunkel des Vorsaales stehen. Mit wehmütigem Blick sah er zur Tür. Er spürte, nein, er sah hinter der durchsichtig werdenden Tür, wie sie dastand, ganz still, mit dem schüchternen Lächeln auf dem lieblichen Mund, wie sie das klare blasse Gesicht hob, um die Nummer der Wohnung zu entziffern und sich zu merken.

Dann hörte er sie leise die Stufen hinabsteigen.

Resanow ging in sein Zimmer.

»Sie ist gegangen.« Es war, als hätte das jemand mit deutlicher Stimme gesprochen.

Eine andere Stimme erwiderte, hoffnungslos-ruhig:

»Sie wird kommen.«

Er wartete. Es wurde immer dunkler. Traurigkeit quälte ihn. Seine Gedanken waren unklar, verworren. In seinem Kopf drehte sich alles. Kälteschauer und Fieber schüttelten seinen Körper.

›Was tut sie?‹ dachte er.

›Sie hat Essen gekauft, ist nach Hause gegangen, um ihre hungrigen Todeskindlein zu füttern. So sagte sie doch – Todeskindlein. Wie viele sind es? Wie sehen sie aus? Ebenso still wie sie, meine Liebe, mein Tod? Abgemagert, vom Hunger bleich und furchtsam. Nicht schön, doch mit den gleichen aufmerksamen Augen, und ebenso lieblich wie sie, mein lieber, mein weißer Tod.

Die Todeskindlein füttern. Dann schlafen legen. Und dann hierherkommen. Warum?‹

Plötzlich erwachte Neugier in ihm.

Sie kommt, natürlich kommt sie. Warum sonst hätte sie ihm folgen sollen, bis vor die Tür? Aber warum kommt sie? Wie versteht sie ihre Aufgabe, diese entsetzliche Frau, die bereit ist, für Geld auf jegliche Bedingung einzugehen, sogar darauf, der Tod zu sein?

Vielleicht ist sie gar keine Frau, sondern wirklich der Tod. Und wird sie kommen, um aus diesem seinem sündigen schwachen Leib die Seele zu nehmen?

Er legte sich auf den Diwan und hüllte sich in seinen Plaid. Er zitterte unter den Anfällen eines ebenso gnadenlosen wie süßen Fiebers.

Was für sonderbare Gedanken einem in den Kopf kommen! Sie ist klug und gewissenhaft. Sie hat das Geld genommen, und sie will es verdienen, und sie spielt die ihr aufgegebene Rolle sehr gut.

Warum eigentlich ist sie so kalt?

Wohl darum, weil sie arm und hungrig ist, matt und krank.

Müde von der Arbeit. Und sie hat viel Arbeit.

›Hab den ganzen Tag die Sense geschwungen,
und nun bin ich müde und krank.‹

So geht sie und sucht, hungrig und krank. Die armen Todeskindlein warten und sperren die hungrigen Mäuler auf.

Er dachte an ihr Gesicht – das irdische, menschliche Gesicht seines Todes.

Ein so bekanntes Gesicht. So vertraute Züge.

In seinem Gedächtnis erstand, Zug für Zug, immer deutlicher ihr Gesicht – bekannte, vertraute, liebe Züge.

Wer ist sie, mein weißer Tod? Ist sie nicht meine Schwester?

›Mühe plagen mich und Krankheit,
hilf mir doch, mein lieber Bruder!‹

Und wenn sie meine Ewige Schwester, mein weißer Tod ist, was war sie mir vorher, bevor sie diese Erscheinung annahm, bevor sie zu mir kam in der Gestalt einer Frau, die eine Annonce aufgab und bei irgendwelchen Wirtsleuten zur Miete wohnte?

Ich habe mein armseliges Gold in ihre Hände gelegt, meine dürftige Gabe – klirrendes Gold in ihre erkaltende Hand. Sie hat mein Geld genommen mit ersterbender Hand, und sie wird meine Seele nehmen. Sie wird mich hinwegtragen unter dunkel sich aufschwingende Gewölbe – das Antlitz des Herrschers wird sich enthüllen. Mein Ewiges Antlitz, und der Herrscher bin ich. Ich rufe meine Seele zum Leben, und meinen Tod befehle ich hinter mich, mir zu folgen.

Er wartete.

Es war Nacht. Leise schlug die Glocke an. Niemand hatte es gehört. Resanow warf eilig seinen Plaid ab. Er ging durch den Korridor, bemüht, keinen Lärm zu machen.

Das Schloß kreischte. Die Tür öffnete sich – sie stand auf der Schwelle.

Er trat in den dunklen Vorsaal zurück. Er fragte, als sei er verwundert:

»Das bist – du?«

»Ich bin gekommen. Dies ist meine Stunde. Es ist Zeit.«

Er schloß die Tür hinter ihr und ging durch die unbeleuchteten Räume in sein Zimmer. Hinter sich hörte er ihre leichten Schritte.

In der Dunkelheit des Zimmers schmiegte sie sich an ihn und küßte ihn mit einem zärtlichen unschuldvollen Kuß.

»Wer bist du?«

Sie sagte:

»Du hast mich gerufen, und ich bin gekommen. Ich habe keine Furcht, habe auch du keine Furcht. Ich will dir die letzte Freude des Lebens geben, den Kuß des Todes – ›mag der Tod dir leicht sein und süßer als Gift‹.«

»Und du?« fragte er.

»Ich habe dir gesagt, daß ich mit deiner Seele den einzigen Weg gehen werde, der vor uns liegt.«

»Und deine – Todeskindlein?«

»Ich habe sie vorausgeschickt, damit sie vor uns hergehen und uns die Tore öffnen.«

»Und wie wirst du mir meine Seele nehmen?« fragte er noch einmal.

Sie preßte sich zärtlich an ihn und flüsterte:

»›Der Dolch ist scharf und süß die Wunde.‹«

Sie schmiegte sich an ihn, küßte und streichelte ihn. Dann

stach sie zu und traf mit dem vergifteten Dolch genau in seinen Nacken. Süßes Feuer jagte durch seine Adern, und er lag tot in ihren Armen.

Den zweiten Stoß des Dolches richtete sie auf sich selbst und fiel tot auf seine Leiche nieder.

1907

IN DER MENGE

1

Das altehrwürdige Mstislawl feierte den siebenhundertsten Jahrestag seiner Gründung. Es war eine reiche Industrie- und Handelsstadt, die viele Fabriken und Betriebe in ihren Mauern und in der Umgebung hatte, von denen manche in ganz Rußland hoch angesehen waren. Die Bevölkerung hatte, besonders in den letzten Jahren, rasch zugenommen und eine eindrucksvolle Zahl erreicht. Viel Militär gab es hier, viele Arbeiter, Kaufleute und Beamte, Studenten und Literaten.

Der Stadtrat beschloß, das Jubiläum zu feiern. Einladungen ergingen an die Behörden, sogar nach Paris und London, auch nach Tschuchloma und Medyn sowie einige andere, streng ausgewählte Städte.

»Wissen Sie, damit sich nicht sonstwer aufdrängt«, erklärt das Stadtoberhaupt, ein junger Mann aus dem Kaufmannsstand, der europäische Bildung genossen hatte und für seine feinen, gefälligen Umgangsformen bekannt war.

Dann entsann man sich, daß Moskau und Wien eingeladen werden müßten. Auch an diese beiden Städte wurden Einladungen verschickt, doch bis zum Fest blieben nur noch zwei Wochen.

Die Literaten und Studenten warfen dem Bürgermeister die peinliche Vergeßlichkeit vor. Er rechtfertigte sich betreten: »Vor lauter Arbeit weiß ich nicht, wo mir der Kopf steht. Sie können sich nicht vorstellen, was es alles zu tun gibt. Ich komme kaum noch zum Schlafen, weil eine Kommissionssitzung die andere jagt.«

Moskau nahm die Verspätung nicht übel – mit unsereins werden wir wieder quitt – und beeilte sich, eine Deputation mit einer Glückwunschadresse zu schicken. Das lustige Wien hingegen beschränkte sich auf eine Gratulationskarte mit einer kunstvollen Zeichnung: Ein nackter Jüngling mit Zylinder sitzt rittlings auf einem Faß und hält in der erhobenen Hand einen Bierkrug. Das Bier schäumt heftig, und der Jüngling mit roten Pausbacken lächelt fröhlich und verschmitzt. Die Stadträte fanden, das fröhliche, gutmütige Wiener Lächeln sei der Festlichkeit ganz angemessen. Auch die Zeichnung dünkte sie sehr stilvoll. Allein bei der Definition des Stils wurden sie sich nicht recht einig, die einen sprachen von »Jugendstil«, die anderen von »Rokoko«.

In der Stadt, die ungepflastert, staubig, schmutzig und finster war – es gab viele gemeine Gassenjungen und wenig Schulen, arme Frauen mußten häufig ihre Kinder auf der Straße gebären, die Mauern der aus der Geschichte berühmten Festung wurden niedergerissen, um Steine für neue Häuser zu gewinnen, in den belebten Straßen tobten nachts Rowdys herum, in den Vorstädten aber wurden die Wohnungen ungehindert ausgeraubt, mochten die schläfrigen Nachtwächter mit ihren Klappern Lärm machen – in dieser halbwilden Stadt veranstaltete man für die von überallher anreisenden Ehrengäste Feiern und Festmähler, die völlig überflüssig waren, und verschleuderte für diese unnütze, törichte Sache Geld, während für Schulen und Krankenhäuser nicht genug Mittel da waren.

Für das einfache Volk, ohne das man ja nicht auskommt, wurden Volksbelustigungen auf der städtischen Viehweide vorbereitet, in einem Tal, das aus irgendeinem Grund Opalicha (Schwende) hieß. Schaubuden wurden errichtet, eine für Volksstücke, eine für Märchenspiele, eine für den Zirkus, ferner eine Achterbahn, Schaukeln und Masten fürs Preisklettern. Dem alten Spielmann wurde ein neuer Flachsbart umgehängt, der die Stadt sogar teurer zu stehen kam als einer aus Seide, so kunstvoll war er gearbeitet.

Geschenke wurden vorbereitet, die ans Volk verteilt werden sollten, für jedermann ein Krug mit dem Stadtwappen und ein

Päckchen mit Pfefferkuchen und Nüssen, das in ein kleines Tuch mit einer Ansicht von Mstislawl eingewickelt war. Die Krüge und die Tücher stellte man zu Tausenden und aber Tausenden her und verpackte die Geschenke so rechtzeitig, daß die Pfefferkuchen bis zum Fest hart und die Nüsse schimmlig wurden.

Eine Woche vor dem anberaumten Volksfest wurden im Opalicha-Tal Tische, Bierbüfetts und zwei Tribünen errichtet, eine für zahlendes Publikum, eine für Ehrengäste.

Zwischen den Büfetts ließ man nur schmale Durchgänge, damit die Leute einzeln und der Reihe nach zu den Tischen gelangten, um sich ihr Geschenk abzuholen. Dies hatte der Bürgermeister der Ordnung halber ersonnen. Er war ein kluger, vernünftiger junger Mann.

Am Tag vor dem Fest wurden die Geschenke gebracht und in Schuppen verschlossen.

Als das Volk von den Festlichkeiten und Geschenken erfuhr, strömte es in Scharen ins altehrwürdige Mstislawl. Schon von weitem bekreuzigten sie sich vor den Goldkuppen der zahlreichen Kirchen. Außer den Geschenken war, den Gerüchten nach, zu erwarten, daß der Schnaps in Strömen fließen werde und jeder nach Herzenslust trinken könne: »Bis du voll bist!«

Viele kamen von weit her. Sie waren beizeiten aufgebrochen. Am Tage vor dem Fest wimmelte es in den Straßen von Fremden. Die meisten waren Bauern, viele Fabrikarbeiter. Es waren auch Kleinbürger aus den Nachbarstädten da. Die Leute waren zu Fuß hergewandert, manche hergefahren.

Schon seit Tagen ging es in der Stadt festlich zu. Die Häuser waren mit Fahnen und Girlanden aus grünen Zweigen geschmückt. Gottesdienste fanden statt. Eine Militärparade wurde abgehalten. Dann gab es Vorführungen der Feuerwehr. Ein Markt wurde veranstaltet, dort herrschten Lärm und Heiterkeit.

Es kamen viele vornehme Gäste aus dem In- und Ausland, Beamte und Würdenträger, ferner zahlreiche neugierige Touristen. Die Einwohner eilten auf die Straßen und sahen sich die Besucher an. Die vornehmen Ausländer fanden besondere, wenn auch nicht sehr freundschaftliche Aufmerksamkeit. Man bemühte sich, überall Gewinn herauszuschlagen: Unterkunft, Essen, Waren, alles wurde teurer.

Es kam der Abend vor dem Volksfest. Die Stadt war wie an den Abenden zuvor festlich beleuchtet. Im Stadttheater fand eine Galavorstellung statt, danach gab es einen großen Ball im Haus des Gouverneurs.

Die Menschen strömten in Scharen ins Opalicha-Tal. Beaufsichtigt wurde es nicht. Die Verteilung der Geschenke war für zehn Uhr morgens anberaumt, und die Obrigkeit glaubte, vor Tagesanbruch werde niemand dort erscheinen. Vor dem Tagesanbruch aber kam die Nacht und vor ihr der Abend. Schon am Abend begann sich im Opalicha-Tal eine Menschenmenge zu sammeln, so daß mitternachts vor den Schuppen, die den Festplatz von der städtischen Viehweide trennten, Gedränge, Lärm und Unruhe herrschten.

Wie erzählt wurde, waren dort Hunderttausende oder gar eine halbe Million.

2

Am Nikolskaja-Platz, dicht am Steilufer des Safat, stand das Häuschen der Familie Udojew. Aus dem Garten genoß man einen herrlichen Ausblick auf die unteren Stadtviertel Saretschje und Torgowy sowie auf die Umgebung.

Aus der Höhe erschien alles klein, schön und sauber. Der seichte, schmutzige Fluß schillerte als schmales Band. Die Wohnhäuser und die Reihen der Krämerbuden sahen wie Spielzeug aus, die Kutschen und die Menschen bewegten sich friedlich, lautlos und ziellos, leichter Staub stieg kaum sichtbar auf, und das schwere Dröhnen der Lastfuhrwerke klang wie kaum hörbare unterirdische Musik.

Auf der anderen Seite des Platzes, dem Haus der Udojews gegenüber, stand das Finanzamt, ein ockerfarbenes, öde wirkendes zweistöckiges Gebäude. Dort arbeitete das Haupt der Familie, der Staatsrat Matwej Fjodorowitsch Udojew.

Ein fester grauer Bretterzaun umgab Udojews Haus, im Garten stand eine gemütliche Laube, der Flieder duftete, Obstbäume und Beerensträucher versprachen köstliche Ernte – die Familie des alten, angesehenen Beamten hatte sich haushälterisch und mit Bedacht eingerichtet.

Udojews Kinder, der fünfzehnjährige Gymnasiast Ljoscha und seine beiden Schwestern, die zwanzigjährige Nadja und die achtzehnjährige Katja, wollten ebenfalls zum Volksfest ins Opalicha-Tal gehen. Deshalb waren sie schon fröhlich und aufgeregt.

Ljoscha war ein weißgesichtiger, lachlustiger und fleißiger Junge. Besondere Kennzeichen hatte er nicht: Die Lehrer verwechselten ihn oft mit einem anderen, ebenso hellhäutigen und bescheidenen Gymnasiasten. Auch die beiden Mädchen waren bescheiden, lustig und gutherzig. Die ältere, Nadja, war etwas lebhafter, war sprunghaft und manchmal sogar ausgelassen. Die jüngere, Katja, war sehr still, sie betete gern, vor allem in der Klosterkirche, bei ihr war es nie weit vom Lachen zum Weinen und vom Weinen zum Lachen, sie war leicht zu kränken, aber auch nicht schwer zu trösten und zum Lachen zu bringen.

Der Junge und die beiden Mädchen wollten gern einen Jubiläumskrug bekommen. Sie baten ihre Eltern um Erlaubnis, ins Opalicha-Tal zu gehen.

Die Eltern ließen sie ungern dorthin. Die Mutter brummte. Der Vater schwieg. Ihm war alles gleich. Im übrigen mißfiel es auch ihm.

Matwej Fjodorowitsch Udojew, hochgewachsen und pockennarbig, war ein wortkarger, gleichmütiger Mann. Er trank Schnaps, wenn auch mäßig, und stritt sich fast nie mit seinen Angehörigen. Das Familienleben ging an ihm vorbei. Wie das ganze Leben ...

Es zog vorbei, wie Wolken am sonnendurchfluteten Himmel vorbeigleiten und zerschmelzen ... Wie ein unermüdlicher Wanderer an Häusern vorbeigeht, die ihn nicht kümmern ... Wie Wind, der aus einem fernen Land herweht ... Vorbei, vorbei, immer vorbei.

3

Ljoscha und seine beiden Schwestern standen am Tor und betrachteten die Passanten. Auf der Straße ging es laut und lebhaft zu. Herausgeputzte Leute, offenbar Fremde, gingen vorüber, zumeist in eine Richtung – zum Opalicha-Tal. Das Stimmengewirr der Menge flößte den Kindern dumpfe Angst ein.

Die Schutkins, ihre Nachbarn, kamen herbei: der junge Mann, ein Knabe und zwei Mädchen. Sie wechselten ein paar belanglose Worte, wie Menschen, die sich oft treffen und miteinander vertraut sind.

»Geht ihr hin?« fragte der ältere Schutkin.

»Morgen früh!« erwiderte Ljoscha.

Nadja und Katja lächelten stumm, freudig und ein wenig verlegen. Die Schutkins blickten sich lachend an und gingen nach Hause.

»Sie wollen vor uns dort sein«, mutmaßte Nadja.

»Von mir aus«, versetzte Katja traurig.

Das Haus der Schutkins stand neben dem Anwesen der Udojews. Es sah auffallend verwahrlost und baufällig aus.

Die jungen Schutkins waren tüchtige Schlingel und Taugenichtse. Manchmal verübten sie freche Streiche, und sie wollten auch die Udojewschen Kinder zu Streichen anstiften, nicht selten recht schlimmen.

Die Schutkins hatten eine dunkle Haut und schwarzes Haar wie Zigeuner. Der ältere Bruder arbeitete als Schreiber beim Friedensrichter. Er war ein toller Balalaikaspieler. Die Schwestern, Jelena und Natalja, sangen und tanzten gern. Das taten sie mit Hingabe. Der jüngere Bruder, Kostja, war ein ausgemachter Wildfang. Er besuchte die Volksschule. So manches Mal wäre er fast hinausgeworfen worden, doch hielt er sich noch mit Ach und Krach.

Die Udojews gingen ins Haus. Ihnen war ungemütlich und unruhig zumute. Es fiel ihnen schwer stillzusitzen.

Sie beschlossen, am frühen Morgen aufzubrechen. Aber Vorbereitungen trafen sie schon am Abend. Je tiefer die müde Sonne sank, desto größer wurden die Unruhe und die Ungeduld der

Kinder. Immerfort liefen sie zum Tor, um etwas zu sehen und zu hören, um mit Nachbarn oder Vorübergehenden zu schwatzen.

Am unruhigsten war Nadja. Sie fürchtete sehr, daß sie zu spät kommen würden. Verdrossen sagte sie zu ihrem Bruder und ihrer Schwester: »Ihr werdet verschlafen, bestimmt werdet ihr verschlafen, ich ahne es.«

Nervös ließ sie ihre schmalen, zarten Finger in den Gelenken knacken, was bei ihr stets ein Anzeichen starker Erregung war.

Katja lächelte sie ruhig an und sagte selbstsicher: »Ach was, wir kommen nicht zu spät.«

»Schlafen muß man auch«, meinte Ljoscha träge.

Er wurde plötzlich träge, sagte sich, es würde unangenehm und unnütz sein, früh aufzustehen, und er hatte keine Lust mehr, hinzugehen.

»Von wegen schlafen!« widersprach Nadja hitzig. »Schlafen muß man überhaupt nicht. Ich werde heute nicht schlafen.«

»Und Abendbrot essen wirst du auch nicht?« fragte Ljoscha spöttisch.

Plötzlich hatten sie das Gefühl, das Abendessen werde absichtlich hinausgeschoben, und sie wurden unruhig, blickten immerfort auf die Uhr, fragten den Vater nach der Uhrzeit.

Nadja brummte: »Wieso geht unsere Uhr ausgerechnet heute nach? Es ist längst Abendbrotzeit. Wenn wir bis Mitternacht immer noch kein Abendessen bekommen, kann es leicht passieren, daß wir morgen verschlafen.«

Der Vater erwiderte mürrisch: »Wieso belästigt ihr mich dauernd? Mal der eine, mal der andere.«

Er blickte seine Kinder ungerührt an und schien weiter nichts wahrzunehmen, als daß sie zu dritt waren. Gleichgültig zog er die Uhr aus der Tasche und zeigte ihnen, daß es noch sehr früh war. So früh hatte man bei den Udojews noch nie zu Abend gegessen.

Indessen traf bei den Udojews von allen Seiten die Kunde ein, daß die Leute in Scharen zum Opalicha-Tal zögen, daß dort schon eine Menge versammelt sei und ihr Lager oder sogar Zelte aufgeschlagen habe.

Da sagten die Kinder, es würde zu spät sein, erst morgen zu

gehen, sie würden dann gar nicht mehr hingelangen. Deshalb kam bei den Udojews ungewöhnliche Unruhe auf.

Am Haus zogen immer mehr Menschen vorbei, darunter schlecht Gekleidete und viele Jungen. Es ging laut, lustig und festlich zu.

4

Am Tor der Udojews blieben ein paar Leute stehen. Man hörte sie lebhaft sprechen, streiten und lachen.

Ljoscha und seine Schwestern liefen wieder hinaus.

Dort standen mehrere Bauern und Bäuerinnen sowie einheimische Kleinbürger. Sie unterhielten sich laut, in feindseligem Ton, als stritten sie sich.

Eine ältere, muntere Kleinbürgerin mit spitzem, gewitztem Gesicht, die ein ganz neues, festlich buntes und steifgestärktes Kattunkleid trug, dazu ein rosa Kopftuch über dem eingeölten Haar, sagte zu einem hochgewachsenen, würdevollen Bauern: »Sie hätten in einem Gasthof absteigen sollen.«

Der alte Bauer antwortete langsam und bedächtig, als suche er nach passenden Worten, um einen tiefen, bedeutenden Gedanken auszudrücken: »Eure Hauswarte ziehen einem das Fell über die Ohren, verstehst du? Mit denen kann man gar nicht reden, so unchristlich sind sie. Das ist ein gefundenes Fressen für sie. Bereichern wollen sie sich.«

Ein gutmütiger Bursche mit weißem Gesicht, sanften hellblauen Augen und einem ständigen Lächeln auf den vollen Lippen, sagte mit heller Stimme: »Es gibt gute Menschen, die einen kostenlos aufnehmen.«

Alle sahen ihn spöttisch an.

»Gute Menschen gibt es, aber nicht hier!«

»Sag uns Bescheid, wenn du welche findest.«

Sie lachten schadenfroh, obwohl sie keinen Grund zur Schadenfreude hatten. Der Bursche blickte unschuldig lächelnd in die Runde und versicherte: »Wirklich, mich hat eine aufgenommen.«

»Du bist mir zu einfältig«, sagte ein rothaariger, blatternarbiger Bauer.

Die Schutkins kamen hinzu, der ältere Bruder und die beiden Schwestern Jelena und Natalja, die einander so ähnlich sahen, daß es seltsam anmutete, daß die eine schwarzes und die andere rotes Haar hatte. Sie hörten mit verschmitztem Lächeln zu, heute aber wirkte ihr Lächeln gemein, und sie selbst machten einen unsauberen Eindruck.

Die ältere Schutkin blinzelte den Udojew-Schwestern zu und fragte: »Werdet ihr morgen früh aufstehen?«

»Ja«, erwiderte Ljoscha rasch, »wir wollen vor Sonnenaufgang aufstehen, um als erste dort zu sein.«

Plötzlich fiel ihm ein, daß es nicht mehr möglich war, als erste hinzukommen, und er ärgerte sich.

»Ihr und früh aufstehen!« sagte Schutkin.

Seine Schwestern lachten frech und hinterlistig. Es war unverständlich, worüber sie lachten. Der ältere Schutkin sagte: »Früh aufstehen! Es wird euch ergehen wie uns, als wir im vorigen Jahr zur Frühmesse in die Klosterkirche wollten.«

»Das war ein Spaß!« rief Jelena lachend.

Anscheinend war es ihr und ihrer rothaarigen Schwester ganz gleich, worüber sie lachten, und sie fanden es keineswegs seltsam und unschicklich, sich über sich selbst lustig zu machen.

Schutkin erzählte: »Es war im vorigen Jahr. Wir gingen früh zu Bett, noch bevor Licht angezündet wurde. Gut ausgeschlafen, standen wir auf. Eine Uhr hatten wir damals nicht, wir hatten sie verpfänden müssen, weil unsere Ausgaben größer waren als die Einnahmen. Nun, wir gingen also zum Kloster, und als wir hinkamen, war alles zu. Wir dachten, es sei noch zu früh, und setzten uns auf eine Bank am Klostertor. Der Wächter erschien und fragte ehrlich erstaunt: ›Was wollt ihr hier? Ist es euch zu Hause langweilig?‹ — ›Wir wollen zur Frühmesse‹, antworteten wir ganz ungezwungen. ›Eure Mönche schlafen wohl heute lange!‹ Darauf er: ›Was wollt ihr hier vor Tau und Tag? Es hat doch vorhin erst elf geschlagen. Wollt ihr denn so lange warten? Geht lieber nach Hause.‹ Wir hörten auf den vernünftigen Rat und gingen nach Hause. Das gab ein Gelächter!«

Die Schutkins und die Udojews lachten.

Da kam Kostja, der jüngere Schutkin, atemlos und schwitzend angelaufen, rief freudig: »Ich war schon im Opalicha-Tal.«

»Was ist dort los?« fragten seine Geschwister und die Udojews.

Kostja lachte freudig und erzählte: »Überall Bauern, so weit das Auge reicht. Sie haben das ganze Feld überschwemmt.«

»Komisch!« sagte Ljoscha und lachte ärgerlich auf. »Die Verteilung der Geschenke beginnt doch erst um zehn, und sie gehen schon am Abend hin.«

Der ältere Schutkin blinzelte seinen Schwestern zu und versetzte lachend: »Wer hat euch das gesagt? Die Verteilung beginnt um zwei Uhr, damit auch die ausländischen Gäste sich das ansehen können. Sie sind es nicht gewöhnt, früh zu Bett zu gehen, und stehen spät auf.«

»Nein, das stimmt nicht, Beginn ist um zehn Uhr!« widersprach Ljoscha hitzig.

»Nein, um zwei, um zwei!« riefen die Schutkins wie aus einem Munde.

Ihrem frechen Lachen und den Blicken, die sie miteinander wechselten, war anzumerken, daß sie schwindelten.

»Nun, ich werde es gleich genau wissen«, sagte Ljoscha.

Er lief zum Sekretär der Stadtverwaltung, der in der Nähe wohnte. Frohlockend kehrte er zurück, rief schon von weitem: »Um zehn!«

Die Schutkins grinsten. Jetzt stritten sie nicht mehr.

»Ihr habt euch das ausgedacht, um vor uns hinzukommen«, sagte Ljoscha. »So seid ihr!«

Der Gymnasiast Pachomow, ein schlanker, lebhafter Junge, kam aufgeregt daher, grüßte hastig die Udojews. Die Schutkins blickten ihn feindselig an.

»Geht ihr auch hin?« fragte er und sagte, ohne eine Antwort abzuwarten: »Wir gehen schon heute abend hin. Viele gehen schon heute abend.«

Eilig verabschiedete er sich. Er blickte die Schutkins an, wollte auch ihnen »Auf Wiedersehen« sagen, überlegte es sich aber anders und lief davon. Die Schutkins blickten ihm gehässig nach und lachten. Das befremdete die Udojews. Was gab es da zu lachen?

»Der feine Junge!« sagte Kostja verächtlich.

Jelena fügte laut und gehässig hinzu: »Der Angeber! Er lügt.«

Der Abend war so still und schön, daß die unnötigen Grobheiten der Schutkins besonders aus dem Rahmen fielen.

Die Sonne war eben untergegangen. Auf den Wolken lag noch der Widerschein ihrer purpurnen, toten Abschiedsstrahlen.

So schön, so friedlich war der Abend ... Aber das sengende Gift des roten Drachens ergoß sich noch über die Erde.

5

Die Udojews gingen ins Haus. Ihnen war unwohl und unheimlich zumute, sie wußten nicht, was sie machen sollten. Wegen jeder Kleinigkeit stritten und zankten sie sich. Alle wurden von Unruhe ergriffen.

Plötzlich war Ljoscha genauso ruhelos und besorgt wie Nadja.

»Wir kommen erst hin, wenn Schluß ist«, sagte er laut und ärgerlich.

Wie es oft vorkommt, gaben die belanglosen Worte den Ausschlag. Nadja sagte: »Dann gehen wir lieber schon heute abend hin!«

Alle stimmten ihr zu und wurden plötzlich vergnügt.

Ljoscha war ganz rot und schrie: »Natürlich! Wenn wir hinwollen, müssen wir jetzt gehen.«

Alle drei liefen zum Vater, um ihn um Erlaubnis zu bitten.

»Wir haben es uns überlegt, wir wollen schon heute abend hingehen!« rief Nadja, wobei sie vor dem Vater herumtänzelte.

Der Vater schwieg mürrisch.

»Eine Nacht nicht zu schlafen, ist doch nicht schlimm«, sagte Ljoscha, um den Vater zu überzeugen.

Doch der Vater schwieg mit unbewegt-mürrischem Gesicht.

Die Kinder ließen ihn in Ruhe und liefen zur Mutter. Die Mutter brummte.

»Vater hat's erlaubt!« rief Ljoscha.

Die Schwestern lachten, plapperten laut und fröhlich.

Mit freudigem Geschrei liefen sie in Haus und Garten umher. Sofort wollten sie zu Abend essen.

Die Schutkins fielen ihnen ein. Der Gedanke an sie war ärgerlich. Ljoscha sagte seinen Schwestern: »Zu den Schutkins kein Wort!«

Die Schwestern pflichteten bei.

»Selbstverständlich«, versetzte Nadja. »Zum Teufel mit denen!«

Katja runzelte die Stirn und sagte gedehnt: »So widerwärtig, wie sie sind!«

Und schon lachte sie wieder unbeschwert.

Das Abendessen schlangen sie hastig und ohne Appetit herunter, verärgert über die Eltern, die so trödelten, als stände nichts Besonderes bevor.

Als das Abendessen allmählich beendet werden sollte, wandte sich der Vater plötzlich den Kindern zu, starrte sie so lange an, bis sie unter seinem mürrisch-gleichgültigen Blick still wurden, und sagte: »Sich bei Betrunkenen herumzutreiben ist kein großes Vergnügen.«

Nadja errötete schlagartig und beteuerte: »Aber dort sind keine Betrunkenen. Nirgendwo sind Betrunkene. Es ist wirklich merkwürdig, aber an unserem Haus ist heute den ganzen Tag kein einziger Betrunkener vorbeigegangen. Richtig erstaunlich.«

Katja lachte fröhlich und meinte: »Die Leute denken nur an die Geschenke und wollen gar nicht trinken, sie haben keine Zeit dazu.«

Endlich wurde die Tafel aufgehoben.

Die Kinder hatten es eilig, sich umzuziehen. Die Mädchen wollten sich wie zu einem Fest herausputzen. Aber die Mutter war entschieden dagegen.

»Wozu das? Um sich bei den Bauern herumzutreiben?« versetzte sie böse.

Ihrer plötzlich argwöhnischen Haltung und ihrem grauen, ausdruckslosen Gesicht war anzusehen: Sie würde um keinen Preis zulassen, daß ein Feiertagskleid in Mitleidenschaft gezogen wurde.

Die Mädchen mußten einfachere Sachen anziehen.

Endlich verließen sie das Haus und liefen die steile Straße zum Fluß hinunter. Unten angelangt, erblickten sie plötzlich die Schutkins.

Nun mußten sie zusammen gehen. Das war ärgerlich.

Auch die Schutkins verdroß es. Jetzt würden sie nicht als erste hinkommen, eine Gelegenheit einbüßen, zu prahlen und die Udojews zu ärgern.

Die Schutkins dachten sich allerlei Spöttereien aus, mit denen sie die Udojews überschütteten. Mehrmals wären sie unterwegs fast in Streit geraten.

Am Abend ging es zu wie am Tag – lebhaft und laut.

Über der Stadt funkelten die Sterne still wie immer, so fern, so unauffällig für einen zerstreuten Blick und so nahe für den, der das Hellblau rings um sie genauer betrachtete.

Der klare, bleiche Himmel wurde rasch dunkler, und es war eine Freude, das sich unabänderlich vollziehende Mysterium zu beobachten, wie sich die fernen Welten der Nacht auftaten.

Im Kloster läuteten die Glocken, die Abendmesse war zu Ende. Die hellen, traurigen Töne breiteten sich langsam über die Erde. Wenn man sie hörte, hätte man am liebsten singen und weinen und irgendwohin wandern mögen.

Auch der Himmel lauschte, zärtlich und gerührt lauschte er dem hellen ehernen Weinen. Zerschmelzend lauschten auch die kleinen leichten Wolken, still lauschten sie dem dröhnenden ehernen Weinen.

Die Luft strömte lind und warm, wie von vielen freudigen Seufzern.

Die rührende Zärtlichkeit des hohen Himmels und der still zerschmelzenden Wolken machte auch auf die Kinder Eindruck. Alles, das Weinen der Glocken, der Himmel, die Menschen, alles flammte plötzlich für einen Augenblick auf und wurde Musik.

Alles wurde Musik, doch als der Augenblick verlosch, waren es wieder die Dinge und Trugbilder der objektiven Welt.

Die Kinder eilten zum Opalicha-Tal, zu dem geschwendeten Feld außerhalb der Stadt.

In der Stadt herrschten Verkehr und Lärm und anscheinend

auch Fröhlichkeit. Über den Häusern wehten Fahnen. Die Straßen waren festlich beleuchtet, und von den Lampen roch es hier und da scheußlich nach Tran.

Menschen strömten durch die Straßen, die steilen Abfahrten zum Safat hinab und über die Uferstraße. In der Menschenmenge flitzten lachende Kinder umher. Überall klang es fröhlich, wie es in Märchen zu sein pflegt, aber nicht im grauen alltäglichen Leben. Im allgemeinen Getöse eingesponnen, schienen die Worte der Menschen wohltönend und verheißungsvoll zu sein.

Kutschen mit Ehrengästen fuhren vorbei, die wichtigen Herren und Damen lächelten der Menge huldvoll zu.

Aus den Kutschen waren leise, undeutliche, fremdartige Worte und unbeschwertes Lachen zu hören.

Die Schutkins warfen den vorbeifahrenden reichen Herrschaften feindselige Blicke zu. Böse und dumme Gedanken kamen ihnen in den Sinn.

Als sie gerade die Stadt hinter sich lassen wollten, sagte der ältere Schutkin mit dummem Grinsen: »Jetzt wäre es bequem, die Stadt in Brand zu stecken. Das wäre ein Vergnügen, sage ich euch.«

Seine Schwestern und Kostja lachten.

Katja zuckte erschrocken die Achseln und rief besorgt: »Was fällt euch ein! So etwas Schreckliches zu sagen!«

»Das würde ein Wirrwarr geben!« kreischte Kostja und hüpfte vergnügt.

»Aber dann würde doch auch euer Haus abbrennen«, sagte Nadja verwundert. »Wieso könnt ihr euch darüber freuen?«

»Was die Flammen bei uns verschlingen, darum ist es nicht schade«, erwiderte Natalja.

Nadja blickte sie an. Im schwachen Widerschein der rußenden Festbeleuchtung sahen Nataljas sommersprossiges Gesicht und ihr kupferfarbenes Haar feuerrot aus, und da ihre Nasenflügel zitterten, schien es, als liefen Flammen über ihr Gesicht.

6

Von fieberhafter, freudiger Erregung getrieben, eilten die Kinder zum Opalicha-Tal.

Schon von weitem hörten sie das dumpfe, bedrohliche Tosen der Menschenmenge. Es war unheimlich und flößte wonniges Grauen ein. Sie liefen durch die Dunkelheit, die von nächtlichen Böen hergetrieben wurde. Wie sie rannten viele Menschen, überholten sie oder blieben zurück. Groß und klein, Männer, Frauen, Kinder und Greise. Die Jugend befand sich in der Mehrheit. Alle waren genauso aufgeregt, die Stimmen klangen erregt, Gelächter brach aus und verstummte plötzlich wieder.

Hinter einer Wegbiegung öffnete sich unverhofft das dunkle, von unheimlichem Lärm erfüllte, beängstigende Opalicha-Tal.

Am Rand brannten hier und da Lagerfeuer, und dadurch wirkte das geschwendete Feld noch dunkler.

Auch weiter weg brannten Lagerfeuer, doch sah man, wie auf dem von Rauch und Lärm erfüllten Feld eins nach dem anderen qualmend erlosch. Offenbar trat die Menschenmenge sie aus, zertrat mit plumpen Stiefeln ihre unvermutet auflodernden Feuerzungen.

Den Udojews wurde noch unheimlicher, noch wonnigeres Grausen packte sie, flackerte hinter ihren zuckenden Schultern. Doch sie blieben tapfer.

Die Schutkins freuten sich, daß es Gedränge, Unordnung und Verwirrung geben würde. Hinterher würden sie von den interessanten, wichtigen Einzelheiten der verschiedenen Ereignisse lange erzählen können.

Der ältere Schutkin betrachtete das dunkle, lärmerfüllte Feld, grinste dumm und sagte mit unbegreiflicher Freude: »Von den Schwachen wird heute bestimmt einer erdrückt. Ihr werdet ja sehen.«

Aber die Udojews wagten nicht, an die Nähe von Unheil und Tod zu glauben. Dieses Feld, wo eine Vielzahl von Menschen lärmte, und der Tod – das paßte nicht zusammen.

»Es kann nicht ausbleiben, daß einer erdrückt wird«, sagte eine der Schutkin-Schwestern mit sonderbar fremder Stimme.

Jemand lachte roh und unfroh, ein finsteres Lachen in der Finsternis.

»Ach wo!« sagte Katja gleichgültig.

Für einen Moment herrschte Langeweile, weil es dunkel war und nur die Lagerfeuer für Augenblicke matt aufflackerten. Die Kinder blickten umher, horchten und gingen vorwärts.

Den vom Widerschein der Lagerfeuer beleuchteten, zumeist sehr jungen Gesichtern, den sorglosen Stimmen und dem Gelächter war allgemeine Fröhlichkeit anzumerken.

Auf dem ganzen Feld gingen, standen oder saßen unzählige lärmende Menschen herum.

Während die Udojews immer weiter in das Menschengewimmel vordrangen, wurden sie von der Fröhlichkeit und Munterkeit der vielen Leute angesteckt, die ihr gewohntes Dach und ihre gewohnten Mauern verlassen hatten.

Sie wurden fröhlich. Allzu fröhlich.

Die Schutkins entfernten sich, und die Udojews begegneten ihnen nicht mehr. Dafür trafen sie andere Bekannte. Sie sahen viele, wechselten lustig ein paar Worte. Ihre Wege kreuzten und trennten sich inmitten der Menge.

Sie gingen vorwärts oder vielleicht auch zur Seite, und das Feld erschien ihnen endlos. Sie fanden es so vergnüglich, daß sie immer neuen Gesichtern begegneten.

»Hier ist es ungemein lustig. Man wird gar nicht merken, wie die Nacht vergeht!« sagte Nadja, die oft nervös gähnte und fröstelnd die schmalen Schultern hochzog.

Sie gingen lange, blieben gelegentlich stehen, gingen weiter, irrten zwischen den Lagerfeuern umher, hörten den Unterhaltungen der Fremden zu und unterhielten sich selbst mit wildfremden Menschen.

Anfangs schien es, als strebten sie auf ein bestimmtes Ziel zu, als kämen sie ihm immer näher, und alles dünkte sie festgelegt und zusammenhängend, obwohl es in der wonnigen Unheimlichkeit des Menschengewimmels versank. Dann wirkte alles plötzlich bruchstückhaft, verlor den Zusammenhang, und Fetzen von unnützen und sonderbaren Eindrücken schwärmten umher.

7

Alles war auf einmal bruchstückhaft und zusammenhanglos, und die absurden und unnützen Dinge schienen aus dem Nichts aufzutauchen. Aus der dummen, feindseligen Finsternis tauchte plötzlich Absurdes auf.

Mitten auf dem Feld war aus irgendeinem Grund ein Graben ausgehoben. Da war er nun, unnütz, häßlich, von stechendem, im Dunkeln schwarz aussehendem Gras überwuchert, und mutete schrecklich und schrecklich-bedeutungsvoll an.

Die Kinder traten an den Rand des Grabens. Zwei Telegraphisten saßen dort, ließen die Beine herunterhängen und unterhielten sich. Sie sprachen über Damen, mit denen sie bekannt waren, und gebrauchten mit großem Vergnügen unanständige Worte.

Die Udojews gingen am Rand des Grabens entlang und sahen eine Holzbrücke mit knorrigem Geländer, die über den Graben führte. Sie gingen über die Brücke. Das Geländer machte einen unsicheren, unzuverlässigen Eindruck.

Ljoscha sagte ängstlich: »Wenn man hier hinunterfällt, bricht man sich alle Knochen.«

»Gehen wir lieber weiter weg«, erwiderte Nadja.

Im Dunkeln klang ihre Stimme unsicher und schüchtern. Es war seltsam, daß man die sich bewegenden Lippen nicht sah.

Wieder gingen sie weiter durch das laute Gewimmel, und wenn sie aus dem Lichtkreis der Lagerfeuer ins Stockdunkle traten, erschien das Feld abermals endlos.

»Wo willst du hin?« redete ein Betrunkener, der in Lumpen gekleidet war, auf einen anderen ein. »Man wird dich wie eine Wanze zerdrücken.«

»Wennschon«, antwortete der andere. »Was hab ich vom Leben? Wenn sie mich zerdrücken, gibt's keinen, der um mich weint.«

Die Kinder sahen einen Brunnen. Er war mit halbverfaulten Brettern abgedeckt. Sie verwunderten sich leise.

Ein betrunkener Bauer, der seinen zerzausten langen Kopf schüttelte, schaute in den Brunnen und rief gedehnt: »A-ach«.

Er wich einige Schritte zurück und rief: »Malanja!«

Dann kehrte er mit den kleinen, unsicheren Schritten eines Betrunkenen zu dem einsturzgefährdeten Brunnen zurück.

Die Kinder blieben stehen, lachten, gingen weiter. Noch lange hörten sie seine trunkenen Schreie.

»Ich habe ein Messer bei mir«, sagte ein langer, hagerer, in Lumpen gekleideter Mann heiser.

Sein Freund, ebenso abgerissen und fast ebenso lang, antwortete mit wonnetrunkener Tenorstimme: »Ich auch!«

»Für alle Fälle«, ließ sich wieder die heisere Stimme vernehmen.

Man hörte den anderen kichern.

In ungewisser Finsternis und im nervös zuckenden Widerschein der Lagerfeuer gingen die Kinder weiter, atmeten den süßlichen Qualm des feuchten Holzes, Ljoscha voran, gefolgt von den beiden Schwestern.

Sie taten, als hätten sie keine Angst.

Wieder erschien das Feld endlos, wieder irrlichterten Lagerfeuer, und da die Beine so müde waren, kam es den Kindern vor, als wären sie schon lange unterwegs.

»Wir gehen immerfort im Kreis«, sagte Ljoscha.

Mit diesen Worten drückte er aus, was sie alle dachten. Katja war bekümmert, Nadja aber sagte mit gekünstelter Fröhlichkeit: »Macht nichts, wir werden schon ans Ziel kommen!«

Plötzlich fiel Ljoscha hin. Seine Beine ragte in die Höhe, der Kopf war verschwunden. Die Schwestern eilten ihm zu Hilfe. Wie sich herausstellte, war er vornüber in ein Loch gestürzt.

»Wir müssen weg, hier ist es gefährlich«, sagte Nadja.

Aber sie stolperten noch mehrmals auf dem unebenen Boden.

8

»Die Herrschaften wollen auch dorthin!« ließ sich in der Nähe eine widerliche Tenorstimme vernehmen.

Die Udojews sahen nicht, wer das sagte und wer über die gehässigen Worte lachte. Sie merkten, daß die gesamte Menschenmenge unbegreiflich feindselig war und kein Verständnis hatte. Auch an den Lagerfeuern tauchten Gesichter auf, die den Gymnasiasten und seine Schwestern mit finsteren, bösen Blicken bedachten.

Die feindseligen Blicke bestürzten die Kinder. Sie begriffen nichts: Weshalb die Feindseligkeit? Woher rührte sie?

Die fremden Menschen sahen die vorübergehenden Kinder finster und unfreundlich an. Hin und wieder waren zynische Scherze zu hören. Und weil dies inmitten der großen Menge geschah und niemand für sie einzutreten gedachte, wurde ihnen angst.

Ein betrunkener Handwerker erhob sich von seinem Platz am Lagerfeuer und trat auf die Kinder zu.

»Mamsell!« rief er. »Habe die Ehre, Sie zu begrüßen. Sehr angenehm. Ihnen kann ich jedes Vergnügen bereiten. Wollen wir uns küssen.«

Er wankte, zog die Mütze, umarmte Katja und küßte sie auf den Mund. In der Menge ertönte schallendes Gelächter. Katja fing an zu weinen.

Ljoscha schrie etwas, stürzte sich auf den Betrunkenen und stieß ihn zur Seite.

Der Betrunkene brummte grimmig: »Was fällt dir ein, mich wegzustoßen, wenn ich sie küssen will? Was gibt es daran auszusetzen?«

Die Schwestern nahmen Ljoscha an die Hand und zogen ihn rasch fort, ins Dunkle.

Sie waren sehr erschrocken. Die Beleidigung brannte qualvoll.

Am liebsten wären sie weggegangen von dem finsteren, nicht geheuren Ort, doch sie konnten den Weg nicht finden. Wieder irrlichterten Lagerfeuer, blendeten die Augen, ließen die Dunkelheit schwärzer als die Nacht erscheinen und machten alles unverständlich und zusammenhanglos.

Bald erloschen die Lagerfeuer. Die Luft wurde gleichmäßig finster, schwarze Nacht senkte sich auf das lärmerfüllte Feld und lastete auf allen Geräuschen und Stimmen. In der Menge fanden die Kinder keinen Schlaf, und so schien es ihnen, als wäre dies die bedeutungsvolle, einzigartige letzte Nacht.

9

Die Kinder waren noch nicht lange da, aber schon kam ihnen alles widerwärtig, ekelhaft und schrecklich vor.

In der Dunkelheit spielte sich ein unnützes, ungehöriges und deshalb schmutziges Leben ab. Fern von ihren Behausungen, wurden die unbedeckten Menschen berauscht von der wilden Luft der stockfinsteren Nacht.

Die Leute hatten scheußlichen Schnaps und schweres Bier mitgebracht. Sie verzehrten übelriechenden Proviant. Sie sangen unanständige Lieder. Sie tanzten ohne Scham. Sie lachten schallend. Bald hier, bald da war absurder Spektakel zu vernehmen. Eine Ziehharmonika kreischte gräßlich.

Überall stank es abscheulich, alles war widerwärtig, finster und schrecklich.

Allenthalben ertönten trunkene und heisere Stimmen.

Hier und da umarmten sich Männer und Frauen. Unter einem Strauch ragten zwei Paar Beine hervor, und es war stoßweises, widerliches Gekreisch von befriedigter Leidenschaft zu hören.

Hier und da auf den wenigen freien Plätzen versammelten sich Menschen im Kreis, und in dem Kreis ging irgend etwas vor sich.

Garstige, schmutzige Jungen tanzten Kasatschok.

In einem anderen Kreis tanzte wie rasend ein betrunkenes Weib, das keine Nase hatte, schwenkte schamlos den schmutzigen, zerrissenen Rock. Dann sang sie mit widerlicher, näselnder Stimme. Die Worte des Liedes waren ebenso schamlos wie ihr schreckliches Gesicht und der entsetzliche Tanz.

»Wozu hast du das Messer?« fragte ein Polizist jemanden streng.

»Ich bin Arbeiter und habe zufällig mein Werkzeug mitgenommen«, lautete die freche Antwort. »Damit kann ich auch zustechen.«

Gelächter ertönte.

Durch diese scheußliche Menge, dem widerwärtigen Toben des zur Unzeit erwachten Lebens ausgeliefert, gingen die Kinder, und sie verloren sich in dem Gewimmel. Das Feld erschien ihnen endlos, weil sie sich ständig im Kreis bewegten.

Das Vorankommen fiel immer schwerer, sie wurden mehr und mehr eingezwängt. Es war, als wüchsen ringsum Menschen aus dem Boden.

Plötzlich setzte sich die Menge in Bewegung, in der die Udojews eingeschlossen waren, und es wurde eng. Sofort schien sich schwere Schwüle über die Erde zu breiten und zu ihren Gesichtern hinaufzukriechen.

Vom dunklen Himmel aber strömte sonderbare dunkle Kühle herab. Das Verlangen meldete sich, emporzuschauen zum abgrundtiefen Himmel und zu den kühlen Sternen.

Ljoscha schmiegte sich an Nadjas Schulter. Plötzlich träumte er, leicht und frei wie ein Vogel am blauen Himmel zu schweben …

Jemand stieß ihn. Ljoscha schrak auf und sagte mit verschlafener Stimme: »Beinahe wäre ich eingeschlafen. Ich habe sogar etwas geträumt.«

»Schlaf lieber nicht ein«, sagte Nadja besorgt, »sonst verlieren wir uns in der Menge!«

»Ich würde gern schlafen«, gestand Katja leise und kläglich.

»Wir dürfen uns nur nicht verlieren!« sagte Nadja. Sie bemühte sich, den beiden anderen Mut zu machen, und sagte munter: »Nehmen wir doch Ljoscha in die Mitte!«

»Na gut«, versetzte Ljoscha träge. Er war blaß und wirkte seltsam gleichgültig.

Die Schwestern aber nahmen ihn in die Mitte. Sie lenkten sich dadurch ab, daß sie ihn vor Püffen schützten. Bis die Menge ihre Ordnung durchbrach und sie auseinanderstieß.

»Wie sind da, jetzt könnten sie die Geschenke verteilen«, ließ sich eine Stimme eigenartig vergnügt, aber gleichmütig vernehmen.

»Warte nur«, erwiderte jemand, »morgen früh kommen die Herren, die mit der Verteilung beauftragt sind.«

10

Es war eng und stickig, am liebsten hätten sich die Kinder aus der Menge hinausgezwängt, um ungehindert aufzuatmen.

Doch sie konnten nicht hinaus. Sie hatten sich in der finsteren, gesichtslosen Menge verfangen wie ein Nachen im Schilf.

Sie konnten nicht mehr zur Straße zurück, konnten sich nicht mehr drehen und wenden, wie sie wollten. Sie mußten sich mit der Menge vorwärts schleppen, aber deren Bewegungen waren schwerfällig und behäbig.

Langsam rückten die Udojews weiter. Sie dachten, sie kämen vorwärts, weil alle in dieser Richtung gingen. Aber dann wich die Menge plötzlich zurück, oder sie schleppte sich gemächlich seitwärts. Nun war unbegreiflich, wohin man gehen mußte, wo das Ziel und wo der Ausgang war.

In der Nähe erblickten sie neben sich dunkle Wände. Dorthin zog es sie. Dort war etwas, das ihnen vertraut und heimatlich vorkam.

Ohne ein Wort zu sagen, versuchten sie, sich zu den dunklen Wänden durchzudrängen.

Und nicht lange, da standen sie vor einer der Schaubuden.

Sie standen an einer Wand, die ihnen wie etwas Vertrautes erschien, wie ein Schutz, ein Obdach, und deshalb hatten sie nicht mehr solche Angst.

Die dunkle Wand ragte in die Höhe und verdeckte den halben Himmel, und darum schwand der unheimliche Eindruck der elementarisch-uferlosen Menge.

Die Kinder standen an die Wand gepreßt. Schüchtern blickten sie auf die grauen, trüben Gestalten, die so nahe wogten. Ihnen war heiß vom Atem des nahen Menschengewimmels.

Vom Himmel aber kam stoßweise Kühle, und die stickige irdische Luft schien mit der himmlischen Kühle zu kämpfen.

»Gehen wir lieber nach Hause«, sagte Katja kläglich. »Wir können uns sowieso nicht vordrängen.«

»Macht nichts, wir warten noch«, erwiderte Ljoscha betont munter und fröhlich.

In diesem Augenblick geriet die Menge schwerfällig in Bewegung – es war, als wollte sich jemand zur Wand, zu den Kindern durchzwängen. Sie wurden an die Wand gedrückt und konnten kaum noch atmen.

Dann wich die Menge mit Mühe auseinander – die Wand schien zu zittern und zu wanken –, und zwei sehr blasse Studenten, die eine Last trugen, tauchten gleichsam aus der Menge hervor.

Sie trugen ein kleines, lebloses Mädchen. Die bleichen Hände hingen wie tot herab, das Gesicht mit den zusammengepreßten Lippen und den geschlossenen Augen war blau verfärbt.

Aus der Menge hörte man Murren:

»So ein schwaches Kind kommt hierher.«

»Wie können die Eltern das zulassen?«

Aus den verlegenen Worten der Menge war das Bemühen herauszuhören, etwas, das nicht hätte geschehen dürfen, zu rechtfertigen, und es war, als hätten die Menschen für einen Augenblick begriffen, daß sie nicht hier sein und einander erdrücken sollten.

11

Wieder setzte sich die Menge grob und schwerfällig in Bewegung. Wuchtige Stöße trafen den Körper schmerzhaft. Schwere Stiefel traten auf die leicht beschuhten Kinderfüße.

Es gelang den Kindern nicht, an der Wand stehenzubleiben. Sie wurden weggestoßen, weggeschoben, von einem engen Ring eingeschlossen. Wieder wurde ihnen angst in dem stickigen Menschengewimmel.

Die Kinder reckten angestrengt den Kopf in die Höhe, und ihre Lippen haschten gierig nach einem bißchen himmlischer Kühle, während ihre Lungen in dem dumpfen, unbegreiflichen Gedränge fast erstickten.

Bald bewegten sie sich weiter, bald standen sie still. Sie wußten nicht, ob viel Zeit vergangen war.

Die Kinder dürsteten nach Weite.

Und sie litten Durst.

Längst hatte er sich sachte herangeschlichen. Plötzlich meldete er sich mit kläglichen Worten.

»Ich möchte trinken!« sagte Ljoscha.

Bei diesen Worten spürte er, daß seine Lippen schon lange trocken waren und sein Mund nach einem Trunk lechzte.

»Ich auch«, sprach Katja mühsam, mit bleichen, ausgetrockneten Lippen.

Nadja schwieg. Aber ihrem erbleichten, plötzlich eingefallenen Gesicht und den brennenden Augen sah man an, daß der Durst auch sie peinigte.

Trinken. Wenigstens einen Schluck Wasser. Heiliges, liebes, kühles, frisches Wasser.

Aber nirgendwo konnten sie Wasser bekommen.

Der kühle Hauch vom fernen Himmel kam immer seltener, kürzer und schwächer, er wehte die gierig aufgerissenen Münder an und verlosch.

Nadja schluchzte auf. Sie schauerte. Dann schluchzte sie abermals auf, schluchzte wieder und wieder.

Sie konnte nicht mehr. So qualvoll war das Aufschluchzen in dieser Enge und Stickigkeit.

Ljoscha blickte Nadja erschrocken an. Wie bleich sie aussah.

»Mein Gott«, sagte Nadja schluchzend. »Solch eine Qual! Warum sind wir bloß hergekommen.«

Katja begann leise zu weinen. Kleine, rasche Tränen rannen ihr über die Wangen, sie konnte sie nicht aufhalten und nicht wegwischen, weil sie in dem Gedränge keine Hand zu rühren vermochte.

»Was drängen Sie so?« piepste in der Nähe ein dünnes Stimmchen. »Sie drücken mich!«

Eine heisere, trunkene Baßstimme erwiderte gehässig: »Was? Ich drücke dich? Und das mißfällt dir? Na, du kannst mich ja auch drücken. Hier sind alle gleich, hol's der Teufel!«

»Au, au, Sie drücken mich«, wimmerte das dünne Stimmchen wieder.

»Heul nicht, Rotznase!« fauchte die heisere Baßstimme wütend. »Du wirst schon nach Hause kommen – und wenn sie dich mausetot hinbringen, du Hundesohn.«

Kurz darauf hörte man einen dünnen, grellen Aufschrei, klagend und kläglich.

»Heul nicht!« brüllte die wütende Stimme.

Dann folgte wieder ein ersticktes Klagen.

Jemand schrie auf: »Sie erdrücken ein kleines Kind! Sie brechen ihm die Knochen. Heilige Jungfrau Maria!«

»Sie brechen ihm die Knochen!« jammerte eine Frau.

Ihre Stimme erklang in der Nähe, doch ihr Gesicht war in der Menge nicht zu sehen.

Dann schien ihr Schreien aus weiter Ferne zu kommen. Hatte man sie weggeschoben? Oder war sie erstickt?

Die Kinder wurden von der Menge so eingezwängt, daß sie kaum atmen konnten. Sie verständigten sich heiser flüsternd. Es war unmöglich, sich umzudrehen. Nur mit Mühe konnten sie einander anblicken.

Es war zu schrecklich, einander anzublicken und die lieben Gesichter im trüben Dämmerlicht von bleierner Angst verdüstert zu sehen.

Nadja mußte immer noch schluchzen, und auch Katja fing an.

In der gesamten, so schrecklich und so absurd zusammengedrückten Menge ringsum war ein Wunsch zu spüren, ein quälender, noch unbewußter und folglich um so mehr quälender Wunsch: sich aus dem furchtbaren Schraubstock zu befreien.

Doch es gab keinen Ausweg, und die wahnsinnige Menge, die auf dem weiten Feld unterm weiten Himmel aus freiem Willen absurd zusammengedrückt worden war, geriet in Raserei.

Die Menschen wurden zu Bestien, und mit bestialischem Haß sahen sie die Kinder an.

Heiser ertönten schreckliche Worte. In der Nähe sagte jemand sonderbar gleichgültig, es seien schon Menschen erdrückt worden.

»Der Tote steht aufrecht, weil er von allen Seiten gedrückt wird«, flüsterte in der Nähe eine klägliche Stimme. »Er sieht ganz blau und schrecklich aus, und der Kopf wackelt hin und her.«

»Hörst du, Nadja?« raunte Katja. »Dort soll ein Toter stehen.«

»Bestimmt lügen sie«, tuschelte Nadja. »Er ist einfach ohnmächtig geworden.«

»Aber vielleicht stimmt es doch?« meinte Ljoscha.

Seiner heiseren Stimme war Angst anzumerken.

»Unmöglich«, erwiderte Nadja, »ein Toter würde umfallen!«

»Aber er kann ja nirgendwohin fallen«, entgegnete Ljoscha.

Nadja schwieg. Wieder plagte sie das Schluchzen.

Eine alte Frau mit zerzaustem grauem Haar kam auf die Udojews zu, ruderte mit den hocherhobenen Armen, als schwömme sie durch die Menge. Mit irrsinnigem Geschrei drängte sie sich mühsam ganz dicht an ihnen vorbei, es war, als würde ein Nagel durch die Leiber getrieben.

Ihr irrsinniges Geschrei, ihr qualvolles Auftauchen im bleichen, trüben Morgennebel muteten wie ein gespenstischer Alptraum an. Seither vernebelte sich das Bewußtsein der erstickenden Kinder wie bei völliger Erschöpfung, wie bei einem Fieberwahn.

12

Endlich begann es nach der qualvollen, schrecklichen Nacht rasch zu tagen.

Schnell, freudig, von kindlicher Fröhlichkeit erfüllt, lachte und loderte das Morgenrot in rosafarbenen Wolken auf. In nebliger Ferne flimmerte es golden. Während die Erde noch rauh und dunkel dalag, flammte am ganzen Himmel schon die Freude, die weltumspannende Freude des ewigen Festes. Und die Menschen — nun, sie sind eben nur Menschen!

Zwischen der dunklen, sündenbeladenen Erde und dem leuchtenden, wieder seligen Himmel schwebte dichter Dunst vom Atem des riesigen Menschengewimmels.

Die nächtliche Kühle ballte sich zu goldenen Himmelsträumen zusammen und erlosch in leichten Wolken in den Strahlen der Morgenröte.

Und die Menschenmenge, so sonderbar, so unverhofft vom friedlichen Lachen der Morgenröte erhellt, die gewaltige irdische Menge war durchdrungen von Gehässigkeit und Angst.

Schwerfällig bewegte sie sich vorwärts, und die aus der Stadt Hinzukommenden drängten stumpfsinnig und gehässig die vorn Stehenden zu den Schuppen, in denen sich die Geschenke befanden.

Unter dem ewigen Gold der Morgenröte lockte das trübe Zinn

der armseligen Krüge die Menschen in das Durcheinander, in das Gedränge.

In der Erschöpfung und in dem Fieberwahn drängten sich zähe, bedrückende Gedanken in das Bewußtsein der Kinder, in das dunkle Bewußtsein der Erstickenden, und jeder Gedanke war Angst und Pein. Ein grausamer Untergang nahte. Der eigene Untergang. Der Untergang der Angehörigen. Wessen Untergang wäre schmerzvoller?

Wie aus dem Schlaf erwachend, begannen sie manchmal zu schreien, zu klagen, zu flehen.

Ihre heiseren Stimmen erhoben sich kraftlos, wie ein Vogel mit gebrochenen Schwingen, sanken kläglich nieder und ertranken im dumpfen Tosen der stumpfsinnigen Menge.

Trübe, rauhe Blicke von den mürrischen Menschen waren die Antwort.

Wehmut umschnürte die Brust und gab böse, hoffnungslose Worte ein.

Es gab keine Hoffnung mehr, zu entkommen. Die Menschen waren böse. Böse und schwach. Sie konnten niemanden retten, sie konnten sich selbst nicht retten.

Flehen hörte man überall, Schreie, Stöhnen – vergebliches Flehen.

Wen in dieser Menge hätte das Flehen erweichen können?

Es waren keine Menschen mehr, so schien es den erstickenden Kindern, es waren wütende Dämonen, die mürrisch blickten und lautlos lachten unter den herabgleitenden, zerfallenden menschlichen Masken.

Teuflisch qualvoll war die Maskerade. Und es schien, als würde sie kein Ende nehmen, als würde das Brodeln des Hexenkessels nicht enden.

13

Ungestüm ging die Sonne auf, der freudig erregte, böse Drache. Heiß war sein Atem. Den letzten Hauch Kühle verbrennend, stieg der böse Drache auf.

Die Menge begann zu wogen.

Stimmengewirr brauste über ihr.

Plötzlich war alles zu sehen. Wie von unsichtbarer Hand abgerissen, fielen die letzten dünnen Masken.

Teuflischer Haß brodelte ringsum, in der Erschöpfung und im Fieberwahn.

Überall tauchten wütende Teufelsfratzen auf. Die dunklen Münder in den trüben Gesichtern stießen gemeine Worte aus.

Ljoscha stöhnte.

Ein rothaariger Teufel mit blitzenden Augen brüllte ihn an: »Da du einmal hier bist, mußt du aushalten. Wir haben dich nicht gerufen. Merke dir das, Dreckstück! Bald machen wir dir den Garaus.«

Der grimmige Drache machte die Menschen grimmig.

Die Sonne war ungestüm in die Höhe gestiegen, plötzlich stand sie erbarmungslos am Himmel.

Es wurde heiß und schwül, und der Durst quälte alle Menschen.

Jemand flehte kläglich: »Wenn doch ein Tropfen vom Himmel fiele!«

Katja schluchzte.

Ab und zu tauchten sonderbar und schrecklich bekannte Gesichter auf. Wie alle Gesichter in der bestialisch gewordenen Menge waren sie in ihrer furchtbaren Verwandlung erstarrt.

Sie waren noch schrecklicher anzusehen als die unbekannten Gesichter, weil man es schmerzhafter spürt, wenn ein bekanntes Gesicht bestialisch geworden ist.

Ljoscha fühlte, daß jemand auf seine Schultern drückte, ihn in den Erdboden hineinpressen wollte, in die dunkle, grausame Erde.

Jemand wollte ihm auf die Schultern steigen.

Es vergingen ein paar schlimme, qualvolle Minuten. Dann kam für einen Augenblick Erleichterung. Danach trat ihm der, der auf die Schultern gestiegen war, mit dem Stiefel auf den Kopf. Ljoscha hörte Nadja leise aufschreien.

Die dunkle, schwere Gestalt dort oben schritt über Köpfe und Schultern hinweg und schwankte seltsam.

Ljoscha hob den Kopf, atmete die Luft aus der hohen Weite. Doch in der Höhe war Hitze.

Der Himmel strahlte klar, festlich, unerreichbar hoch, im Westen von zarten, perlmuttfarbenen Federwolken übersät.

Ein Meer festlichen Lichts kam von der eben in die Höhe gestiegenen Sonne. Die Sonne war neu, grell, erhaben und grimmig gleichgültig. Gleichgültig für immer. Ihre ganze Erhabenheit strahlte über das Getöse des Schmachtens und des Fieberwahns.

Jemand trat schwer auf Ljoschas Füße.

Katja schluchzte heftig und qualvoll.

»Hör auf!« schrie Ljoscha heiser.

Katja lachte auf. Ihr von Schluchzen unterbrochenes Gelächter klang sonderbar und kläglich.

Über dem ganzen weiten Feld dröhnte ein ununterbrochenes Getöse – die Menschen schrien, stöhnten, wimmerten.

Dann kamen Minuten sinnloser wechselseitiger Gehässigkeit.

Die Menschen schlugen aufeinander ein, sofern es die Enge erlaubte, stießen einander mit den Füßen, bissen, packten einander an der Gurgel und würgten einander.

Die Schwächeren wurden zu Boden gedrückt und niedergetreten.

All das Schreien, Stöhnen, Flehen und Fluchen, all das Gehörte wiederholte Ljoscha mit lebloser, erstickter Stimme, und dasselbe stammelten, wie zwei Marionetten, seine beiden Schwestern.

14

Das Flehen und Stöhnen klang plötzlich leise und schlaftrunken.

Nun kam eine kurze, sonderbare Weile der Stille, des Schmachtens, einer unendlichen Müdigkeit, eines stillen, unheimlichen Fieberwahns.

Wirre Laute von dem Wahn schwebten über der Menge, leises Stimmengewirr, gedämpft und unheimlich.

Der Wahn erstreckte sich schon auf alles, und die drei wurden sich im Nebel des Wahns kaum des schrecklichen Untergangs bewußt.

Die beiden Schwestern schluchzten schwer.

»Engel Gottes!« wimmerte jemand in der Nähe.

Die morgendliche Schläfrigkeit der in der Menge fast erstickten Menschen wurde ab und zu von wilden Verzweiflungsschreien unterbrochen.

Wieder wurde es still, und über der Menge schwebte ein unheimliches Getöse, das nicht in die jubelnden Weiten, nicht zum unbeweglichen bösen Drachen der Höhen emporstieg.

Jemand schluchzte qualvoll. Anscheinend starb jemand einen qualvollen Tod.

Ljoscha horchte, und ihm wurde klar, daß es Nadja war, die schluchzte.

Mit Mühe wandte er ihr das Gesicht zu.

Nadjas blau verfärbte Lippen öffneten und schlossen sich seltsam mechanisch. Ihre Augen sahen nichts, und ihr Gesicht nahm eine trübe, leblose Farbe an.

15

Die kurze Frist der Stille war verflogen. Plötzlich erhob sich über der bestürzten Menge ein Sturm absurden Tosens und Heulens. Wilde Schreie peitschten die Luft.

Von Haß verzerrte Gesichter waren zu sehen – aber keine Menschen mehr. Die Teufel hatten ihre augenblicklichen Masken fallen lassen und triumphierten, so daß es eine Qual war.

Einige Menschen in der Menge wurden in diesen Augenblikken wahnsinnig. Sie heulten, brüllten und schrien etwas Absurdes, Schreckliches.

Unter den Füßen der Menge ertönten wilde Todesschreie: Die Menschen, die zu Boden gerissen worden waren, konnten sich nicht mehr erheben.

Diese Schreie erschütterten die Herzen der wenigen, die in der schrecklichen Menge menschenähnlicher Teufel noch Menschen geblieben waren.

Ein zerlumpter Rowdy und seine lasterhafte betrunkene Freundin standen nebeneinander. Sie sahen sich an und sagten gehässige Worte. Der Rowdy zuckte seltsam mit der Achsel.

Mit der Kraft rasenden Hasses befreite er seine Hand. In der Hand blitzte ein Messer auf. Beißend lachte der schnelle Stahl in den grellen Sonnenstrahlen.

Das Messer bohrte sich in den Leib der Dirne. Sie schrie auf: »Du Verfluchter!«

Sie erstickte an ihrem Schrei und starb.

Der Rowdy heulte auf, beugte sich über sie und biß in ihre dicke rote Wange.

»Wir werden erdrückt, gleich ist es aus mit uns«, sagte Katja heiser.

Ljoscha bedachte sie mit einem Blick aus dem Augenwinkel, lachte unsinnig auf und erwiderte laut und deutlich: »Nadja haben sie erdrückt. Sie ist kalt.«

Große Tränen rannen über sein Gesicht, doch seine bleichen Lippen lächelten unsinnig.

Katja schwieg. Ihr Gesicht verfärbte sich blau, und ihre Augen erloschen.

Ljoscha rang nach Atem.

Seine Füße traten auf etwas Weiches. Heftiger Gestank stieg von der Erde auf. Schwer röchelnd, regte sich dort etwas.

»Es stinkt!« sagte hinter Ljoscha eine seltsam gleichgültige Stimme. »Man hat eine Frau umgerissen und ihr den Bauch eingetreten.«

Katjas blau verfärbtes Gesicht sank merkwürdig leblos herab.

Ljoscha überlief es plötzlich kalt.

16

»Sechs Uhr!« sagte jemand. Der Stimme nach ein kräftiger, ruhiger Mann, der sich in der Menge nicht fürchtete.

»Noch vier Stunden warten«, erwiderte eine schüchterne Stimme atemlos.

»Wozu warten?« schnauzte ein anderer haßerfüllt.

»Wir werden alle umkommen«, erwiderte eine tiefe Frauenstimme still und gelassen.

Jemand schrie verzweifelt, fast kindlich: »Brüder, müssen wir uns wirklich noch so lange drängen?«

Aufgeregtes Tosen zog über das Feld, wie ein Schwarm scheuer Vögel mit schwarzen Flügeln. Es zog dahin, schwoll an und brodelte auf. Die Menge wogte mit.

»Es ist Zeit, Brüder!« brüllte eine schrille Stimme. »Seid nicht faul, sonst behalten die verdammten Teufel alles für sich.«

»Los! Los!« dröhnte es ringsum.

Ungestüm drängte die ganze schwerfällige Menge vorwärts.

Die reglosen, gesenkten Gesichter seiner Schwestern, die kalt und schwer auf seinen Schultern ruhten, sahen Ljoscha an. Die aufgelösten Haare seiner Lieben kitzelten seine blassen Wangen. Seine Füße trugen ihn nicht mehr. Alle drei, er und seine Schwestern, wurden von der Menge mitgetragen.

»Jetzt wird verteilt!« schrie jemand.

Man sah – scheinbar ganz in der Nähe – bunte Bündel durch die Luft fliegen.

»Greift zu!« sagte heiser ein abgequälter hagerer Bauer.

»Was steht ihr noch? Los!« schrien die hinten Stehenden aufgebracht.

»Unsereinen lassen sie nicht ran, die Verfluchten drängen sich vor, und wir sollen warten!« brüllte jemand wütend.

Von allen Seiten ertönten grimmige Schreie:

»Brüder, brecht euch Bahn!«

»Warum schaut ihr den Verdammten zu? Packt sie an der Gurgel und werft sie zu Boden!«

»Vorwärts! Was guckt ihr noch!«

»Wenn sie uns nichts geben, nehmen wir es uns selbst!«

»Au, ich werde erdrückt!«

»Mein Gott, sie bringen mich um.«

»Geschieht dir recht, du dreimal verfluchter Lump!«

»Schneidet dem Aas die Kehle durch!«

»Weiter! Nicht aufhalten!« brüllte vorn eine wütende Stimme.

17

Ringsum drohten wütende, verzweifelte Gesichter.

Ein schwerer Strom. Und immer der gleiche Haß …

Ein Messer zerstach ein Kleid. Und einen Körper.

Die Frau heulte auf und starb.

So furchtbar.

Leblos blickten Ljoscha die blau verfärbten Gesichter seiner Schwestern an.

Jemand lachte. Worüber?

Das Ende nahte. Da waren schon die Wände der Schuppen ...

In der hocherhobenen Hand eines kräftigen Burschen schimmerte im goldenen Sonnenlicht ein Krug. Der Arm ragte merkwürdig, unnatürlich in den Himmel, wie ein lebender Pfahl.

Jemand reckte den Kopf und schlug dem Burschen den Krug aus der Hand – so schwach war der vor Anspannung blau angelaufene Arm.

Der Krug fiel langsam und schwer im Bogen herab. Er traf jemanden im Rücken und rollte auf die Erde.

Der kräftige Bursche fluchte gemein. Er war rot und verschwitzt, und seine Augen schienen vorzuquellen, weil er sich so angestrengt hatte. Mühsam bückte er sich nach dem Becher. Man sah, wie seine Ellbogen arbeiteten.

Plötzlich sank er mit einem dumpfen Aufschrei nieder.

Jemand stürzte sich auf ihn, wälzte sich schreiend und strampelnd über seinen Rücken. Ein anderer fiel über die beiden her, und alle drei schlugen zu Boden. Man hörte dumpfe Schreie. Der oben Liegende richtete sich auf, er wirkte sehr groß. Die Menge schloß sich über den beiden zu Boden Gestürzten, und ihr schweres Wogen an dieser Stelle verriet, wie die beiden niedergetrampelt wurden.

Ein kräftiger Bauer, der ein hochrotes, fast bläuliches Gesicht hatte, ruderte mit Ellbogen und Schultern, um seine rechte Hand zu befreien und vorzustrecken. Er wurde zusammengedrückt. Die Hand pendelte seltsam auf einer fremden Schulter, eine rote Hand neben einem roten Tuch.

Die Frau im roten Kopftuch wandte sich um und biß dem kräftigen Bauer in den Arm. Ihre Gehässigkeit war unbegreiflich.

Wild aufbrüllend, riß der Bauer seinen Arm los. Verzweifelt stieß er mit den Ellbogen. Es sah aus, als wüchse er.

Der Bauer wurde in die Höhe gedrückt. Er fiel auf die Köpfe

nieder, und unter ihm brüllten haßerfüllte Stimmen. Mit den Knien stützte er sich auf jemandes Schultern. Dann fiel er wieder um.

Er fiel – und richtete sich erneut auf, fiel abermals, kroch auf allen vieren vorwärts, und die Menge unter ihm war wie ein dichtes, holpriges Pflaster, wie ein sich schwerfällig bewegender Gletscher.

Viele schwangen sich in die Höhe, auf die Ellbogen gestützt. Ein paar Menschen liefen schwankend über die Köpfe und Schultern zu den Büfetts.

Viele kletterten auf die Dächer.

18

Zwei Frauen rauften miteinander. Stumm, mürrisch. Die eine faßte der anderen in den Mund und versuchte ihr den Mund aufzureißen.

Blut floß. Verzweifelt grelle Schreie ertönten.

Man stach einander mit Messern, um sich einen Weg zu bahnen, und die Getöteten wurden niedergetrampelt. Manchmal fiel der Mörder auf sein Opfer, und beide verschwanden unter den Füßen der unzähligen wütenden Teufel.

Viele stürzten in eine Schlucht. Andere fielen über sie. In kurzer Zeit war die Schlucht mit röchelnden, qualvoll sterbenden Menschen gefüllt. Die Teufel traten sie mit ihren schweren Stiefeln.

Ein rothaariger Bursche, der sich vor Ljoscha befand, versuchte schon eine Weile, verzweifelt mit den Ellbogen rudernd und auf den Schultern der Nachbarn Halt suchend, sich emporzuschwingen. Er schrie etwas Unverständliches und lachte heiser.

Zunächst war unverständlich, was er wollte und was mit ihm vorging. Plötzlich erhob er sich rasch und verdeckte Ljoscha für einen Augenblick die Sicht.

Seine absurden Schreie sausten wie scharfe, pfeifende Peitschenhiebe auf die Menge nieder, und seine gleichsam vom Himmel kommende scheußliche Stimme hörte sich seltsam an. Jetzt waren seine Worte zu verstehen.

Es waren Gotteslästerungen, Schmähungen und unflätige Flüche.

Plötzlich stürzte er, und sein Stiefelabsatz traf Ljoschas Stirn. Doch sofort versuchte der Bursche, sich wieder aufzurichten. Auf allen vieren stehend, hielt er sich am blonden Zopf eines fast erdrückten Mädchens fest. Dann stieg er jemandem auf die Schultern, ging lachend, jedoch unsicher vorwärts, trat mit seinen schweren Stiefeln wahllos auf Köpfe und Schultern. Wie ein Teufel schritt er langsam über die dichtgedrängte, gepeinigt brüllende Menge und verschwand in der Ferne.

Wieder schien es Ljoscha, den furchtbare Erschöpfung und Übelkeit quälten, als würde hinter dem blutroten Nebel, der ihm die Augen verhüllte, ein riesiger, in den Himmel oder noch höher ragender Mensch oder Teufel oder Menschenteufel über die Köpfe der in der atemringenden Menge sterbenden Menschen schreiten und sie mit furchtbaren Gotteslästerungen überschütten.

Vorn zwängte sich die Menge in die schmalen Durchgänge zwischen den Bretterbuden. Von dort hörte man Schreie, Winseln und Stöhnen. Mützen und Kleiderfetzen wirbelten durch die Luft.

Ein blonder Kopf stieß mehrmals an die scharfe Ecke einer Bude, sank herab, wurde von einem Stoß weitergetrieben und verschwand plötzlich.

Zwischen den Buden drängten sich Menschen, die immer größer zu werden schienen. Es war seltsam, die Köpfe in Dachhöhe zu sehen. Die Leute gingen über die Leiber der Niedergetrampelten.

Hinter den Buden erklang das Triumphgeschrei der Sieger. Bunte Lumpen waren zu sehen, etwas wurde in die Luft geschleudert.

Ljoscha und seine beiden Schwestern wurden in einen Durchgang zwischen den Buden gestoßen. Es wurde unerträglich eng, und Ljoscha kam es vor, als würden ihm sämtliche Knochen gebrochen. Schrecklich schwer lasteten die Leiber der Schwestern auf seinen Schultern.

Hinter der Bude waren Weite, Licht und Freude.

Jetzt sterbe ich, dachte Ljoscha und lächelte glücklich.

Einen Moment sah er ein rotes, freudestrahlendes Gesicht, einen Menschen, der ein Bündel mit Geschenken über dem Kopf schwenkte.

Ljoscha stürzte.

Seine beiden Schwestern fielen auf ihn, bedeckten ihn zur Hälfte mit ihren zerschundenen Körpern.

Ljoscha spürte noch, wie er überrannt, wie sein Rücken von vielen Tritten getroffen wurde. Qualvoll fühlte sein ganzer Leib das wütende Stampfen der Teufelsbeine.

Ein Stiefelabsatz trat auf sein Genick.

Einen Augenblick lang Übelkeit.

Der Tod.

1907

DAS HUNGRIGE GLÄNZEN

Sergej Matwejewitsch Moschkin speiste heute sehr gut zu Mittag – relativ, natürlich –, so gut, wie es ihm, einem Dorfschullehrer, der seine Stelle verloren hatte und schon seit einem Jahr auf Arbeitssuche Klinken putzte, gar nicht anstand. Trotzdem bewahrten seine traurigen schwarzen Augen das hungrige Glänzen, das seinem hageren brünetten Gesicht einen überraschend bedeutsamen Ausdruck verlieh.

Für dieses Essen gab Moschkin den letzten Dreirubelschein aus, nun klimperten in seinen Taschen nur noch ein paar Kupfermünzen, und in seinem Portemonnaie lag ein abgewetztes Fünfzehnkopekenstück. Geschmaust hatte er freudig, obwohl er wußte, daß seine Freude töricht, verfrüht und grundlos war. Doch von der langen, vergeblichen Arbeitssuche war er so mitgenommen, daß ihn selbst ein Hoffnungsschimmer freute.

Vor einigen Tagen hatte Moschkin eine Annonce in die »Neue Zeit« gesetzt, in der er sich als Pädagoge empfahl, der die Feder zu führen wisse – er hatte für eine Lokalzeitung aus dem Wolgagebiet Artikel verfaßt. Deswegen war er ja seiner Stelle verlustig gegangen: Man fand heraus, wer die argen Artikel für die »linke« Zeitung schrieb; der Vorsitzende des Semstwo machte den Volksschulinspektor darauf aufmerksam, und der dultete so etwas natürlich nicht.

»Solche Leute können wir nicht gebrauchen«, sagte der Inspektor bei der persönlichen Aussprache.

»Was für welche können Sie denn gebrauchen?« fragte Moschkin.

Doch der Inspektor antwortete nicht auf diese unpassende Frage, sondern sagte kurz: »Leben Sie wohl. Auf Wiedersehen, aber nicht auf dieser Welt.«

Ferner bot sich Moschkin in seiner Annonce als Sekretär, ständiger Mitarbeiter einer Zeitung, Nachhilfelehrer und Erzieher an, als Begleiter für eine Reise in den Kaukasus oder auf die Krim sowie als Faktotum und so weiter. Er bezeichnete sich als anspruchslos und versicherte, Entfernung sei kein Hinderungsgrund.

Moschkin wartete. Es kam eine einzige Postkarte als Antwort. Merkwürdig, daß er sogleich Hoffnungen daran knüpfte.

Das war morgens. Moschkin trank Tee. Die Wirtin trat ein, durchbohrte ihn mit ihren schwarzen Schlangenaugen und sagte giftig: »Post für Herrn Sergej Matwejewitsch Moschkin.«

Während er die Karte las, strich sie ihre schwarzen Haare über dem gelben Dreieck der Stirn glatt und zischte: »Anstatt Briefwechsel zu führen, bezahle lieber Kost und Logis. Von Briefen wird man nicht satt. Du solltest dir lieber eine Stelle suchen und arbeiten gehen, anstatt spanische Vornehmheit hervorzukehren.«

Moschkin las: »Seien Sie so freundlich und kommen Sie zwischen sechs und sieben Uhr abends zu einer Unterredung in die 6. Rota, Haus Nr. 78, Wohnung Nr. 57.«

Ohne Unterschrift.

Moschkin bedachte seine Wirtin mit einem wütenden Blick. Hoch aufgerichtet, breit, mit herabhängenden Armen, stand sie wie eine Marionette still an der Tür und musterte ihn kalt, böse, mit unbewegtem, angsteinflößendem Blick.

»Basta!« schrie Moschkin. Er schlug mit der Faust auf den Tisch, erhob sich, ging im Zimmer auf und ab, wiederholte mehrmals: »Basta!«

Die Wirtin fragte leise, gehässig: »Wirst du zahlen, du Artikelschreiber? Wie denkst du dir das eigentlich?«

Moschkin blieb vor ihr stehen, streckte ihr die leere Hand hin und sagte: »Das ist alles, was ich habe.«

Er verschwieg den letzten Dreirubelschein.

»Ich bin nicht die Frau von einem Husarenoffizier«, zischte die

Wirtin. »Ich brauche das Geld. Woher soll ich die sieben Rubel für Brennholz nehmen? Wenn du dich nicht selbst ernähren kannst, laß dich von einer Frau aushalten. Jung und begabt bist du, siehst auch ganz annehmlich aus. Irgendein dummes Weib wird sich schon finden. Was soll ich machen? Wohin man auch kommt, muß man Geld auf den Tisch legen. Nichts ist umsonst, nicht mal der Tod.«

Moschkin blieb stehen, sagte: »Seien Sie unbesorgt, Praskowja Petrowna, heute abend bekomme ich eine Arbeitsstelle, und dann begleiche ich meine Schulden.«

Wieder schlappte er in Pantoffeln im Zimmer auf und ab.

Die Wirtin stand noch eine Weile murrend an der Tür. Schließlich ging sie, mit dem Ausruf: »Ich habe eine stählerne Brust! Eine andere an meiner Stelle hätte längst die Augen verdreht und gesagt: ›Sieh zu, wo du bleibst. Ich bin nicht deine Leibeigene.‹«

Sie ging, doch in seinem Gedächtnis blieb ihre seltsame, hoch aufgerichtete Gestalt mit den herabhängenden Armen, dem breiten gelben Dreieck der Stirn unter dem glatten, eingeölten schwarzen Haar, mit dem abgekürzten schmalen Dreieck des schäbigen gelben Rocks, dem winzigen Dreieck der roten Schnupfennase. Drei Dreiecke.

Den ganzen Tag war Moschkin hungrig und grimmig-vergnügt. Ziellos schlenderte er durch die Straßen. Er schaute sich die Mädchen an, fand alle nett, fröhlich und zugänglich – zugänglich für Reiche. Er blieb vor Schaufenstern stehen, in denen teure Waren ausgestellt waren. Immer schärfer wurde das hungrige Glänzen seiner Augen.

Moschkin kaufte sich eine Zeitung, las sie auf einer Bank in den Grünanlagen, wo Kinder lachend umhertollten und schicke Kindermädchen promenierten, wo es nach Staub und vermodernden Bäumen roch – die Gerüche von der Straße und dem Park vermischten sich unangenehm, erinnerten an den Geruch von Guttapercha. In der Zeitung las Moschkin staunend von einem in Raserei geratenen Hungerleider, der im Museum das Gemälde eines berühmten Malers zerschnitten hatte.

»Ich kann so etwas verstehen!«

Moschkin schritt auf der Allee aus, wiederholte: »Ich kann so etwas verstehen!«

Während er durch die Straßen bummelte, die großartigen Häuser der Reichen betrachtete, den in den Geschäften ausgestellten Luxus, die elegante Kleidung der vorüberspazierenden Herren und Damen, die vorbeisausenden Kutschen, all die Schönheiten und Erfreulichkeiten des Lebens, die für jeden, der Geld hatte, erschwinglich waren, aber unerschwinglich für ihn, während er das alles neidvoll besichtigte oder beobachtete, empfand er immer deutlicher vernichtenden Haß. Und in Gedanken wiederholte er: Ich kann so etwas verstehen!

Er trat auf einen dicken, faulen, wichtigtuerischen Pförtner zu und rief: »Ich kann so etwas verstehen!«

Der Pförtner blickte ihn stumm und verächtlich von der Seite an. Moschkin kicherte vergnügt, sagte: »Tolle Kerle, die Anarchisten!«

»Hau ab!« schnauzte ihn der Pförtner an. »Lungre hier nicht herum!«

Moschkin ging weiter. Plötzlich bekam er Angst. In der Nähe stand ein Polizist mit strahlendweißen Handschuhen. Ergrimmt dachte Moschkin: Euch müßte man eine Bombe hinwerfen!

Der Pförtner spuckte wütend hinter ihm aus und wandte sich ab.

Moschkin war lange unterwegs. Nach fünf Uhr betrat er ein Restaurant mittlerer Preislage. An einem Tisch am Fenster nahm er Platz. Er trank einen Schnaps, aß Anchovis dazu, bestellte sich ein Essen zu fünfundsiebzig Kopeken und eisgekühlten Chablis. Nach dem Mahl genehmigte er sich einen Likör. Er wurde ein wenig berauscht. Bei den Klängen des Orchestrions schwindelte ihm. Ohne sich das Kleingeld herausgeben zu lassen, wankte er hinaus, respektvoll vom Pförtner begleitet, dem er ein Zwanzigkopekenstück zusteckte.

Moschkin warf einen Blick auf seine vernickelte Uhr – es war nach sechs. Höchste Zeit! Daß er sich nur nicht verspätete und sie einen anderen einstellten! Rasch machte er sich auf den Weg zum Viertel des Ismailowski-Regiments.

Sehr störend waren:

das aufgerissene Pflaster;

die disziplinlosen, ewig schläfrigen Droschkenkutscher an den Straßenübergängen;

die Passanten, insbesondere die Bauern und feinen Damen: die Entgegenkommenden wichen entweder überhaupt nicht aus, oder sie bogen häufiger nach links als nach rechts aus, und diejenigen, die er überholen mußte, taumelten auf dem Trottoir hin und her, so daß er nicht wußte, auf welcher Seite er an ihnen vorbeigehen sollte;

die Bettler – sie belästigten auch ihn;

und der Mechanismus des Gehens.

Es ist so schwer, Raum und Zeit zu überwinden, wenn man es eilig hat! Die Erde saugt einen gleichsam fest, jeder Schritt wird mit Anstrengung und Müdigkeit erkauft, so daß die Waden schmerzen, man das Reißen spürt. Daher wuchs sein Grimm und verstärkte sich das hungrige Glänzen seiner Augen.

Man müßte alles zum Teufel schicken! dachte Moschkin. Zum Teufel damit!

Schließlich gelangte er ans Ziel.

Hier war die Straße, die 6. Rota, hier das Haus Nummer 78. Ein schäbiges, dreistöckiges Gebäude mit zwei Eingängen, die einen düsteren Eindruck machten, in der Mitte der aufgerissene Rachen eines Torwegs. Moschkin besah sich die Wohnungsschilder an den Eingängen – die Nummer 57 fehlte. Es war kein Mensch zu sehen. Am Tor prangte ein weißer Knopf, auf dem mit Schmutz bedeckten Kupferschild darüber stand: Hauswart.

Moschkin drückte auf den Knopf und trat in den Rachen des Torwegs, um das Wohnungsschild zu suchen. Doch bevor er Schilder fand, kam ihm bereits der schwarzbärtige Hauswart entgegen, der sehr eindrucksvoll aussah.

»Wo ist die Wohnung Nummer 57?«

Moschkin fragte in der nachlässigen Art, die er sich vom Vorsitzenden des Semstwo abgeguckt hatte, dem er den Hinauswurf verdankte. Aus Erfahrung wußte er, daß man mit Hauswarten so und nicht anders zu sprechen hatte. Wer Klinken putzen muß, bekommt auch einen gewissen Schliff.

»Zu wem wollen Sie?« fragte der Hauswirt argwöhnisch.

Mit treuherziger Nachlässigkeit erwiderte Moschkin gedehnt: »Ich weiß es selbst nicht. Ich habe einen Brief bekommen, aber der Absender steht nicht darauf. Nur die Adresse. Wer wohnt in der Nummer siebenundfünfzig?«

»Fräulein Engelhardowa«, sagte der Hauswart.

»Engelhardowa?« fragte Moschkin.

Der Hauswart wiederholte: »Engelhardowa.«

Moschkin grinste.

»Eine Russifizierte?«

»Jelena Petrowna«, antwortete der Hauswart.

»Eine alte Schachtel?« fragte Moschkin unvermittelt.

Der Hauswart schmunzelte.

»Nein, bitte schön, ein junges Fräulein. Gehen Sie durch den Vordereingang, vom Tor rechts.«

»Aber an der Tür sind nur die Schilder von den ersten Wohnungen«, sagte Moschkin.

»Nein«, sagte der Hauswart, »die Nummer 57 ist auch da. Ganz unten.«

»Und was treibt das Fräulein?« fragte Moschkin. »Leitet sie eine Institution, eine Schule oder Redaktion?«

Nein, wie sich herausstellte, leitete Fräulein Engelhardowa weder eine Schule noch eine Redaktion.

»Sie lebt von ihrem Kapital«, erklärte der Hauswart.

In der Wohnung von Fräulein Engelhardowa wurde Moschkin von einer Dienstmagd, die ganz wie ein Dorfmädchen aussah, in den Salon geführt, der rechts vom dunklen Vorzimmer lag. Dort sollte er warten.

Moschkin wartete. Gelangweilt betrachtete er die Einrichtung, die vielen Möbel, mit denen der Raum vollgestellt war, Sessel, Tische, Stühle, Wandschirme, Kaminschirme, Regale, Ständer mit Büsten, Lampen oder Nippsachen, ferner die Spiegel, Gemälde, Lithographien und Uhren an den Wänden, die Gardinen und

Blumen an den Fenstern. Es war eng, stickig und dunkel. Moschkin schritt auf den Teppichen umher, besah sich grimmig die Gemälde und Statuen.

Man müßte alles zum Teufel schicken! dachte er. Zum Teufel damit!

Doch als die Hausherrin plötzlich eintrat, verbarg er das hungrige Glänzen seiner Augen und senkte den Blick.

Es war eine junge, rotwangige, hochgewachsene und gutaussehende Frau. Sie ging mit raschen, festen Schritten wie eine Dörflerin, und dabei schwenkte sie linkisch ihre schönen starken, bis über die Ellbogen entblößten weißen Arme.

Fräulein Engelhardowa trat auf Moschkin zu, streckte ihm die Hand etwas entgegen – wenn du willst, schüttele sie, wenn du willst, küß sie. Moschkin tat aus Bosheit und aus Schabernack das letztere: Er gab ihr einen schmatzenden Handkuß und biß sie in die Hand, so daß sie zusammenzuckte. Doch sie sagte nichts, ging zum Tisch, setzte sich dort aufs Sofa und hieß ihn im Sessel Platz nehmen. Moschkin setzte sich.

»War das Ihre Annonce gestern?« fragte sie.

»Ja«, brummte er. Nach kurzem Überlegen fügte er höflicher hinzu: »Ja, bitte schön, das war meine Annonce.«

Ärgerlich dachte er: Man müßte alles zum Teufel schicken.

Sie erkundigte sich, was er könne, wo er studiert und wo er gearbeitet habe, fragte vorsichtig, als fürchtete sie, die Karten zu früh aufzudecken und zuviel zu versprechen.

Wie sich herausstellte, gedachte sie eine Zeitschrift herauszugeben. Was für eine, hatte sie noch nicht entschieden. Irgendeine kleine. Sie verhandelte wegen des Ankaufs eines Verlages. Über die Richtung der Zeitschrift schwieg sie sich aus.

Ihn könne sie für das Büro gebrauchen. Da in der Annonce »Pädagoge« stand, habe sie gedacht, er hätte am Gymnasium unterrichtet.

Im übrigen, wenn er etwas von Buchhaltung verstehe ...

Bestellungen annehmen könne ...

die geschäftliche Korrespondenz der Redaktion erledigen ...

Geld von der Post holen ...

die Zeitschriften versandfertig machen …
sie zur Post bringen …
Korrektur lesen …
und dies und das …
und noch jenes …

Das Fräulein sprach eine halbe Stunde lang. Ziemlich wahllos zählte sie allerlei Pflichten auf.

»Für das alles brauchte man mehrere Leute«, erwiderte Moschkin barsch.

Das Fräulein wurde vor Ärger rot. Der Geiz stand ihr im Gesicht.

»Es ist eine kleine, spezielle Zeitschrift«, sagte sie. »Würde ich für solch ein Unternehmen mehrere Leute anstellen, hätten sie nichts zu tun.«

Grinsend pflichtete Moschkin bei: »Vielleicht haben Sie recht. Bei Ihnen wird man sich nicht langweilen.« Dann wollte er wissen: »Wieviel Stunden am Tag muß ich bei Ihnen arbeiten?«

»Nun, von neun Uhr morgens – ist das zu spät? – bis sieben Uhr abends – ist das zu früh? Manchmal, bei dringender Arbeit, vielleicht länger. Oder Sie kommen sonntags, Sie sind doch verfügbar?«

»Wieviel wollen Sie zahlen?«

»Sind Sie mit achtzehn Rubel monatlich zufrieden?«

Er überlegte kurz, versetzte lachend: »Das ist zu wenig, bitte schön.«

»Mehr als zwanzig kann ich nicht zahlen.«

»Einverstanden, bitte schön.«

In einem plötzlichen Wutausbruch stand er auf, steckte die Hand in die Tasche, zückte den Wohnungsschlüssel und sagte leise, aber entschlossen: »Hände hoch!«

»Ach!« rief das Fräulein und hob sofort die Hände.

Bleich saß sie auf dem Sofa und zitterte. Sie war groß und stark. Er – klein und mager.

Ihre Ärmel rutschten auf die Schulter, und die beiden emporgestreckten nackten weißen Arme sahen so aus wie die Beine einer übenden Akrobatin. Offenbar besaß sie die Kraft, die Arme lange hochzuhalten. Auf ihrem erschrockenen Gesicht spiegelte sich der Ernst der Lage.

Ihre Bestürzung genießend, sagte Moschkin langsam und nachdrücklich: »Keine Bewegung! Keinen Mucks!«

Er trat vor ein Gemälde.

»Wieviel kostet das?«

»Zweihundertzwanzig, ohne Rahmen«, erwiderte das Fräulein mit bebender Stimme.

Er zog das Taschenmesser, zerschnitt das Gemälde von oben nach unten und von rechts nach links.

»Ach!« schrie das Fräulein auf.

Er trat vor eine Marmorbüste.

»Was kostet die?«

»Dreihundert.«

Mit dem Schlüssel schlug er ein Ohr und die Nase ab und beschädigte die Wangen. Das Fräulein seufzte leise. Ihm tat dieses Seufzen wohl.

Er zerstörte noch ein paar Gemälde, zerfetzte Sesselbezüge, zerschmetterte mehrere zerbrechliche Nippsachen.

Dann trat er auf das Fräulein zu, befahl: »Kriech unter das Sofa!«

Sie tat, wie ihr geheißen.

»Lieg still, bis sie kommen! Sonst werfe ich eine Bombe.«

Er ging hinaus. Weder im Vorzimmer noch auf der Treppe begegnete ihm jemand.

Am Tor stand der Hauswart. Moschkin trat auf ihn zu, sagte: »Das Fräulein ist wohl recht seltsam?«

»Wieso?«

»Sie hat ein schlechtes Benehmen, führt sich unanständig auf. Gehen Sie mal hinauf zu ihr.«

»Wie könnte ich ungerufen zu ihr gehen?«

»Nun, wie Sie meinen.«

Moschkin entfernte sich. Das hungrige Glänzen seiner Augen wurde matter.

Lange schlenderte er durch die Straßen. Stumpfsinnig, schwerfällig dachte er an den Salon, die zerschnittenen Gemälde und das Fräulein unterm Sofa.

Das trübe Wasser des Kanals lockte ihn. Das Licht der untergehenden Sonne ließ den Wasserspiegel schön und traurig erscheinen, wie die Musik eines wahnsinnigen Komponisten. So hart waren die Platten auf der Uferstraße, so staubig die Pflastersteine, so dumm und schmutzig die Kinder, die ihm begegneten. Alles war verschlossen und feindselig.

Das grünlich goldene Wasser des Kanals lockte.

Und da erlosch das hungrige Glänzen seiner Augen. Es erlosch.

So klangvoll war das kurze Aufplatschen des Wassers.

Mattschwarze Ringe breiteten sich aus, einer nach dem anderen furchte das grünlich goldene Wasser des Kanals.

1907

DER VERGIFTETE GARTEN

Die Natur der dürstenden Steppen
Gebar ihn am Tage des Zorns.
Puschkin

1

»Schöner Jüngling, worüber denkst du so tief nach?« fragte die alte Frau, bei der der Jüngling ein Zimmer gemietet hatte.

Sie war am Abend leise in sein halbdunkles Zimmer gekommen und, in ihren weichen Pantoffeln auf dem braunrot gestrichenen, unebenen Fußboden kaum hörbar sich nähernd, neben den Jüngling getreten. Er schrak zusammen, weil es so unverhofft geschah. Schon eine halbe Stunde stand er am einzigen Fenster seiner engen Kammer im Obergeschoß des alten Hauses und schaute unentwegt in den sich vor ihm öffnenden schönen Garten, wo viele zart, süß und sonderbar duftende Pflanzen blühten. Der Jüngling antwortete der alten Frau:

»Nein, Alte, ich denke an gar nichts. Ich stehe, schaue und warte.«

Die alte Frau schüttelte vorwurfsvoll den grauen Kopf, und die Zipfel ihres dunklen Tuchs schaukelten hin und her wie zwei wachsam gespitzte Ohren. Ihr runzliges Gesicht, das gelblicher und hagerer war als das der anderen alten Frauen, die in dieser Straße am Rande der großen alten Stadt wohnten, drückte jetzt Besorgnis und Unruhe aus. Die alte Frau sprach leise und traurig:

»Du dauerst mich, lieber Jüngling.«

Ihre Stimme, obwohl auch schon heiser, war so wohltönend erfüllt von Trauer, von aufrichtigem Mitleid, und ihre schon vom Alter verblaßten Augen blickten so bekümmert, daß es den Jüngling im Halbdunkel seines Zimmers für einen kurzen Augenblick dünkte, als wären diese äußeren Merkmale des Alters nur eine gut angepaßte Maske und als verberge sich dahinter eine junge, schöne Frau, die erst unlängst das herzzerreißende Leid einer Mutter, die um ihren toten Sohn weint, erfahren hat.

Doch der seltsame Augenblick verging, und der Jüngling lächelte über seinen wunderschönen Traum. Er fragte:

»Warum dauere ich dich, Alte?«

Die alte Frau stand neben ihm, blickte aus dem Fenster in den schönen, blühenden, von den Strahlen der untergehenden Sonne beschienenen Garten und sagte:

»Du dauerst mich, lieber Jüngling, weil ich weiß, wohin du schaust und worauf du wartest. Du und deine Mutter, ihr dauert mich.«

Vielleicht durch diese Worte, vielleicht auch durch etwas anderes wandelte sich die Stimmung des Jünglings. Der blühende und duftende, von einem hohen Zaun umgebene Garten unter seinem Fenster erschien ihm mit einmal merkwürdig, und ein dunkles Gefühl, wie plötzliche Angst, ließ sein Herz entsetzt stocken; es schien, als käme das von den würzigen, betörenden Düften, die die bunten Blumen dort unten verströmten.

›Was ist das bloß?‹ dachte der Jüngling befremdet.

Er wollte sich nicht dem träumerischen Zauber abendlicher Wehmut hingeben und versuchte, sich zusammenzunehmen, lächelte, strich mit einer raschen Bewegung der kräftigen Hand eine schwarze Locke aus der hohen Stirn und fragte:

»Was ist denn Unrechtes daran, daß ich schaue, und worauf warte ich? Und woher weißt du, worauf ich warte?«

In diesem Augenblick war er fröhlich, kühn und schön, seine schwarzen Augen flammten, seine frischen Wangen glühten, seine roten, leuchtenden Lippen sahen aus, als wären sie soeben geküßt worden, und dahinter schimmerten feste, weiße Zähne — lustige, böse Zähne.

Die alte Frau sprach:

»Lieber Jüngling, du schaust in den Garten und weißt nicht, daß es ein böser Garten ist. Du erwartest die Schöne und weißt nicht, daß ihre Schönheit Verderben bringt. Zwei Jahre wohnst du in meinem Zimmer, aber niemals warst du so in diesen Anblick versunken wie heute. Offenbar kommt nun die Reihe an dich. Noch ist es nicht zu spät. Geh weg vom Fenster, atme nicht den Odem der heimtückischen Blumen, und warte nicht, bis die Schöne unter dein Fenster tritt, um zu zaubern! Sie wird kommen, wird zu zaubern beginnen, und du wirst ihr folgen, auch, wohin du nicht willst.«

Bei diesen Worten zündete die alte Frau zwei Kerzen auf dem Tisch an, wo Bücher lagen, schloß das Fenster und zog den Vorhang zu. Leise klirrend glitten die Ringe auf dem kupfernen Stab entlang, der gelbe Stoff des Vorhangs wellte und beruhigte sich wieder, und im Zimmer wurde es fröhlich, ruhig und behaglich. Und es war, als gäbe es vorm Fenster keinen Garten und auf der Welt keine Verzauberung, als wäre alles einfach, gewöhnlich, ein für allemal festgelegt.

»Es stimmt«, sagte der Jüngling, »ich habe den Garten nie beachtet. Heute habe ich zum erstenmal die Schöne gesehen.«

»Nun hast du sie schon gesehen«, sagte die alte Frau traurig. »Nun ist schon der böse Same der Verzauberung in deine Seele gelegt.«

Der Jüngling aber sagte, halb zur alten Frau, halb zu sich selbst:

»Früher hatte ich gar keine Zeit dazu. Tags war ich zu den Vorlesungen in der Universität, abends saß ich über meinen Büchern oder war mit fröhlichen Kameraden und schönen Mädchen auf Abendgesellschaften oder im Theater, oben auf der Galerie oder mit dem Studentenbillett auch im Parkett, wenn wenig zahlendes Publikum kam: Die Theaterdirektoren lieben uns, wir klatschen ausdauernd Beifall und rufen die Schauspielerinnen heraus, bis alle Lichter gelöscht werden. Im Sommer fährt man zu den Eltern. So hatte ich bisher nur davon gehört, daß der großartige Garten unseres Professors, des berühmten Botanikers, sich nebenan befindet.«

»Berühmt ist er, weil er seine Seele dem Teufel verkauft hat«, sagte die alte Frau zornig.

Der Student lachte vergnügt.

»Trotzdem«, sagte er, »finde ich es sonderbar, daß ich seine

Tochter bis zum heutigen Tag nicht gesehen habe, obwohl mir viel von ihrer wunderbaren Schönheit zu Ohren gekommen war und davon, daß viele vornehme Jünglinge aus der alten Stadt und aus anderen nahen und fernen Orten um ihre Liebe geworben, gehofft und sich getäuscht haben und manche sogar gestorben sind, weil sie ihre Kälte nicht ertrugen.«

»Sie ist heimtückisch«, sagte die alte Frau. »Sie kennt den Wert ihrer Zauberkünste und zeigt sich nicht jedem. Ein armer Student hat es schwer, ihre Bekanntschaft zu machen. Ihr Vater hat sie in vielem unterrichtet, was selbst Gelehrte nicht wissen, doch mit dir wird sie sich kein Stelldichein geben. Sie hält es mehr mit den Reichen, von denen sie viele Geschenke erwarten kann.«

»Alte, heute habe ich sie genau gesehen«, wandte der Jüngling ein, »und mir scheint, daß ein Mädchen mit so schönem Gesicht, so klaren Augen, so graziösen Manieren und so hübscher Kleidung nicht heimtückisch und eigennützig sein, nicht Geschenken nachjagen kann. Ich habe mir fest vorgenommen, ihre Bekanntschaft zu suchen. Heute noch werde ich zum Botaniker gehen.«

»Der Botaniker läßt dich nicht über seine Schwelle«, sagte die alte Frau. »Sein Diener wird dich gar nicht melden, wenn er deine schäbige Kleidung sieht.«

»Was kümmert ihn meine Kleidung?« rief der Jüngling ärgerlich.

»Ja, wenn du auf einer geflügelten Eidechse geritten kämst«, sagte die alte Frau, »würde man dich vielleicht einlassen und nicht auf deine Flicken schauen.«

Der Jüngling lachte und rief belustigt:

»Wohlan, Alte, wenn ich nicht anders hineingelange, sattle ich eine geflügelte Eidechse!«

»Von euren Streiks ist nichts Gutes zu erwarten«, knurrte die alte Frau. »Wenn ihr friedlich lerntet, wäre alles gut. Und du brauchtest nicht traurig zu sein wegen dieser schlauen Schönheit und ihres schrecklichen Gartens.«

»Was ist denn Schreckliches an ihrem Garten?« fragte der

Jüngling. »Und wir kamen einfach nicht umhin zu streiken: Unsere Rechte und die Rechte der Universität sind verletzt worden. Sollten wir uns demütig damit abfinden?«

»Junge Leute müssen lernen«, knurrte die alte Frau, »und nicht ihre Rechte abwägen. Du aber, mein lieber Junge, solltest – bevor du die Schöne kennenlernst – morgen früh beim Sonnenschein, wenn man alles klar und richtig sieht, vom Fenster aus aufmerksam in ihren Garten schauen. Du wirst sehen, in diesem Garten gibt es nicht die Blumen, die hier jedermann bekannt sind. Die Blumen, die dort wachsen, kennt niemand bei uns in der Stadt. Bedenke es gut, denn das kommt nicht von ungefähr. Der Teufel ist heimtückisch – ist dies nicht sein Werk, um die Menschen zu verderben?«

»Es sind fremdländische Pflanzen«, sagte der Jüngling, »man hat sie aus warmen Ländern mitgebracht, wo alles anders ist.«

Doch die alte Frau wollte die Unterhaltung nicht fortsetzen. Sie winkte verdrossen ab und schlurfte hinaus, undeutlich ärgerliche, unfreundliche Worte murmelnd.

Die erste Regung des Jünglings war, ans Fenster zu treten, den gelben Vorhang zurückzuziehen und wieder in den verzauberten Garten zu sehen und zu warten. Doch er wurde gestört: Sein Freund, ein lauter, linkischer junger Mann, kam und lud ihn ein, zu ihrem Versammlungsort mitzukommen, um zu reden, zu streiten, zu lärmen und zu lachen. Lachend und – mehr als sich schickte – entrüstet die Arme schwenkend, erzählte der Freund dem Jüngling unterwegs, was am Morgen in den Hörsälen und auf den Korridoren der Universität vorgefallen, wie alle Vorlesungen gesprengt und die Gegner des Streiks beschämt worden waren, welche wunderbaren Worte die geliebten, guten Professoren gesagt und wie lächerlich sich die ungeliebten und also schlechten Professoren gemacht hatten.

Der Jüngling erlebte einen interessanten Abend. Er sprach aufgeregt wie alle. Er hörte aufrichtige, leidenschaftliche Reden. Er blickte die Freunde an, deren Gesichter die sorglose Kühnheit der Jugend und ihre hitzige Empörung ausdrückten. Er sah liebe, kluge, sittsame Mädchen und träumte davon, aus ihrem vergnügten Kreis eine Freundin zu wählen. Und beinahe hätte er die Schöne in ihrem zauberhaften Garten vergessen.

Er kehrte spät nach Hause zurück und schlief fest ein.

2

Am Morgen, als er die Augen aufschlug und sein Blick auf den gelben Stoff des Fenstervorhangs fiel, schien es ihm, als wäre das Gelb vom Purpur eines dunklen Wunsches verfärbt und berge eine seltsame, unheimliche Spannung. Es war, als richtete die Sonne zudringlich und leidenschaftlich ihre brennenden, bitteren Strahlen auf den von goldenem Licht durchstrahlten Stoff – rufend, fordernd, erregend. Und zur Antwort auf die merkwürdige äußerliche Spannung von Gold und Purpur füllten sich die Adern des Jünglings mit feurigem Leben, strömte behende Kraft in die Muskeln, wurde das Herz der Ursprung heller Brände. Von Millionen belebender, brennender, erweckender Nadeln wonnig durchbohrt, sprang er aus dem Bett und tanzte unbekleidet mit jungenhaft fröhlichem Lachen im Zimmer umher.

Von dem ungewöhnlichen Lärm angezogen, schaute die alte Wirtin zur Tür herein. Sie schüttelte vorwurfsvoll den Kopf und sagte mißmutig:

»Lieber Junge, du tanzt und freust dich und beunruhigst alle, aber worüber du dich freust, weißt du selbst nicht, und du ahnst nicht, wer unter deinem Fenster steht und was sie dir bereiten wird.«

Der Jüngling geriet in Verwirrung, war leise und sittsam wie zuvor, seinem Charakter gemäß und der guten Erziehung angemessen, die er zu Hause genossen hatte. Er wusch sich gründlicher als gewöhnlich, vielleicht, weil er heute nicht zu den Vorlesungen eilen mußte, vielleicht auch aus einem anderen Grund, und kleidete sich ebenso ordentlich an, bürstete den schon recht schäbigen Rock sorgfältig aus: Einen neuen hatte er nicht, denn seine Eltern waren nicht reich und konnten ihm nur wenig Geld schicken. Dann trat er ans Fenster. Sein Herz stockte vor Unruhe, als er den gelben Vorhang zurückzog. Ein bezauberndes Bild tat sich vor ihm auf – doch bemerkte er heute sofort, daß dieser weite, vortrefflich gelegene Garten etwas Seltsames an sich hatte. Was ihn befremdete, begriff er noch nicht gleich, und er betrachtete aufmerksam den Garten.

Was war unangenehm an seiner Schönheit? Weshalb stockte das Herz des Jünglings? Lag es daran, daß in diesem zauberhaften Garten alles gar zu regelmäßig war? Die Wege waren schnurgerade, sämtlich von gleicher Breite und gleichmäßig mit einer ebenen Schicht gelben Sandes bedeckt, die Pflanzen in sorgfältiger Ordnung gesetzt, die Bäume zu Kugeln, Kegeln und Zylindern beschnitten, die Blumen in den Farbtönen aufeinander abgestimmt, so daß die Anordnung das Auge erquickte, und dennoch verletzte es die Seele.

Was aber war, recht besehen, unangenehm an dieser Ordnung, die davon zeugte, daß sich jemand unermüdlich um den Garten sorgte? Nein, der Grund für die sonderbare Unruhe, die den Jüngling quälte, lag natürlich nicht darin, sondern in etwas anderem, das er noch nicht begriff.

Eines stand außer Zweifel, dieser Garten glich keinem der Gärten, die der Jüngling in seinem Leben bisher gesehen hatte. Hier erblickte er riesige und allzu bunte Blumen – zuweilen schien es, als flammten verschiedenfarbige Feuer im üppigen Grün –, die Ranken brauner und schwarzer Pflanzen, dick wie tropische Schlangen, Blätter von sonderbarer Form und unmäßiger Größe, deren Grün unnatürlich grell wirkte. Würzige, betörende Düfte strömten in leichten Wellen zum offenen Fenster herein, der Odem von Vanille und Weihrauch und bitteren Mandeln – süße und bittere, feierliche und traurige Düfte wie das triumphale Mysterium eines Begräbnisses.

Der Jüngling spürte auf seinem Gesicht die zarte, aber ermunternde Berührung eines Lufthauches. In diesem sonderbaren Garten, so schien es, besaß der Wind keine Kraft und legte sich ermattet auf das ruhig-grüne Gras in den Schatten unter den Büschen. Weil die Bäume und Gräser des Gartens atemlos still waren, nicht den leise über ihnen wehenden Wind hörten und ihm nicht antworteten, wirkten sie leblos. Und darum trügerisch, böse, feindselig für den Menschen.

Freilich, eines der Gewächse regte sich. Doch bei seinem Anblick lachte der Jüngling auf. Was er für den blattlosen Stamm eines sonderbaren Gewächses gehalten hatte, war ein kleingewachsener, hagerer, schwarzgekleideter Mann. Er stand vor einem Strauch mit hellpurpurnen Blättern, kam dann langsam, auf einen dicken Stock gestützt, den Weg entlang zu jenem Fenster, aus dem der Jüngling schaute. Nicht so sehr am Gesicht, das von der breiten Krempe des schwarzen Hutes verdeckt und von oben nur zum Teil sichtbar war, wie am Gebaren und am Gang erkannte der Jüngling den Botaniker. Der Jüngling wollte nicht unsittsam erscheinen und trat vom Fenster zurück. Plötzlich sah er, wie dem Botaniker die Schöne, seine junge Tochter, entgegeneilte.

Ihre nackten Arme hatte sie zu den hochgebundenen schwarzen Zöpfen erhoben, sie steckte sich gerade eine feuerrote Blume ins Haar. Die leichte, kurze Tunika wurde auf der Schulter von einer goldenen Spange gehalten. Ihre leicht sonnengebräunten, bis zu den Knien entblößten Beine waren wohlgestaltet wie die einer auferstandenen Göttin. Das Herz des Jünglings stockte, er vergaß alle Vorsicht und Sittsamkeit, stürzte wieder zum Fenster und blickte begierig auf die liebreizende Erscheinung. Die Schöne warf ihm einen raschen, feurigen Blick zu – unter den schwarzen, ebenmäßigen Brauen leuchteten blaue Augen – und lächelte zärtlich und listig.

Wenn Menschen glücklich sind, wenn ihnen zuzeiten die Sonne einer irrsinnigen Freude scheint, sie im wonnigen Wirbel des Entzückens in Länder jenseits aller Schranken trägt, wo wären dann die Worte, dies zu sagen? Und wenn es auf der Welt bezaubernde Schönheit gibt, wie sollte man sie beschreiben?

Doch nun blieb die Schöne stehen, blickte den Jüngling unverwandt an, lachte froh – und in einem unsäglichen Wirbel des Entzückens vergaß der Jüngling alles, was es auf der Welt gab, beugte sich ungestüm aus dem Fenster und rief mit vor Erregung schwingender Stimme:

»Du Liebe! Schöne! Göttliche! Komm zu mir! Liebe mich!«

Die Schöne kam näher, der Jüngling hörte eine leise klingende, klare Stimme, und ein jeder Laut verursachte seinem Herzen süße Qual:

»Lieber Jüngling, kennst du den Preis meiner Liebe?«

»Sei es um den Preis des Lebens!« rief der Jüngling aus. »Führe sie mich auch an das dunkle Tor des Todes!«

Wie die flammende und lachende Himmelsröte stand die Schöne vor dem Jüngling und streckte ihm die schlanken, entblößten Arme entgegen. Sie sprach, und ihre Worte verströmten den betörenden, verführerischen Duft einer zarten Tuberose:

»O lieber Jüngling, weiser und leidenschaftlicher Jüngling, du weißt, du siehst, du erlebst es. Viele haben mich geliebt, viele Schöne, Junge, Starke begehrten mich, vielen habe ich huldvoll zugelächelt mit dem Lächeln der letzten Trösterin, doch niemals zuvor habe ich einem die süßen und schrecklichen Worte gesagt: ›Ich liebe dich.‹ Jetzt bin ich bereit und warte.«

Leidenschaft und Begehren klangen in ihrer Stimme. Sie löste eine schwarze Seidenschnur mit einem bronzenen Schlüssel von ihrem Gürtel, und sie hob bereits die Hand, um dem Jüngling den Schlüssel zuzuwerfen. Doch schon eilte der Vater hinzu, der von ferne bemerkt hatte, daß sie mit einem unbekannten Jüngling sprach. Grob packte er ihre Hand, entwand ihr den Schlüssel und rief mit heiserer Greisenstimme, die so widerwärtig klang wie das schwerfällige Krächzen eines alten Raben auf dem Friedhof:

»Du Wahnsinnige, was willst du tun? Du hast mit ihm nicht zu sprechen. Dieser Jüngling ist nicht von der Art jener, für die wir den Garten gehegt, die Säfte der Pflanzen mit dem giftigen Harz des Antiars gemischt haben. Nicht für solche wie diesen Habenichts ist unser Ahnherr am verderbenbringenden Odem dieses schrecklichen Harzes gestorben. Geh, geh ins Haus und wage es nicht, mit ihm zu sprechen!«

Der Alte zog die Tochter zum Haus, das tief im Garten zu sehen war. Er hielt ihre beiden Hände fest in der seinen umklammert. Die Schöne folgte dem Vater demütig und lachte. Ihr Lachen war klar, wohltönend, süß und stach mit Tausenden von scharfen Stacheln ins flammende Herz des Jünglings.

Er stand noch am Fenster, blickte lange angestrengt in die berechneten und bereinigten Weiten des verzauberten Gartens. Doch die Schöne zeigte sich nicht mehr. Alles in dem wundersamen Garten war reglos und still, leblos erschienen die ungeheuerlich bunten Blumen, sie verströmten einen Duft, der den Jüngling schwindeln ließ, ihm vor drückender Sehnsucht das Herz zusammenzog, einen Duft, der an den dunklen, ungestümen, gierigen Odem von Vanille, Zyklamen, Tollkraut und Tuberose erinnerte, böser, unseliger Blumen, die sterbend töten, die durch das Geheimnis des Todes bezaubern.

3

Der Jüngling war fest entschlossen, in den wundersamen Garten einzudringen, die geheimnisvollen Düfte zu atmen, welche die Schöne atmete, und ihre Liebe zu erobern, sei es um den Preis des Lebens, sei der Weg zu ihr auch todbringend, sei es auch ein Weg ohne Wiederkehr. Wer aber konnte ihm helfen, ins Haus des alten Botanikers zu gelangen?

Der Jüngling verließ das Haus. Lange ging er in der Stadt umher und fragte alle, die er kannte, nach der Schönen, der Tochter des Botanikers. Die einen konnten ihn nicht in das Haus des alten Botanikers einführen, die anderen wollten es nicht, und alle sprachen mißgünstig von der Schönen.

Ein Freund sagte ihm:

»Alle vornehmen jungen Männer der Stadt sind in sie verliebt und preisen ihre erlesene, raffinierte Schönheit. Uns gemeinem Volk aber ist ihre Schönheit verhaßt und unnütz; ihr totes Lächeln ärgert uns, und der Irrsinn im Blau der Augen scheint uns widerwärtig.«

Ein Mädchen sprach im gleichen Sinne:

»Ihre Schönheit, von der so viele nichtige und reiche Jünglinge sprechen, ist nach unserer Ansicht gar keine Schönheit. Es ist die tote Schönheit des Verfalls und des Niedergangs. Ich glaube gar, sie legt rote und weiße Schminke auf. Sie riecht wie eine giftige Blume: Selbst ihr Atem ist parfümiert, und das ist widerwärtig.«

Ein populärer Professor sagte:

»Mein Kollege Botaniker ist ein berühmter und gelehrter

Mensch; doch er will seine Wissenschaft nicht den hohen Interessen der Humanität unterordnen. Seine Tochter, heißt es, sei bezaubernd: Manche sagen gar, ihre Kostüme und Manieren seien originell; ich hatte übrigens nicht die Gelegenheit, mich mehr oder minder ausgiebig mit ihr zu unterhalten; überdies trifft man sie in unserem Kreise selten an. Ich denke jedoch, ihr Zauber enthält etwas der Gesundheit Schädliches – mir sind seltsame Gerüchte zu Ohren gekommen, für deren Glaubwürdigkeit ich allerdings nicht bürgen kann, Gerüchte, wonach die Sterblichkeit bei den jungen Aristokraten, die dieses Haus besuchen, über dem Durchschnitt liege.«

Ein Abt mit einem feinen Lächeln im glattrasierten, blassen Gesicht sagte:

»Wenn die Schöne zu mir in die Kirche kommt, betet sie gar zu inbrünstig. Man könnte meinen, sie habe schwere Sünden zu büßen. Ich hoffe indes, wir müssen sie nicht im Leinenhemd einer reumütigen Sünderin in der Vorhalle der Kirche stehen sehen.«

Eine Mutter sagte, nachdem sie ihre Töchter aus dem Zimmer geschickt hatte:

»Ich verstehe nicht, was man Anziehendes an ihr findet. Ihretwegen ruiniert man sich; sie kokettiert, bricht die Herzen der Jünglinge, macht den Bräuten die Bräutigame abspenstig, doch sie selbst liebt keinen. Meinen lieben Töchtern Minotschka, Linotschka, Dinotschka, Ninotschka, Rinotschka, Tinotschka und Sinotschka erlaube ich nicht, mit ihr Bekanntschaft zu pflegen. Sie sind sittsam, lieb, reizend, fröhlich, freundlich, fleißig, sind emsig im Haushalt und bei den Handarbeiten. – Mag es mir auch noch so leid tun, sie herzugeben, doch meine Älteste möchte ich mit solch einem sittsamen Jüngling vermählen, wie Sie es sind!«

Der Jüngling eilte davon. Die sieben Schwestern lächelten ihm aus dem Fenster zu, eine an die andere gedrängt. Es war ein liebreizendes, angenehmes Bild, doch das Herz des Jünglings erfüllten süße, unheimliche Träume von der Schönen.

4

Der alte Botaniker führte seine Tochter ins Haus. Sein Zorn besänftigte sich, und obwohl er die zusammengelegten zarten Hände der fröhlich lächelnden Schönen bis zur Schwelle nicht aus seinen großen knochigen Fingern ließ, preßte er sie doch nicht mehr so schmerzhaft und stieß sie nicht so grob vorwärts. Sein Gesicht war traurig. Er ließ die Hände seiner Tochter los, und sie folgte ihm gehorsam in sein Arbeitszimmer, einen großen, düsteren Raum, die Wände voller Regale mit vielen dicken, verstaubten Büchern.

Der Botaniker setzte sich auf einen dunklen Ledersessel an dem schweren Eichentisch. Er wirkte müde. Er bedeckte die noch jugendlich strahlenden Augen mit seiner pergamentgelben, zitternden Hand und sah unter der Hand hervor seine Tochter vorwurfsvoll an. Die Schöne kniete zu Füßen des alten Botanikers nieder, blickte zu seinem Gesicht auf, lächelte zärtlich und demütig. Sie hielt sich gerade, ihre Arme waren herabgesunken, in ihrer Pose lag gefaßte Demut, im Lächeln des verführerischen Mundes sanfter Trotz. Ihr Gesicht schien erbleicht zu sein, es war, als flamme schüchtern auf ihren Lippen der Wahnsinn eines Lachens auf und als verberge sich im Blau ihrer Augen der Aberwitz der Sehnsucht. Sie schwieg und wartete, was der Vater sagen werde.

Er sprach langsam, als suche er mühevoll nach Worten.

»Meine Liebe, was mußte ich hören? So etwas habe ich von dir nicht erwartet. Warum hast du das getan?«

Die Schöne senkte den Kopf und sagte leise:

»Vater, früher oder später mußte dies geschehen.«

Und er fuhr fort: »Dann soll es lieber später als früher geschehen.«

»Ich bin entflammt«, sagte die Schöne leise.

Das Lächeln auf ihren Lippen war wie der Widerschein eines lichterloh brennenden Feuers, in ihren Augen zuckten heimlich blaue Blitze, und ihre entblößten Schultern und Arme waren wie ein feines Alabastergefäß voll geschmolzenen Metalls. Heftig atmete die hohe Brust, und zwei weiße Wogen drängten aus den engen Umarmungen ihres Kleides, dessen zarte Farbe an das gelbliche Rosa eines Pfirsichs erinnerte. Unter den Falten des kurzen Gewandes schauten die schlanken Beine hervor, die zitternd auf dem dunkelgrünen Samtteppich lagen.

Der Vater schüttelte leise den Kopf und sagte traurig und streng: »Du, liebe Tochter, bist, wiewohl keusch geblieben, doch so erfahren und so geschickt in der wundersamen Kunst des Zauberns; aber du mußt wissen, daß es für dich noch zu früh ist, mich zu verlassen und meinen Plan unvollendet aufzugeben.«

»Aber wird es denn kein Ende haben?« widersprach die Schöne. »Sie kommen wieder und wieder.«

»Niemand weiß«, sagte der Botaniker, »ob dies das Ende ist und ob wir die Vollendung unseres Planes sehen oder sie anderen Generationen überlassen werden. Doch wir tun, was wir können. Besinne dich, jetzt kommt der junge Graf zu dir. Du wirst ihn küssen und ihm eine vergiftete Blume nach seiner Wahl geben. Er wird fortgehen, voll süßer Hoffnungen und banger Erwartungen, und das Unausweichliche wird sich an ihm vollziehen.«

Ein Ausdruck der Demut und der Langeweile legte sich auf das Gesicht der Schönen. Der Vater sagte zu ihr:

»Geh.«

Er beugte sich herab, küßte sie auf die Stirn. Die Schöne schmiegte ihre heißen, roten Lippen an seine runzlige, gelbe Hand, preßte ihre weiße, halb entblößte Brust an seine mageren Knie, seufzte und erhob sich. Und ihr Seufzen war wie das Stöhnen einer Schalmei.

5

Eine halbe Stunde später sprach die Schöne, sanft lächelnd, zu dem jungen, schönen, hochmütigen Grafen, im gleichen Gewand vor ihm im Garten stehend, an einem runden Beet mit bunten, großen Blumen, die einen betäubenden Duft verströmten:

»Lieber Graf, du willst sehr viel. Dein Begehren ist allzu feurig und allzu ungeduldig.«

Ihr Lächeln war zärtlich und listig, und ihre keusch-klaren

Blicke glitten liebevoll über die schlanke Gestalt des jungen Grafen und über seine reiche Kleidung, die aus den teuersten Tuchen modisch und schön genäht und mit Gold und Edelsteinen geschmückt war.

»Liebe Zauberin«, sprach der Graf, »ich weiß, du warst kalt zu den vielen, die deine Zuneigung suchten. Zu mir aber wirst du freundlicher sein. Ich vermag deine Liebe zu erringen. Bei meiner Ehre schwöre ich, ich werde das kalte Blau deiner Augen dunkel werden lassen vor Leidenschaft.«

»Wie, Graf, willst du meine Liebe erwerben?« fragte die Schöne.

Undurchdringlich war der Ausdruck ihres schönen Antlitzes, und ihre Stimme verhehlte nicht die Erregung, die so leicht von Mädchen Besitz ergreift, wenn sie die glühende Stimme einer ihnen angetragenen Leidenschaft vernehmen. Doch der selbstsichere, hochmütige Graf ließ sich nicht beirren. Er sprach:

»Von meinen Vorfahren habe ich viele Schätze geerbt, und ich selbst habe sie durch Gold und Mut vermehrt. Ich besitze viele Edelsteine, Ringe, Halsbänder, Armbänder, orientalische Stoffe und Parfüme, arabische Pferde, Kleider aus Seide und Atlas, seltene Waffen und anderes mehr, was ich gar nicht so rasch aufzählen kann, was mir gar nicht gleich einfällt. Das alles werde ich dir, Zauberin, zu Füßen legen, mit Rubinen werde ich dein Lächeln aufwiegen, mit Smaragden deine Tränen, mit Gold deine duftenden Seufzer, mit Diamanten deine Küsse und mit einem Stoß des treuen Dolches deine arglistige Untreue.«

Die Schöne lachte. Sie sagte:

»Noch gehöre ich dir nicht, und schon fürchtest du meine Untreue und drohst mir. Das könnte mich doch erzürnen!«

Der Graf kniete jäh vor der Schönen nieder und bedeckte ihre geschmeidigen, schlanken Hände mit Küssen, von deren zarter Haut ein leichter, unheimlicher Wohlgeruch aufstieg.

»Verzeih meinen Wahnsinn, bezaubernde Schöne«, flehte er und hatte augenblicklich seinen Hochmut vergessen, »die Liebe zu dir raubt mir die Ruhe und gibt mir wilde Taten und seltsame Worte ein. Doch was soll ich tun? Ich liebe dich mehr als meine

Seele und bin, um dich zu besitzen, bereit, nicht nur mit meinen Schätzen, nicht nur mit meinem Leben zu bezahlen, sondern auch mit dem, was mir teurer ist als mein Leben und mein Seelenheil — mit meiner Ehre!«

Die bezaubernde Schöne sagte liebenswürdig:

»Deine Worte haben mich gerührt, lieber Graf. Steh auf! Ich werde keinen unangemessenen Preis für meine Liebe von dir fordern — sie ist nicht zu kaufen und nicht zu verkaufen. Doch wer liebt, muß auch warten können. Wahre Liebe findet stets einen Weg zum Herzen der Geliebten.«

Der Graf erhob sich. Mit einer eleganten Geste rückte er die Spitzenmanschetten seines grünen Atlasrockes zurecht und bedachte die Schöne mit einem langen, entzückten Blick. Ihrer beider Augen trafen sich, und der Ausdruck der keusch-hellen Augen der Schönen war wie zuvor undurchdringlich.

Von dumpfer Unruhe ergriffen, die in Minuten der Todesgefahr sogar Hochmütige und Selbstsichere ergreift, trat der Graf von der Schönen zurück. Auf einer nahen Bank lag ein schön geschnitztes eichenes Kästchen. Der Graf öffnete es und reichte es mit ehrfurchtsvoller Verbeugung der Schönen. Sonnenstrahlen zuckten fröhlich lachend auf den Brillanten und Rubinen eines Diadems. Dem hochmütigen Grafen schien es, als fiele das Strahlen und Lachen von den geröteten Lippen der Schönen auf die wertvollen Steine. Doch ihr Lächeln war wie zuvor, und sie betrachtete das Geschenk, als wäre es ein wertloses, jedoch angenehmes Zeichen der Aufmerksamkeit. Sie war einen Augenblick lang bekümmert, blickte düster und sagte:

»Meine Vorfahren waren Sklaven, du aber schenkst mir ein Diadem, das selbst eine Herrscherin nicht ausschlüge.«

»Zauberin«, rief der Graf, »du bist noch prächtigerer Diademe würdig!«

Die Schöne lächelte ihm freundlich zu, und wieder wurde sie ein wenig traurig, blickte düster und sprach leise:

»Heiße Blutstropfen unter den Peitschen der Grausamen waren das Los meiner Vorfahren, mir aber sind feierliche Rubine gekrönter Freude beschieden.«

Und ganz, ganz leise hauchte sie:

»Aber ich vergesse es nicht.«

»Warum an das längst Vergangene denken!« rief der Graf. »Voller Freude sind die Tage der lichten Jugend, die Trauer der Erinnerungen überlassen wir dem Alter.«

Die Schöne lachte, vertrieb mit dem Lachen die augenblickliche Bekümmerung, die dahinschmolz wie eine Wolke in der Sommersonne. Sie sagte zum Grafen:

»Für dein schönes Geschenk, lieber Graf, gebe ich dir heute eine Blume nach deiner Wahl und einen Kuß. Nur einen.«

Der junge Graf geriet in Entzücken und äußerte es so ungestüm und laut, daß die Schöne sanft und streng wiederholte:

»Nur einen, nicht mehr.«

Und sie fragte den Grafen:

»Welche Blume, lieber Graf, willst du von mir?«

Der Graf erwiderte:

»Schöne Zauberin, was immer du mir gibst, ich werde dir für alles unsäglich dankbar sein.«

Lächelnd sprach die Schöne:

»Alle Blumen, die du, lieber Graf, hier siehst, sind aus fernen Ländern mitgebracht. Sie wurden unter großen Mühen und sogar unter Gefahren gesammelt. Durch emsige Pflege hat mein Vater ihre Gestalt, ihre Farbe und ihren Duft verbessert. Lange hat er ihre Eigenschaften erforscht, hat umgepflanzt, gekreuzt, gepfropft und am Ende erreicht, daß aus armen, wilden, unschönen Blümchen von Feld und Wald solche bezaubernden wohlriechenden Blumen wurden.«

»Und die bezauberndste Blume bist du, du Schöne!« rief der Graf.

Sie seufzte leicht und fuhr fort:

»Viele finden ihren Duft zu stark und betäubend. Und ich bemerke, daß du, lieber Graf, erbleichst – wir haben zu lange inmitten dieser heißen Düfte geweilt. Ich bin es gewohnt, ich habe sie von Kind an geatmet, und mein Blut ist durchdrungen von ihren süßen Dünsten. Doch du solltest nicht zu lange hier stehen. Wähle rasch, welche Blume du von mir nehmen willst.«

Aber der junge Graf beharrte, die Schöne solle die Blume für ihn wählen – ungeduldig wartete er auf ihr zweites Geschenk, den versprochenen Kuß, den ersten Kuß von ihr. Die Schöne blickte auf die Blumen. Ihr Gesicht verdüsterte sich wieder durch einen leisen Schatten der Trauer. Plötzlich, wie von fremdem Willen geführt, streckte sie schnell ihre Hand aus, die so schön war in ihrer entblößten Schlankheit, und pflückte eine weiße, gefüllte Blume. Sie verlangsamte die Bewegung der Hand, beugte den Kopf, und mit der Miene schamhafter Unentschlossenheit näherte sie sich dem Grafen und legte ihm die Blume auf eine Tresse seines Rockes.

Ein starker, durchdringender Duft strömte dem jungen Grafen ins Gesicht, und ihm schwindelte in träumerischer Ohnmacht. Gleichgültigkeit und Müdigkeit beherrschten ihn. Er war kaum noch bei Sinnen, spürte kaum, wie die Schöne ihn bei der Hand nahm und ins Haus führte, fort von den Düften des wundersamen Gartens.

Der Graf erwachte in einem Zimmer des Hauses, wo alles hell, weiß und rosa war. Die jünglingshafte Frische kehrte in sein Antlitz zurück, seine schwarzen Augen brannten wieder vor Leidenschaft, und er fühlte aufs neue Lebensfreude und drängendes Begehren. Doch schon lauerte das Unausweichliche. Eine nackte, schlanke Hand legte sich um seinen Hals, und zärtlich, süß und lang war der duftende Kuß der Schönen. Die zwei blauen Blitze ihrer Augen leuchteten dicht vor seinen Augen und verbargen sich im leisen Geheimnis der langen Wimpern. Unheimliche Feuer süßen Schmerzes umwirbelten das Herz des jungen Grafen. Er hob die Hände, um die Schöne zu umarmen, doch mit einem leisen Schrei wich sie zurück, leicht und still; sie floh und ließ ihn allein. Der Graf wollte ihr nacheilen. Doch in der Tür des rosafarbenen Zimmers begegnete ihm der alte Botaniker. Höhnisch war das Lächeln der schmalen Lippen, die sich als roter Strich in das pergamentgelbe Gesicht kerbten. Der Graf war betreten. Mit einer ihm sonst nicht eigenen Verlegenheit, im ganzen Körper Schwäche spürend, empfahl er sich dem alten Botaniker und ging.

Unheimliche Wirbel süßen Schmerzes umkreisten immer rascher das Herz des jungen Grafen, als er auf seinem arabischen Rappen nach Hause ritt, und er hörte kaum das helle Klappern der Hufe auf den Steinen. Immer bleicher wurde sein Gesicht. Plötzlich fielen seine Augen zu, die Hand ließ die Zügel fahren, er sank zusammen und glitt aus dem Sattel. Das erschrockene Pferd bäumte sich auf, warf den Reiter ab und jagte davon. Der Graf war schon tot, als man ihn aufhob, sein Kopf war an den Steinen zerschmettert. Niemand vermochte sich zu erklären, woran er gestorben war. Merkwürdig, er war doch ein gewandter Reiter gewesen!

6

Die Nacht brach an. Süß und unruhig leuchtete der Vollmond, hexte und zauberte mit seinen kalten, grabesstillen Strahlen. Dumpfe Angst erfüllte das Herz des Jünglings, als er an sein Fenster trat. Seine Hände ergriffen den Saum des gelben Vorhangs, aber verhielten und zögerten lange, bis er sich entschloß und den Vorhang gemächlich zur Seite zog. Langsam sich windend, raschelte der gelbe Stoff, und das Geräusch ähnelte dem kaum hörbaren Pfeifen einer Schlange im Waldesdickicht; leise klangen und klirrten die leichten Ringe auf der kupfernen Stange.

Die Schöne stand unter dem Fenster, blickte hinauf und wartete. Das Herz des Jünglings erschauerte, er wußte nicht, ob sein Herz sich vor Angst oder vor Entzücken quälte.

Die schwarzen Zöpfe der Schönen fielen auf ihre nackten Schultern. Ein scharfer Schatten lag zu ihren unbekleideten Füßen auf der Erde. Seitlich vom Mond beschienen, stand die Schöne da wie eine jähe, deutliche Erscheinung. Die Falten der weißen Tunika waren streng und dunkel. Dunkel war das Blau der Augen der Schönen, rätselhaft ihr unbewegtes Lächeln. In der sonderbaren Ruhe ihres Körpers und ihres Gewandes schimmerte dunkel die mattglänzende Spange auf ihrer Schulter.

Die Schöne sprach leise, ihre Worte dufteten nach Ambra, Moschus und Tuberose und klangen wie die feinen silbernen Ketten an einem angezündeten Weihrauchkessel.

»Lieber Jüngling, ich liebe dich. Deinem Ruf folgend, verstoße ich gegen den Willen meines Vaters und komme dir sagen: Fürchte mich und meinen Zauber, flüchte weit aus dieser alten Stadt und überlaß mich meinem finsteren Schicksal, mich, die ich vom bösen Odem des Antiars berauscht bin.«

»O du Schöne!« antwortete der Jüngling. »Du, die ich kaum kennengelernt habe und die mir schon teurer ist als mein Leben und meine Seele, warum sagst du mir solche grausamen Worte? Oder traust du meiner Liebe nicht, die plötzlich entflammt ist, aber nie mehr erlöschen wird?«

»Ich liebe dich«, wiederholte die Schöne, »und ich will dich nicht ins Verderben stürzen. Mein Atem ist von Gift durchtränkt, und mein schöner Garten ist vergiftet. Du bist der erste, dem ich es sage, denn ich liebe dich. Eile und verlasse diese Stadt, fliehe diesen Garten mit seiner unheilbringenden Schönheit, fliehe weit weg und vergiß mich!«

Trunken vor Entzücken und vor Trauer, die süßer war als alle irdischen Freuden, rief der Jüngling:

»Meine Geliebte! Was will ich denn von dir? Nicht nach einem Augenblick nur dürstet meine Seele! Verbrennen in der seligen Flamme des Entzückens und der Liebe und zu deinen lieblichen Füßen sterben!«

Ein leises Zucken lief über den Körper der Schönen, und sie wurde wie die klare Freude der Morgenröte hinter weißem Nebel. Mit einer feierlichen, weiten Bewegung hob sie ihre nackten Arme, strebte zu dem Jüngling und sprach:

»O mein Geliebter! Es sei, wie du es willst. Mit dir zu sterben ist mir eine Wonne. Komm zu mir in meinen schrecklichen Garten, und ich erzähle dir meine dunkle Geschichte.«

Wieder, wie am Morgen, blitzte in ihrer Hand ein bronzener Schlüssel an einem rosafarbenen Band. Sie lachte, lief munter wie ein Knabe zurück, und das Weiß ihrer schlanken Füße auf dem dunkelgelben Sand des Weges schimmerte. Rasch und geschickt holte sie aus und warf ihm den Schlüssel ins Fenster. Der Jüngling streckte die Hände aus und fing den Schlüssel.

7

Im vergifteten Garten, im Schatten der geheimnisvollen Gewächse, wo der fahle Mond das Gift seines Trübsinns mit dem giftigen Odem der irdischen bösen Blumen mischte, standen der Jüngling und die Schöne trunken vor Entzücken und Trauer. Sie blickten einander in die Augen, und mit einer Stimme, die in ihrer Sprödigkeit an ein Cembalo erinnerte, sprach die Schöne:

»Meine Vorfahren waren Sklaven, aber auch Sklaven dürsten nach Freiheit. Auf Geheiß seines Herrn unternahm einer meiner Ahnen eine lange, beschwerliche Reise in die Wüste, wo Antiar wächst. Er sammelte das giftige Harz des Antiars und brachte es seinem Herrn. Die vergifteten Pfeile bescherten dem Herrn so manchen Sieg. Aber mein Vorfahr starb, denn er hatte die bösen Düfte geatmet. Seine Witwe sann auf Rache am bösen Geschlecht der Sieger. Sie stahl vergiftete Pfeile, legte sie ins Wasser und verbarg den Aufguß wie kostbarsten Wein in tiefen Kellern. Einen Tropfen aber tat sie in ein Wasserfaß, und mit diesem Wasser goß sie das Brachland am Rande der alten Stadt, wo sich jetzt unser Haus und dieser Garten befinden. Vom Boden des Fasses nahm sie einen Wassertropfen und mischte ihn in das Brot, das sie ihrem Sohn zu essen gab. So wurde der Boden dieses Gartens vergiftet und ihr Sohn gegen das Gift unempfindlich. Seit jener Zeit hat sich unser ganzes Geschlecht, Generation um Generation, von Gift ernährt. Und jetzt fließt in unseren Adern giftflammendes Blut, unser Atem ist wohlriechend, aber verderbenbringend, und wer uns küßt, stirbt. Die Kraft unseres Giftes vermindert sich nicht, solange wir in diesem vergifteten Garten leben und die Düfte dieser ungeheuerlichen Blumen atmen. Ihre Samen sind von weither gebracht worden, mein Großvater und mein Vater waren überall, wo es böse und den Menschen schädliche Pflanzen gibt, und hier, auf diesem von alters her vergifteten Boden, haben die bösen, die verderbenbringenden Blumen ihre ganze zornige Kraft entfaltet. So süß und freudig duftend, verwandeln diese Heimtückischen selbst den Tau, der vom Himmel fällt, in tödliches Gift.«

So sprach die Schöne, und ihre Stimme klang freudig, ihr Gesicht flammte in großem Jubel. Als sie geendet hatte, lachte sie leise und unfroh. Der Jüngling beugte sich vor ihr und küßte stumm ihre Hände, den betörenden Wohlgeruch von Myrrhe, Aloe und Moschus atmend, welchen ihr Körper und ihr feines Gewand verströmten. Die Schöne fuhr fort:

»Zu mir kommen die Nachfahren der Unterdrücker, denn meine böse, vergiftete Schönheit bezaubert sie. Ich lächele ihnen zu, den Todgeweihten, und sie alle tun mir leid. So manchen habe ich fast geliebt, keinem jedoch habe ich mich hingegeben. Nur einen Kuß habe ich jedem geschenkt – meine Küsse waren unschuldig wie die Küsse einer zärtlichen Schwester. Und alle, die ich geküßt habe, starben.«

Schrecken und Entzücken, die beiden so ungleichen Leidenschaften, peinigten die Seele des verwirrten Jünglings. Doch die Liebe, über alles siegend, selbst die Pein todesnaher Trübsal überwindend, obsiegte auch jetzt. Entzückt die zitternden Hände zu der zärtlichen und schrecklichen Schönen ausstreckend, rief der Jüngling:

»Wenn in deinem Kuß der Tod ist, o Geliebte, so laß mich an der Unzählbarkeit der Tode berauscht sein! Schmiege dich an mich, küsse mich, liebe mich, umfange mich mit den wonnevollen Düften deines vergifteten Atems, gieße Tod um Tod in meinen Körper und in meine Seele, bis du alles zerstört hast, was ich gewesen bin!«

»Du willst es! Du fürchtest dich nicht!« rief die Schöne.

Das Gesicht der Schönen, bleich im fahlen Mondschein, war wie eine matte Leuchte, und blau flackerten die Blitze ihrer traurigen und frohen Augen. Mit einer zutraulichen, zärtlichen, leidenschaftlichen Gebärde schmiegte sie sich an den Jüngling, und ihre nackten Arme umschlangen seinen Hals.

»Wir werden gemeinsam sterben!« hauchte sie. »Wir werden gemeinsam sterben. Alles Gift meines Herzens steht in Flammen, feurige Ströme brausen durch meine Adern, ich bin wie ein lohender Scheiterhaufen.«

»Ich stehe in Flammen!« flüsterte der Jüngling. »Ich verbrenne in deinen Umarmungen, du und ich, wir sind flammende Scheiterhaufen, lodernd im großen Entzücken der vergifteten Liebe.«

Der traurige, fahle Mond verblaßte und sank; die schwarze Nacht kam und stand auf Wacht. Sie hüllte das Geheimnis der Liebe und der Küsse, der duftenden und vergifteten, in Finsternis und Stille. Sie lauschte dem Einklang der beiden stockenden Herzen und wachte in behutsamem Schweigen über die letzten leichten Seufzer.

So starb im vergifteten Garten der schöne Jüngling, satt geatmet an den Düften, die die Schöne verströmte, und berauscht von ihrer süßen Liebe, die ihm zärtlich und tödlich zufloß. An seiner Brust starb die Schöne, hauchte im süßen Zauber der Nacht und der Liebe ihre vergiftete, aber duftende Seele aus.

1908

DIE TRAUERNDE BRAUT

Wann sollte es Absonderlichkeiten geben, wenn nicht in unseren Tagen? In den grausamen und traurigen Tagen, da die Vielfalt der im Leben verwirklichten Möglichkeiten unerschöpflich erscheint.

Ein paar junge Mädchen gründeten jüngst einen Zirkel, dem beizutreten recht schwierig war und dessen Tätigkeit man natürlich absonderlich nennen könnte.

Wenn in der Stadt ein junger Mann starb, der noch keine Braut hatte, so legte eines der Mädchen Trauer an und ging zur Beerdigung, als wäre sie die Braut.

Die Verwandten wunderten sich sehr, die Bekannten weniger, aber die einen wie die anderen glaubten, daß an dem frischen Grab ein schönes und trauriges Geheimnis sei.

An dem Zirkel nahm auch Nina Alexejewna Bessonowa teil, ein sich wer weiß warum langweilendes, nicht sonderlich hübsches, doch recht anmutiges junges Mädchen. Manche waren sogar in sie verliebt – was blieb den halbwüchsigen Gymnasiasten übrig? –, indes langweilte sie sich trotzdem.

Nach einer ihrer Freundinnen war Nina an der Reihe, einem ihr unbekannten Bräutigam das letzte Geleit zu geben.

»Der nächste gehört Ihnen!« wurde ihr gesagt.

Diejenigen, auf die das Los noch nicht gefallen war, beneideten sie. Die Freundinnen, die ihre traurige und schöne Pflicht schon erfüllt hatten, blickten Nina mitfühlend-traurig an.

An jenem Tag ging Nina sonderbar aufgeregt nach Hause.

Nun kamen für sie lange, niederdrückende Tage untätig-wehmütiger Traurigkeit.

Bedrückende Ahnungen quälten sie, und auf Schritt und Tritt lauerten Vorzeichen, die den Verlust, die Tränen, das Ende des ihrem Herzen Nahestehenden ankündigten.

Wie bedrückend war es zu wissen, daß nach Ablauf einer unbekannten Frist jemand sterben mußte, der ihr lieb und teuer war, ohne daß sie ihn kannte! Und mit ihm würde auch die Möglichkeit des Glücks enden.

Wer würde es sein? Und warum war es ihm nicht beschieden, ihr zu begegnen, bevor er ins Grab sank? Vielleicht könnte sie ihn retten, ihn behüten, dem grausamen Schicksal Tage und Stunden süßen Vergessens abringen.

Ich weiß nicht, wer er ist, doch wie er mir leid tut! Welch eine Wehmut.

So jung ist er, und der unerbittliche Tod lauert schon auf ihn, folgt ihm auf den Fersen und wird ihm den furchtbaren Schlag versetzen, vor dem es keine Rettung, keinen Schutz gibt!

Manchmal beneidete Nina ihre Freundinnen aus dem Zirkel, die jene wonnevoll-traurige Zeremonie bereits hinter sich hatten und nur noch leichte Trauerkleidung trugen. Diese Kleidung stand ihnen so gut, daß oftmals Leute auf der Straße stehenblieben und ihnen nachschauten.

Man konnte nicht wissen, ob das Ereignis bald eintreffen würde. Man mußte bereit sein, dem ersten Ruf zu folgen. Darum ließ sich Nina eine Trauerausstattung anfertigen, ohne daß ihre Angehörigen davon wußten. Obwohl es ärgerlich war, dies vor ihnen zu verstecken und geheimzuhalten.

Wegen der Kosten der Trauerkleider brauchte sich Nina keine Sorgen zu machen: die übernahm der Zirkel. Er war ganz gut organisiert; monatlich wurden Mitgliedsbeiträge gesammelt; wie andere Gesellschaften auch, hatte er verschiedene gelegentliche Einkünfte.

Obwohl sie sich keine Sorge machen mußte, woher sie plötzlich das viele Geld nehmen sollte, und obwohl sie die genähten und gekauften Sachen zu Hause verstecken konnte, eines Tages würde sie die Trauerkleider anziehen, und natürlich wäre es besser, wenn sie dies rechtzeitig ankündigte. Doch Nina scheute sich, mit ihrer Mutter darüber zu sprechen.

Indes, wie sollte sie es ihr sagen! Sie hätte ihr ja alles erklären müssen; die Regeln des Zirkels erlaubten jedoch nicht, mit einem Unbeteiligten über die Ziele und die Tätigkeit zu sprechen. Nina hätte sich etwas ausdenken und lügen müssen, das aber war ihr zuwider. Sie verschob es von Tag zu Tag, und dann beschloß sie, alles dem Zufall zu überlassen.

Irgendwie wird es schon gehen, dachte sie.

Man brachte ihr das Kleid – Nina hatte eine Zeit gewählt, in der ihre Mutter nicht zu Hause war –, und sie verbarg es in ihrem Zimmer.

Doch jeden Abend breitete sie die Trauerkleidung auf dem Bett und den Stühlen aus. Alles in ihrem Zimmer war weiß und rosa, vor den Fenstern schwebten leichte, durchsichtige Vorhänge, zart und liebevoll dufteten Feldblumen in schönen Vasen, und über dem weiten, stahlblauen Meer glühte der Abend rot wie Mädchenwangen. All das Jungfräulich-Keusche und Lichte ließ die schwarze Kleidung besonders furchtbar erscheinen, sie erschreckte das Herz, und aus den wehmütigen Augen strömten Tränen.

Nina betrachtete die schwarze Farbe und weinte. Sie weinte lange.

Manchmal zog sie das Trauerkleid an und besah sich im Spiegel. Das schlichte schwarze Kleid und der strenge Hut standen ihr, aber davon wurde ihr noch trauriger ums Herz, und sie konnte noch weniger die Tränen zurückhalten.

Wenn sie morgens erwachte, schlug sie mit geheimer Angst die Augen auf – ob das erwartete Unglück schon eingetroffen sei. Die Sonne stand bereits hoch, der Garten leuchtete in flammenden Farben, vom Schmelz der Drachenwut übergossen, und durch die hauchdünnen, schmucken rosa Vorhänge stach das ungestüme Tageslicht in die Augen. Nina schleuderte dem Tag und dem Toben des hurtigen Lebens ein böses Wort, das Gift der bedrückenden Ahnung entgegen:

»Mein Geliebter wird bald sterben!«

Verstört, wie benebelt trat sie ins Eßzimmer, und die Verwirrung auf ihrem lieblichen Antlitz stand in seltsamem Gegensatz zu ihrer sommerlich-beschwingten, lichten Erscheinung.

Die Mutter sah sie fragend an und erkundigte sich:

»Was hast du, Ninotschka? Worüber regst du dich auf? Was ist los mit dir?«

Nina schwieg, lächelte traurig und geheimnisvoll und setzte sich auf ihren Platz am Tisch, still, sanft und schön, gefällig gekleidet und frisiert, ganz wie die Heldin eines Romans, dessen Verwicklungen kein glückliches Ende verheißen.

Der Mutter gelang es nicht, herauszubekommen, was mit Nina war.

Doch einmal, in plötzlicher Offenherzigkeit, weich gestimmt von der Traurigkeit, bezaubert von der Stille der nordländischen weißen Nacht und aufgeregt über das Feuerwerk zum Namenstag irgendeines Unbekannten, das sich in der Nähe ihrer Veranda abspielte, auf der sie beide nach dem Abendtee saßen, schmiegte sich Nina zutraulich an die Mutter, zart, dämmrig-weiß, auf dem dunkelgrauen Kleid der Mutter sich als sanfter, schöner Fleck abhebend, brach in Tränen aus und sagte sehr leise:

»Mir ist so schwer ums Herz! Mich quält eine Ahnung, daß etwas Schlimmes geschieht ... ein Leid.«

Die Mutter war beunruhigt. Sie umarmte Nina, tröstete sie, wie man ein kleines Kind tröstet:

»Was fällt dir ein, Ninotschka? Gott behüte, was soll denn geschehen? Mein Kind, glaub nicht an Ahnungen, du bist doch kein altes Weib. Wer glaubt heutzutage noch an so etwas?«

Nina wischte die Tränen weg, sagte mit heuchlerischer Stimme und heuchlerisch lächelnd:

»Du hast recht, Mutter, ich weiß ja selbst, daß es sehr dumm ist, doch ist mir immerfort so, als drohte ihm irgendein Unheil.«

»Wem, Nina?« fragte die Mutter.

Sie rückte ein wenig ab, um mit zusammengekniffenen, etwas kurzsichtigen grauen Augen die Tochter zu mustern. Nina erwiderte, fast unter Tränen:

»Meinem Geliebten, meinem Bräutigam.«

»Was sagst du, Ninotschka!« rief die Mutter erstaunt. »Was für einem Geliebten? Du hast einen Bräutigam?«

»Ich habe keinen Bräutigam«, entgegnete Nina traurig. »Nein, ich habe keinen, aber was tut das? Eine Ahnung sagt mir, daß ich mich bald in ihn verliebe, daß er mir teurer als mein Leben sein wird und daß er plötzlich stirbt.«

Wieder begann Nina untröstlich zu weinen, und die verwunderte Mutter streichelte sie und versuchte sie zu beschwichtigen. Sie gab ihr sogar irgendwelche Tropfen. Nina sah in ihr erschrokkenes, komisch besorgtes Gesicht und lachte.

An diesem Abend sah sie sich ihr Trauerkleid nicht an und schlief ruhig ein. Doch am Morgen, als sie die Augen aufschlug, das lustige Vogelgezwitscher und die Stimmen von Minka und Tinka hörte, die über etwas stritten, da überkam sie wieder Wehmut.

Ihre beiden kleinen Brüder Minka und Tinka, die Gymnasiasten, lachten über ihre geheimnisvolle Trauer und neckten sie.

Ihr war so traurig zumute, daß sie den aufdringlichen, lauten dummen Jungen gar nicht böse sein konnte: was verstanden sie davon!

Der Tag neigte sich, doch auf der festlich-sommerlichen Erde war es noch heiß und hell, und die Weite und Stille des hohen Himmelsgewölbes wirkte feierlich. Nina stand an dem breiten Strand und blickte in die Fernen des Wassers und des Himmels.

Kleine, schnelle, eifrig-besorgte Vögel schwirrten vorüber, und Nina hörte hier und da über sich ihre gedehnten, dünnen Schreie.

Der von den Wellen festgestampfte feine Sand teilte ihren Sohlen seine warme Sprödigkeit und Feuchtigkeit mit. Leicht kitzelte er die Haut ihrer zarten Füße, die noch nicht durch häufige Berührung mit dem lieblichen Sand der irdischen Gestade abgestumpft war.

Die Wellen plätscherten in der Windstille, die breiten Wellen des nahen, lieblichen Meeres, in dem ebenso Menschen ertrinken wie im fernen Ozean, die Wellen plätscherten und küßten ihre schlanken, sonnengebräunten Beine. Fröhlich und frei atmete die Brust unter dem leichten Kleid, ließ zwei gebräunte Wellen wogen.

Sie stand, schaute in die blaue Ferne und träumte schmachtend, süß und traurig.

Wer ist mein Geliebter, dem ich das letzte Geleit geben und den ich beweinen werde? Dessen Augen mich niemals sehen, dessen Lippen mir nie lächeln werden.

Nie wird er ein Wort mit mir sprechen, mich umarmen, mir sagen: Ich liebe dich! Geliebte, du bist mir teurer als das Leben!

Die dunkle Ahnung der Trauer bedrückte ihr Herz, sie wollte weinen, aber hatte noch nichts zu beweinen.

Wie tröstlich wäre es, auf den Sand niederzusinken, in grenzenloser Verzweiflung zu schluchzen und die Trauer der verdüsterten Seele Wind und Wellen anzuvertrauen.

Ihr fiel die gestrige Unterhaltung mit einer Freundin ein, über das bevorstehende Duell zwischen dem Fürsten Ordyn-Ulussow und dem Gatten der Frau, die ihn liebte. Wie schade, daß sie nicht dem Sarg des jungen, schönen Ulussow folgen konnte – er liebte ja eine andere, und die ganze Stadt kannte die Geschichte dieser schönen, rührenden und wahnsinnigen Liebe –: wahre Liebe setzt sich über alle Lebensumstände hinweg und ist kühn bis zum Tod.

Vielleicht kommt es nicht dazu, daß einer der Rivalen den anderen tötet, und es geht alles glücklich aus. Soll er nur leben, was kümmert es sie!

Die Spannung der Ahnungen wuchs und peinigte sie unerträglich.

Der Abendhimmel flammte, vergiftete die stille Trauer ihrer Seele mit Leidenschaft, breitete unter der verschmachtenden Wüste des kalten Zenits in Strömen vielfarbig glühenden Blutes purpurne Verzweiflung über die Welt.

Nina ging nach Hause. Der Sand kam ihr feuchtkalt und unangenehm vor. Jetzt ärgerte sie sich, daß sie ihre Schuhe zu Hause gelassen hatte und barfuß war.

Nein, nicht darüber ärgerte sie sich; es war ein gegenstandsloses Schmachten, eine verschwommene Wehmut. Eine Last, die sie tragen mußte.

In der Nähe ihrer Sommerwohnung erblickte sie eine wohlbekannte Gestalt. Sie sah genauer hin – es war Natascha Lestschinskaja.

Nina freute sich und erschrak zugleich. Ob die Freundin ihr die schreckliche, ersehnte Botschaft brachte?

Sie nahte wie das Schicksal, würde die Seele mit Trauer quälen und das schmachtende Herz verwunden.

Die Hast und die hilflosen Bewegungen verrieten schon von weitem, daß Natascha aufgeregt war. Bestimmt brachte sie eine bedeutsame Nachricht.

Vor Aufregung zitterten Ninas Hände, und ihre Knie wurden kalt. Sie wollte der Freundin entgegenlaufen, doch plötzlich klopfte ihr Herz so, daß sie stehenbleiben mußte.

Sie errötete. Lächelnd, die Arme auf der Brust gekreuzt, stand sie seltsam verlegen da. Es war ein bestürztes, unsicheres Lächeln.

»Natascha, bist du es?« sagte sie ratlos. »Wie ich mich freue!«

Sie verstummte, verwirrt von diesem falschen Ton.

»Ja, Ninotschka«, sagte Natascha und trat, atemlos vom schnellen Gehen, auf sie zu.

Ihr Gesicht hatte einen besorgten Ausdruck, und die schwarzen Locken, die unter dem mit einer gelben Straußenfeder geschmückten gelben Strohhut hervorquollen, verliehen ihrem brünetten Gesicht einen jungenhaft kecken, allzu selbstbewußten Ausdruck.

»Ja? Ist er tot? Der Meine?« stammelte Nina erschrocken.

Natascha erwiderte lebhaft:

»Er ist tot. Stell dir vor, er hat sich erschossen! Ist das nicht interessant? So ein Glück hast du.«

Nina brach in Tränen aus. Ganz kläglich und fassungslos, ganz anrührend wirkte sie in ihrem mit weißen Streifen besetzten, schlichten dunkelblauen Kleid und mit den zarten, schlanken, sonnengebräunten Beinen, wie sie in der von rosa und himmelblauem Licht erfüllten Weite neben der elegant, in vielerlei Gelb gekleideten, rotbäckig-brünetten, munteren Freundin stand, die heftig atmete, weil sie auf ihren hohen Absätzen so schnell im Sand gegangen war.

Leise weinend fragte Nina:

»Wer ist es?«

Ihre Stimme klang so leise und schüchtern wie die eines weinenden Kindes.

Natascha drückte ihr liebevoll die Hand.

»Es ist wirklich bedauernswert«, sagte sie. »Er war noch so jung, der Student Ikonnikow.«

»War er allein?« fragte Nina.

»Ja, er war allein, als er sich erschoß. Die Familie war in der Sommerfrische. Er kam am Tag in die leere Stadtwohnung, schrieb Abschiedsbriefe, trug sie zum Briefkasten und verbrachte die Nacht allein zu Hause. Am Morgen erschoß er sich. Niemand im Haus merkte es, bis die Eltern zurückkehrten. Er hatte auch ihnen einen Brief in die Sommerfrische geschickt. Sie wohnten, glaube ich, in Pawlowsk.«

Nina schwieg. Erst als sie im Garten ihrer Sommerwohnung waren, sah sie Natascha fragend an. Darauf entgegnete Natascha:

»Übermorgen ist die Beerdigung. In Petersburg.«

Sie traten ins Haus.

»Warum weinst du, Nina?« fragte die Mutter.

»Er ist tot«, antwortete Nina kurz, in einem trockenen, beinahe feindseligen Ton.

»Wer ist tot?«

Wie es bei fast allen alternden Frauen ist, ließ die plötzliche Nachricht, daß jemand gestorben sei, Ninas Mutter angstvoll erschauern; es war, als hätte eine deutliche, dunkle Stimme gesagt:

»Auch du wirst sterben!«

»Ach, Mama«, sagte Nina, ungewöhnlich gereizt, »du kennst ihn sowieso nicht.«

Ich kenne ihn ja selbst nicht, dachte sie.

Und weil sich dieser Gedanke wie ein komischer Faden in das

Trauergewebe dessen, was sie erlebte, einflocht, wurde ihr noch trauriger zumute.

Die Mutter wandte sich an Natascha:

»Sagen Sie mir wenigstens, wer gestorben ist.«

Natascha, die gerade vor dem Spiegel den Hut abnahm, sagte gemessen, betont ruhig, gleichwohl von Erregung ergriffen:

»Unser Bekannter, der Student Ikonnikow, hat sich erschossen. In der Stadt. Niemand weiß, warum. So ein junger Mann. Wissen Sie, es gibt heutzutage viele Selbstmorde, und das tut einem so leid. Ein junger Mann. Und niemand kennt den Grund. Die Wunde ist an der Schläfe, ein kleiner blauer Fleck, wie aufgespalten. Und das Gesicht ist völlig ruhig.«

»Ich fahre zur Seelenmesse«, sagte Nina entschieden.

»Nina!«

Die Mutter setzte sich in einen Sessel und blickte die Tochter an, sie wußte nicht, was sie dazu sagen sollte.

»Unbedingt! Versuche um Gottes willen nicht, mich zurückzuhalten!« rief Nina.

Natascha setzte sich neben Alexandra Pawlowna und sagte leise: »Bitte seien Sie unbesorgt. Ich fahre mit und bleibe die ganze Zeit bei ihr.«

Nina ging in ihr Zimmer.

»Was hat sie? Wissen Sie etwas, Natascha?« fragte Alexandra Pawlowna. »Nina war dieser Tage so schwermütig. Was hat das zu bedeuten? Wer ist dieser Ikonnikow?«

»Nina ist sehr empfindsam«, sagte Natascha. »Ikonnikow kenne ich kaum. Mir ist weiter nichts bekannt. Es gibt heutzutage so viel Bedrückendes. Von ihren Beziehungen weiß ich wirklich nichts.«

Kurze Zeit später kam Nina in Trauerkleidung, schon mit Handschuhen, Hut und Schleier. Wieder blickte die Mutter sie erstaunt an.

»Nina, woher hast du die Trauerkleidung?«

»Ach, Mama!«

»Nina, das ist keine Antwort. Ich will es wissen. Du mußt es mir sagen.«

»Mama, quäl mich nicht. Es ist schwer genug. Ich habe dir ja gesagt, daß ich ein Unglück ahne. Mein Bräutigam ist gestorben. Ich fahre zu ihm.«

Nina sagte dies geradezu ruhig.

»Warte ein bißchen, trinkt wenigstens erst Tee. Jetzt fährt sowieso kein Zug«, sagte die Mutter fassungslos, ängstlich und ärgerlich zugleich.

Die öde Stunde des Wartens schlich dahin. Das Teetrinken fand Nina überflüssig, alles war ihr zuwider: das Lampenlicht, das sich mit dem purpurnen Dahinsterben des verwundeten Abendrots vermischte, das Klirren der Teelöffel, das sie zusammenzucken ließ, das Lachen von Minka und Tinka, die ratlosen Fragen der Mutter ... Und daß sie etwas sagen sollte!

Nina war tieftraurig. Mehrmals kamen ihr die Tränen. Natascha raunte ihr besorgt zu:

»Du fängst zu früh an und wirst schnell müde werden. In den entscheidenden Augenblicken wird dir die Stimmung fehlen.«

»Hör auf, Natascha. Du verstehst nichts«, flüsterte Nina gereizt zurück.

Endlich saß sie mit Natascha im Zug.

Der Wagen war halb leer. Die zwei, drei zufälligen Mitreisenden blickten Nina mitfühlend-wohlgefällig an.

Natascha fragte:

»Nina, aber du bist ihm doch nie begegnet?«

»Natürlich nicht.«

»Warum weinst du dann?«

»Denkst du, es ist leicht, den Bräutigam zu Grabe zu tragen?«

Plötzlich begann Nina zu lachen.

»Ich weine ja nicht mehr. Ich lache.«

»Und die Tränen?«

»Ich lache Tränen.« Sie weinte.

Natascha versuchte, Ninas Gedanken auf etwas Lustiges, Angenehmes und Komisches zu lenken. Es gelang ihr nicht.

»Du bist eine Heulsuse«, sagte Natascha. »Bitte nimm dich zusammen. Sonst wirst du noch hysterisch, und was soll ich dann hier im Zug machen?«

Es dunkelte schon, als sie durch die Straßen der sommerlichen Stadt fuhren, und alles erschien Nina, als würde ein Alptraum wahr.

Zwischen zwei Wolken strahlte der bleiche Mond, und im Wasser des Kanals floß sein schwankendes Spiegelbild dahin. Bitteres Gift war im unendlich stillen Funkeln über dem groben Dröhnen der bösen, schmutzigen Straßen.

Von einem Vergnügungspark her, über dem langweiligen Weiß des Zaunes und den frechen farbigen Plakaten auf einer grauen Wand, leuchteten bunte Girlanden aus roten, gelben und blauen Lampions.

Bunt Gekleidete und grell Geschminkte kamen gefahren und gelaufen, und ein unsichtbarer, doch allen längst bekannter Zeigefinger deutete auf das unverhüllt-erbärmliche Wort: »billige Ausschweifung«.

Es herrschte Vergnügtheit in der Menge, die sich vergnügen wollte, armselige, bemühte Vergnüglichkeit um jeden Preis.

Wie beleidigend ist Vergnüglichkeit, wenn einem solche Trauer auf der Seele liegt! Diese grausamen Menschen! Wie können sie sich vergnügen, wenn der, der so jung und schön war, mit einem Schuß im Kopf daliegt!

Nina übernachtete bei Natascha. Dort fühlte sie sich wohler als zu Hause. Natascha erklärte leise:

»Ihr Bräutigam ist gestorben.«

Niemand stellte lästige Fragen. Ihr wurde zartes, freundliches Mitgefühl entgegengebracht. Nachts hatte sie zärtliche, traurige und ein wenig beängstigende, ja geradezu unheimliche Träume.

Die gegen die irdische Trauer gleichgültige, grelle und böse Sonne – es war, als hätte sie sich herangeschlichen – schleuderte ihr zerschmolzenes Beben, das für den Tod lebenspendende Feuer ins Fenster, und durch den dunklen Vorhang ergoß sich immer breiter und greller ihr glühendes, flüssiges Gold über den grünen Teppich.

Es war der Morgen eines Tages, der Trauer, Mühe und hoffnungslose Gebete verhieß.

Mit Tränen in den Augen und Schwäche in allen Gliedern erwachte Nina im fremden Bett, über dem von bösem Gold übergossenen grünen Teppich, und hörte deutlich:

»Er ist tot!«

Niemand hatte es ausgesprochen, doch vor Trauer wurde ihr das Herz schwer.

Sie weinte wieder. Und dachte: Nun werde ich mein Leben lang jeden Morgen beim Erwachen denken, daß mein Geliebter tot ist.

Als sie sich anzog, bemerkte sie, daß ihr die Trauerkleidung gut stand, und sie lächelte freudig. Sie trieb Natascha zur Eile, gemeinsam zu dem Haus zu fahren, in dem ihr Geliebter gewohnt hatte. Sorgfältig ordnete sie die Falten des schwarzen Schleiers über ihrem sonnengebräunten, doch erbleichten, lieblichen Gesicht.

Blumen und Teppiche im Treppenhaus vor seiner Wohnung, orangefarbene und grüne Blätter aus den messinggefaßten Gläsern vor den Fenstern, Bronzegeländer und Marmorsäulen: so blieb ihre Trauer bis ans Ende in Schönheit, wurde nicht beleidigt durch eine nach Katzen riechende, schmutzige Hintertreppe.

Vor der Wohnungstür im zweiten Stock ein weißer Sargdekkel ... Die steinernen Wände begannen zu schwanken.

Natascha, die sie untergefaßt hatte, sagte leise:

»Hier, liebe Nina!«

Nina trat ein, von dem langen schwarzen Schleier umhüllt, schweigend, gramgebeugt. Ohne jemanden zu sehen, ging sie geradewegs in den Saal, wo auf hohem schwarzem Katafalk im weißen Sarg ihr Geliebter lag.

Jemand ging umher und verteilte Kerzen für die Seelenmesse, und aus einer Seitentür zog Weihrauch herein. Im Saal waren nur wenige Menschen versammelt, und Ninas Erscheinen fiel auf. Niemand kannte sie, alle wunderten sich über das unbekannte, weinende junge Mädchen in Trauerkleidung.

Nina trat näher an den Sarg, stand eine Weile still, bevor sie die Stufen des Katafalks hinaufstieg. Das Leichentuch, Blumen, das gelbe Gesicht – sie beugte sich darüber und betrachtete das stille Lächeln des Toten.

Wie schrecklich, wie kalt war das Lächeln der toten Lippen! Wie kalt erschienen seine toten Lippen den sehnsüchtigen Lippen der Braut! Die grabeskalten toten Lippen konnten nicht mehr zusammenzucken unter dem heißen Kuß!

Von der Kälte der toten Lippen versengt, schrie Nina leise auf. Jemand nahm sie am Arm und half ihr die Stufen vom Katafalk zum streng gelbglänzenden Parkett hinunter. Und sofort sank die Weinende auf die Knie, denn im blauen Weihrauch begann die Seelenmesse.

Die Verwandten tuschelten:

»Wer ist das?«

»Das Mädchen?«

»Wissen Sie es?«

»Anscheinend kennt sie niemand.«

Natascha stand an der Tür.

Jemand fragte sie:

»Wissen Sie nicht, wer das Fräulein in Trauerkleidung ist, das so weint?«

Natascha erwiderte ebenso leise:

»Sie ist die Braut des Toten.«

»Aber keiner der Verwandten kennt sie!« flüsterte der Frager erstaunt.

»Ja. Das ist eine traurige Geschichte.«

Einer teilte es dem anderen mit:

»Sie ist die Braut des Toten.«

Die Verwandten waren erstaunt. Doch alle glaubten es. Wie denn auch nicht!

Für sie alle, die Verwandten und die Fremden, die unterschiedlich gestimmten, traurigen oder gleichgültigen Menschen, war die völlig unbekannte, weinende, in ihrer Trauerkleidung so lieblich und so bedauernswert aussehende Nina die Braut des Studenten, der sich aus unbekanntem Grund erschossen hatte und nun still und schön in seinem schönen weißen Sarg lag. Niemand wußte, was für ein Geheimnis den Sarg mit dem weinenden Mädchen verband, ob sie nicht gar den Tod verursacht hatte, aber alle sahen sie gerührt an. Neben der Verzweiflung der ergrauten Mutter und dem stumpfen Gram des alten Vaters, so stark und äußerlich so unschön ausgedrückt in geröteten Augen, verweintem Schnupfen und dem Zerzaustsein des grauen Haares, erschien die stumme Trauer des knienden, betenden schwarzgekleideten Mädchens erhaben und schön. Obwohl man die Eltern kannte, wohingegen sie unbekannt war, hatten alle mehr Mitleid mit ihr, der Lieblichen, Bedauernswerten, die ergreifend dakniete und so fein und bezaubernd wirkte unter den Falten des halb durchsichtigen Kreppschleiers. Selbst der Gedanke, der manchem gekommen war, daß die trauernde und weinende Braut vielleicht den Tod des schönen jungen Menschen verursacht hatte, der, von Blumen bedeckt, deren Duft ihn nicht mehr zu erfreuen vermochte, im Sarg lag, selbst dieser grausame und harte Gedanke konnte nicht über das Mitleid mit ihr siegen, das den stillen Strömen ihrer lichten Tränen entsprungen war. Diese tiefe Trauer, dieses tränenfeuchte, zum kalten Parkett niedergebeugte Gesicht, diese ganze gramverzehrte Gestalt, oh, selbst wenn in dieser Trauer ein unerbittlicher Hauch schlimmer Reue enthalten wäre, müßte das nicht noch mehr Mitleid erregen? Wer weiß wie oft streiten sich Liebende und trennen sich für einige Zeit – geliebt hatte sie ihn offensichtlich, sonst müßte sie nicht so weinen und trüge auch keine Trauer –, wer weiß was kann zwischen Liebenden vorfallen, er aber, der Grausame, hat den leichten Kummer nicht ertragen, hat ihr Herz für immer in den Schrecken und die Wehmut einer furchtbaren Erinnerung getaucht!

Und sie, die weinende und betende Braut des unbekannten Bräutigams, die sich demütig der selbstgeschaffenen Trauer hingab, was empfand sie?

Mochte sie ihr Herz auch gern der verzehrenden Trauer hingeben, mochten ihre sehnsuchtsvollen Ahnungen sie darauf vorbereitet haben, das Geschehende übertraf alle ihre Erwartungen.

Der Zauber des jungen, im Tod ruhenden Gesichts, das sie in

ihrem erheuchelten Gram küßte, bemächtigte sich ihrer augenblicklich, und sie fühlte, daß sie sich von diesem süßen, brennenden Zauber nie mehr befreien würde. Etwas, das schöner war als Schönheit und mächtiger als die Macht der Liebe, welche die Grabeskälte und die Finsternis der Gruft verachtet, etwas Unerklärliches, in menschlichen Worten Unsagbares, ein Zauber, den allein der Tod kennt, überkam sie, und jetzt wußte sie, der im weißen Sarg Liegende, von roten Rosen Überschüttete, von dem geschwenkten Weihrauchfaß in verschwommene blaue, duftende Wolken Gehüllte – er war wahrhaftig ihr ersehnter, geliebter Bräutigam.

Als sie die Stufen des schwarzen Katafalks hinabstieg, ihren wehmütigen Blick durch den kalten Raum schweifen ließ und Ausschau hielt, wo sie ihre Tränen verbergen könnte, war ihr Herz schon von unerträglichem Leid durchbohrt. Nach zwei, drei Schritten fühlte sie, daß ihr schwindlig wurde. Sie wandte ihr Gesicht dem Sarg zu, ihre zitternden Knie wurden immer schwächer. Ohne sich einen Platz zu suchen, sank sie nahe dem Sarg auf den Boden. Neben ihr weinte die ergraute Mutter, leise schluchzend. Das schwarze Gewand des Geistlichen bewegte sich langsam vorbei. Weinend preßte sie das Gesicht auf die Arme, die sie auf dem Boden ausgebreitet hatte, über ihr klirrte die Kette des Weihrauchfasses, die tiefe, feste Stimme des Diakons ertönte, und der traurige, schöne, wohlklingende Gesang der Seelenmesse begann, mit den ergreifenden, bedeutsamen Worten, die schwerer wiegen als der arme menschliche Glaube und die so weise, so tröstend und so untröstlich sind. Das Gesicht in die Hände vergraben, Worte und Gesang kaum wahrnehmend, den Weihrauch der Trauer kaum spürend, sah sie deutlich das Gesicht des Toten, das ihr plötzlich so lieb geworden war. Sie sah ihn lebendig vor sich – die Augen lachten, die vom schwarzen Schnurrbart halb verdeckten Lippen bewegten sich, sprachen weise, wahre Worte, Worte über das ihrem Herzen unabänderlich Nahe und Teure. Sie blickte genauer hin – und die Gesichtszüge, im kurzen Augenblick des Kusses vom Gedächtnis der plötzlich Verliebten zäh festgehalten, wurden jetzt in ihrem Geist lebendig, und sein geliebtes Antlitz erstand immer deutlicher vor ihr. Jeder Zug dieses Gesichts sprach untrüglich von etwas unendlich Liebem und Nahem.

Die Seelenmesse war zu Ende, und die Trauergäste gingen fort. Verwandte blieben bei den Eltern und flüsterten ihnen Trost zu.

Nina stand allein und fühlte sich von einer fremden, feindseligen Atmosphäre umgeben.

Ganz allein ...

Sollte sie weggehen? Den Geliebten verlassen?

Weinend ging sie hinaus, still, traurig, lieb und bedauernswert, von den tränenfeuchten Blicken der Eltern und Bekannten begleitet.

Auf dem untersten Treppenabsatz blieb sie weinend stehen. Plötzlich hörte sie leichte Schritte von oben. Sie blickte hinauf, eine Ahnung sagte ihr, daß ihr jemand folge.

Ein Mädchen in schwarzem Kattunkleid und mit schwarzem Krepphäubchen auf den blonden Haaren, mit sommersprossigem Gesicht und grauen, rotgeweinten Augen — so weinen Dienstmädchen einer guten Herrschaft nach — lief schnell die Treppe hinunter und blieb vor Nina stehen.

»Fräulein«, sagte sie leise, vor Verlegenheit zitternd, »unsere Gnädige bittet Sie für einen Augenblick hinauf.«

»Wozu?« fragte Nina schüchtern.

»Das weiß ich nicht, Fräulein«, erwiderte das Dienstmädchen, doch Nina merkte dem Tonfall an, daß sie es wußte und sagen wollte. »Sie läßt sehr bitten«, fuhr das Dienstmädchen fort. »Ich glaube, es geht um einen Brief. Genaueres weiß ich nicht. Aber sie läßt sehr bitten.«

Nina stieg die Treppe hinauf, und eine dunkle Angst quälte sie, erweckte Besorgnis, die angesichts ihrer tiefen Trauer jedoch geringfügig waren. Sie dachte: Vielleicht werden sie mich bitten, nicht mehr zu kommen? Aber warum? Oder ob sie mich für den Tod meines Geliebten verantwortlich machen?

Wieder strömten ihre Tränen, und sie taumelte. Das Dienstmädchen nahm ihren Arm und blickte sie teilnahmsvoll an.

Sollen sie mich dafür verantwortlich machen, dachte Nina, ich werde nicht streiten. Sollen sie mir die Schuld geben. Woher kann ich das wissen? Was weiß ich schon?

Das Dienstmädchen führte sie in den Salon.

Es war zu sehen, daß die ganze Familie in der Sommerfrische gewesen und nur zur Beerdigung hergekommen war. Die Möbel trugen Überzüge und standen anders, als sie im Winter zu stehen pflegten. Der Spiegel zwischen den Fenstern war – weil jemand im Haus gestorben war – rasch mit einem weißen Laken verhängt worden.

Nina hob den Kreppschleier vom Gesicht, das trotz der Sonnenbräune erbleicht war und vor Gram sogar abgemagert schien, und blickte mit traurigen, scheuen Augen die grauhaarige, hagere, ziemlich große Frau an, die sich bei ihrem Erscheinen vom Sofa erhob.

Seine Mutter, dachte Nina.

Unwillkürlich prägte sie sich ein: grauhaarig, schlank, hellblaue Augen, große Ähnlichkeit mit dem Sohn.

Nina hatte den Eindruck, als wäre diese Frau mit den verweinten Augen und dem verzweifelten Gesicht bis vor kurzem nicht grauhaarig gewesen, als hätte sie sich immer sorgfältig frisiert und vielleicht sogar die Haare gefärbt, jetzt aber plötzlich den Kopf sinken lassen, ihr Aussehen und die zerzausten grauen Haarsträhnen vergessen.

Die alte Frau bat Nina, Platz zu nehmen. Am Fenster stand der Vater, ein alter Mann von hohem Wuchs und aufrechter Haltung. Er hatte sich halb zum Fenster gewandt, als wollte er die Besucherin sehen, aber zugleich die Trauer in seinem stolzen Greisengesicht vor ihr verbergen.

»Wie ich sehe«, sagte die alte Frau, »sind Sie die einzige, die wir nicht kennen. Deshalb denke ich, daß der Brief, den Sergej hinterlassen hat, für Sie bestimmt ist. Nicht wahr?«

»Ich weiß nicht«, sagte Nina. »Wie kann ich das wissen?«

Sie nahm sich zusammen, aber die Tränen strömten ihr aus den Augen. Auch die Mutter begann zu weinen.

»Es kam für uns so plötzlich«, sagte sie. »Wir erwarteten Sergej zum Essen, er war tagsüber in die Stadt gefahren, und plötzlich ... Ja, ich sprach von dem Brief. Schauen Sie.«

Die alte Frau entnahm dem Album, das vor ihr auf dem Tisch lag, einen schmalen, graugrünen Brief und sagte:

»Wen Sergej meint, konnten wir nicht erraten. Aber dieser Brief, er lag einem für mich bestimmten Brief bei, soll einer jungen Dame, die noch nie bei uns gewesen ist, übergeben werden, wenn sie zur Seelenmesse oder zur Beerdigung kommt. ›Ihr erkennt sie daran‹, schreibt er, ›daß sie Trauer trägt und vielleicht ein wenig weint. Ihr übergebt den Brief. Doch wenn sie nicht kommt, so verbrennt den Brief ungelesen.‹ Darum meine ich, daß der Brief wohl für Sie ist.«

Nina sagte, ohne einen Augenblick zu zögern:

»Ja, er ist für mich.«

Sie erbleichte, streckte angstvoll die Hand nach dem Brief aus. Ob ihr der Geliebte von jenseits der geheimnisvollen Schwelle schwere Vorwürfe macht? Oder sind es Worte der zarten Liebe und des Trostes?

Doch wenn die andere kommt? dachte sie.

Der Brief raschelte in ihren zitternden Händen. Ungeduldig riß sie den Umschlag auf. Während sie den Brief aus dem Kerker des Kuverts nahm, gingen ihr viele Gedanken durch den Sinn: Wenn die andere kommt, gebe ich ihr den Brief. Aber sie wird nicht kommen. Sie ist schlecht, sie hat ihn vergessen, in den schrecklichen Stunden vor seinem Tod wurde sie nicht von schlimmen Ahnungen gequält wie ich. Deshalb gehört er mir. Doch wenn sie kommt, wenn sie Trauer trägt und weint, gebe ich ihr den Brief.

Während sie den Brief las, standen der Vater und die Mutter vor ihr und blickten sie an, als wollten sie an ihrem Gesicht das schreckliche Geheimnis ablesen.

Nina las:

»Geliebte, Teuerste, ich schreibe Dir in der seltsamen, vielleicht unerfüllbaren Hoffnung, daß Du trotz allem an meinen Sarg kommst, an meinem Grab weinst und wenigstens kurze Zeit Trauer trägst. Wozu brauche ich das? Ich weiß, es ist schrecklicher Unsinn, aber mich tröstet der Gedanke, daß Du kommen wirst. Und wenn Du kommst, wird man Dir diesen Brief geben. Wenn Du aber nicht kommst, wird man ihn verbrennen. Ich habe meine Mutter darum gebeten, sie ist ein guter Mensch und wird mich nicht betrügen, sondern meine Bitte erfüllen. Ich hoffe, daß Du sie mit keinem Wort verletzen wirst. Sieh, ich sterbe. Es ist alles eins. Mach Dir keine Vorwürfe, Geliebte. An unserer Trennung bin ich selbst schuld, ich allein. Und ich kann niemandem etwas vorhalten, es war, als hätte jemand aus dem Gewebe meines Lebens einen Faden herausgezogen, der es zusammenhielt, und als fiele nun alles auseinander. Äußerlich blieb ich der alte, war eins mit meinen Genossen und ließ nicht den Kopf hängen. Ich habe sogar eine Aufgabe übernommen, die ich früher wohl auf Anhieb geschafft hätte. Jetzt aber hat sie mich völlig erdrückt ... Töten ist immer schwer, aber ich weiß ... Wozu die Worte! Ich habe die Aufgabe übernommen, nur kann ich sie nicht bewältigen. Ich ziehe es vor, mich selbst zu töten. Nicht wegen der alten Moralvorschriften oder weil ein Menschenleben etwas Heiliges wäre, obwohl vielleicht auch dies eine Rolle spielt. Es ist so schrecklich und so finster. Ich bin völlig erschöpft. Ich bin ein erledigter Mensch. (Diesen Ausdruck habe ich irgendwo aufgeschnappt, aber das macht nichts.) Dir möchte ich etwas ganz Lichtes und Ruhiges sagen. Vielleicht wirst Du unter Tränen lächeln, doch ich liebe Dich sehr, mein Kätzchen. Werde glücklich, denk nicht so oft und ohne Groll an mich. Und falls Du zurückkommst ... ach, braucht ihr, die ihr lebt, Vermächtnisse? Es ist Unsinn, nicht wahr? Trotzdem, meine geliebte Freundin: Wer das Licht erschaut hat, aber sich abwendet, der ist ein Taugenichts.

Leb wohl. Dein Sergej.«

Nina steckte den Brief in den Umschlag. Sie wollte weggehen, allein sein, den Brief wieder und wieder lesen, wollte nachdenken und weinen. Doch als sie aufzubrechen gedachte, wurde sie von flehenden Blicken zurückgehalten.

»Was schreibt Ihnen Sergej?« fragte die Mutter.

Nina schwieg. Sie wußte nicht, was sie erwidern sollte. Die alte Frau fuhr fort:

»Verstehen Sie bitte, in welch schrecklicher Lage wir sind – wir wissen überhaupt nicht, warum Sergej das getan hat. Es ist furchtbar. Wenn wir wenigstens etwas wüßten!«

Nina dachte: Was kann ich ihr sagen? Und wenn die andere kommt? Wenn ich ihr den Brief geben muß? Mag sie es ihr sagen!

Sie lächelte unter Tränen, erwiderte entschieden:

»Entschuldigen Sie, ich verstehe das sehr gut, aber ich muß schweigen. Ich darf Ihnen nichts sagen.«

»Fräulein«, begann der Vater, der bis dahin geschwiegen hatte, mit seltsam scharfer, knarrender Stimme. »Wir hätten Ihnen ja den Brief nicht auszuhändigen brauchen. Unter diesen Umständen ... hätten wir das Recht gehabt, ihn selbst zu öffnen. Und Sie verheimlichen uns ...«

Er verstummte, schluchzte sonderbar auf und wandte sich ab.

Nina schlug die Augen nieder und versetzte leise:

»Ja, Sie hatten die Möglichkeit, den Brief zu lesen, aber Sie haben es nicht getan.«

»Natürlich haben wir es nicht getan!« entgegnete die Mutter. »Wer sagt denn das? Wir würden doch nicht fremde Briefe lesen. Aber in unserem ... unserem Gram ... flehe ich Sie an, haben Sie Mitleid mit einer alten Frau!«

»Um Gottes willen«, rief Nina, »bitte warten Sie bis morgen. Ich schwöre Ihnen, jetzt darf ich es nicht. Morgen werde ich Ihnen alles sagen. Morgen, wenn er ... wenn Sergej ... Um Gottes willen!«

Sie umarmten einander und weinten. Plötzlich stieß die Mutter Nina zurück.

»Gott wird Ihnen kein Glück geben, wenn Sergej es Ihretwegen getan hat!« rief sie weinend aus und stürzte schluchzend aus dem Zimmer.

Der Vater folgte ihr rasch. Nina blieb allein.

Der Tag verging dumpf und träge mit wirren Gedanken und

Träumen. Immer wieder las Nina den Brief des Geliebten. Besorgt dachte sie: Und wenn die andere kommt, die Böse?

Es war ein bitterer Gedanke, die lieben, mit hastiger, aber deutlicher Handschrift eng beschriebenen Blätter weggeben zu müssen. Wieder tröstete sie sich: Nein, sie wird nicht kommen.

Ungeduldig erwartete sie den Abend, um zur nächsten Seelenmesse zu gehen, dem Geliebten eine weiße Rose in den Sarg zu legen, einen weißen Kranz von der trauernden Braut am Katafalk niederzulegen. Und zu erfahren, ob die Böse, die sie trennen würde, gekommen sei.

Die öden, unnützen, flammenden Minuten des drachensonnigen Tages schlichen dahin.

Am Nachmittag sagte Nina zu Natascha:

»Ein Brief vom Geliebten ist der letzte Trost. Ich habe ihn bekommen.«

Erstaunt betrachtete Natascha den schmalen graugrünen Umschlag. Nina bemerkte erst jetzt die Anschrift: An die trauernde Braut.

Die andere war nicht erschienen. Sie kam auch nicht zur abendlichen Seelenmesse, als der weiße Kranz auf die Stufen des schwarzen Katafalks gelegt wurde und die weiße Rose, das Geschenk der Braut, auf das schwarze Haar des Geliebten fiel. Sie kam weder zur Beerdigung noch zum Totenamt.

Die schöne Trauer der Braut wurde durch nichts gestört.

Nina folgte mit den Eltern ihres Bräutigams dem Sarg durch die morgendlich-heißen, staubigen Straßen der gleichgültig lärmenden Stadt. Einer der Verwandten, ein elegant gekleideter, gutaussehender Herr mit grauem Schnurrbart und der Haltung eines Offiziers außer Dienst, führte Nina am Arm.

Die Schönheit ihrer Trauer schleppte sich durch die Häßlichkeit der staubigen, von der rasenden Glut des uralten Drachens erfüllten Straßen, vorbei an den für einen Augenblick gerührten und sich bekreuzigenden Passanten, die schicksalhafte Schönheit schleppte sich vorbei an grauer und böser Teilnahmslosigkeit.

Nina war müde, aber in den Wagen steigen wollte sie nicht. Todmüde war sie. Die Müdigkeit krönte die Schönheit ihrer

Trauer, und die liebliche Verzagtheit ihres Gesichts erschien den fremden Menschen noch rührender.

Die Trauerzeremonie dauerte lange, die Eltern hatten nicht mit Geld gespart, und in der schönen Kirche sang ein vortrefflicher Chor. Die Trauerzeremonie ist ein Trost für die Schwachen, doch wie konnte sie die arme Nina trösten, deren Bräutigam erst im Tod Worte der Liebe für sie gefunden hatte, und dazu noch Worte des Vorwurfs? Sie dachte: Wohin soll ich zurückkommen, um ihn zu trösten? Um nicht, wie er offenherzig schreibt, ein Taugenichts zu sein, der sich kleinmütig vom Licht abwendet.

Und ihr war, als wüßte sie, wohin sie gehen und womit sie ihn trösten mußte.

Das Grab. Die letzten Schollen waren auf den Sarg gefallen.

Die Mutter und die Braut weinten – die unschöne, alte Frau mit geröteter Nase und verrutschtem Hut, seine Mutter, und das blasse, verweinte junge Mädchen, das ihm, als er noch lebte, fremd gewesen war und ihm jetzt als einzige nahestand.

Die beiden blieben an dem frischen Grab allein – die eine hatte den Sohn nicht zu behüten gewußt, sein Herz war ihr dunkel, seine Gedanken und Absichten fremd und unverständlich; und die andere, auf der sein liebes Auge nie geruht, aber der sich sein Herz eröffnet hatte, das schwache, unter unerträglicher Last zusammengebrochene irdische Herz eines Menschen, der eine Heldentat gewollt, doch sie nicht zu vollbringen vermocht hatte.

»Geliebter«, flüsterte Nina, »ich kenne den Weg, den ich gehen muß, um bei dir zu sein und dich zu trösten. Du konntest es nicht, du warst vor Kummer erschöpft, in deinem Grab ist es kalt und finster, doch sei unbesorgt, ich werde alles tun, was deine Sache war. Und wenn es auf deinem Weg Leiden gibt, so werden sie die meinigen sein.«

Die beiden schauten sich an. Nina dachte: Was soll ich ihr sagen? Womit kann ich sie trösten?

Leise versetzte sie:

»Sie sagten gestern, Gott werde mir kein Glück geben, wenn Sergej meinetwegen gestorben ist. Gott ist mein Zeuge, daß ich

ganz unschuldig bin. Doch wozu brauche ich Glück, wenn er, mein Geliebter, im Grab ruht? Ich habe nicht mit ihm zusammensein können, als er lebte, aber glauben Sie mir, ich werde seinem Andenken ewig treu bleiben. Sein Vermächtnis werde ich erfüllen — seine Liebe ist die meinige, seine Freunde sind die meinigen, sein Haß ist der meinige, und das, woran er zugrunde gegangen ist, werde ich auf mich nehmen.‹
1908

DER WEISSE HUND

Es war nicht mehr auszuhalten in dieser Schneiderwerkstatt des öden Provinzstädtchens – all diese Schnittmuster, das Rattern der Maschinen, die Launen der Kundinnen – hier, wo Alexandra Iwanowna gelernt und wer weiß wie viele Jahre schon als Zuschneiderin gearbeitet hatte. Es gab nichts, worüber Alexandra Iwanowna sich nicht aufregen mußte, an allem hatte sie etwas auszusetzen, sie tadelte die unterwürfigen Lehrmädchen, und auch über Tanetschka fiel sie her, die jüngste der Meisterinnen, die gestern hier noch Lehrmädchen gewesen war. Anfangs hatte sich Tanetschka in Schweigen gehüllt, doch dann sagte sie in einem so höflichen Ton und so ruhig, daß alle außer Alexandra Iwanowna zu lachen begannen:

»Wißt Ihr, Alexandra Iwanowna, Ihr seid eine richtige Hündin.«

Alexandra Iwanowna fühlte sich gekränkt.

»Bist selber eine Hündin!« schrie sie Tanetschka an.

Tanetschka saß da und nähte. Von Zeit zu Zeit blickte sie von ihrer Arbeit auf und machte ruhig und gelassen ihre Bemerkungen.

»Dauernd müßt Ihr bellen ... Ihr seid eben eine Hündin ... Ihr habt auch eine richtige Hundeschnauze ... Und Ohren wie ein Hund ... Und einen zerzausten Schwanz ... Die Herrin wird Euch bald wegjagen, weil Ihr ein ganz böses Hundevieh seid, so ein Köter, der mit der Kette rasselt.«

Tanetschka war ein blutjunges, rosiges, niedliches Mädchen mit einem unschuldigen, gutmütigen, ein klein wenig schalkhaften Gesichtchen. Sie machte einen friedlich-stillen Eindruck. Gekleidet war sie wie die Lehrmädchen, und sie ging barfuß. Ihre Augen waren leuchtend hell, ihre Brauen strebten in hohem lustigem Bogen über die gleichmäßig geschwungene strahlendweiße Stirn zu dem glattgekämmten kastanienbraunen Haar hinauf, das aus der Ferne schwarz erschien. Tanetschkas Stimme hatte einen sanften, süßen, einschmeichelnden Klang. Und wenn man nur auf den Klang, nicht auf die Worte hörte, dann schien es, als sage sie Alexandra Iwanowna reine Liebenswürdigkeiten.

Die anderen Meisterinnen lachten, die Lehrmädchen verbargen sich prustend hinter ihren schwarzen Schürzen und blickten verstohlen auf Alexandra Iwanowna – aber Alexandra Iwanowna saß nur da, puterrot vor Wut.

»Du Luder«, schrie sie los. »Ich pack dich an den Ohren. Ich reiß dir jedes Haar einzeln aus!«

In einem ganz lieben Ton antwortete Tanetschka:

»Ein bißchen kurze Pfoten ... Der Köter knurrt und fletscht die Zähne ... Da muß ein Maulkorb gekauft werden.«

Alexandra Iwanowna stürzte auf Tanetschka los. Doch bevor Tanetschka ihr Nähzeug hinlegen und aufstehen konnte, trat die Herrin herein, schwergewichtig, breit, mit den Falten ihres lila Kleides raschelnd. In strengem Ton sagte sie:

»Alexandra Iwanowna, was machen Sie da für einen Skandal!«

Mit bebender Stimme erwiderte Alexandra Iwanowna:

»Irina Petrowna, das ist unerhört! Verbietet der da, daß sie mich eine Hündin nennt!«

Und Tanetschka beklagte sich:

»Wegen nichts und wieder nichts hat die gebellt. Wegen Kleinigkeiten legt sie sich dauernd mit mir an und bellt.«

Doch die Herrin sah auch sie streng an und sagte:

»Tanetschka, ich kenne dich ganz genau. Du fängst ja wohl auch oft genug an, nicht wahr? Mach mir bloß nicht weis, daß du so eine große Meisterin bist. Könnte sein, daß ich dein Mütterchen mal einlade, so aus alter Freundschaft.«

Tanetschka schoß das Blut ins Gesicht, doch bewahrte sie weiterhin ihre unschuldige und freundliche Miene. Voller Ergebenheit sagte sie zur Herrin:

»Verzeiht, Irina Petrowna, ich werd's nicht mehr tun. Bloß, ich geb mir dabei Mühe, die nicht zu kränken. Das sind nämlich ganz schlimme Sachen, so was sollte die nicht sagen, so wie – ich pack dich an den Ohren. So eine Meisterin ist die nämlich, aber ich bin nicht so, und dabei bin ich kein kleines Mädchen mehr.«

»Bist du jetzt fertig, Tanetschka?« fragte die Herrin eindringlich und ging auf Tanetschka zu, und in der still gewordenen Werkstatt waren zwei schallende Ohrfeigen und Tanetschkas leiser Aufschrei – aua! aua! – zu hören.

Krank fast vor Zorn, machte sich Alexandra Iwanowna auf den Heimweg. Tanetschka hatte ihre wundeste Stelle getroffen.

Hm, eine Hündin, na, dann eben eine Hündin, dachte Alexandra Iwanowna. Aber was will sie denn bloß? Ich bohre doch auch nicht rum, wer sie ist, eine Schlange oder meinetwegen eine Füchsin oder sonstwas, ich schleiche nicht rum und spür ihr nicht nach, wer sie ist. Tatjana eben, und Schluß. Alles läßt sich rauskriegen, aber warum bloß sich dabei beschimpfen. Warum ist eine Hündin schlechter als jemand anders?

Die helle Sommernacht ächzte und seufzte, von den vertrauten Feldern her wehte ein wohlig-schlaffer erfrischender Hauch in die friedlichen Straßen des Städtchens. Der Mond stieg auf, leuchtend und rund, genauso wie auch damals, wie dort, über der weiten öden Steppe der Heimat, wo sie wild und in Freiheit umherschweiften und heulten in ihrer uralten irdischen Sehnsucht. So wie damals, so wie dort.

Wie damals glühten die sehnsuchtsvollen Augen, und das wilde Herz, das in der Stadt die Weite der Steppe nicht vergessen hatte, zuckte voller Wehmut, und das quälende Verlangen wilden Aufschreis preßte die Kehle zusammen.

Sie wollte sich schon auskleiden, aber wozu? An Schlaf war nicht zu denken.

Sie ging vor die Tür. Die warmen Dielenbretter des ungefegten Fußbodens im Flur wippten und quietschten unter ihren nackten

Füßen, und kleine Späne und Sandkörnchen kitzelten ihr die Fußsohlen, die dabei angenehm zu prickeln begannen.

Sie ging unter das Vordach hinaus. Babuschka Stepanida saß dort, schwarz in ein schwarzes Tuch gehüllt, vertrocknet und runzlig. Zusammengekrümmt hockte die Alte da, und es schien, sie wärmte sich in den Strahlen des kalten Mondes.

Alexandra Iwanowna setzte sich neben sie auf die Stufen der Treppe. Sie betrachtete die Alte von der Seite her. Die große gebogene Hexennase erschien ihr wie der Schnabel eines alten Vogels.

Eine Krähe? dachte Alexandra Iwanowna.

Wehmut und Angst vergessend, lächelte sie. Ihre Augen, klug wie die eines Hundes, leuchteten fröhlich über dies gelöste Rätsel auf. Die im bleich-grünen Mondlicht zerfließenden Falten ihres welken Gesichtes wurden mit einem Male unsichtbar, und sie war wieder jung, heiter und leichten Mutes wie zehn Jahre zuvor, als der Mond sie noch nicht geheißen hatte, die Nächte hindurch zu bellen und zu heulen, drüben an den Fenstern der dunklen Badehütte.

Sie rückte näher an die Alte heran und fragte mit schmeichelnder Stimme:

»Babuschka Stepanida, was ich Euch schon immer mal fragen wollte ...«

Die Alte wandte ihr das dunkle, von tiefen Falten durchzogene Gesicht zu, und mit ihrer scharfen Greisenstimme fragte sie – sie schnarrte wohl mehr:

»Na was denn, meine Schöne? Frag schon!«

Alexandra Iwanowna lachte still in sich hinein und zog ihre schmalen Schultern zusammen, ein Schauern lief ihr plötzlich den Rücken hinab, und sie sagte ganz leise:

»Babuschka Stepanida, mir scheint – das stimmt doch, nicht wahr? –, ich weiß gar nicht, wie ich's sagen soll – und Ihr dürft nicht gekränkt sein, Babuschka, ich meine das nämlich nicht böse ...«

»Na, sprich dich schon aus, meine Gute, hab keine Angst«, sagte die Alte.

Mit hellen durchdringenden Augen blickte sie auf Alexandra Iwanowna. Sie wartete. Dann setzte Alexandra Iwanowna noch einmal an:

»Mir scheint, Babuschka – Ihr dürft aber bestimmt nicht gekränkt sein –, mir ist, Babuschka, als wärt Ihr eine Krähe.«

Die Alte wandte sich ab. Es schien, sie rief sich etwas ins Gedächtnis zurück. Der Kopf mit der scharf hervortretenden Nase nickte und wiegte sich hin und her. Manchmal dachte Alexandra Iwanowna, die Alte schlummere schon. Halb im Wachen, halb im Schlaf flüsterte sie etwas vor sich hin. Flüsterte mit wiegendem Kopf uralte versunkene Worte. Zauberwirkende Worte ...

Es war still auf dem Hof, nicht hell, nicht dunkel, alles ringsum schien verzaubert vom kaum hörbaren Flüstern der uralten ewigen Worte. Alles war in Qual und Rausch. Das Leuchten des Mondes, Sehnsucht preßte das Herz, alles war weder Träumen noch Wachen. Tausend Gerüche, tagsüber unbemerkt, nahmen die scharfen Sinne wahr, gemahnend an das Uralte, Anfängliche, vergessen in langen Jahrhunderten.

Kaum vernehmbar murmelte die Alte:

»Eine Krähe bin ich schon. Nur Flügel hab ich keine. Und ich krächze, und ich schnarre, Schlimmes, Schlimmes, doch die da kümmert's nicht. Mir ist gegeben vorherzusehen, und ich muß, meine Schöne, muß krächzen und schnarren, doch die Leute, die wollen mich nicht hören. Erblick ich aber den, der gezeichnet ist, will ich schnarren, das will ich.«

Die Alte breitete plötzlich ihre Arme weit aus und rief mit ihrer scharfen Stimme zweimal:

»Karr, karr!«

Alexandra Iwanowna fuhr zusammen und fragte:

»Wem, Babuschka, schnarrst du denn zu?«

»Dir, meine Schöne, dir«, erwiderte die Alte.

Es wurde ihr unheimlich, neben der Alten zu sitzen. Alexandra Iwanowna ging in ihre Stube. Sie setzte sich unter das geöffnete Fenster. Sie hörte, daß zwei vor dem Tor saßen und redeten.

»Er heult und heult«, ließ sich eine tiefe böse Stimme vernehmen.

»Und du, hast du ihn gesehen, Onkel?« fragte ein sanftes Tenorstimmchen.

Sogleich machte sich Alexandra Iwanowna ihre Vorstellung von dem, dem dieses Tenorstimmchen gehörte: ein sommersprossiger Bursche mit rötlichem gekräuseltem Haar, ein Hiesiger, vom selben Hof.

Eine Minute dumpfen Schweigens verging. Dann erklang die heisere böse Stimme:

»Hab ihn gesehen. Groß ist er. Weiß. Liegt am Badehaus und heult zum Mond hinauf.«

Und bei dieser Stimme stellte sie sich einen schwarzen Bart vor, wie eine Schaufel so groß, eine niedrige faltige Stirn, Schweinsäuglein und stämmige, breit aufgestellte Beine.

»Warum heult er denn, Onkel?« fragte der Sanfte.

Die Antwort des Heiseren folgte wiederum erst nach einer Weile:

»Bedeutet nichts Gutes ... Und woher er gekommen ist, weiß ich nicht.«

»Sag mal, Onkel, wenn das nun ein – Werwolf ist?« fragte der Sanfte.

»Wandle dich nicht!« antwortete der Heisere.

Der Sinn dieser Worte war nicht zu begreifen, aber wozu darüber nachdenken. Sie hatte ohnehin keine Lust mehr, den beiden zuzuhören. Was sollten ihr Klang und Sinn menschlicher Rede!

Der Mond schien ihr geradewegs ins Gesicht und rief und drängte beständig. In dumpfer Sehnsucht krampfte sich das Herz zusammen. Und sie hielt es nicht mehr aus, auf der Stelle zu sitzen.

Alexandra Iwanowna zog sich schnell aus. Nackt und weiß, ging sie leise in den Flur hinaus. Sie machte die Außentür nur einen Spalt breit auf, niemand war unter dem Vordach oder auf dem Hofe, sie huschte durch den Hof und den Garten und lief bis zur Badehütte. Das scharfe Gefühl von Kälte, das ihren Leib durchrann, und die kühle Erde unter den Füßen stimmten sie froh. Bald erwärmte sich ihr Körper.

Sie legte sich ins Gras, auf den Bauch. Sie stützte sich auf die

Ellenbogen, hob ihr Gesicht zum bleichen Mond empor, der sie mit tödlicher Sehnsucht erfüllte, und begann langgezogen zu heulen.

»Horch, Onkel, da heult er wieder«, sagte am Tor der Krausköpfige.

Sein sanftes Tenorstimmchen zitterte ängstlich.

»Er heult wieder, der Verfluchte«, erklang gemächlich die heisere böse Stimme.

Sie erhoben sich von der Bank. Die Klinke an der Pforte klapperte.

Leise gingen sie über den Hof und durch den Garten, alle beide. Voran der Ältere, stämmig und schwarzbärtig, ein Gewehr in den Händen. Der Krausköpfige schmiegte sich feige an ihn und lugte hinter seinen Schultern hervor.

Hinter der Badehütte lag ein großer weißer Hund im Gras und heulte. Den Kopf, schwarz am Scheitel, hatte er zum Mond emporgehoben, der am klaren Himmel seinen Zauber trieb. Die Hinterpfoten hatte er sonderbar rückwärts gestreckt, während er sich mit den vorderen fest und gerade auf die Erde stützte. Im blaßgrünen trügerischen Licht des Mondes erschien er riesig groß, stark und dick, so groß, wie es kaum einen Hund auf der Erde gibt. Der schwarze Streifen, der sich vom Kopf her über den Rücken zog, sah aus wie ein sich windender Zopf. Der Schwanz war nicht zu sehen, sicher hatte er ihn untergeschlagen. Das Körperhaar war so kurz, daß der Hund aus der Ferne nackt erschien. Das Fell schimmerte matt im Mondlicht. Was da im Gras lag und heulte, sah mehr einer nackten Frau ähnlich.

Der Schwarzhaarige legte an. Der Krausköpfige bekreuzigte sich murmelnd.

Dumpf dröhnte der Schlag des Schusses. Der Hund jaulte auf, sprang auf die Hinterpfoten, warf sich empor gleichwie eine nackte Frau, und blutüberströmt jagte er davon, winselnd, jaulend, heulend.

Der Schwarzbärtige und der Krausköpfige stürzten ins Gras, in wildem Schrecken heulten sie auf.

1908

HUNGER UND DURST

Manche glaubten, und sie retteten sich,
andere glaubten nicht,
und sie gingen zugrunde –
als erster der Verzauberer selbst.

Der nächtliche Gast,
Roman der Lady Evelyne Warwick

Einige Tagesmärsche von Damaskus entfernt, teilten sich die Kreuzritter in mehrere Abteilungen. Sie wollten sich der reichen, befestigten Stadt von verschiedenen Seiten nähern, um sie leichter und sicherer erobern zu können. Daß sie getrennt weiterzogen, hatte noch einen Grund: Wenn ihr ganzes riesiges Heer den gleichen Weg nähme, würde der Proviant knapp werden. Zudem hielt man es für nötig, in allen Richtungen die Gegend zu durchstreifen, in der verwegene, listige Sarazenen plötzlich auftauchten und ebenso plötzlich wieder verschwanden.

Der fromme Romuald von Touraine zog mit sechstausendsechshundert Rittern, Mönchen und kühnen Bürgern jenes Landes und der angrenzenden Gebiete am weitesten nach Osten. Lange waren sie unterwegs, länger, als sie gedacht hatten, gleichwohl war das Ende ihres Weges noch nicht in Sicht.

Weithin dehnte sich ringsum fruchtlose, wasserlose Wüste. Unter den Füßen der Kreuzritter knirschte feiner, dichter Sand, der den harten, mit Kalk vermischten Lehm mit einer dünnen grauen Schicht bedeckte. Hier und da traten die scharfen Rippen von Kalk- und Kreidefelsen aus der Sandschicht hervor. Kein Grashalm weit und breit. Der Himmel war wolkenlos, die Sonne gleißend.

Alle mitgenommenen Eßvorräte waren aufgezehrt, alles Wasser war ausgetrunken, und die Menschen litten Hunger und Durst.

»Wenn man wenigstens einen Adler schießen könnte!« sagte der Ritter Guido, der in den blauen Wüstenhimmel starrte.

»Hier fliegen keine Adler«, sagte der scharfsichtige Jüngling Theobald. »Ich habe schon lange kein Lebewesen mehr gesehen, weder am Himmel noch auf der Erde.«

Plötzlich schrie der junge Theobald auf: »Seht! Sarazenen!«

In der Ferne, kaum zu unterscheiden vom Grau der Wüste, war ein Sarazene mit grauem Mantel zu erkennen, der auf einem Schimmel ritt. Und plötzlich schrie der junge Theobald wieder auf, vor jähem Schmerz: Ein Pfeil hatte seine Kehle durchbohrt. Theobald stürzte zu Boden, wand sich in Todeskampf.

Der Sarazene verschwand hinter der Kette der fernen Felsen.

Der junge Theobald verröchelte, und sein Gesicht, eben noch schön und fröhlich, wurde grau wie der leblose Sand der toten Wüste ringsum.

Die Kreuzritter beweinten den Tod des jungen Theobald nicht lange, sie durften in der kargen, unheildrohenden Wüste nicht verweilen, mußten den rechten Weg nach dem heißersehnten Damaskus suchen, zumindest aber Orte, wo sie Wasser und Nahrung finden konnten, sei es rostrotes Wasser aus Sümpfen, sei es kärgliche Nahrung aus dem Fleisch wilder, im Lauf oder Flug erlegter Tiere und Vögel oder aus einer kümmerlichen Handvoll Reis oder Hirse.

Der junge Theobald wurde in der unwirtlichen kargen Wüstenerde bestattet, die Mönche sangen eilig ein paar Totenlieder, und weiter, aufs Geratewohl, zog der fromme Romuald von Touraine mit seinen Gefährten.

Weiter, weg vom Grab des jungen Theobald. Doch wohin? Spurenlos breitete sich die Wüste, am Horizont von Dunst verhangen, leblos und grau, und in der stummen Weite gab es nichts, weder eine Bewegung noch einen Laut. Nur von Zeit zu Zeit erschien in der Ferne hinter grauen Felsen plötzlich ein Sarazene auf schnellem Roß, schoß einen Pfeil ab und verschwand ebenso rasch, unerreichbar für die Geschosse der Kreuzritter, ungreifbar, tückisch, wie von einem jener bösen Dämonen hervorgebracht, die stets in wüsten Gegenden hausen und unvorsichtigen oder allzu wagemutigen Reisenden auflauern. Und die mit teuflischer Genauigkeit gezielten Sarazenenpfeile trafen jedesmal, töteten einen der Gefährten des frommen Romuald von Touraine.

Lange waren die Kreuzritter unterwegs, matt vor Müdigkeit, Hunger und Durst. Machten sie irgendwo an der Kette der unwirtlichen Felsen halt, wurde es keine erquickliche Rast, die ihre erschöpften Kräfte wiederhergestellt hätte.

Die Kreuzfahrer begannen über den frommen Romuald zu murren, sagten ihm mit bitterem Vorwurf: »Was ist mit deiner Frömmigkeit und deiner Kriegskunst? Du trägst Soutane und Harnisch zugleich, bist Mönch und Ritter, schriftgelehrt und im Kriegshandwerk erfahren – was hat es zu bedeuten, daß du uns in die wasserlose Wüste geführt hast, wo sich die Teufel bald über den Untergang von vielen freuen werden, die zur Befreiung des großen Heiligtums ausgezogen sind!«

Romuald beschwichtigte und tröstete sie, wie er nur konnte, doch das Murren nahm zu.

Als die Kreuzfahrer von Hunger und Durst vollends erschöpft waren, peinigte und neckte sie der böse Dämon jener Wüste mit Trugbildern. Plötzlich standen, gar nicht weit, Palmenhaine, man sah grünes, saftiges Gras, im Sonnenschein schimmerte fröhlich ein verschwommenes silbriges Band erquicklichen Wassers, und den Kreuzfahrern schien es sogar, als hörten sie die Vögel zwitschern, die zwischen den grünen Palmen hin und her huschten. Mit Jubelgeschrei, mit Dankgebeten eilten die Kreuzfahrer den grün schimmernden Hainen entgegen, doch plötzlich verschwand das Bild, das sie bezaubert hatte. Dort, wo sich ihre Augen eben noch daran erfreut hatten, daß die Sonne im Wasser blitzte und sich die kühlen Ströme im Wind kräuselten, rieselte wieder nur trockener feiner Sand, der unter der Last der schnellen Schritte in die Luft gewirbelt wurde, leichter, trockener, bitter riechender Sandstaub machte ihren heißen Atem schwer, und alles ringsum hüllte sich in einen Trauerflor.

Ein andermal sahen die Kreuzfahrer eine Stadt. Hinter grauem Dunst leuchteten das Weiß der Mauern und die Vergoldung auf emporragenden Dächern und schmalen Türmen, wie mattes Blei blaute das breite Band eines wasserreichen Stromes, und langsam glitten darauf schwere Barken und lustige, schmale, lange Galeeren. Vor den festen Mauern der Stadt schillerte in bunten Farben das eifrige Gewimmel eines Basars. Den Kreuzfahrern schien es, als hörten sie dumpfes Stimmengewirr, die kehlige, rasselnde Sprache von Sarazenen, Syriern und Juden.

»Damaskus! Damaskus!« riefen die Kreuzfahrer freudig.

Und sie stürmten vorwärts, vergaßen Müdigkeit, Hunger und Durst. Manche aber fielen vor Erschöpfung mit erbleichtem Gesicht in den trockenen, spröden Sand und starben, von Entzükken erfüllt, als hätten sie die heißersehnte Stadt schon erreicht und alle ihre reichen Vergnügungen und Freuden genossen.

Doch wieder schwand im staubigen Dunst die Erscheinung, welche die Kreuzfahrer bezaubert hatte, wieder beherrschte ihre Herzen düstere Verzagtheit.

Schon ermatteten die Schwachen, viele blieben zurück, viele wurden getötet, sowohl Zurückbleibende als auch solche, die mit Romuald von Touraine weiterzogen. Viele starben vor Erschöpfung, Hunger und Durst.

Am Morgen, als die Sonne wie purpurner Rauch hinter den dunstverhangenen Felsen aufstieg und der Berg des Himmels noch mattblau war, versammelten sich die Kreuzfahrer um den frommen Romuald, und ihrer waren sechstausenddreihundert Mann. Sie murrten und sagten: »Du hast uns in die Wüste geführt, wo wir dahinsterben.« — »Wir sind hungrig.« — »Wir haben Durst.«

Und die Mönche sagten: »Alle halten dich für fromm, doch für welche Sünde straft uns der Herrgott? Wir möchten beten, doch unsere Hände sinken kraftlos herab, wir können sie nicht flehend zum Himmel erheben. Unser Gedächtnis aber ist getrübt, es hat die Worte der heiligen Gebete im Wüstensand verloren. In die Wüste, wo die Dämonen herrschen, hast du uns geführt, wagemutiger Romuald.«

Und die Ritter sagten: »Du, der Sieger auf vielen Turnieren, der kundige Anführer, hast uns geführt, wohin du wolltest, und wir sind dir gefolgt, haben dir geglaubt. Jetzt aber hast du uns in die Wüste geführt, in der die Dämonen und die Sarazenen herrschen. Die feindliche Macht verbirgt sich, wagt nicht den offenen Kampf gegen uns – ruhmlos werden wir vernichtet von unseren heimtückischen Feinden, den Dämonen und den Sarazenen. Wo sind deine Kriegskunst und dein Heldenmut, frommer Romuald?«

Und die ganze Menge der Versammelten rief: »Gib uns zu essen!« – »Gib uns zu trinken!« – »Zeig uns den Weg!«

Heiser klangen die Stimmen der Rufenden, kraftlos war ihre Drohung, kläglich und matt ihr Flehen.

Der fromme Romuald von Touraine ließ den Kopf sinken und dachte lange nach. Die Stimmen seiner Gefährten verstummten, die Menge wartete bange, was ihr Anführer sagen werde.

Und Romuald sagte: »Was wollt ihr von mir? Was kann ich tun? Soll ich denn für euch diesen Sand, auf den eure Füße treten, in Hirse verwandeln?«

Mit der Spitze seines Stabes strich er rasch über den Sand, und es erhob sich grauweißer Staub, und raschelnd rieselten die leichten Sandkörner.

Da ertönten in der Menge freudige Ausrufe: »Romuald hat den Sand für uns in Hirse verwandelt!« – »Romuald hat die Dämonen der Wüste beschämt!«

Die Menschen warfen sich auf die Sandkörner, die unter ihren Füßen rieselten, und verschluckten sie, als wären es Hirsekörner. So betrog sie die unerträgliche Qual des Hungers, und ihnen schien, als wären sie gesättigt.

Andere sahen in der Wüste nichts als Sand und Steine, sie schwiegen finster, doch hielten sie jene nicht zurück, die den Sand für Hirse nahmen, und stritten nicht mit ihnen.

Wieder traten die Kreuzfahrer auf Romuald zu und sagten: »Uns quält der Durst, er zerreißt unsere Eingeweide wie ein wilder Geier. Gib uns rasch Wasser, sonst gehen wir allesamt zugrunde.«

Romuald sprach: »Wo soll ich für euch Wasser finden? Uns umgeben einzig nackte Felsen. Kann denn mein Stab für euch eine Quelle aus den Steinen schlagen? Doch seht, der Felsen gibt kein Wasser.«

Und er schlug mit der Spitze seines Stabes auf den Felsen. Da schrien die Menschen, die ihren Hunger mit der unerhörten Hirse betrogen hatten, laut auf. »Mit seinem Stab hat Romuald einen Quell kalten Wassers aus dem Felsen geschlagen!« – »Wieder hat Romuald die heimtückischen Dämonen der Wüste beschämt!«

Sie drängten und drängelten zu dem trockenen, grauen Felsen – und wieder wurden sie von ihren Qualen betrogen, und es schien ihnen, als tränken sie Wasser. Andere standen abseits, sie wußten, dies war kein Wasser, doch stritten sie nicht mit jenen, die ihren ausgedörrten Mund mit unerhörtem Wasser erquickten.

Darauf kamen jene, die ihren Hunger und ihren Durst betrogen hatten, aufs neue zu Romuald und sagten: »Jetzt sind wir bereit, nach Damaskus zu gehen. Führe uns, weise uns den Weg.«

Bekümmert sprach Romuald: »Ich weiß den Weg nicht. Oder soll mein Stab euch den Weg zeigen, den ich selbst nicht weiß?«

Mit schwacher, zitternder Hand schleuderte er seinen Stab von sich, setzte sich an einen Felsen und schloß die müden Augen.

Seine Gefährten aber sagten, einer zum anderen: »Der Stab des frommen Romuald von Touraine weist uns den Weg.« – »Wieder werden die bösen Dämonen der Wüste von Romuald beschämt.«

Der junge Ritter Bertrand, der sich auf die Erkundung des Weges verstand und ein feines Gehör für ferne Geräusche hatte, ergriff Romualds Stab und schritt den Wanderern voraus – jenen, die mit dem Verlangen nach einem Wunder ihren Hunger und ihren Durst betrogen hatten. Bald blitzten ihnen aus dunstiger Ferne die goldenen Spitzen der Minarette von Damaskus entgegen, und vor den Mauern dieser ruhmreichen Stadt vereinigten sie sich mit den anderen Abteilungen der Kreuzritter.

Der fromme Romuald von Touraine aber blieb mit dreitausenddreihundert Gefährten in der Wüste, wo die Dämonen und die Sarazenen herrschten. Romuald und seine dreitausenddreihundert Gefährten starben vor Hunger und Durst. Nachts fielen

Schakale, die der Leichengeruch angelockt hatte, über ihre toten Körper her. Die grelle Wüstensonne blich die Gebeine der Umgekommenen aus. Lange spielten die Dämonen der Wüste mit dem Häuflein von Gebeinen, umwehten sie mit trockenem Wind, und es klapperte Knochen auf Knochen, Sand häufte sich ringsum und über ihnen.

1908

NACHWORT

Sologub schont weder seine Helden noch die Leser. In seinen Werken herrschen düstere Farben und Töne. Er malt trostlose Stimmungen, schreckliche Augenblicke, Ängste, Grausamkeiten und Katastrophen. Grau, öde, häßlich sind die Straßen, schmutziggelb, heruntergekommen die Häuser, bedrückt die Menschen, dem Elend ausgeliefert oder bedroht durch elende Nichtswürdigkeit. Purpurn oder blutrot leuchtet über ihnen der Himmel, der gelbgleißende Drache sticht gnadenlos.

Es ist die Kunst dieses Symbolisten, bei grellstem Licht Wirklichkeit heraufzubeschwören und etwas in ihr Verborgenes, gar Allumfassendes in dunklen Visionen, einer meist schaurigen Phantasiewelt wiederkehren zu lassen. Menschengesichter erstarren dabei nicht selten zu den Umrissen des künftigen Totenschädels.

Das trug ihm Ruhm ein – und Ablehnung. Er gilt zu Recht als einer der bedeutendsten Vertreter des russischen Symbolismus, jener ertragreichen Kunstrichtung aus der Zeit der Jahrhundertwende, deren große Namen geläufig sind: Annenski, Balmont, Bely, Block, Brjussow, Wjatscheslaw Iwanow, Kusmin, Mereshkowski, Remisow, der Religionsphilosoph Solowjow.

Sologub stand in dem Ruf, ein »Sänger des Todes« zu sein. Indes, angesichts seiner besten Werke könnte man ihn eher einen Dichter der Lebensangst nennen.

Keine Empfehlung, wenn Literatur nach Herzerwärmendem, Lichtblicken, Hoffnungen befragt wurde: All das findet sich bei Sologub kaum. Weder in den vielen Lyrikbänden noch in den vier Romanen, den etwa hundert Erzählungen, den Märchen, Dramen, Feuilletons und Aufsätzen.

Wir sollten uns einer Antwort erinnern, die Jewgeni Samjatin gab: »Die Waffe, mit der Sologub tötet, ist das Stilett, das bei Rittern im Mittelalter Miséricorde (Barmherzigkeit) hieß. Damit gab man tödlich Verwundeten den Gnadenstoß.«

Fjodor Kusmitsch Sologub (eigentlich Teternikow) wurde 1863 in Petersburg geboren. Sein Vater, der illegitime Sohn eines Gutsbesitzers, war Leibeigener; einmal floh er ins Schwarzmeergebiet, und dafür büßte er mit den üblichen tagelangen Prügeltorturen; nach Aufhebung der Leibeigenschaft ließ er sich als gelernter Schneider in Petersburg nieder, wo er 1867 an Schwindsucht starb. Sologubs Mutter verdiente den Unterhalt für sich und ihre Kinder Fjodor und Olga als Dienstmagd bei einer Petersburger Beamtenwitwe; sie war, bis auf ihre letzten Jahre, Analphabetin, aber »begabt mit einem gesunden Menschenverstand, wie ich ihn bei keiner anderen Frau erlebt habe«, schrieb Sologub; bei ihm wohnte sie bis zu ihrem Tod 1894.

Die Mutter ließ in der Kindheit unbarmherzige Strenge walten. Sie schlug den Sohn, aus Angst, er würde nicht zum künftigen Ernährer gedeihen. Auch aus Furcht vor der rechthaberischen, hartherzigen Dienstherrin und nicht zuletzt aus Gewohnheit: Körperstrafen schlimmster Art waren gang und gäbe, es prügelten Ehemänner, Väter, Mütter, Lehrer, Vorgesetzte jeglichen Ranges. »Die Hölle der Prügel und das Paradies des Träumens«, so umriß Sologub die Tragödie seiner Kindheit.

»Wir ›Dekadenten‹ (...) sind alle irgendwie losgelöst von der Alltagswirklichkeit, von dem, was man gern die reale Lebenswahrheit nennt. Sologub ist einer der wenigen von uns (...), die eine lebendige, organische Verbindung mit dem Land bewahrt haben«, schrieb Brjussow über den Dichter. Tatsächlich sind keinem anderen Symbolisten die Erfahrungen, die das Volk täglich machte, so unauslöschlich eingegerbt worden.

Träumen war eine Lebensnotwendigkeit, die zweite, bessere Existenz. Träumereien, Schattenbilder locken Wolodja (in »Schatten«, Sologubs frühester Erzählung); sie werden unwiderstehlich sein Tagesinhalt, denn sie lassen ahnen, daß es noch etwas anderes gibt, ja geben muß, als die triste Wirklichkeit bietet. Wanda (»Der Wurm«) sucht in Träumen Zuflucht vor den Schrecklichkeiten ihres Daseins. Verzweiflung, auch verzweifelte Hoffnung, treibt Mitjas Fieberträume (»Trost«) ins Wahnwitzige. Der Anblick des gräßlichen Todessturzes der kleinen Raja war ihm zum Verhängnis geworden: Sein Entsetzen vor der Welt wuchs, er geriet zu Hause sowie in der Schule in zunehmende Isolation, wurde sadistisch gequält und erkrankte. Nun irrt er in der bedrohlichen Stadt umher, gleichsam einer Seelenlandschaft, die am Snow-Fluß (Traumfluß) liegt, und malt sich die einzig verbleibende Erlösung, das Sterben, als Vereinigung mit dem überirdisch schönen Mädchen Raja (das heißt: Paradies) aus.

In dieser frühen Erzählung, die vieles von Sologubs Kindheit erkennen läßt, finden wir die gängigen Themen des Symbolismus versammelt: Weltschmerz, Einsamkeit, Tod, Amoralismus, künstliche Schönheit, Stadt. Zugleich sehen wir die vielen Fäden zwischen Erlebnis und Gestaltung, Leben und Kunst.

Düsterkeit und Pessimismus, oft zu Wesensmerkmalen von Sologubs dekadentem Künstlertum, gewissermaßen zu seinem Markenzeichen, erklärt, besaßen Wurzeln in existentiellen Erfahrungen, lange bevor pessimistische Philosophie, Schopenhauersche Weltsicht, als konstitutives Element hinzukam.

Der empfindsame kleine Sima (»Der Tannenwicht«) kann in der Welt, die alles und jeden nach Bedarf zurechtpreßt, nicht bestehen. Am Ende wird er, wie sein älterer Bruder, Opfer der Polizeigewalt. Dies gemahnt an das Jahr vor der Entstehung der Erzählung: 1905 wurde die erste russische Revolution niedergeschlagen.

Auch die Erzählung »In der Menge« erinnert an wirkliches Geschehen: die Katastrophe auf dem Moskauer Chodynka-Feld beim Volksfest anläßlich der Krönung des Zaren Nikolai II. Ljoscha, Nadja und Katja werden erdrückt von der Menge, die sich blind, unaufhaltsam dahinwälzt in den Bahnen, die ihrem

Tun und ihren Wünschen von der Obrigkeit zugewiesen werden.

Kinderschicksale gestaltet Sologub unnachahmlich, aus feinfühligster Beobachtung. Wie in qualvoller Besessenheit zeigt er immer wieder Kinder, die zu Opfern von Unverständnis, Hartherzigkeit, Bosheit oder Gewalt werden. Sie sind am verletzbarsten, den Fährnissen der grausamen Welt am meisten ausgesetzt. Aber sie verkörpern auch die unentwegt keimende sanfte, unschuldige Gegenwelt — eine dornenbekränzte Verheißung. Vielmals gemeuchelt und doch unausrottbar ist der heranwachsende Linus (»Der Knabe Linus«).

Sologub besuchte das Lehrerseminar in Petersburg, arbeitete seit 1882 als Lehrer in Provinzstädten, seit 1892 in Petersburg. Nach fünfundzwanzigjähriger Tätigkeit wurde er, nicht wunschgemäß, aus dem Dienst entlassen. Mit der Ablehnung der Prügelstrafe, überhaupt mit liberalen Ansichten von Pädagogik stand er im Gegensatz zum herrschenden Schulsystem.

In seinen Werken stellte er Lehrer stets als Anwälte oder Knechte des Bösen dar, so auch in dem Roman »Der kleine Dämon«. Eine Ausnahme bildet der arbeitslose, ausgestoßene Pädagoge Moschkin (»Das hungrige Glänzen«), der sich auflehnt und Dinge zerschlägt, die ihm in seinem Elend wie Hohn erscheinen; er demütigt eine herrschaftliche Dame und wirft lieber sein Leben weg als seine Menschenwürde.

An Akaki Akakijewitsch aus Gogols Novelle »Der Mantel« erinnert der arme Saranin (»Der kleine Mensch«). Zum erstenmal denkt und lenkt dieser Beamte nun selbständig, schon verliert er seine Rädchenfunktion, wird jedoch selbst zum Objekt gemacht, bis er buchstäblich null und nichtig ist. Doch Gogols Tradition lebt nicht nur in dieser Erzählung, sondern in der Methode Sologubs: Wie er »ohne die geringsten Anzeichen eines Bruches oder Risses (...) mit einer Biegung um hundertachtzig Grad von der steinernen, schweren Existenz ins Reich der Phantastik, von der Erde, die durchdrungen ist vom Geruch des Wodkas und der

Läuse, ins Reich der Schwerelosigkeit« schwingt, das, so schrieb Samjatin, sei nur mit Gogol zu vergleichen.

Klarheit, Einfachheit, Durchsichtigkeit, Klanghaftigkeit – dies gehört zum Wesen von Sologubs Prosa wie zu seiner Lyrik, die übrigens den jungen Ossip Mandelstam und Anna Achmatowa beeinflußt hat. Ins Deutsche ist so gut wie nichts übersetzt.

In den klaren, einfachen, durchsichtigen Sätzen – der Stil ist an Puschkin geschult – fallen die meist kurzen Eigenschaftswörter auf, die immer wiederkehren: grau, düster, hell, klar, zart, traurig, trostlos, böse ... Menschen und Dinge, Gedanken und Vorgänge werden damit nicht nur beschrieben, sondern unabweisbar in Stimmungen einbezogen. Diese deuten auf das Versteckte, Geheimnisvolle, das, was hinter den Dingen ist und durch Kunst erschaubar, hörbar gemacht werden soll: in sprachlichen Bildern, Wortmusik.

Dabei bedient sich Sologub verschiedenartiger Mittel gleichzeitig. Zum Beispiel der erhabene Stil der mythologischen, legendenartigen Erzählungen (»Jenseits des Meirur«, »Das Land, in dem eine Bestie die Macht ergriff« u. a.) wird mit Ironie konterkariert; in anderen Erzählungen treten in gleichsam naturalistischen Schilderungen jene geheimnisvoll anmutenden, raunend wiederholten Attribute hervor.

Doch das »Rätsel der Eigenständigkeit von Sologubs Werken« liegt, wie Alexander Block schrieb, nicht allein in der Sprache: »Während man einfache realistische Szenen liest, beginnt man allmählich zu spüren, daß der Schriftsteller auf irgend etwas los will; es ist, als hätte man alles Gelesene kürzlich durch einen durchsichtigen Schleier, der die gar zu harten Linien gedämpft hat, beobachtet; dann aber lüftet der Autor den Schleier, und schon enthüllt sich, stets nur kurz, das *Ungeheuerliche des Lebens.*«

Wenn es um Ungeheuerliches wie Tod, Lebensabgründe, auch Abseitiges geht, greift Sologub häufig zu romantischen Motiven. So wünscht sich Resanow in seiner Angst vor dem Sterben den

Tod in Gestalt einer Frau (»Tod per Annonce«); auch Mitja (»Trost«) sieht den Tod in Mädchengestalt. Erfüllung im *Liebestod* findet der Jüngling, der seinen Gefühlen bedenkenlos, ohne Rücksicht auf die gefahrenreiche Welt, folgt (»Der vergiftete Garten«; Vorbild hierzu war Nathaniel Hawthornes Erzählung »Rappacinis Tochter«). Ein *toter Geliebter* – ein unbekannter Mensch und mit ihm Glück, wie es ihr die Wirklichkeit versagt – wird zu Nina Bessonowas Wunschtraum, zu ihrem Lebensinhalt (»Die trauernde Braut«). An *Existenzwandel* und *Seelenwanderung* beginnt Alexandra Iwanowna zu glauben, die, als Hündin beschimpft, sich schließlich als Hündin fühlt und gebärdet (»Der weiße Hund«).

Ein Erbe der Romantik sind auch die geheimnisvollen *Verwandlungen* Saranins (»Der kleine Mensch«). Ebenso das *Doppelgängermotiv*: In Menschengestalt kommt ein vergessener Teil des eigenen Ich zum fieberkranken Gurow, fordert den Kampf gegen das Böse, die Bestie (»Der Herausforderer der Bestie«). Auch die Schriftsteller Sonpoljew und Harmonow sind Doppelgänger, Teile eines Ich. Ihre physische Wiedervereinigung in einem magischen Akt soll den paradiesischen Zustand aufs neue entstehen lassen: Dämonische Kräfte entzweiten bei der Menschwerdung die Seele, wodurch das Böse in die Welt kam (»Der Seelenvereiniger«).

Das Böse ist Sologubs grundlegende Kategorie: Es durchzieht und beherrscht die Welt seiner Werke. Das Böse nistet in menschlichen Seelen – und zerstört; es steht zwischen Menschen – und vernichtet; es herrscht über die Menschen als satanische Bestie, aber durch Tabus geschützt wie ein Gott (»Jenseits des Meirur«).

Mythen und Legenden berichten gewöhnlich, unschuldige Opfer würden gesühnt. Nicht so Sologub: Meteja frißt sein schönes Ebenbild, den besseren Teil seines Ich, und wird ungestraft zur Bestie, um ewig und unbeschränkt über sein Reich zu herrschen (»Das Land, in dem eine Bestie die Macht ergriff«).

So allgemeingültig dies formuliert wurde – beide Erzählungen entstanden 1906: Im Jahr zuvor war das große Aufbegehren gegen die finstere allgewaltige Zarenmacht in Blut erstickt worden.

Nicht zu vergessen: Sologub schrieb politische Gedichte und politische Märchen.

Biblische Motive verarbeitete Sologub in der Regel frei. Zum Beispiel in »Hunger und Durst«. Romuald und sein Kreuzritterheer verirren sich auf dem Weg nach Damaskus in der Wüste. Romuald muß, wie Moses vor Pharao, Wunder tun, um die Gottesmacht unter Beweis zu stellen; er soll, wie Jesus in der Wüste, die Leute sättigen. Doch im Gegensatz zu Moses glaubt Romuald nicht oder nicht mehr an seine Erwähltheit, und im Unterschied zu Jesus kann er nicht, wie es die Bibel berichtet, mit fünf Broten und zwei Fischen fünftausend Mann speisen. Indes, die Menschen, die das Wunder brauchen, haben ihr Damaskus-Erlebnis – wie Saulus, der sich zum Paulus wandelt. Die, »die mit ihrem Verlangen nach einem Wunder ihren Hunger und ihren Durst betrogen haben«, sehen den Weg, als wäre er von Romuald gewiesen – und sie gelangen ans Ziel. Über den Gebeinen des ungläubigen Romuald und der Zweifler aber häuft sich der Wüstensand.

Die Themen, die Sologub bevorzugte und vielmals variierte, entsprachen sicherlich dem Zeitgeist, richtiger, jener Stimmung, die im damaligen bürgerlichen Publikum verbreitet war, sowie dem herrschenden Geschmack, auch der Mode. Er erreichte den Höhepunkt seiner Produktivität und Popularität: 1907 erschien sein Hauptwerk, »Der kleine Dämon« (Auszüge bereits 1905). Dieser Roman erregte Aufsehen in ganz Rußland, auch im Ausland. »Andrejew, Kuprin, Gorki und Sologub wurden eine Zeitlang zu den berühmtesten Schriftstellern; dieses Vierergespann wurde in den Jahren 1908 bis 1910 von der Kritik erkoren«, erinnerte sich Andrej Bely.

1907 starb Sologubs Schwester Olga an Schwindsucht. Niemand hatte ihm nähergestanden als sie. Mit ihr hatte er in einer bescheidenen Wohnung auf dem Petersburger Wassiljewski

Ostrow gelebt, unauffällig, zurückgezogen, neben seiner Lehrertätigkeit ganz auf die literarische Arbeit konzentriert.

Sein Leben veränderte sich grundlegend. Im selben Jahr wurde er freier Schriftsteller. 1908 heiratete er die Literatin Anastassija Tschebotarjowskaja. Er bezog eine große, vornehme Wohnung, kleidete sich nach europäischem Chic, pflegte gesellschaftlichen Umgang. 1910 reiste er mit seiner Frau nach Deutschland und Frankreich. »Er wurde mit einmal ungewöhnlich gesellig: Er kroch aus der Höhle hervor«, schrieb Bely. Alexander Block notierte am 27. November 1912 in seinem Tagebuch sarkastisch: »Seitdem er geheiratet und sich den Bart abgeschoren, hat Sologub verlernt, auf Sologubsche Art den *Tod* zu lieben und das *Leben* zu hassen.« Das zielte auf Sologubs Trachten, der schrecklichen Welt die Schönheit der Kunst entgegenzusetzen, ja das ästhetisch Schöne als universalen Rettungsanker zu benutzen. Tatsache ist, daß von seinen späteren Werken nur sehr wenige heute noch Interesse beanspruchen können, so die Romantrilogie »Totenzauber. Eine Legende im Werden«.

Scheiterte lediglich Sologubs Vorstellung von der Literatur? Oder erlahmte sein Talent? Immer hatte er neben Meisterwerken Schwächeres, Mißlungenes geboten. Nach 1908 jedoch schien sein Schaffen unter einen Unstern zu geraten. In den Weltkriegsjahren verfaßte er schließlich »Vaterländisches« von großer Peinlichkeit. Die Februarrevolution begrüßte er, übrigens auch die Absicht der Provisorischen Regierung, den Krieg fortzusetzen. Die Oktoberrevolution lehnte er ab, und er plante, das Land zu verlassen, wozu es jedoch nicht kam.

Sologub blieb als Übersetzer (aus dem Französischen, Deutschen und Englischen) tätig, beteiligte sich sogar an Schriftstellerverbandstätigkeit, aber sein eigenes Schaffen war versiegt. Vereinsamt, verbittert starb er 1927 in Leningrad.

Mit sehr distanzierter Wertschätzung (wie auch Gorki sie Sologub entgegenbrachte) berichtet Konstantin Fedin: »Schon der alte Herr selber mit der papiernen Starre seines Gesichts, der galligen Verkrampftheit der beiden regungslosen Falten über den Mundwinkeln und der irgendwie gläsernen Nüchternheit seiner hellgrauen Augen zog den Blick auf sich. Die funkelnden schmalen Brillengläser bildeten auf seltsame Weise ein Pendant zu dem ganzen Gesicht, in dem sie die Kälte des Blicks und den hochmütig spöttischen, bitteren Umriß der Lippen unterstrichen. (...) Er verachtete die schönen Worte, jenes Übereinandertürmen von Phrasen und Hübschheiten, in das Romantiker und Phantasten so häufig ihre Gedanken kleiden.«

Sologub war »zum Synonym eines Dichters des Todes« geworden, dies wurde zu »Sologubs literarischer Larve, die er beim besten Willen nicht abzustreifen vermochte. Selbst wenn er mit aller ihm eigenen mathematischen Konsequenz darangegangen wäre, zu beweisen, daß er das Leben liebe, niemand hätte es ihm geglaubt«, meint Fedin. »Längst hatte er das Leben durch seine Lobeshymnen auf den Tod von sich gescheucht; nun wies ihn das Leben zurück. Darin bestand Sologubs Lebensdrama, doch sein Leben endete anders. Es schloß mit der Tragödie seines Sterbens, die darin lag, daß er den Tod als den Erlöser von seiner Lebensangst gerufen hatte, während der Tod als Rächer erschien. (...) Anastassija Tschebotarjowskaja, Fjodor Sologubs Ehefrau und Kameradin, Mitverfasserin vieler seiner bedeutenden Werke, darunter auch solcher, die nur seinen Namen tragen und stets ihm allein zugeschrieben worden sind (...), verschwand eines Tages im Herbst und blieb unauffindbar. Es wurde erzählt, man habe eine Frau gesehen, die sich von einer Brücke in die Newa gestürzt habe, die Leiche sei jedoch nicht geborgen worden. So blieb Sologub anheimgestellt, das Ende dieser Unbekannten als das Los seiner Frau anzusehen. Viel Zeit, ein ganzer Winter, war ihm gegeben, sich an den Gedanken zu gewöhnen, daß alles zu Ende, daß seine Frau ohne Abschied von ihm gegangen war. Im Frühling kam sie dann aber doch, um sich von ihm zu verabschieden: Als das Eis der Newa aufbrach, tauchte an der Tutschkow-Brücke, unmittelbar vor dem Hause, in dem Sologub wohnte, eine Wasserleiche auf. Sologub wurde herbeigeholt, um sie zu identifizieren. Er trat schweigend, bis oben zugeknöpft, auf sie zu, warf einen Blick auf sie, sagte: ›Ja, sie ist es‹, wandte sich ab und ging, zugeknöpft, festen Schritts, ebenso wie er gekommen war. Keine Handbewegung, keine Veränderung im Gesicht: Seine Qual vor dem unerbittlichen Schicksal zu ergießen war sinnlos.«

In dem Essay »Morbus rossica« (1924) versuchte Samjatin, der Sologub bewunderte, eine Diagnose, die ins Allgemeine reicht. Sie trifft den tiefsten Nerv des rätselhaften Schriftstellers. »... unter dem europäischen Maßanzug bewahrte Sologub die maßlose russische Seele. Die Liebe, die alles oder nichts fordert, diese unschöne, unheilbare, wundervolle Krankheit – nicht nur Sologubs, nicht nur Don Quichotes, nicht nur Blocks Krankheit (Alexander Block starb an ihr) –, ist unsere russische Krankheit, Morbus rossica. Der beste Teil unserer Intelligenz leidet an ihr und wird zum Glück immer an ihr leiden. Zum Glück, denn ein Land, in dem es nicht mehr die Unversöhnlichen, die ewig Unzufriedenen, die immer unruhigen Romantiker gibt, in dem nur die Sancho Pansas und Tschitschikows übrigbleiben, ist früher oder später dazu verurteilt, unter der Bettdecke des Spießers zu schnarchen. Vielleicht konnte nur in der ungeheuren Weite der russischen Steppen, wo einst – es ist, als wäre es gestern gewesen – die ruhelosen Skythen einhersprengten, die russische Krankheit entstehen. Bei all dem äußerlichen Europäertum gehört Sologub zu den russischen Steppen, ist er seinem Wesen nach weit mehr ein russischer Schriftsteller als viele seiner Zeitgenossen, zum Beispiel Balmont oder Brjussow. Viele wird die erbarmungslose Zeit vernichten, aber Sologub wird in die russische Literatur eingehen.«

Unsere Auswahl enthält siebzehn Erzählungen aus Sologubs besten Jahren. Sie wurden nach dem Datum der Erstveröffentlichung geordnet.

Berlin, im September 1987 Eckhard Thiele

INHALT

QUELLEN

Fjodor Sologub
СОБРАНИЕ СОЧИНЕНИЙ,
Sankt Petersburg, 1911–1913

Abdruck der Übersetzungen:
Schatten
Der Herausforderer der Bestie
Der Seelenvereiniger
Jenseits des Meirur
Tod per Annonce
Der vergiftete Garten
Der weiße Hund
mit freundlicher Genehmigung des Verlages
Philipp Reclam jun. Leipzig